WILD MEN

De la même auteure :
Série *Marked Men*
Asa
Rowdy
Nash
Rome
Jet
Rule

Titre de l'édition originale : *Retreat*

Image de couverture :
© Shutterstock

Collection « New Romance ® » dirigée par Hugues de Saint Vincent
Ouvrage dirigé par Audrey Messiaen

Département de Hugo Publishing
34-36, rue La Pérouse
75116 Paris
www.hugoetcie.fr

ISBN : 9782755636840
Dépôt légal : mars 2018
N° d'imprimeur : 193841

JAY CROWNOVER

NEW ROMANCE®

WILD MEN

SAISON 1

Traduit de l'américain
par Charlotte Connan de Vries

Hugo Roman

Dédié à tous ceux qui m'ont dit
qu'ils liraient une liste de courses,
si c'était moi qui l'avait écrite.

Il ne reste plus qu'à vérifier ça !

DEPUIS LE BUREAU ET LE CERVEAU HYPERACTIF DE JAY CROWNOVER :

Vous êtes en train de vous gratter la tête, perplexe, vous vous demandez d'où peut bien sortir ce livre ? Vous lisez et relisez le texte de présentation pour essayer de comprendre de quoi il parle ? N'ayez crainte, mes amis, avec ma franchise et mon honnêteté habituelles, je vais vous dire tout ce qu'il vous faut savoir pour la suite.

Premièrement, si vous avez acheté ce livre uniquement car mon nom est écrit dessus, merci. Merci de me faire confiance. Merci de croire en moi. Et merci d'avoir foi en mes mots. Si vous l'avez acheté car vous aimez bien la couverture, que la présentation vous a intrigué, ou simplement en vous disant « pourquoi pas »... je ne vois aucun inconvénient à toutes ces raisons. Je veux vous dire que ce livre n'est pas un copier-coller de ce que j'ai écrit jusqu'à présent, donc si vous espérez voir des tatoueurs, des chanteurs de métal ou des voleurs de voitures, vous allez être déçus. Il est aussi construit avec un suspense romantique à l'ancienne. Cela ne veut pas dire que le couple principal ne va pas se rapprocher et se taper sur les nerfs. Cela veut seulement dire qu'il y a aussi un grand méchant qui débarque et pourrit la vie de tout le monde. Ce livre est écrit d'un seul point de vue, l'histoire se déploie alors que l'on suit notre petite lionne dans la semaine la plus importante de sa vie. J'ai de bonnes raisons de l'avoir écrit de cette façon, et j'y reviendrai dans une minute.

D'où vient *Wild Men* ?

C'est à la fois simple et compliqué. Fin 2015 et jusqu'au début 2016, j'ai dû vivre avec une douleur persistante et handicapante suite à un arrachage de dent mal fait. Ça s'est infecté, j'ai dû me faire opérer, ce qui a causé une autre infection, et ainsi de suite. C'ÉTAIT ÉPOUVANTABLE. J'étais dans un état épouvantable. J'ai été droguée à coups de cocktails d'antidouleurs pendant environ quatre mois. Je n'arrivais pas à me concentrer, je n'arrivais certainement pas à écrire. J'étais bonne à rien. Ce repos forcé m'a fait passer beaucoup de temps devant la télé, et sur Netflix.

Je me suis retrouvée à avaler toutes les saisons de *Longmire* et me suis fait aspirer par la série *The Ranch*, avec Ashton Kutcher. J'ai regardé *Les Huit salopards*, *Jane got a gun* et toutes sortes de films et séries du genre western.

Je sais que vous vous demandez... pourquoi ? Je pensais que tu ne regardais que *Die Hard* et *Bob's Burgers*, Jay... hélas... J'ai grandi dans une petite ville dans les montagnes, remplie de cowboys et de *ranchers*. Dans mon lycée, les garçons avaient des râteliers à fusils dans leurs pickups et portaient des Wrangler, pas des Dickies. Quand j'étais ado, mon meilleur ami travaillait dans un ranch à côté de chez ma grand-mère, sur les collines. Je passais mes week-ends à attendre qu'il rentre d'un stick show ou d'un rodéo, ou encore qu'il revienne de son tour du ranch à cheval pour le supplier de me faire faire un tour à moi aussi. (Je n'ai jamais vraiment été bonne cavalière... Mais je peux rivaliser avec les meilleurs danseurs de country.)

Je crois que le fait d'être malade et de souffrir autant m'a fait retomber en enfance, quand ma mère s'occupait de moi et que je n'avais rien d'autre à faire que tourmenter Jesse pour qu'il me permette de monter sur son cheval. J'étais vraiment nostalgique... je me rappelais tout ça, et j'ai eu envie d'écrire un livre proche de moi, mais un lien différent du tatouage. Je voulais retourner dans un endroit où je ne suis aujourd'hui plus à ma place, mais qui est toujours dans un coin de ma tête, auquel j'ai appartenu.

J'ai décidé que je voulais écrire un livre ancré dans les montagnes, dans un ranch géré par des gars qui ne sont pas vraiment des cowboys.

Allez... Vous ne pensiez pas que j'allais y aller avec le chapeau, les bottes et les éperons, si ? Vous me connaissez mieux que ça, maintenant !

Je voulais écrire mon genre de mecs, mais les placer dans un environnement de western et voir comment ils s'en sortaient. Et ils s'en sont franchement bien sortis, si vous voulez mon avis ! Mais vous allez devoir continuer à lire et rencontrer les frères Warner pour savoir si vous êtes d'accord avec moi.

Quant à la raison pour laquelle tout est écrit du point de vue de l'héroïne... C'est parce qu'il s'agit de son histoire à elle, son parcours, sa semaine – où tout a mal tourné même si elle essayait de tout faire au mieux. Je pense que ma souffrance physique s'est transposée, j'ai voulu écrire l'histoire d'une femme qui souffrait émotionnellement. Il n'y avait pas de place pour la voix du héros dans ma tête, car j'étais trop occupée à purger toutes les saletés à l'intérieur de moi vers le récit de notre héroïne. Je ne peux pas écrire un personnage si je ne l'entends pas parler ; Cy était silencieux, mais Leo avait beaucoup à dire.

Elle va sûrement vous agacer au début... Mais donnez-lui le temps de se reprendre. Les brûlures de la trahison sont profondes et les braises mettent longtemps à s'éteindre.

Bref... Voilà, dans les grandes lignes, d'où vient ce livre. Il est totalement différent de tout ce que j'ai pu écrire avant... mais il est étonnamment similaire aux livres que j'aime le plus lire. Vous ne pourrez pas le comparer aux mots que j'ai écrits auparavant, donc j'espère que vous lui donnerez sa chance pour ce qu'il est, et pas pour ce que vous pensez qu'il pourrait (ou devrait) être.

Comme toujours, merci d'être là... Et merci de me permettre d'être ici. ☺

Bonne lecture !

xoxo
Jay

I

PAS VRAIMENT UN COWBOY

— On ne dirait même pas des vrais cowboys.

J'avais marmonné ces mots assez doucement pour que seule ma meilleure amie puisse les entendre. Elle a tourné la tête vers moi et m'a lancé un regard qui voulait dire qu'elle en avait assez de mes jérémiades et de mes incessants commentaires désobligeants. Nous nous étions levées tôt pour décoller de San Francisco et avions atterri à Billings, dans le Montana, pour ensuite remonter dans un minuscule avion qui nous avait amenées à Sheridan, dans le Wyoming. Nous avions passé la journée à voyager, et mon sarcasme et mon persiflage battaient des records. En partie parce que je n'avais aucune envie d'être là, mais surtout parce que ces derniers mois, j'avais été un être humain désagréable et je n'arrivais pas à combattre mon mauvais caractère, même quand je le voulais vraiment. Elle en avait marre, et honnêtement, je ne pouvais pas lui en vouloir.

— Ce n'est pas parce qu'ils n'ont pas de chapeaux de cowboys et de jambières en cuir que ce ne sont pas des cowboys ; tu ne sais même pas ce qu'est un vrai cowboy. Tu es déjà allée dans un ranch ou même partie plus à l'Est que Las Vegas ? Ce que tu aies vu qui se rapproche le plus d'un cowboy, c'est quand on est allées voir Garth Brooks en concert il y a quelques années. Tu m'as promis d'être ouverte et tolérante, et pour l'instant, ce n'est pas du tout le cas.

J'ai soupiré et fait un pas pour m'éloigner d'Emrys. Ses yeux parfaitement dessinés me transperçaient et je n'avais pas besoin qu'elle me fasse culpabiliser alors que je me sentais déjà trop mal. J'ai reporté mon attention sur les trois hommes devant nous et me suis avouée à regrets que deux de ces hommes auraient pu passer pour la version sexy du cowboy, celle vendue par les chanteurs de country. Ils pouvaient faire concurrence à Luke Bryan avec leurs jeans moulants. Ils étaient plus que mignons, d'après ce que je pouvais voir sous leurs casquettes à motif treillis, avec le logo du ranch brodé à l'avant. Quand ils se sont présentés, j'ai appris que leurs prénoms aussi sonnaient comme d'authentiques noms de cowboys, Sutton et Lane. Je n'étais pas sûre de savoir qui était qui, car j'étais affreusement distraite par le troisième membre du comité de mauvais accueil. C'était lui que « pas des vrais cowboys » visait à dire vrai. Il avait l'air aussi décalé dans ce ranch au milieu de nulle part que moi. Et il m'observait tout aussi attentivement que je l'observais. Il s'appelait Cyrus... C'était peut-être un nom de cowboy, mais pour moi, cela évoquait plutôt le dirigeant d'un royaume antique. En fait, il aurait semblé bien plus à sa place à Sparte qu'ici, dans les champs. Cette idée m'a fait ricaner, ce qui m'a valu un coup de coude de la part d'Em, alors même que j'avais gardé mes réflexions pour moi.

Cet homme, qui ne ressemblait en rien à un cowboy, ne portait pas de chapeau qui aurait pu dissimuler son regard, je ne pouvais donc pas ignorer ses yeux plissés dans ma direction. J'ai également pu remarquer sa coupe *undercut* à la mode, ses cheveux bruns rasés sur les côtés et ramenés en arrière sur le dessus, ce qui demandait du gel et du savoir-faire en coiffure. Deux choses que je n'associerais jamais avec un vrai cowboy. On voyait également quelques cheveux argentés sur les tempes, au-dessus de ses pattes parfaitement symétriques. Même avec ce gris, je ne lui donnais pas plus de trente-cinq ans. Ses cheveux gris auraient dû lui donner un air plus vieux, mais ce n'était pas le cas. Il avait l'air fort et distingué, et s'il avait porté autre chose qu'un jean Levi's usé et un T-shirt Jack Daniels délavé, il aurait pu égaler les cadres et patrons avec qui je travaillais, dans le genre intimidation silencieuse. Et ils étaient loin d'être aussi beaux que lui. Il portait bien ce T-shirt en coton qui s'étirait sur son large torse. Son jean lui serrait à des endroits que j'aurais dû avoir honte de regarder. Je voulais lui demander pourquoi il portait des bottes qui auraient plutôt eu leur place sur une Harley que sur une selle de cheval, mais je ne voulais pas recevoir un autre coup de la part d'Em, donc j'ai gardé ces pensées pour moi.

Non, l'homme nommé Cyrus ne collait pas avec ce que j'imaginais trouver quand j'avais accepté le projet fou d'Emrys, et s'il n'était pas arrivé pour nous accueillir avec les deux autres hommes quand le minibus venu du minuscule aéroport nous avait déposées, j'aurais immédiatement pensé qu'il faisait partie des clients, et pas des guides. Il ne ressemblait pas à l'idée que je me faisais de quelqu'un qui connaît bien la nature et les terres inhospitalières et inhabitées du Wyoming. Avec son apparence brute et son regard inflexible, je me suis demandé une nouvelle fois pourquoi j'avais laissé Emrys m'embarquer pour ces vacances qui ressemblaient plus à une punition qu'aux bons moments auxquels j'étais habituée. J'étais encore plus hésitante qu'avant à aller m'aventurer dans les montagnes boisées, et mon duel de regards avec l'homme n'en finissait pas, si bien que je savais que détourner le regard serait une forme de défaite. Je ne savais pas pourquoi j'étais engagée dans cette bataille, mais j'étais une mauvaise perdante même dans mes bons jours. Sachant que j'étais plus au fond du trou que je l'avais jamais été, il n'y avait pas moyen que je lâche en premier. J'adorais ma meilleure amie, mais à cet instant, je l'aurais volontiers étranglée pour avoir décidé que nous avions besoin de ce voyage entre filles qui nous forcerait toutes les deux à débrancher et à se retrouver pendant une semaine.

— Vous êtes les dernières du groupe à arriver, toutes les deux. On va vous installer et tout le monde pourra se retrouver dans la maison pour le dîner, ensuite on vous expliquera à quoi vous devez vous attendre cette semaine.

C'était celui du milieu qui parlait. C'était le plus petit des trois, et le seul qui semblait capable de sourire. L'homme plein de muscles et aux sourcils froncés continuait à me regarder, tandis que le dernier avait l'air de s'ennuyer, agacé. Son expression montrait que cela le dérangeait de devoir accueillir des petites citadines. Sachant que cette petite balade nous coutait un bras, à Em et moi, le moins que ces faux cowboys puissent faire était de dérouler le tapis rouge et de feindre d'être contents de le faire. Nous payions pour une expérience inoubliable, et jusqu'ici, ils nous en offraient une, mais pas dans le bon sens du terme.

J'ai redressé mon dos et ai plissé les yeux. Malheureusement, mon potentiel d'intimidation était nul : je portais un legging confortable et un T-shirt trop grand que j'avais volé à mon ex. Ma tenue était parfaite pour voyager, mais pas super pour essayer de jouer la grosse dure qui ne tolère pas l'indifférence flagrante d'un tiers du trio censé être responsable de ma santé et de mon bien-être pour les sept prochains jours. Je n'allais pas non plus passer sous silence l'hostilité qui émanait de celui que je ne pouvais pas quitter des yeux. Je suis une de ces femmes qui sont toujours un peu débraillées et ébouriffées, donc je dois faire des efforts pour paraître élégante et impeccable. C'est une lutte de tous les instants, chaque matin en me préparant pour le travail. Je peux facilement être jolie, mais il me faut beaucoup de temps et de talent, autant en termes de vêtements que de maquillage, pour me faire passer dans la sphère chic et professionnelle. Comme je m'étais réveillée à l'aube, inutile de préciser que ma tenue, ma coiffure et mes peintures de guerre étaient minimales. Avec mes cheveux blond vénitien ondulés et indomptables ramassés en une queue de cheval bricolée, j'étais parfaitement consciente de plus ressembler à Fifi Brindacier qu'à une analyste de marché à succès, branchée et indépendante. Le genre de femme que j'avais été, avant de craquer sur le mauvais mec.

Le seul membre sympathique du trio a souri et a fait un signe de tête vers les sacs à nos pieds. Quand Em avait réservé le séjour, il nous avait été clairement signifié que ce serait un périple sauvage. Nous allions nous aventurer profondément dans les montagnes à dos de cheval, et nous devrions laisser derrière nous toute forme de technologie et de civilisation. Nous avions des instructions strictes sur les affaires à emporter, et le sac à mes pieds était donc plein de vêtements adaptés à la montagne, pour la plupart neufs et encore étiquetés. Tout cela finirait au fond de mon placard puis, des années plus tard, donné à une association car je n'en aurais aucune utilité au quotidien, chez moi dans la baie de San Francisco.

— Sutton et moi allons prendre vos sacs et vous montrer où vous dormirez cette nuit. Vous avez une heure avant le dîner, donc vous pourrez vous détendre et vous rafraîchir.

Se rafraîchir, l'idée me semblait merveilleuse. Peut-être que si je mettais un peu de blush et de crayon à sourcils, je pourrais convaincre Monsieur Grognon – avec son regard de tueur – de me prendre au sérieux quand je lui dirais que son comportement était inacceptable.

Le gars qui s'ennuyait devait être Sutton, parce qu'il a fait un pas en avant et a pris le sac d'Emrys. J'ai cru entendre Em soupirer quand il s'est penché, mais c'était peut-être l'air qui bougeait autour de moi. Le troisième homme, celui qui ne semblait pas être à sa place dans un endroit qu'on appelait souvent « l'État cowboy », a fait quelques pas vers moi. J'ai été obligée de pencher la tête en arrière pour le regarder. J'ai retenu mon souffle en étant frappée par la paire d'yeux du gris le plus acéré, limpide et parfait, que j'aie vue de ma vie. Ils avaient une couleur de fumée et d'argent. Ses yeux, en me parcourant, me transperçaient comme la lame aiguisée d'un couteau, de mes cheveux en bataille jusqu'à mes orteils, repliés en réaction, calés dans une paire d'Uggs super confortables. Là encore, mon choix de chaussures était génial pour voyager, mais un peu moins pour faire une première impression percutante.

La voix de Cyrus, lorsqu'il a commencé à parler, était profonde et rauque. Elle semblait presque cassée et irrégulière, comme s'il ne s'en servait pas souvent et que lorsqu'il le faisait, il fallait un moment pour que les mots trouvent leur chemin. C'était le genre de voix qui appartenait à un vrai cowboy.

— On n'est pas dans un spa ni une sorte de retraite *all inclusive* où tous vos besoins et désirs seront satisfaits, mademoiselle Connor. On est dans l'Ouest sauvage. Si vous n'écoutez pas les gars et ne faites pas attention à ce qu'ils vous disent, les choses peuvent mal tourner en un clin d'œil.

C'était un avertissement, mais je ne pensais qu'à des soirées au chaud autour du feu de camp, et des soirées encore plus chaudes dans une chambre. Sa voix me donnait des idées de sexe brut auxquelles je ne voudrais pas dire non.

— Sutton et Lane savent s'occuper des filles de la ville qui veulent jouer aux cowgirls, mais je vous déconseille de les prendre de haut, comme s'ils ne correspondaient pas à vos hautes exigences.

Cyrus avait une voix superbe, mais nom de Dieu, sa personnalité laissait à désirer.

Le souriant, c'était donc Lane, et le grincheux, Sutton. Emrys m'avait lu la brochure à voix haute au moins une vingtaine de fois quand elle essayait de me convaincre que nous avions besoin de ces vacances et que j'avais vraiment, vraiment besoin de changer d'air. Je savais donc, grâce à la documentation, que les hommes à qui appartenait le ranch et qui organisaient les excursions étaient frères. D'après son allure protectrice, le gris charmant dans ses cheveux, et sa façon de me remettre à ma place à cause d'un affront supposé, ce n'était pas dur de deviner qu'il était le grand frère... Grand, il l'était littéralement. J'étais d'une taille moyenne, approchant le mètre soixante-dix, mais ce mec me surplombait et contrairement à moi, il n'avait aucun mal à intimider les autres. Il n'avait pas élevé la voix, ne m'avait pas menacée, ne s'était pas donné de grands airs. Il s'est contenté de se tenir devant moi et ses paroles, avec leur ton rauque et leur grognement, m'ont fait frissonner de peur et d'attention.

— Je sais bien que ce n'est ni un spa ni une retraite, monsieur...

J'ai rougi et ma voix s'est éteinte quand je me suis rendue compte que j'avais été trop occupée à l'observer et à évaluer sa capacité à me maintenir en vie pour la semaine à venir pour écouter les présentations.

— Warner, mais tout le monde m'appelle Cy.

Je me suis éclairci la gorge et ai tendu la main de mauvaise grâce.

— OK, Cy, je ne regardais aucun de vous bizarrement. Je me demandais juste quelles qualifications vous aviez pour emmener un groupe de personnes inexpérimentées en pleine nature. Je pense que c'est une préoccupation légitime. Je crois qu'on est simplement partis du mauvais pied.

Cela arrivait souvent, avec mon absence de filtre et mon honnêteté brutale. J'avais du mal à ne pas mettre les pieds dans le plat, et voilà que je pataugeais encore une fois.

— Je m'appelle Leora, mais la plupart de mes amis m'appellent Leo.

Ma main est restée tendue entre nous deux pendant un long moment très gênant jusqu'à ce que je finisse par la laisser tomber alors qu'il continuait à me regarder. J'ai senti Emrys bouger à côté de moi et j'ai soudain réalisé que ses frères se tenaient à quelques mètres et observaient notre interaction tendue avec une expression curieuse. J'avais promis à ma meilleure amie que je viendrais sans a priori. Je lui avais assuré que j'accepterais le dépaysement et que je ferais de mon mieux pour en profiter. J'avais été une amie toute pourrie dernièrement, donc je devais à Emrys de tenir ma promesse, même si cet homme, qui n'était pas vraiment un cowboy, semblait confirmer ce que je n'avais cessé de répéter : venir ici était une erreur.

— Sutton et Lane vous maintiendront en vie parce que c'est leur boulot. Ils s'assureront aussi que votre séjour vaille jusqu'au dernier centime versé car notre réputation est essentielle dans ce marché concurrentiel et, heureusement pour vous, ils aiment ce qu'ils font. Leurs qualifications sont présentées dans toute notre documentation et sont clairement détaillées sur notre site. S'ils ne ressemblent pas à votre version de guides nature certifiés, ça ne les rend pas moins qualifiés ni moins compétents.

Boum ! Il donnait un nouveau sens aux mots « direct » et « agressif ». Une partie de moi respectait cela, même si ça me hérissait le poil et me raidissait le dos d'irritation. Je me suis demandé si ça donnait cela, de se retrouver de l'autre côté de mon honnêteté brutale quand j'oubliais de retenir mes coups et d'être gentille.

J'ai fait un pas en arrière et ai ouvert la bouche pour rétorquer que c'était *lui*, et non pas ses (très beaux et très attirants) frères, qui ne me paraissait pas qualifié pour nous guider dans les bois et dans les montagnes. Emrys a posé la main sur mon avant-bras avant que mon tempérament irlandais s'embrase vraiment. J'étais prête pour un face-à-face avec cet homme aussi grand que désagréable. À peu près une seconde plus tard, j'allais exiger qu'on me rembourse et lui reprocher son impolitesse et son manque de tact. Comme toujours, quand j'étais remontée et que je faisais sauter le cran de sûreté, Em faisait irruption et calmait le feu qui s'embrasait déjà.

— Excusez mon amie, M. Warner. Elle a toujours vécu en ville et je pense qu'elle est un peu chamboulée par tout cet air frais et cette tranquillité. Je vous assure que nous sommes très reconnaissantes pour le temps que vous nous consacrez et nous sommes très contentes d'être ici.

Nous avons toutes les deux hâte de voir ce que votre magnifique État a à offrir.

Son coude s'est enfoncé dans mon flanc et j'ai tourné la tête pour lui lancer un regard mauvais.

— N'est-ce pas, Leo ?

J'ai levé les yeux au ciel devant ma meilleure amie dépourvue de défauts et je me suis demandé comment elle pouvait avoir l'air si fraîche après toute une journée de voyage. Alors que j'étais plutôt moyenne sur tous les plans, Emrys Santos n'était moyenne en rien. Elle était grande, près d'un mètre quatre-vingt sans talons. Ses cheveux noirs brillants étaient parfaitement raides le long de son dos, comme s'ils n'avaient jamais entendu parler de l'humidité et de l'électricité statique. Ses yeux noirs, qui me suppliaient en ce moment de bien me tenir, étaient légèrement inclinés et ne faisaient que renforcer sa beauté exotique indéniable. Elle était quasi parfaite, mis à part le fait qu'elle était intrusive, déterminée à obtenir ce qu'elle voulait, et avait le don de faire culpabiliser les autres comme personne.

Elle savait que je n'étais pas en forme depuis ma dernière rupture. En plus de cela, j'avais des soucis au travail, la seule chose dans ma vie qui avait toujours été stable et maîtrisée. Mais elle m'avait bousculée, poussée puis suppliée, jusqu'à ce que j'accepte de passer cette semaine avec elle dans les grands espaces, même si vivre à la dure n'était absolument pas mon truc. Une partie de moi avait envie de lui dire qu'elle devait accepter le fait que je n'étais pas ravie d'être là, mais une plus grande partie de moi savait qu'elle essayait seulement d'aider, et de faire de son mieux pour me remettre sur pied. J'ai donc retenu mon caractère belliqueux et me suis mordu la langue, lui faisant un petit signe de tête pour acquiescer. Des étincelles d'amusement sont passées dans les yeux de Cy, et j'aurais juré qu'il savait que je luttais pour être sage.

J'ai lancé entre mes dents et avec un sourire tellement faux qu'il me faisait mal :

— Comme je l'ai dit, je crois qu'on est juste partis du mauvais pied.

L'unique réponse que j'ai reçue était un grognement, et il a reporté son attention sur les deux autres hommes, qui prenaient soin d'ignorer l'interaction houleuse entre leur grand frère et moi. En fait, ils s'étaient tous les deux éloignés de quelques pas, comme s'ils savaient que la colère de leur grand frère était assez chaude pour brûler tout ce qui s'en approcherait. D'un ton bourru, il a lancé :

— Allez leur montrer leur chambre, je remonte à la maison pour dire à Brynn que tout le monde est là.

En un instant, nous étions congédiés et il a tourné les talons de ses bottes qui n'étaient vraiment pas des bottes de cowboy et a marché droit vers une immense maison en rondins de bois. La maison principale ressemblait plutôt à une demeure de montagne rustique, mais j'ai pensé que je ne marquerais pas de point en le faisant remarquer.

Lane, le frère qui n'avait aucun souci à montrer ses dents en étirant sa bouche de façon si charmante, a soulevé mon sac et m'a fait un adorable sourire.

— Ne vous inquiétez pas pour Cy. Il aboie plus fort qu'il ne mord, et vous ne le verrez pas beaucoup, après ce soir. Il ne vient pas sur le sentier, sauf s'il y est obligé.

Pour une raison qui m'échappe, l'idée d'une morsure de Cy a fait frissonner tout mon corps. J'ai suivi Lane, son frère et Emrys alors qu'ils avançaient vers une rangée de chalets à quelques centaines de mètres de la gigantesque maison principale.

— J'imagine que vous n'avez pas beaucoup de clients qui reviennent, s'il parle comme ça à tout le monde dès leur arrivée.

Il a lâché un petit rire profond qui m'a donné envie de lui sourire à mon tour. Ce frère-là était de toute évidence le plus facile à vivre des trois. J'ai décidé que c'était mon préféré.

— C'est à cause de la remarque : « pas des vrais cowboys ». Cy devient susceptible quand des citadins viennent ici avec des idées préconçues sur l'Ouest, et sur ce que cela requiert de survivre ici dans les montagnes. On a beaucoup d'aventuriers d'un weekend qui pensent pouvoir affronter la nature, et ils finissent par être les plus chiants du séjour. Il veut protéger notre terre et notre façon de vivre, c'est dur pour lui de laisser entrer des étrangers, même si c'est notre gagne-pain. Tous les cowboys n'ont pas un chapeau et une grosse moustache. Cy n'a jamais endossé ce costume-là, même plus jeune. Crois-moi, tu es loin d'être la première personne à réserver une excursion avec nous et à être déçue qu'on n'arrive pas habillés comme des personnages des *Huit Salopards*.

J'ai soupiré et l'ai regardé du coin de l'œil.

— Je ne sais même pas comment vous m'avez entendue.

J'étais certaine d'avoir murmuré assez bas pour que seule Emrys m'entende.

— Tu es habituée aux bruits de la ville, aux sons qui recouvrent ce que tu ne veux pas que les autres entendent, dans un endroit très fréquenté. Dans les grands espaces, il n'y a rien derrière quoi se cacher et tous les sons se diffusent. On prend l'habitude de dire ce qu'on pense, ici, et on apprend vite que les mots sont indélébiles. On peut essayer de retirer ce qu'on a dit, mais ils ne disparaissent jamais.

— J'essaierai de m'en rappeler.

J'ai penché la tête sur le côté et lui ai demandé :

— Si c'est toi et Sutton qui guidez l'excursion, qu'est-ce que fait Monsieur Grognon… à part intimider et gronder les clients ?

Je ne savais pas pourquoi j'étais si curieuse à propos du frère désagréable. Mais j'avais beaucoup de questions, et j'avais déjà du mal à ne pas toutes les sortir d'un coup.

Il a ri encore une fois, et cette fois, je lui ai souri. De près et sans l'ombre de la casquette qui cachait son visage, je constatais qu'il était vraiment très attirant. Lane était beaucoup plus jeune et ses yeux étaient plus bleus que gris. Sa mâchoire et ses pommettes ressemblaient à celles de son grand frère, mais cet homme avait une beauté plus abordable, accessible. Lane Warner avait aussi une fossette qui se formait sur une joue quand il souriait, ce qui le rendait tout bonnement adorable selon mes critères. Je ne sais pas si les vrais cowboys ont des fossettes, mais j'ai décidé qu'ils devraient en avoir, si cela les rend aussi beaux que celui-là. Lane avait le genre de charme facile qui plaît à toutes les femmes du monde, tandis que son grand frère avait le genre d'intensité sombre et de charme taillé à la hache qui plaît aux femmes qui veulent quelque chose de spécial, d'inoubliable et d'impossible à ignorer.

— Monsieur Grognon… Cy péterait un câble s'il savait que tu l'appelles comme ça. En général, il évite les clients pour cette raison précise. Il se pointe toujours quand les clients arrivent et il reste le temps d'être sûr que tout le monde écoute quand on parle du règlement pour la semaine, mais après ça, il repart faire tourner le ranch et toutes les autres affaires dont il s'occupe. Sutton et moi, on fait la basse besogne, mais Cy est le cerveau derrière tout ça. Il a repris le ranch il y a quelques années, quand la santé de mon père s'est détériorée. Les excursions guidées et les vacances aventure, c'est son idée. Quand il était à la fac, tous ses copains voulaient rentrer avec lui pendant les vacances, pour monter à cheval et camper dans les bois. Cy a pensé à une chose aussi simple que ses potes qui venaient passer du bon temps, et en a fait un *business plan*. Comme tu as payé pour venir ici, tu sais que cette entreprise est fructueuse pour nous. Il a sauvé le ranch et a offert à mon père quelques années de tranquillité, sans avoir à s'inquiéter.

Cela faisait plus d'informations que ce que j'avais demandé, mais cela me donnait une précieuse connaissance de l'homme qui m'avait agacée et intriguée dès le début. Le jeune frère parlait de son aîné avec une fierté évidente, ce qui m'a fait lui sourire, mais mon sourire s'est éteint quand nous sommes arrivés devant le chalet et que Sutton – qui ressemblait moins que Lane à celui qui me fascinait – a ouvert la porte d'un coup et laissé tomber le sac d'Emrys par terre avec un grand bruit sourd. Sutton a fait un signe de tête à Emrys puis est passé devant nous jusqu'à arriver en bas des marches. Il était grand et large comme son grand frère, mais ses yeux étaient verts, sans une touche de bleu ni de gris. La grimace de sa bouche et le froncement de ses sourcils lui donnaient un air maussade et lunatique, plutôt que sombre et intense comme son frère. Il n'en restait pas moins attirant à outrance, et j'ai remarqué qu'Emrys ne le lâchait pas des yeux. Sachant que j'avais le moral à zéro, je n'avais ni le temps ni l'envie de savoir pourquoi il avait cet air aigri. Lane a posé mon sac bien plus délicatement, m'a adressé un sourire chagrin, puis a poussé la visière de sa casquette du bout des doigts.

— Quand on travaille en famille, on ne s'ennuie jamais, c'est sûr. Vous allez passer une super semaine. Faites-moi confiance.

Les frères ont disparu quand Emrys a fermé la porte et s'est tournée vers moi, avec un jeté de cheveux parfaits et en plissant ses yeux noirs captivants.

— Tu es insupportable, tu le sais, non ?

Elle était en colère et je ne pouvais pas le lui reprocher.

— Je suis désolée, d'accord ? Je ne pensais vraiment pas qu'ils pourraient m'entendre, ni que faire remarquer une évidence serait pris comme une déclaration de guerre.

Elle a tapoté du pied par terre, pied entouré d'une botte en cuir bien mieux adaptée, et a lâché un soupir agacé.

— Je sais que tu croyais que personne ne t'entendrait, mais ce n'est pas la question. Tu crois que tout le monde fait semblant d'être ce qu'il n'est pas, depuis les saloperies que Chris t'a faites. Tu le fais payer à tout le monde.

Chris, c'est mon ex, celui avec qui j'avais été certaine de passer ma vie. Celui avec qui j'avais gaiement planifié un avenir, avec qui j'avais rêvé d'avoir des enfants. C'est l'ex à qui je m'étais ouverte alors que je ne le faisais avec personne d'autre, car il était parfait, et surtout, je pensais qu'on était absolument parfaits ensemble. C'était si facile d'être ensemble, sans efforts, sans complications. Il avait été tout ce que j'avais toujours voulu, et celui qui m'avait menti sur tout.

Il avait menti sur son métier. Menti sur son passé et son avenir. Il m'avait menti sur qui il était, et qui j'étais pour lui. Il avait menti, menti et encore menti, et quand je lui avais renvoyé ses mensonges à la figure, il avait agi comme si j'avais souhaité cette malhonnêteté. Il m'avait dit que je lui avais facilité les choses parce que je ne lui avais jamais demandé la vérité. Il m'avait dit que j'avais ignoré tous les signes évidents. Cela m'avait ulcérée, car si j'avais fermé les yeux quand les choses ne collaient pas vraiment, c'était parce que c'était plus facile que de creuser et de risquer de tout perdre.

Je m'étais séparée de Chris trois mois plus tôt. Je pansais encore mes blessures, car je n'arrivais pas à croire que j'avais été assez stupide pour craquer pour quelqu'un d'aussi faux, d'aussi bidon. La fin de cette relation était la cause de la haine que je ressentais avant tout envers moi-même, et de ma misanthropie généralisée. Ses mensonges et ma crédulité m'avaient fait tomber dans un tourbillon et j'avais l'impression de ne plus pouvoir faire confiance à mon instinct ni à ma capacité à prendre des décisions. Je faisais toujours attention, j'étais prudente, mais Chris avait percé mes défenses et maintenant, je me sentais bête et méprisée. En conséquence, j'avais reconstruit des murs autour de moi et les avais faits si hauts et impénétrables que même ma meilleure amie ne pouvait pas les escalader.

La seule personne dans ma vie à qui je faisais entièrement confiance, mise à part ma famille, était celle qui se tenait devant moi. Je me détestais de l'avoir déçue tant de fois, ces derniers mois. Quand j'étais en couple, je l'avais ignorée chaque fois qu'elle m'avait avertie qu'il y avait des incohérences concernant Chris. Elle m'avait répété que j'aurais dû voir où il habitait, rencontrer ses amis, être présentée à sa famille, sachant que nous nous fréquentions depuis plus de six mois. Je l'ai encore laissée tomber après la rupture, quand je me suis renfermée sur moi-même pour panser mes blessures. Je faisais comme si la moitié d'année qui venait de s'écouler n'avait pas complètement détruit mon estime de moi. Je n'étais pas le genre de fille qui prenait des risques, et la seule fois où je l'avais fait, la branche avait cassé sous moi. Emrys méritait une amie meilleure que cela, car même quand j'étais embourbée dans mes problèmes merdiques, elle n'avait jamais faibli.

J'ai tendu les mains et les ai posées sur ses épaules. Je devais lever la tête pour la regarder dans les yeux :

— On va passer une super semaine ensemble. Je te le promets, pas de distractions. Je fermerai ma bouche au lieu de dire que les gars ne sont pas des vrais cowboys. Je vais me réveiller et profiter de cet air horriblement propre, sans trace de pollution et de cette sérénité préservée. Je vais même essayer d'arranger les choses avec Monsieur Grognon si ça te fait plaisir, OK ?

Elle a secoué la tête mais un sourire est apparu sur ses lèvres contre son gré, des lèvres qui n'avaient besoin ni de rouge à lèvres ni de crayon pour ressembler à un arc de Cupidon parfaitement dessiné. Si ce n'était pas ma meilleure amie, cet air de perfection qui émane constamment d'elle m'agacerait. Heureusement, nous nous étions rencontrées bien avant que Chris ne me transforme en connasse suspicieuse qui remettait en cause tout et tout le monde. Cela aurait été la pire erreur de ma vie si j'étais passée à côté de l'amitié qui me liais à Emrys à cause de sa perfection intimidante.

— Je veux que tu redémarres et que tu te recharges, Leo. Je veux que tu te souviennes que tu es la femme la plus intelligente et la plus douée que je connaisse. Ce qui est arrivé avec Chris, ça ne te définit pas. Tu t'es faite rouler dans la farine par un mec charmant avec une belle gueule. Ça a des conséquences, mais ce n'est pas la fin du monde. Tu n'es pas la première à qui ça arrive. Tu ne seras pas la dernière. Je veux que tu ailles de l'avant, que tu redeviennes celle qui a toujours été ma meilleure amie.

Elle avait l'air si triste, si frustrée, que cela m'a noué le ventre. Elle a secoué un peu la tête et m'a jeté un regard qui a retourné douloureusement mon cœur dans ma poitrine.

— Car cette femme là...

Elle a tendu la main vers moi, et j'ai baissé les yeux et grimacé en voyant qu'elle avait remarqué le T-shirt que je portais. J'aurais dû le brûler quand j'avais dit à Chris que je ne voulais plus jamais le revoir.

— Je ne suis pas une grande fan d'elle.

Je n'étais pas une grande fan non plus, mais je ne savais pas comment m'en débarrasser. En réalité, je commençais à me demander si je n'étais pas destinée à être elle, dorénavant. Cette idée était si déprimante que j'ai répondu :

— Je vais de l'avant.

J'ai retiré mes mains de ses épaules, me suis penchée pour prendre mon sac et le déplacer vers un des deux petits lits dans leurs cadres rustiques et charmants. Ils y étaient allés à fond pour donner aux logements de vrais airs de ranch et je devais bien admettre que c'était très mignon et sympa. Ils avaient bien fait leurs recherches pour savoir ce qui plairait à leurs clients, et comme c'était mon travail, étudier et analyser dans quoi les gens dépensent leur argent, j'appréciais toujours les professionnels qui faisaient des efforts pour comprendre leurs clients et leur marché.

J'ai entendu Emrys soupirer derrière moi.

— Tu n'aurais jamais dit de ces gars qu'ils n'étaient pas de vrais cowboys, avant Chris. Tu aurais été trop déconcentrée par leurs petits culs dans leurs jeans pour te soucier de leur note sur l'échelle des cowboys.

Elle avait tristement raison.

J'ai laissé échapper un rire étouffé et me suis tournée pour la regarder par-dessus mon épaule.

— C'est vrai que leurs culs étaient assez phénoménaux, dans ces jeans.

Surtout celui de Cy, quand il était parti à grandes enjambées après m'avoir passé un savon, avec ses longues jambes et sa démarche assurée. C'était un homme qui se déplaçait avec résolution et détermination. Il avançait comme si rien ne pouvait le distraire ni le dévier de son chemin, comme si ce qu'il avait à faire était bien plus important que tout ce qui pouvait se passer autour. Je m'étais toujours imaginé qu'un vrai cowboy marcherait comme ça, avec en bonus les jambes arquées que mon imagination hyperactive ajoutait souvent pour parfaire le cliché.

Emrys a ri et cela a fait disparaître un peu du poids qui alourdissait mon cœur ces derniers temps.

— Sois gentille avec tout le monde pendant une semaine, Leo. C'est tout ce que je te demande.

— Ça, je peux le faire.

Elle ne m'en demandait pas beaucoup, et tant que le grand frère Warner ne s'approchait pas trop de moi, je pouvais m'exécuter sans problème. J'étais venue pour consacrer du temps à notre amitié et prendre de la distance avec mes soucis, retrouver mon estime et panser mes blessures. Ma capacité à faire confiance et ma foi en mon instinct avaient été annihilées. Le calme et la déconnexion avec mon environnement quotidien m'aideraient peut-être à faire guérir tout ce que Chris et ses mensonges avaient réduit en lambeaux.

J'allais faire de mon mieux pour faire confiance à ces faux cowboys, pour non seulement nous guider dans les montagnes et la nature, mais qui sait, avec un peu de chance, m'aider à retrouver celle que j'étais avant d'être brisée.

2

PAS VRAIMENT UNE CONVERSATION CLASSIQUE AU DÎNER

Comme ma confrontation avec Monsieur Grognon avait rogné sur l'heure qui nous était allouée avant de nous présenter au dîner, j'ai laissé la toute petite salle de bain, rustique mais tout de même moderne, à Emrys au lieu de la réclamer. Je me suis dit que j'avais déjà foiré la première impression que j'avais donnée, donc il n'y avait aucun intérêt à me faire belle et faire comme si j'étais une personne plus agréable et soigneuse que je ne l'étais en réalité. En plus, j'étais décidée à me concentrer sur ma relation avec ma meilleure amie, et à lui offrir l'expérience de camaraderie mémorable qu'elle attendait visiblement de ce voyage. Il existait peu de personnes au monde pour qui j'essayerais de modifier mon attitude. Emrys se trouvait être tout en haut de la liste, et en toute honnêteté, j'en avais assez d'être malheureuse et de rendre ceux qui m'entouraient malheureux eux aussi.

Au départ, quand la vérité avait éclaté sur Chris et notre semblant de couple, j'avais eu le cœur brisé, j'étais dévastée. Il n'avait pas fallu longtemps à ces émotions pour se transformer en honte et en colère. À cause de la honte, j'avais tout fait pour rester seule. Je voulais panser mes blessures en privé, et j'avais donc fait tout mon possible pour garder mon autoritaire meilleure amie à bonne distance. Je l'avais laissée tomber. J'annulais nos habituelles soirées ensemble, en semaine. J'ignorais ses appels et je la laissais en plan. Je lui avais même posé plusieurs lapins pour des rendez-vous professionnels organisés à l'avance, la laissant seule face à des hommes d'affaires en rut. J'avais oublié son anniversaire et volontairement provoqué une dispute interminable avec elle quand elle m'avait reproché toutes mes conneries. Je voulais que personne ne s'approche assez près pour voir combien je souffrais, surtout pas la personne qui me connaissait le mieux. Heureusement pour moi, Em était aussi têtue qu'exigeante. Je l'avais repoussée aussi fort que je pouvais, mais elle n'était jamais partie. Elle avait escaladé les murs d'un kilomètre de haut et fait tout ce qu'elle pouvait pour me ramener dans le monde des vivants. Je lui devais de faire de cette semaine la meilleure qu'il était en mon pouvoir de lui offrir.

Emrys s'est engouffrée dans la salle de bain et j'ai profité de ce moment pour enfiler un jean et une chemise à carreaux ajustée. J'ai sorti mes cheveux emmêlés de ma queue de cheval, qui allait très sûrement être mon unique coiffure toute cette semaine, et ai massé mon crâne, qui picotait de soulagement. J'ai eu un sourire en coin en apercevant mon reflet dans le grand miroir sur la porte du placard. Une fois que j'aurais ajouté les bottes en cuir que j'avais achetées tout spécialement pour ces vacances, je ressemblerais beaucoup plus à l'idée que je me faisais d'une fille de ranch. Pour aller jusqu'au bout, j'ai fait deux tresses dans mes cheveux qui descendaient de chaque côté de ma tête, une coiffure que je n'avais pas porté depuis mon enfance.

Mes cheveux étaient tout juste assez roux pour que, plus jeune, j'aie eu peur des blagues sur Fifi Brindacier, mais leurs boucles incontrôlables m'avaient valu plus de référence à « Annie la petite orpheline ». Ces railleries me faisaient mal, surtout à cause des raisons des moqueries. Tout le monde savait que c'étaient mes grands-parents qui m'élevaient, car ma mère ne voulait pas de moi et que mon père n'avait jamais fait partie du paysage. Savoir que la personne qui vous a mis au monde ne veut pas de vous, c'est dur à avaler. Heureusement, ma grand-mère et mon grand-père avaient tout fait pour que je sache qu'ils m'aimaient plus que tout quand j'étais petite, et qu'ils me donneraient tout pour compenser la négligence de ma mère. Je n'avais jamais manqué de rien dans mon enfance, sauf de réponses : comment ma mère avait pu décider qu'elle ne m'aimait pas alors que je n'étais même pas assez vieille pour lui donner une bonne raison ?

J'avais posé cette question à mes grands-parents et à la femme qui m'avait donné la vie. Aucun n'avait de réponse qui aurait pu me soulager. Il n'y avait pas de réponse convenable. Il n'y avait pas de raison. Pour elle, je n'étais pas désirée, je la dérangeais. Elle avait déjà planifié toute sa vie et je n'aurais jamais dû en faire partie. J'étais un problème, et cela me rendait impossible à aimer à ses yeux, et cela avait suffi pour qu'elle m'abandonne et me quitte à jamais.

Emrys me disait que j'avais eu de la chance qu'elle ne m'élève pas. Mes grands-parents m'avaient inscrite dans les meilleures écoles, à toutes sortes d'activités extra-scolaires qui m'intéressaient, m'avaient emmenée voir le monde, fait découvrir différentes cultures, et transmis le goût du travail et de l'autonomie. Ils avaient élevé une femme indépendante, qui est capable de penser par elle-même, mais le fait d'avoir eu toutes ces chances uniquement car ma mère m'avait abandonnée traînait toujours dans un coin de ma tête. Cela me poussait à me rapprocher de la perfection dans tout ce que je faisais. Je savais que le problème ne venait pas de moi, que c'était le problème de la femme qui ne pouvait pas être une mère. Mais les questions demeuraient, et avec elles, la peur que peut-être, seulement peut-être, quelque chose chez moi me rendait difficile à aimer. Cela me mettait sur la défensive, susceptible avec les gens, surtout les gens qui essayaient de se rapprocher de moi.

Ennuyée par ces pensées moroses, j'ai sorti la brochure du ranch du sac d'Em – elle l'emportait partout avec elle comme si c'était une Bible depuis des semaines –, et l'ai parcourue.

Il y avait des photos des montagnes et du terrain magnifique. Un lac de montagne parfait alimenté par une rivière cristalline et, bien sûr, le pêcheur incontournable dans l'image avec ses cuissardes et un sourire de la taille du Montana. On voyait des images de touristes bien habillés sur des chevaux sublimes chargés de matériel, tous riant et s'amusant de toute évidence comme des petits fous. Des photos des adorables chalets et des écuries, pleines de chevaux. Une photo de Sutton sur un cheval. Je l'ai touchée du doigt car il portait un Stetson noir et une veste en jean avec un col en peau d'agneau. Il était appuyé contre le pommeau de sa selle et comme il semblait incapable de sourire, il avait bien l'apparence du cowboy sauvage prêt à se mettre en route. Il y avait également une photo de Lane. Le seul frère qui souriait. C'était encore ce qu'il faisait sur la photo, assis devant un feu de camp, une guitare entre les mains. Il portait aussi un chapeau de cowboy, mais le sien était en paille et sa chemise ressemblait à celle en flanelle que je venais de revêtir. Dans la brochure, ils étaient 100 % cowboy ; en vrai, pas tellement.

J'ai ricané et ai retourné le papier. Je n'ai pas pu m'empêcher de retenir mon souffle en voyant l'image à l'arrière. Quelques photos de la maison et d'une immense table en bois, qui semblait tout droit sortie de la série *Vikings*. Une photo d'une superbe femme rousse, riant à gorge déployée tout en pétrissant de la pâte sur un comptoir recouvert de farine. Mais c'était la photo de Cyrus Warner, assis derrière un bureau gigantesque, bien installé dans un gros fauteuil à oreilles en cuir, les bras croisés devant son large torse, et un regard intense sur le visage, qui a vidé tout l'air de mes poumons. Cela ne ressemblait à aucun bureau que j'aie vu auparavant. Un énorme crâne de vache était accroché au mur au-dessus de sa tête. La suspension lumineuse semblait faite d'un vieux volant de diligence. Sans parler des fauteuils autour, recouverts d'un motif de peau de vache qui, j'en étais sure, étaient vraiment de la peau de vache. C'était indéniablement l'Ouest, et c'était incontestablement un bureau de ranch. C'était aussi sans équivoque un bureau masculin et puissant, tout comme l'était cet homme qui occupait l'espace. Même sur papier, il était impressionnant, mais toujours loin de pouvoir être considéré comme un cowboy. Contrairement à ses frères, il était habillé comme tout à l'heure, T-shirt noir, cheveux en arrière avec une pointe de gris sur les côtés. Il ne ressemblait ni à un cowboy, ni à un homme d'affaires. Il ne ressemblait à rien que je puisse étiqueter ou catégoriser, ce qui a propulsé dans mon dos un frisson de défi et de curiosité.

— Tu t'intéresses enfin à ce qu'on va faire cette semaine ?

Emrys est sortie de la salle de bain, avec ses longs cheveux enroulés dans une serviette et entourée d'un tourbillon de vapeur. Elle était habillée dans le même style que moi, mais elle était aussi arrivée comme ça. Contrairement à moi, Emrys était habituée à la pleine nature.

— Je suis contente. Je crois vraiment qu'on va bien s'amuser, si tu laisses sa chance à cette semaine.

J'ai soupiré et ai jeté la brochure à côté de moi sur le lit.

— Tu as bien vu qu'il est écrit qu'il faut être bonne cavalière ? Je ne suis pas montée sur un cheval depuis mon adolescence.

Une des activités que j'avais voulu essayer étant plus jeune était l'équitation. Mon grand-père avait grandi entouré de chevaux au Texas, bien avant de déménager dans le nord de la Californie. Il avait été fou de joie que je porte un intérêt à une chose que nous pourrions faire ensemble. Il m'avait inscrite à des cours d'équitation dans un centre équestre en moins de temps qu'il n'en faut pour dire « en selle ». J'avais pris des cours tout un été. J'étais assez douée avec ces gros animaux et je commençais à vraiment aimer l'équitation. J'aimais la sensation de totalement maîtriser un animal si massif et puissant. Jusqu'à ce que je sois projetée du haut d'une monture nerveuse, qui, ne voulant pas sauter, m'a jetée comme si je ne pesais rien. Je m'étais fait une double fracture au poignet et avais décidé que c'en était fini de l'équitation. C'était trop imprévisible et je n'avais pas autant le contrôle que je m'en étais persuadée. L'histoire de ma vie, en somme. J'avais abandonné et n'avais plus jamais approché un cheval. Je détestais échouer, et quand cela arrivait, je ne prenais pas le risque de réitérer l'expérience.

— Bonne cavalière ne veut pas dire professionnelle. Tu sais mettre une selle et une bride, et tu peux monter plusieurs heures sans tomber. C'était tout ce que demandait la décharge qu'on a signée.

Elle a enlevé la serviette sur sa tête, et des vagues de cheveux ont déferlé sur ses épaules comme de la soie noire.

— Je ne suis pas montée sur un cheval depuis des années, a-t-elle continué. La dernière fois, c'était quand je sortais avec le joueur de polo espagnol à la fac.

Nous avons échangé un regard et lâché un soupir rêveur. Le joueur de polo était sexy, mais en même temps, tous les hommes avec qui Emrys était sortie étaient sexys. Emrys ne donnait pas dans le médiocre. C'était l'une de ses particularités que j'admirais le plus. Elle refusait de revoir ses exigences à la baisse.

— Ta coiffure te va bien, dit-elle en tirant sur l'une de mes tresses tandis que je me levais du lit. Très Elly May Clampett.

J'ai chassé sa main et mon ventre a gargouillé, me faisant savoir que la barre de céréales et le Pepsi que j'avais avalés n'étaient pas suffisants pour toute une journée.

— Je crois qu'Elly May était une montagnarde, pas une cowgirl. Allons vers la maison, je meurs de faim.

Elle a montré du doigt ses cheveux encore trempés et a levé un sourcil.

— Il faut d'abord que je sèche cette serpillère, mais tu peux y aller avant moi.

Elle avait une telle masse de cheveux que je savais qu'ils prendraient au moins une demi-heure à sécher. J'allais lui dire que je pouvais attendre, quand mon ventre a émis un autre son rageur, assez fort pour que même elle l'entende. Elle a haussé les sourcils alors que je posais la main à l'endroit à l'origine du bruit et j'ai senti mon visage rougir.

— D'accord. Je vais y aller et voir si je peux avaler quelque chose avant que mon corps commence à s'auto-dévorer. Je leur dirai que tu auras un peu de retard.

Elle a hoché la tête et s'est retournée vers le lavabo, où elle m'a regardée dans le reflet du miroir tandis que je me dirigeais vers mes bottes neuves et y glissais les pieds. Elles ne ressemblaient à rien que je chaussais habituellement, mais je devais admettre que les petites franges à la base des lacets étaient très mignonnes. J'ai posé les mains sur mes hanches alors que Em continuait à m'observer dans le miroir avec un sourire.

— Tu es adorable, Leo. Merci d'avoir fait un effort, ça me fait très plaisir.

Son ton avait une légèreté que je n'avais plus entendue depuis que je jouais à la tortue, la tête dans ma carapace de tristesse. J'avais ignoré le reste du monde le temps d'essayer de refermer mes blessures, bien plus profondes que personne pouvait l'imaginer.

J'ai lâché un soupir et me suis dirigée vers la porte.

— Souhaite-moi bonne chance. J'espère que je ne me ferai pas manger par un ours ou attaquer par un puma avant d'arriver au château de rondins.

Elle a ri et m'a jeté un regard dans le miroir.

— Si tu hurles, je mettrais ma main à couper qu'un ou plusieurs des gars, dans leurs Wrangler moulants, accourront à ta rescousse. Ça peut valoir le coup d'essayer. Qui ne voudrait pas être secourue par un cowboy sexy ?

J'ai ricané en ouvrant la porte.

— Je ne suis toujours pas convaincue que ces mecs soient des cowboys, donc il y a de bonnes chances que je sois forcée de me secourir toute seule.

C'était une chose que j'étais certaine de pouvoir faire, avant que Chris n'ébranle toutes les fondations de ma confiance en moi. Maintenant, je n'étais plus si certaine d'être capable de me maintenir en sécurité et de protéger mes parties trop sensibles et trop tendres.

— À tout à l'heure.

Em m'a fait un petit signe de la main par-dessus son épaule. J'ai grimacé en entendant la porte claquer derrière moi, et en entendant si nettement le bruit des talons de mes bottes sur le palier en bois et l'escalier qui descendait. Tout était si calme, silencieux et immobile. J'entendais les battements de mon cœur et chacune de mes respirations. J'entendais le bruit de mes vêtements contre ma peau et le petit vent qui passait dans mes cheveux, en me rapprochant de la maison toute illuminée. J'étais désormais bien consciente de la facilité avec laquelle le son se déplaçait sans immeuble ni foule de gens pour le bloquer. Ma voix pouvait porter jusqu'en haut des montagnes quand je parlais, ce n'était donc pas étonnant que Cy et ses frères aient entendu mes remarques désobligeantes, tout à l'heure.

Dis ce que tu penses... Les paroles de Lane flottaient dans ma tête tandis que j'arrivais vers la maison, imposante et éclatante. Un large porche encerclait tout l'avant de la maison, avec plusieurs chaises en bois et ce qui semblait être des couvertures pour les chevaux dispersées çà et là. Des lanternes qui avaient l'air anciennes brillaient d'une lueur douce, et quelqu'un avait pris le temps de marquer tous les piquets de la rambarde en bois du logo associé à la propriété. Ce décor semblait tout droit sorti d'un vieux western, mais assez agréable et accueillant pour attirer une grande variété de visiteurs. Celui ou celle qui avait pensé tout ça avait dû passer énormément de temps à tout faire dans les règles de l'art, ne laissant aucun détail au hasard. Ils avaient parfaitement su allier ranch en fonctionnement et lieu de vacances, et j'avais du mal à imaginer que les hommes que j'avais rencontrés aient cette touche experte. Les PDG avec qui je travaillais chaque jour dépensaient des millions de dollars pour essayer d'y parvenir. Savoir attirer un consommateur et savoir ce qui le motive à se séparer de son argent durement gagné, c'est l'ultime tour dans le sac d'un professionnel. Il semblait que quelqu'un ici possédait parfaitement ce savoir-faire.

Je passais la main sur le bois lisse et poli de la rambarde de l'escalier qui menait à la porte en bois et en fer. J'appréciais la sensation du bois, si chaud sous ma main. J'étais habituée aux rampes en acier, poisseuses pour Dieu sait quelle raison. C'était comme si dans ce lieu, tout avait une vie, une sorte d'âme absente des immeubles aseptisés et austères qui emplissaient le centre de San Francisco. J'adorais cette ville qui était mon chez-moi, j'adorerais l'originalité excentrique de ses collines et ses pentes, l'histoire diverse d'une ville fondée par des chercheurs d'or et des rêveurs, mais cela n'avait rien de commun avec ça.

J'ai pris une grande inspiration et me préparais à monter les dernières marches lorsque la porte d'entrée s'est ouverte brusquement, et je me suis retrouvée nez à nez avec le pas-vraiment-cowboy au charme agaçant. Je ne me souvenais pas avoir vu un homme aussi imposant, ou aussi naturellement frappant. C'était comme si sa présence et son charisme effaçaient tout ce qui existait autour de moi. Sans que je sache pourquoi, tout le reste ralentissait et tout se concentrait sur lui dès qu'il était présent. Il était arrivé la même chose quand j'avais regardé sa photo sur la brochure. Cela me mettait mal à l'aise. Je n'aimais pas le fait qu'il n'ait besoin d'aucun effort pour que tout mon être réagisse en sa présence, comme s'il était la chose la plus dynamique de l'univers. C'était déstabilisant et cela faisait sonner mon système d'alarme interne, prêt à se mettre en route après le désastre de Chris ; il carillonnait de toutes ses forces.

— Je venais juste voir si vous ne vous étiez pas perdues en route. Il y a plein de choses dangereuses qui n'attendent que de planter leurs crocs dans de belles femmes dès que le soleil se couche, dans le coin.

J'aimais un peu trop sa voix éraillée, mais son ton de mise en garde séductrice ne me plaisait pas du tout. J'ai levé la tête pour le regarder tandis qu'il venait sur la dernière marche pour me surplomber.

— Tout va bien. Je suis parfaitement capable de me défendre. Je sais quand il faut fuir.

En tout cas, je l'avais su à une époque. Tout en moi me disait de prendre mes jambes à mon cou, de fuir cet homme aussi vite que possible. Me souvenant que j'étais censée enterrer la hache de guerre, je me suis forcée à sourire et ai penché la tête sur le côté, un geste que j'espérais engageant.

— Merci d'avoir pensé à nous et à notre sécurité. C'est très aimable de votre part.

J'ai retenu le « c'est pas trop tôt » cinglant que j'avais sur le bout de la langue.

Un sourire en coin est passé sur son visage et sur la moitié de ses lèvres. Il m'a coupé le souffle et a fait trembler mes genoux. Cet homme ne devrait pas être autorisé à être si beau avec une personnalité aussi déplaisante. Ce n'était pas juste. Il me caressait dans le mauvais sens du poil, mais j'aimais qu'il me caresse quand même. J'aimais cette friction et sa façon de réchauffer mon sang.

— Je m'assure simplement qu'il n'arrive rien aux jolies filles de la ville. Ce serait mauvais pour les affaires, dit-il en levant un de ses sourcils noirs et transformant son rictus en vrai sourire. C'est toujours ceux qui se croient capables de se débrouiller qui ont le plus besoin d'aide sur la route. Entre, installe-toi. Je vais aller chercher ta copine pour qu'elle ne monte pas jusqu'ici toute seule dans le noir.

J'étais étourdie par le fait qu'il ait dit de moi que j'étais jolie, plusieurs fois. Généralement, je me dirais que c'était des balivernes. J'étais une cliente et il avait sûrement peur qu'après nos échanges houleux, je le détruise, lui et son entreprise, sur TripAdvisor ou un autre site qui lui apportait des clients. Mais il n'avait pas l'air d'être le genre de personne qui parle pour rien dire, et Lane m'avait dit que les Warner pensaient ce qu'ils disaient, car les mots ont du poids quand tout le monde les entend. Son compliment avait un tel effet sur moi que j'avais peur de m'y attarder. Je n'avais pas de place pour les papillons. Tout cet espace devait à présent être exclusivement rempli par une détermination en béton : je ne me retrouverai plus jamais dans la situation que j'avais vécue avec Chris. Pourtant, j'ai senti un petit papillonnement qui m'a fait paniquer, donc j'ai fait ce que je faisais quand je me sentais en difficulté et mise à l'épreuve... J'ai essayé de fuir.

J'ai monté une marche de plus sur le porche et ai ouvert la bouche pour lui dire que j'étais affamée, mais le son a été brutalement coupé car j'ai failli tomber à la renverse quand Sutton a débarqué derrière son frère à toute allure. Il a grogné comme nous tanguions tous les deux dangereusement, et a refermé ses dures mains sur mes bras pour m'empêcher de tomber. Comme si j'étais un meuble sur lequel il avait trébuché, il m'a poussée sur le côté et a regardé son grand frère par-dessus son épaule, qui lui lançait maintenant un regard noir plein de reproche.

Sutton a juré dans sa barbe et a quitté son frère des yeux.

— Daye vient de m'appeler. Il faut que j'aille la chercher.

Mon attention passait de l'un à l'autre quand Cy a grincé, énervé :

— Tu ne peux pas accourir chaque fois qu'Alexa déconne, Sutton. Tu as des responsabilités ici.

J'ai tressailli pour Sutton, et aussi parce que ses mains, encore sur mes bras, ont resserré leur emprise au point de me faire mal.

— J'ai des responsabilités là-bas aussi, Cy. J'en ai une que je vais garder pour au moins treize ans encore. Daye est ma fille, et ce n'est pas sa faute si sa mère est une cinglée. Elle a besoin de moi, et j'y vais. Ça ne te tueras pas de bouger ton cul et de faire autre chose que d'agrafer des papiers.

Ses mains m'ont relâchée, et en un instant il était passé derrière moi, ce qui me laissait à nouveau face à face avec un Cyrus Warner résolument furieux. Son regard est passé sur moi pour vérifier que je tenais debout, puis il est passé au-dessus de ma tête, vers là où j'entendais clairement son frère descendre les marches à grands pas.

— Je t'ai dit de ne laisser aucune femme te mener par la bite. On aurait pu espérer que Lane et toi aviez appris de mes erreurs.

J'ai dégluti difficilement, car même si ce n'était pas à moi qu'il parlait, cela sonnait comme un avertissement. Qui m'était destiné.

Sutton a enlevé sa casquette et l'a faite claquer contre sa jambe en passant son autre main dans ses cheveux. Ils avaient une jolie couleur bronze, loin d'être aussi foncés que ceux de l'homme qui se tenait face à moi.

— Je ne reproduis pas ta vie, Cy, ni celle de Papa. Je ferai mes propres erreurs, et Lane aussi. On ne sort pas tous du même moule, même si c'est ce que tu voudrais. Maintenant il faut que j'aille chercher ma petite. Elle a peur et elle pleure parce que sa mère est une ivrogne qui a fait un coma devant elle, pour la deuxième fois cette semaine. Elle a faim, elle est toute seule, et elle a besoin de son père. Tu peux partir avec Lane demain matin. Quand j'aurai ramené Daye et qu'elle sera installée avec Brynn, je viendrai te remplacer. Ce n'est que pour deux jours.

Un combat de regards tendu avait lieu au-dessus de ma tête. Il a duré jusqu'à ce que le large torse de Cy soupire profondément. Il n'avait pas l'air plus satisfait quand il a cédé.

— D'accord. Si tu as besoin d'aide, appelle-moi.

Le plus jeune des deux hommes a grogné puis il est parti, me laissant destinataire de ce formidable regard noir.

— Désolé pour ça. C'est une conversation qu'on aurait dû avoir une autre fois. Sutton peut être colérique et oublier que les affaires de famille n'ont pas leur place dans le business. Ça va ? Il t'a bien cognée quand il est sorti de là.

Je ne m'attendais pas à cette attention de sa part, cela m'a déstabilisée une seconde, et j'ai levé la main sans réfléchir sur un de mes biceps, qui aurait certainement un bleu le lendemain matin. J'avais la peau claire, donc je marquais vite.

— Ce n'est pas grave. Il était visiblement tourmenté.

J'essayais d'être gentille comme je l'avais promis à Em, mais ma réponse a semblé mettre l'homme imposant encore plus en colère.

Il a juré dans sa barbe et a poussé la porte pour se tenir directement en face de moi.

— Il souffre de blessures qu'il s'est infligé à lui-même. Il a fait un bébé avec la mauvaise fille et il paye cette erreur depuis cinq ans. Ça ne lui donne pas le droit d'être négligent avec nos clients. Tu aurais pu te faire vraiment mal s'il n'avait pas eu le réflexe de t'empêcher de tomber.

J'ai eu un petit mouvement de recul devant l'absence de compassion dans sa voix, et l'ai observé en penchant la tête sur le côté.

— Donc ta nièce n'a que cinq ans et elle est seule avec sa mère inconsciente ce qui veut dire qu'elle est sûrement terrifiée et certainement bouleversée.

Il s'est contenté de me regarder tandis que je présentais les faits horribles que je venais d'apprendre.

— Et tu es en colère contre ton frère parce qu'il va la sortir de cette situation ? Il faudrait être un monstre au sang froid pour laisser un enfant dans ces conditions.

Ses yeux perçants se sont embrasés et un muscle a tiqué dans sa joue, comme ses dents se serraient. Je ne connaissais pas toute l'histoire, mais cet instant, cette seconde, ne donnait pas une image flatteuse de cet homme qui ne cessait de m'intriguer. Ce n'était pas un cowboy, et je ne savais pas quel genre d'homme d'affaires il était, mais une chose était claire... c'était un connard. Un connard insensible, froid, dur et cruel. Comment un homme pouvait-il désapprouver un acte fait dans l'intérêt d'un enfant... surtout une enfant qui partageait son sang ?

Je voulais m'éloigner de lui et de l'étrange attraction magnétique qu'il semblait avoir sur moi. Je ne l'aimais pas, et je n'aimais vraiment pas les sensations qu'il provoquait chez moi. Comme si tout en moi était bouillant et gelé en même temps. Mes fondations étaient déjà abîmées et instables. Je n'avais pas besoin que ce grand homme sombre et sa personnalité incompréhensible y fassent plus de dégâts.

J'ai voulu le contourner pour entrer dans la maison lorsqu'une de ses mains a atterri sur mon bras, bien plus légère que le toucher de son frère. Ce contact m'a donné l'impression de toucher un fil électrique. Des picotements ont éclaté et sont remontés dans mon bras, me forçant à tourner la tête vers lui. Il regardait mon bras, là où il avait posé la main, et je priais pour qu'il ne sente pas comme ce simple contact faisait courir mon sang comme de la lave dans toutes mes veines.

— J'aime mon frère, et j'aime ma nièce. Celle que je n'aime pas, c'est la manipulatrice qui se sert d'eux pour jouer à ses petits jeux. Je ne suis pas en colère parce que Sutton va chercher sa fille, je suis en colère parce qu'il est obligé de le faire. La garde de Daye est un problème permanent depuis que l'ex de Sutton est tombée enceinte. Je dirais que le vrai monstre au sang froid, dans cette situation, c'est la femme qui a mis un enfant au monde en sachant qu'elle n'avait aucunement l'intention de s'en occuper. Daye était un pion, ni plus ni moins. Ça m'énerve que Sutton n'ait pas d'autre choix que de rentrer dans son petit jeu parce qu'il aime sa fille et que c'est un bon père. Je veux que mes frères prennent de meilleures décisions que les hommes de notre famille avant eux. Les Warner n'ont jamais été chanceux en amour.

J'ai cligné des yeux, puis cligné une deuxième fois, car je ne connaissais que trop bien le genre de monstre qu'il venait de décrire. J'avais le même, caché pas très loin au fond de mon placard. J'ai lâché un soupir et ai plaqué un sourire sur mon visage pour reléguer ce sentiment d'être inadaptée tout au fond de moi, à sa place.

— Hé bien, ce n'est pas ce à quoi je m'attendais, mais je dois avouer que le début de ces vacances est tout sauf ennuyeux. Je meurs de faim, donc s'il y a à manger, permets-moi de me jeter dessus.

C'était une tentative flagrante de changer de sujet, et j'espérais qu'il l'attraperait au vol et jouerait le jeu. Il ne me semblait pas être le genre de personne à vouloir qu'une inconnue se mêle de ses affaires de famille. Le plus jeune des trois frères avait dit que c'était exactement comme ça que Cy nous voyait, nous qui profitions de ses terres et de sa nature : des étrangers. Je n'avais pas ma place dans ce monde, et je n'avais absolument pas ma place dans ses histoires personnelles, pas plus que je voulais qu'il se mêle des miennes. Je n'avais pas vu Chris venir quand il s'était immiscé dans ma vie, mais on ne pouvait pas manquer Cyrus.

Soudain, il a fait un pas en arrière. La lueur qui brillait dans son regard gris scintillant s'est un peu affaiblie et il a baissé le menton comme pour reconnaître que je lui avais donné une issue de secours, et qu'il allait s'en servir.

— Entre donc. Je vous présenterai au reste du groupe et à Brynn quand je reviendrai avec ta copine. Vous êtes huit à partir avec nous demain matin et vous allez passer la semaine collés les uns aux autres, donc mieux vaut essayer de s'entendre avec tout le monde.

Je me suis un peu hérissée en me rappelant notre première rencontre et ai voulu jeter mes cheveux en arrière d'un air hautain, avant de me rappeler que mes cheveux étaient tressés et que c'était impossible d'avoir un air hautain quand on essayait de ressembler à une vraie cowgirl.

Je n'irais pas jusqu'à dire que je m'entendais généralement super bien avec les autres, ce serait un mensonge. J'avais du mal à faire confiance aux gens, et encore plus de mal à m'ouvrir, donc mon cercle social était relativement restreint. Ce n'était un secret pour personne que les inconnus trouvaient mon ton direct et mon indifférence pour les mondanités plutôt rebutants. Je n'étais pas une fille populaire, et je n'avais jamais souhaité en être une. En revanche, lorsqu'on passe ses journées à étudier les gens, leurs habitudes de consommation, leurs préférences, c'est inévitable de comprendre ce qui fait réagir la plupart des humains. Donc je pouvais faire semblant d'être extravertie et aventureuse pour une semaine et peut-être, je dis bien peut-être, qu'un peu de cette simulation deviendrait réelle.

Maintenant que je savais que Cy allait partir au moins quelques jours avec nous, j'étais bizarrement beaucoup plus motivée pour dormir une semaine sous une tente dans les montagnes du Wyoming. C'était un homme que je n'arrivais pas à cerner, un puzzle que tout en moi voulait résoudre. Je voulais voir à quoi ressemblait le portrait complet de Cyrus Warner. Peut-être que si j'avais si désespérément envie de voir toute l'image, c'était parce qu'il avait manqué trop de pièces à la dernière énigme que j'avais essayé de résoudre. C'était terrifiant de ne pas pouvoir se fier à son propre jugement entre ce qui est vrai et ce qui est fabriqué pour avoir l'air de l'être.

Chris avait détruit ma confiance en moi et en les autres. Et quelque part au plus profond de moi, j'avais le sentiment que si je le laissais se rapprocher de moi, Cyrus Warner aurait le pouvoir d'annihiler tout ce qu'il restait de moi. Je ne pouvais que croiser les doigts et espérer être assez rapide pour fuir.

3

PAS VRAIMENT LES SUSPECTS HABITUELS

Si j'avais dû deviner quel genre de personnes réservait un séjour d'une semaine en pleine nature dans le Wyoming, j'aurais dit des hommes d'affaires quadragénaires qui ont toujours voulu réaliser leur fantasme d'être John Wayne ou Clint Eastwood. J'aurais désigné les hipsters désenchantés, ceux qui s'ennuient dans les grandes villes et décident de partir à l'aventure pour se reconnecter à Mère Nature. J'aurais imaginé des femmes comme Emrys et moi, stables financièrement, peut-être un peu perdues et qui travaillent clairement trop, à la recherche de quelque chose qui secouerait leur routine. En revanche, je n'aurais jamais visualisé la famille new-yorkaise de l'Upper East Side, ostensiblement aisée et prospère, assise en face de moi à la longue table en bois. La mère jouait avec le bracelet tennis à son poignet et le sourire en plastique qui habillait son visage ne s'affaissait jamais. Le père n'arrêtait pas de jeter des coups d'œil à son portable alors que son fils ado ne lâchait pas des yeux le jeu vidéo qui bipait constamment entre ses mains. Je me demandais chez quel opérateur ils étaient car je ne captais pas du tout dans cette zone morte, tandis qu'ils semblaient n'avoir aucun problème pour interagir avec le monde extérieur. C'était comme si le destin essayait de me forcer à débrancher, à arrêter de penser à tout ce que j'avais raté. Leur fille avait quelques années de plus que le garçon, et à la seconde où Cy était entré dans la pièce avec Emrys derrière lui, elle ne l'avait pas quitté de ses yeux écarquillés. Je ne pouvais pas lui en vouloir ; il était impossible de l'ignorer. J'avais envie de donner un coup de coude à sa mère et de toussoter face à cette observation visiblement lubrique et complètement déplacée, car Cy était beaucoup plus vieux que la jeune fille.

Je n'aurais jamais imaginé non plus que les deux hommes qui complétaient notre caravane choisiraient cet endroit pour échapper à leur réalité. Deux hommes qui se parlaient à peine, qui nous regardaient tous avec un regard soupçonneux, et qui avaient donné très peu d'informations sur eux au moment des présentations. Ma première idée était que c'était un couple très malheureux venu dans cette destination isolée pour raviver la flamme. Mais leur langage corporel et leurs interactions rigides, entre eux et avec nous, donnaient l'impression qu'ils ne supportaient même pas d'être dans la même pièce, ce qui amaigrissait sérieusement les chances que ce soit un couple d'amoureux. Comme ils ne semblaient pas non plus être amis, je ne voyais pas d'autre raison pour laquelle deux hommes iraient voyager ensemble, seuls dans la forêt. C'était bizarre. Je crois qu'ils ont senti que je trouvais cela bizarre, car le plus jeune, celui qui devait avoir mon âge, me lançait des regards durs sous ses sourcils froncés. Je lui rendais simplement ses regards, jusqu'à ce qu'Emrys s'asseye à côté de moi avec un grand geste et un soupir. Une fois installée à la table, toute l'attention s'est concentrée sur elle. Même le petit gamer ne s'intéressait plus à son jeu, pour pouvoir river ses yeux brillants sur ma meilleure amie trop belle pour passer inaperçue.

L'ambiance était tendue et incertaine, autour de la table. J'avais oublié mon idée de grignoter avant le repas en évaluant, examinant, et jugeant les invités. On aurait dit une sorte d'audition, pas la rencontre d'un groupe d'inconnus prêts pour l'aventure de leur vie. Les présentations de Cy furent brèves et efficaces. Il a donné le nom de tout le monde, les deux hommes muets étaient Grady et Webb, et la famille était composée de Marcus, un père absent, Meghan, une mère fatiguée, et Evan et Ethan, les enfants qui auraient préféré être ailleurs. Il a aussi dit d'où nous venions tous avant de s'asseoir au bout de la table, visiblement soulagé de s'éloigner de nous pour être seul avec ses réflexions. Personne n'a donné plus d'informations que celles qu'il avait fournies, rendant les instants qui suivirent incroyablement gênants. J'ai lancé un regard à Emrys qu'elle a pris soin d'ignorer. Lane était le seul à cette table qui semblait capable de faire la conversation, mais c'était beaucoup demander à une seule personne, si les neuf autres étaient enfermées dans leurs soucis. Il a fini par lâcher un grand soupir, regarder son frère en levant les yeux au ciel, et s'excuser pour aller aider la mystérieuse Brynn, la femme dont les gars n'arrêtaient pas de parler, en cuisine. Je ne l'avais pas encore rencontrée, mais j'étais prête à l'écraser de câlins et l'étouffer d'amour si la nourriture qu'elle apportait était aussi bonne que l'odeur qui se dégageait de la cuisine.

— Alors, que faites-vous dans la vie, mademoiselle Santos ?

La question était posée par le père new-yorkais qui était soit accro au travail, soit avait une copine en plus de sa femme. Son téléphone sonnait toutes les cinq minutes et il se donnait tout le mal du monde pour que ni sa femme ni ses enfants ne voient l'écran quand il répondait. L'idée qu'il trahisse sa famille me donnait la chair de poule. Quand tous les mensonges de Chris avaient été dévoilés, je m'étais rendue compte que j'avais passé des mois à jouer le rôle de la maîtresse sans le savoir. Personne n'aime les infidèles, mais quand on est assez bête pour se faire avoir par l'un d'entre eux, cela rend encore plus critique et sévère envers les gens qui traitent mal ceux qu'ils sont censés aimer. J'ai décidé à cet instant que je n'aimais pas le père, et qu'il n'y aurait aucun moyen que je lui fasse confiance.

Emrys a souri avec son aisance désarmante, et j'ai dû étouffer un petit rire en voyant tous les hommes présents s'agiter sur leur chaise. Les deux silencieux n'étaient donc pas en couple, puisqu'ils semblaient aussi affectés par la présence d'Emrys. Elle était puissante, et ce que j'adorais chez elle était qu'elle était consciente de son pouvoir et de l'impact qu'elle avait sur les gens. Heureusement qu'elle avait décidé très tôt d'utiliser son influence pour faire le bien.

— Je travaille dans les ressources humaines, répondit-elle avec un geste de la main et un rire léger. Je fais de la paperasse toute la journée, en gros. Un formulaire en cache toujours un autre. C'est sans fin.

Elle faisait bien plus de choses que ça, mais elle n'étalait jamais ses réussites et d'après le regard en coin qu'elle m'a lancé, j'ai compris qu'elle ne voulait pas impressionner le marié, deux enfants, déjà un peu trop intéressé.

— Ça a l'air passionnant. Je suis dans l'immobilier. New York est un des marchés les plus concurrentiels au monde. Je dois être au top 24 heures sur 24, sept jours sur sept.

J'ai combattu l'envie de lever les yeux au ciel alors que la mère toussotait nerveusement et arrêtait de jouer fébrilement avec les diamants de son bracelet pour passer à celui de son alliance.

— Oui, Marcus travaille très dur, c'est pour ça qu'on avait tous besoin de ces vacances. Ça va nous faire du bien de passer du temps ensemble... en famille.

Ses derniers mots étaient cassants et la jeune ado a tourné la tête d'un coup avec un regard mauvais, comme si on lui avait donné un petit coup sans que cela se voie. Je l'ai regardée se retenir de répondre à sa mère, et à la place, fusiller son père du regard, qui pianotait encore une fois sur son portable. La fille a secoué la tête et ramené son attention vers le grand homme au bout de la table avec un soupir mélancolique.

C'était aussi ridicule que si cela sortait d'une vieille sitcom, et que la famille sortait d'une agence de figurants. Ces vacances s'avéraient bien surprenantes. J'avais de plus en plus envie de voir comment tout allait se terminer. Ce genre de drame et de tragédie imminente était exactement ce qu'il me fallait pour ne plus penser à mes échecs récents.

J'ai ravalé mon rire et ai dévié le regard vers Cy quand sa voix grave a cassé la tension qui régnait autour de la table. Il regardait droit vers moi, et je croyais voir un air de défi sur son visage.

— Et toi, Rayon de Soleil ? Tu fais quoi, dans la vie ?

Cela aurait pu être une question innocente, mais comme chaque interaction que j'avais eue avec cet homme en si peu de temps, elle semblait chargée de sous-entendus que je n'étais pas sûre de bien comprendre. C'était comme s'il ne me demandait pas seulement comment je gagnais ma vie et je payais mes factures, mais ce que je faisais, en tant qu'être humain. Comme s'il interrogeait ma valeur en tant que femme. Ce surnom inattendu m'a désarçonnée. Il impliquait une sorte d'intimité et de lien que je faisais tout pour éviter. Et il était ridicule. J'étais la personne la moins décontractée et insouciante au monde. J'étais un nuage d'orage qui gâche les pique-niques, pas quelque chose plein de chaleur et de lumière.

— Je t'ai dit que tu pouvais m'appeler Leo, et je suis analyste d'étude de marché.

— Je n'ai jamais rencontré de fille qui s'appelle Leo.

C'était le petit gamer et je n'ai pas pu m'empêcher de sourire devant son air abasourdi.

— Ce n'est pas très courant. Mon grand-père m'appelait son petit lion, quand j'étais petite. Le surnom est resté.

Emrys a levé un sourcil et tourné la tête vers moi.

— C'est aussi la reine de la jungle urbaine, et on entend son rugissement à des kilomètres à la ronde.

Son explication a fait rire presque tout le monde à table, dont Lane, qui avait dû l'entendre en revenant de la cuisine. Quand il a eu fini de rire, il a déclaré que le dîner serait servi dans quelques minutes. Apparemment, les petits pains avaient brûlé et nous attendions la deuxième fournée. Il a ramené son attention sur moi et a décidé que la conversation sur mon prénom n'était pas finie.

— C'est les cheveux. Ils sont de la même couleur que la crinière d'un lion. Je vois bien pourquoi il t'appelait comme ça.

J'ai soufflé et ai levé une main gênée vers les mèches tressées de chaque côté de ma tête. De toute évidence, ce surnom m'allait bien pour toutes sortes de raisons, bien que ces derniers temps, mon rugissement s'était transformé en petit miaulement.

Mon regard s'est immobilisé sur Cy quand il a penché la tête sur le côté et m'a observée un long moment sans rien dire.

— Donc tu passes tes journées à essayer de comprendre comment faire en sorte que les gens dépensent leur argent et achètent des choses dont ils n'ont pas besoin ?

J'ai senti mon dos se raidir et mes doigts former un poing sans que je le décide sur ma cuisse, sous la table, où j'espérais que personne ne le verrait. J'ai forcé mes traits à prendre un masque calme et ai hoché la tête d'une façon que j'espérais polie et neutre. Des personnes très différentes m'avaient déjà dit que mon travail était de la manipulation, qu'il était invasif et calculateur. Mais étrangement, je ne voulais vraiment pas entendre cela de sa part. Je voulais paraître brillante, sûre, confiante... même si je ne me sentais aucune de ces trois choses à cet instant, surtout en face de lui.

Ma réponse était aussi froide et sans émotion que possible.

— Oui. J'étudie les tendances du marché, les habitudes de consommation, les gammes de prix, et les comportements des consommateurs. La façon dont les gens achètent, pourquoi ils choisissent un produit plutôt qu'un autre... C'est une science.

J'ai désigné la salle à manger à la décoration méticuleuse où nous nous trouvions, et ai plissé le nez comme l'odeur de poulet frit s'intensifiait.

— Les êtres humains sont programmés pour réagir à leurs cinq sens. Quand une entreprise ou un commerce sait comment attiser le plus possible de ces cinq sens, ils prendront inévitablement de l'avance sur leurs concurrents. Par exemple, si vous pouviez mettre l'odeur divine de ce poulet frit sur votre site internet, vous n'auriez plus aucune concurrence pour attirer les réservations. Les estomacs des clients réserveraient à leur place.

— Qu'est-ce que vous êtes gentille ! Ça me fait plaisir d'entendre ça sur mes plats.

Une voix douce, mêlée d'humour et de chaleur, m'a fait tourner la tête et entrouvrir la bouche, de surprise, lorsqu'une femme tout aussi adorable et à la beauté aussi exotique qu'Emrys est arrivée au bout de la table avec de grands plateaux dans les mains. Elle ne ressemblait pas à une Brynn. Elle aurait dû avoir un prénom lyrique et exotique, impossible à prononcer et à épeler. Elle ne ressemblait pas à une femme qui passe ses journées à trimer dans une cuisine, dans un ranch isolé, au milieu de nulle part.

Non... Elle ressemblait à une femme qui fait la couverture du catalogue de Victoria's Secret ou qui fait le tour des journaux à scandale, accrochée au bras d'un footballeur.

— L'odeur est délicieuse et authentique. Les gens sont prêts à payer cher pour l'authenticité.

Mes mots étaient froids car je surpassais le choc de la voir si belle et accueillante.

Elle a lancé un rire désinvolte et cristallin. Elle avait l'air si heureuse et détendue en posant l'un après l'autre les plateaux sur l'immense table. Son sourire était naturel, et elle bavardait avec les convives muets comme des pierres comme si c'était normal. Elle avait une attitude pétillante et contagieuse, même quand elle n'obtenait que de la gêne et du silence en retour. Je me suis surprise à vouloir sourire simplement parce qu'elle souriait, et je voulais toujours l'écraser de câlins car après la première bouchée du petit pain, riche et friable et du poulet chaud et croustillant, je savais que je ne mangerais plus jamais rien d'aussi bon.

Emrys parlait de guitare à Lane, car il en avait une sur la brochure. Il s'était lancé dans une histoire où il avait appris à jouer pour plaire aux filles, ce qui la faisait rire à gorge déployée. Les deux hommes muets piochaient dans leur assiette comme s'ils ne se rendaient pas compte qu'on leur avait servi la nourriture des dieux, leurs yeux jugeant en silence tous les autres invités avec une intensité perturbante. La famille discutait maladroitement et la fille continuait à lancer des regards énamourés au bout de la table. Personne ne semblait faire attention à moi ni à Brynn quand elle m'a dit à voix basse :

— Je me sens toujours obligée de m'assurer que tout le monde mange bien le premier soir, parce qu'une fois que vous serez partis, vous n'aurez que des rations et ce que vous attraperez sur la route pendant une semaine. Je considère ça comme votre festin de départ, ou votre dernier repas, en fonction de votre destinée dans la nature.

Je ne savais pas si elle plaisantait pour le repas, ou pour le reste du séjour, car ses yeux foncés miroitaient joyeusement. Je me suis surprise à l'observer avec une curiosité non dissimulée. Ses longs cheveux roux avaient une couleur cuivrée et enflammée, bien plus riche et plus profonde que mes mèches blond vénitien. Ses yeux étaient foncés et mystérieux, et avaient une forme allongée qui laissait supposer des origines exotiques. Elle se sentait chez elle à cette grande table, et quand elle s'est installée près de Cy vers l'extrémité de la table, j'ai failli m'étrangler avec ma cuisse de poulet alors qu'elle tendait une main pour la poser sur son avant-bras puissant. Elle lui a murmuré quelque chose assez bas pour qu'il soit le seul à l'entendre. Il s'est penché un peu vers cette femme superbe et a répondu à ce qu'elle lui avait demandé. J'ai senti tout l'air quitter mes poumons, dans une rafale si forte qu'Em a tourné la tête pour m'adresser un regard interrogateur.

Il était différent avec elle. Il n'y avait pas une goutte de l'intimidation qui émanait de lui chaque fois qu'il était face à moi. Pas de regard dur ni de grondement, pas de raideur, pas de grimace. Pour elle, il n'avait qu'un demi-sourire et des mots tendrement bourrus qui faisaient un bruit de tonnerre sur des collines. Le début de sourire sur ses lèvres conférait à son visage un charme intolérable, qui fit soupirer d'admiration l'ado transie, tandis que j'étouffais ma propre réaction électrique.

Évidemment, un homme comme lui ne serait pas ici, à des kilomètres de tout, sans une femme aussi belle à ses côtés. Cela m'a causé un gros pincement au cœur, même si ça n'avait absolument pas de sens. Eux, ils étaient parfaitement logiques ensemble, et cela m'embêtait que leur perfection m'embête.

Nous attendions tous joyeusement le dessert promis après le dîner, quand le père un peu trop avenant a arrêté de textoter avec ses «clients» et d'essayer d'impressionner Emrys sans gêne aucune, pour s'adresser aux deux autres hommes qui n'avaient encore participé à aucune conversation. Leur façon de tous nous regarder sans nous parler était désagréable, mais comme je n'avais généralement aucun goût pour les banalités, j'avais décidé que j'étais mal placée pour juger leur étrange comportement.

— Vous avez laissé femmes et enfants à la maison pour le week-end ?

S'ils avaient été en couple, sa façon de poser la question aurait été agressive et insultante. Le plus âgé des deux a plissé les yeux et fermé la main sur le verre d'eau devant lui.

— On n'est pas mariés, dit-il d'un ton sec et clairement agacé.

C'était évident qu'il ne voulait pas parler de lui, mais le père n'était pas bon pour repérer ce signal pourtant très lisible.

— Ah bon ? Alors vous avez posé une semaine de congés pour vous balader dans les bois et jouer au cowboy ?

La désapprobation dans son ton était clair. Comme si ce mec, dont j'étais sûre qu'il trompait sa femme, était qualifié pour juger qui que ce soit alors que sa femme se rendait malade à cause de son impolitesse et de la cassure franche dans sa cellule familiale.

Le plus jeune des deux hommes a revêtu un masque impassible, mais son regard avait un reflet tranchant quand il a répondu :

— On fait un exercice pour le travail. Grady travaillait avec un autre partenaire depuis longtemps, et l'adaptation est difficile depuis la restructuration. Notre patron s'est dit que ce serait un bon moyen pour qu'on se mette sur la même longueur d'ondes. Je ne refuserais jamais une semaine de pêche aux frais du patron, mais mon collègue n'est pas un grand campeur.

Le plus âgé a grogné pour confirmer.

— Vous travaillez dans quel milieu ?

C'était une question supposément aimable, mais je crois que tout le monde avait compris que le père cherchait un filon ou un nouveau client, mais aucun des deux hommes ne semblait venir de la côte Est, ni ne semblait disposé à acheter dans la Grosse Pomme.

— On est dans la vente, a marmonné le monsieur le plus âgé, exactement à l'instant où l'autre déclarait :

— Finance. On est dans la finance.

Ils ont échangé un regard tendu et le plus âgé s'est éclairci la voix.

— Nous sommes dans la vente et la gestion financière, qui implique aussi beaucoup de paperasse, comme mademoiselle Santos l'a dit tout à l'heure. Rien de très exceptionnel, mais ça facilite la vie de travailler avec quelqu'un à qui on peut faire confiance et sur qui on peut compter, précisa-t-il en jetant un regard de travers à l'homme à côté de lui.

Puis faisant de son mieux pour changer de sujet :

– Alors, à quoi on doit s'attendre ces prochains jours sur les chemins ? Comme Webb l'a dit, je ne suis pas un homme de plein air et j'ai fait des recherches sur tout ce qui pourrait nous manger ou nous mutiler pendant l'excursion.

Lane a ricané et Cy a levé un sourcil perplexe et a répondu :

— C'est la pleine nature, donc on rencontrera sans aucun doute des animaux sauvages. Il y a des wapitis et plusieurs sortes de cerfs, mais en général, ils sentent et entendent les chevaux arriver et dégagent le terrain. Il y a des ours et de temps en temps des grands félins, mais on part armés et on s'assure que tous les lieux de campement sont aussi sûrs que possible pour vous et pour nos animaux. Il y a des oiseaux, des poissons, et du gibier sauvage qu'on peut faire fuir en agitant un bâton, mais vous êtes là pour ça, pour vous rapprocher de tout ça, pour faire partie de la nature comme vous ne pouvez pas le faire chez vous. Les gens cohabitent avec la faune sauvage ici, depuis la création du Wyoming. C'est une des choses qui rend cette terre si particulière.

— Et on croisera d'autres personnes ?

C'était le plus jeune des deux qui avait posé la question, qui sonnait plus acerbe qu'elle aurait dû. Il n'y avait rien ni personne dans le coin, même si la ville de Sheridan était un endroit adorable et touristique. Le trajet pour revenir à la « civilisation » prenait une heure depuis le ranch et la probabilité de croiser du monde par hasard semblait impossible. Les deux ados attablés ont pris un air renfrogné en se rendant compte à quel point ils seraient isolés pendant les jours qui venaient. Si j'étais tombée sur le genre de parents qu'ils avaient, moi aussi j'aurais eu envie de voir des jeunes de mon âge et d'avoir Internet comme distraction.

C'est Lane qui a répondu à cette question, avec un sourire et un hochement de tête las.

— Personne sur des kilomètres et des kilomètres. La majeure partie du chemin que l'on prend est sur nos terres, avec certaines parties qui traversent la forêt nationale. Ça arrive qu'on tombe sur des rafteurs sur la rivière, ou sur une autre excursion guidée sur les lieux de campement où on s'arrête pour que vous puissiez vous laver, mais ça n'arrive que très rarement. Parfois, un chasseur égaré croise notre chemin. En général, ils se dépêchent de s'éloigner de nous parce qu'on fait trop de bruit pour qu'ils puissent tirer sur quoi que ce soit. On prend toujours un téléphone satellite donc s'il y a une urgence, on peut joindre Brynn ici, mais une fois qu'on sera partis demain, il n'y aura plus que nous et les chevaux.

— Donc s'il y a un problème, si quelqu'un est blessé, quelle est la procédure standard ?

C'était encore le jeune qui avait posé la question, et on aurait pu croire qu'il y avait une pointe de provocation dans sa voix. Cy avait dû l'entendre aussi, car son grand corps s'est redressé, il s'est assis droit sur sa chaise et a rétorqué :

— On a eu quelques blessures légères depuis qu'on a commencé les excursions. On doit gérer les chevaux, la météo imprévisible, et les gens de la ville qui ne sont pas toujours honnêtes concernant leurs compétences en pleine nature. Quelques-uns se sont un peu trop approchés du feu de camp et une personne s'est ouvert avec un hameçon, mais jusqu'à présent, la blessure la plus grave qu'on ait eu était une jambe cassée, quand un des chevaux a pris peur et a fait tomber son cavalier.

La mâchoire de Cy s'est durcie et ses yeux gris ont pris une teinte de pierre, avec une expression accusatrice.

— C'était une erreur du cavalier qui aurait pu être évitée s'il avait été honnête dès le début sur son inexpérience. Il n'avait pas une monture facile et il en a payé le prix... C'est pour ça qu'on fait signer à tout le monde une décharge de responsabilité.

Les deux autres hommes ont échangé un regard et le plus jeune s'est reculé dans sa chaise, son air de fanfaron soufflé par l'assurance inébranlable de Cy.

— J'ai entendu des histoires sur des gens qui se sont perdus ici pendant des jours, qui ont disparu.

Lane a secoué la tête, et ce sourire qui semblait ne jamais le quitter est resté sur son beau visage.

— Pas avec nous.

Des regards ont été échangés autour de la table, comme si les deux hommes ne croyaient pas aux engagements donnés. Mais l'ado transie a profité de ce creux dans la discussion pour changer de sujet, plaçant Em et moi sous les projecteurs et m'empêchant donc de réfléchir à ce qui se passait.

— Et vous, les filles ? Vous êtes aussi là parce que vous adorez la pêche ?

Elle avait un ton sarcastique et un regard de défi qui devait venir du fait que je ne lâchais pas des yeux le mec sur qui elle craquait. Elle était observatrice, la petite, elle avait donc forcément remarqué l'anxiété de sa mère et le comportement louche de son père. Emrys a tapoté le côté de son verre avec ses doigts et a adressé un sourire sympathique à la jeune fille.

— Oui, j'aime beaucoup pêcher, en fait, et j'ai même déjà chassé un ou deux oiseaux. Mon père a toujours voulu des garçons, mais il n'a eu que trois filles. Il nous emmenait avec lui et nous faisait faire tout ce qu'il aurait fait faire à des garçons. J'ai supplié Leo de venir avec moi parce que je me suis dit que ce serait marrant de voir si je n'avais pas perdu la main, même face aux garçons. On a toutes les deux un boulot très prenant en ville, donc ça me paraissait parfait pour des vacances entre filles, même si tout ça n'a rien de très féminin.

L'ado a haussé les sourcils et penché la tête.

— Tu n'as pas l'air de quelqu'un qui sait pêcher et chasser.

Emrys a fait danser ses sourcils de haut en bas.

— Les apparences sont trompeuses.

— Je trouve ça trop cool, intervint son frère avec une voix pleine d'admiration et d'approbation typique d'un préadolescent.

Leur père n'était pas le seul à avoir succombé aux charmes naturels et à l'amabilité de mon amie.

— Et toi ? Tu pêches et tu chasses aussi ?

La question m'était adressée avec autre chose qu'une curiosité sympathique, et malgré moi, j'aimais le cran et les tripes de cette fille. Je ne comprenais pas pourquoi elle me voyait, moi et pas l'autre rousse à cette table, comme une menace contre son amour naissant pour le grand homme mystérieux qui semblait l'ignorer, mais j'admirais sa combattivité. Elle me rappelait qu'il fallait que je retrouve la mienne, enterrée sous mes doutes et mes incertitudes.

— Non. J'aimais monter à cheval quand j'étais plus jeune mais je n'ai pas fait ça, ni campé ni pêché depuis le temps où j'étais une petite fille. J'aime mon matelas à mémoire de forme et je suis dans une relation épanouie avec le restaurant chinois au bout de ma rue. Je vais être paumée et inutile toute la semaine mais j'ai hâte d'admirer les montagnes et de passer du temps avec ma meilleure copine.

J'ai adressé un petit sourire à la jeune fille, qui ne me l'a pas rendu, mais la confirmation que je n'étais pas un Castor Junior prêt à époustoufler les hommes responsables de notre sécurité par mes compétences a eu l'air de l'apaiser et de relâcher la tension autour de sa bouche.

— Tu es sûre que tu n'essaies pas de fuir quelque chose de la ville, de te servir de l'air frais et de la nature pour échapper à un truc qui a mal tourné ?

Cette question grondante sortait de la bouche de Cy et elle m'a tellement surprise que j'ai presque sursauté sur ma chaise. Il avait l'air si absorbé par la femme à côté de lui que je pensais qu'il avait oublié que nous étions encore à table.

J'ai relevé le menton avec défiance.

— Qu'est-ce que j'essaierais de fuir ?

Il ne pouvait rien savoir des mensonges, des doutes et du funambulisme auquel je m'exerçais au travail. C'était impossible qu'il arrive aussi bien à m'analyser en si peu de temps. En tout cas, j'espérais que non. Je n'aimais pas l'idée d'être aussi transparente pour quelqu'un. Je ne pouvais me cacher nulle part si on pouvait lire à travers moi.

— Je ne sais pas ce que tu as laissé derrière toi, mais je sais que tu as fait beaucoup de route pour quelqu'un qui ne veut pas vraiment être là.

Il avait raison. Mais en ouvrant la bouche pour rétorquer qu'il ne me connaissait pas assez bien pour savoir si j'avais envie d'être ici ou pas, je me suis soudain rendu compte que je voulais être là. Plus les minutes passaient, plus je voulais réellement savoir comment ces vacances folles qui n'avaient pas encore vraiment commencé allaient se dérouler. Rien n'avait autant attiré mon attention ni attisé ma curiosité que cet homme. Avoir une distraction de tout ce qui me tirait vers le bas ces derniers temps était un répit bien apprécié. La confrontation avec Cy me donnait l'impression d'avoir retrouvé celle que j'étais avant, et elle m'avait manqué.

J'ai glissé un regard vers Emrys puis l'ai ramené sur lui. L'autre rousse près de lui nous regardait tour à tour, comme si nous étions deux adversaires au tennis. Elle semblait fascinée par nos échanges et cela m'a fait grimacer intérieurement : je n'aurais pas dû autant aimer l'éclair de vie que me donnaient les joutes verbales avec l'homme sombrement compliqué. J'étais censée être assez intelligente pour fuir cet éclair.

— Je suis en train de me faire à l'idée de passer une semaine ici. J'ai du mal avec le changement, donc il me faut un moment pour m'adapter, surtout quand je ne trouve pas ce que j'attendais.

J'ai levé un sourcil et lui ai souri de toutes mes dents.

C'est Brynn qui m'a demandé, avec de grands yeux et une voix douce, presque comme si elle avait peur de ma réponse :

— À quoi est-ce que tu t'attendais ?

Heureusement, Lane a répondu de bon cœur.

— Elle voulait de vrais cowboys et elle a été déçue de tomber sur Cy à la place. Il n'a jamais voulu être un cowboy, mais il n'a pas vraiment eu son mot à dire.

Je n'étais pas déçue... J'étais sonnée et déroutée car je n'arrivais pas à croire à ma réaction viscérale et violente face à cet homme qui n'était pas vraiment le cowboy que j'avais imaginé. J'avais ignoré tellement de choses dernièrement que c'était un choc d'être si pleinement captivée par un autre être humain. Je n'étais pas préparée à croiser quelqu'un d'aussi direct et honnête sur ses sentiments. J'étais trop habituée aux gens qui essaient d'être calmes et condescendants. Même s'il était malpoli et insultant, les manières brutales de Cy étaient étonnamment rafraîchissantes.

Il disait ce qu'il pensait. Il n'y avait aucun mensonge, aucune tromperie, car sa voix portait. La rousse somptueuse a sorti un son du fond de sa gorge et s'est levée de sa place près de l'homme en question. Elle a baissé les yeux vers lui, puis vers moi, et ses lèvres sont remontées comme si elle avait un secret qu'elle voulait raconter.

— Hé bien... J'espère qu'en partant demain, tu verras par toi-même que ce ne sont pas le chapeau et la grosse boucle de ceinture qui font un cowboy, dit-elle en faisant danser ses sourcils avant de commencer à débarrasser la table. Mais tu devrais le voir avec un Stetson. Je lui ai dit qu'il fallait mettre cette photo en grand sur la brochure. On serait complets toute l'année, envahis de femmes célibataires qui essayent d'attraper le rancher au lasso.

Je l'ai regardée sans rien dire, confuse. Elle n'avait pas l'air jalouse, ni même embêtée par le fait que d'autres femmes puissent effectivement courir après ce bel homme mystérieux, si elles savaient qu'il se cachait ici au milieu de nulle part. Je ne comprenais pas. Je ne les comprenais pas, tous les deux.

J'ai répondu au regard stoïque et inquisiteur de Cy avec le même regard.

— Ça va être une semaine pour le moins intéressante…

Je lui ai lancé un sourire en saccharine et me suis tournée pour regarder Brynn, qui nous regardait toujours avec un œil de lynx.

— Et qui sait, peut-être que si on a de la chance, il nous fera une faveur et sortira le chapeau de cowboy.

Cy a reniflé, Lane a ri, Emrys a soupiré, et les deux hommes ont marmonné dans leur barbe. La famille de la côte Est a assailli Cy et Lane de questions pour savoir à quoi s'attendre avec les enfants ces prochains jours, tout en m'ignorant tandis que le père continuait à draguer Em sans trop de subtilité.

J'avais le net sentiment qu' « intéressante » était loin d'être suffisant pour décrire la semaine qui arrivait, mais je devais admettre que j'avais hâte de la vivre. Et je devais des excuses à Emrys.

J'étais contente qu'elle m'ait harcelée pour venir faire cette excursion. Je ne pouvais pas affirmer avec certitude que me confronter à Cy à chaque instant serait marrant, mais je savais que toutes les parties de moi que je sentais ravagées et déchirées n'étaient plus aussi douloureuses qu'avant. J'avais toujours mal, mais cette douleur devenait une chaleur, une flamme vacillante d'impatience et d'attention qui semblait cautériser mes blessures.

Je savais que si je pouvais tenir tête à un homme comme Cyrus Warner, si je pouvais survivre à cette semaine sans perdre la tête ni mon cœur, je me prouverais à moi-même que ce qui était arrivé avec Chris n'était qu'un accident.

Cela prouverait que j'avais été manipulée par un escroc professionnel, qui savait précisément quoi dire. Cela confirmerait que mes murs de défense étaient toujours solides, ma forteresse toujours impénétrable, et que malgré ce qu'en pensait Cy, j'étais parfaitement capable de me prendre en charge.

Je n'avais besoin ni de son aide, ni de son approbation.

4

PAS VRAIMENT AUX AURORES

Emrys a essayé de me réveiller avant même le lever du soleil pour faire du yoga sur la toute petite terrasse. Je lui ai jeté un oreiller dessus et ai grogné un tas de gros mots, puis ai relevé la couverture par-dessus ma tête. Elle a rigolé et m'a dit que j'allais regretter de ne pas m'être étirée, après quelques heures sur ma selle. J'avais passé la soirée à me retourner dans mon lit, mon esprit agité de pensées qui rendaient le sommeil insaisissable, donc avoir mal au cul irait très bien avec ma mauvaise humeur.

Je me faisais du souci pour la semaine à venir et me demandais comment j'allais tenir avec toute cette solitude et sans l'animation et la pression de mes journées habituelles. C'était facile de camoufler mon mauvais caractère et mon égo blessé si j'étais occupée par le travail, mais ici... Mon voyage intérieur, censé me permettre de retrouver celle que j'étais, serait visible de tous. L'idée que Cy soit témoin de la réparation des parties de moi qui étaient éclatées me donnait envie de me recroqueviller et de me laisser mourir dans un coin. Le fait que j'étais perdue, que je m'étais à ce point écartée de ma route et que j'étais une ratée, je ne voulais le partager avec personne.

Cela avait rendu la nuit très longue. J'aurais juré que je venais tout juste de m'assoupir quand Emrys m'a secouée pour me réveiller et essayer de me faire saluer la journée avec elle. Après qu'elle soit sortie de la chambre en faisant autant de bruit que possible, c'était à nouveau impossible de trouver le sommeil. J'ai repoussé les couvertures avec une litanie de jurons et ai titubé jusqu'à la douche. J'ai pris soin de faire couler l'eau très chaude et de prendre tout mon temps dans la vapeur car Lane nous avait dit la veille que nous ne nous arrêterions que deux fois prendre une douche dans un camping. Il avait aussi signalé que l'eau était souvent glacée, et que parfois, les douches ne fonctionnaient pas. Nous allions devoir nous habituer aux douches de cowboys, c'est-à-dire s'enduire de déodorant et se laver aux lingettes pour combattre notre odeur corporelle. C'était horrible, mais une partie de mon cerveau reconnaissait que ce serait bien plus facile de garder mes distances avec Cy et son intensité sombre s'il sentait le crottin de cheval toute la semaine. Le mauvais côté, c'était que j'aurais la même odeur que lui.

Après avoir récuré chaque centimètre de peau, j'ai enfilé mollement ma nouvelle tenue locale et me suis battue avec mes cheveux indomptables pour me faire une tresse, qui n'allait probablement pas me quitter pour le reste de la semaine. Le temps que je fasse cela, Emrys était rentrée dans le petit chalet, l'air tonifiée et prête à affronter la journée. Elle a posé des fruits frais et un tas de pancakes moelleux sur la table. Je suis allée jusqu'à l'assiette et en ai pris une bouchée sans dire un mot. Ils étaient tellement bons qu'un gémissement s'est échappé de ma bouche et j'ai failli tous les prendre tellement ils étaient à tomber.

Elle a rigolé en commençant à fouiller dans son sac pour sortir ses affaires de la journée.

— Lane les a apportés pour le petit déjeuner. Il m'a dit que tous les autres y étaient déjà, et avaient fini de manger. On a une heure avant de les rejoindre aux écuries. Il faut qu'on apporte nos affaires pour charger les mules et rencontrer nos montures.

J'ai retroussé le nez et me suis attelée à dévorer un autre pancake.

— Le soleil n'est même pas levé. Ce n'est pas comme si j'avais fait une grasse mat'.

Em a retiré son pantalon de yoga et s'est faufilée dans un jean skinny foncé qui faisait paraître ses longues jambes encore plus longues.

— La journée commence tôt, ici. Lane m'a dit qu'il était debout depuis deux heures, pour s'occuper des corvées. Forcément, Brynn était debout encore plus tôt que ça, si elle a préparé le petit déjeuner pour tout le monde. Je n'ai pas encore vu le patron, mais il ne me semble pas être du genre à se reposer pendant que tout le monde travaille.

— C'est inhumain de se lever avant que le soleil soit complètement dans le ciel.

J'ai pratiquement grogné quand elle s'est approchée de la table pour prendre une banane dans la pile qu'elle avait apportée.

— C'est particulier, de regarder une journée commencer. Je ne peux jamais le faire, chez moi. Je suis toujours distraite par ce qu'il s'est passé la veille ou ce qui m'attend ce jour-là. Le ciel paraît immense ici, sans rien pour cacher l'horizon, c'est comme si je regardais le monde renaître, me dit-elle avec un sourire doux, et en levant un sourcil. Tout ce qui est arrivé avant n'a plus d'importance.

Le message était clair. Ça ne me ferait pas de mal de redémarrer moi-même, et c'était le moment idéal pour réaccorder tout ce qui était parti de travers parce que je m'étais laissée balader par un arnaqueur charmeur... Un arnaqueur casé.

J'ai englouti le reste des pancakes avec un soupir satisfait et ai pianoté sur la table avec mes doigts alors qu'Em faisait aussi une tresse qui avait l'air compliqué dans ses longs cheveux. Avec ses grandes bottes en cuir et son look raffiné, je trouvais qu'elle avait l'air de se préparer à monter un pur-sang dans une compétition olympique plutôt qu'à se promener sur des chemins de campagne. Elle ne ressemblait à aucune cowgirl que j'aie vue, même pas au genre papier glacé fabriqué pour chanter de la country triste et vendre du maquillage à la télé. Emrys aurait toujours son propre style de perfection. Lors de notre rencontre, je pense que je suis allée vers elle car, prudente de nature, m'ouvrir à quelqu'un qui avait aussi peu de défauts était une décision assez facile à prendre. J'avais de la chance que sa bonté soit ancrée au plus profond d'elle-même.

Une fois qu'elle fut prête à partir, nous avons soulevé nos sacs, remplis uniquement de l'essentiel, les avons passés sur nos épaules et avons traversé le terrain jusqu'aux longues écuries rustiques. Il y en avait pour dix bonnes minutes de marche, et quand nous sommes arrivées, le reste du groupe était déjà là, tous rassemblés, caressant et parlant à des chevaux très différents et variés. Lane et Cy se baladaient entre les gens et les animaux déjà équipés, parlant doucement aux deux. Les destriers aux allures dociles toléraient qu'un tas de gens les flattent et les complimentent, impressionnés par leur taille et leur stature. Tous les chevaux étaient très beaux, et on voyait qu'ils étaient chouchoutés. Les odeurs et les sons m'ont tout de suite ramenée à une période où j'étais un peu plus courageuse et aventurière.

Lane est venu jusqu'à nous et a pris nos deux sacs dans chaque main. J'ai senti mes lèvres sourire car aujourd'hui, il portait un chapeau de cowboy et des bottes qui avaient l'air d'avoir passé des années dans des étriers. Voilà : il était enfin l'incarnation du cowboy que j'attendais depuis le début. Et aussi superficiel que cela puisse paraître, le fait qu'il corresponde à son rôle a calmé mon inquiétude de remonter sur un cheval et de partir vers l'inconnu.

Cy était habillé comme la veille, un jean délavé et des bottes qui auraient eu leur place sur une moto, pas sur un cheval. Il portait un autre T-shirt noir, mais aujourd'hui il était caché sous une épaisse chemise en flanelle à moitié boutonnée. Un début de barbe poivre et sel recouvrait son visage, et je me suis demandé si je me trompais complètement en lui donnant une petite trentaine d'année. Il n'avait pas l'air assez vieux pour avoir autant de gris dans sa barbe, non pas que cela enlève quoi que ce soit à son charme ni à son évidente virilité. En fait, si cela était toutefois possible, son début de barbe lui donnait un air encore plus authentique et une beauté brute. J'ai eu envie de rire quand j'ai remarqué qu'il avait du gel dans les cheveux, même si le ciel était encore rosé par l'aurore. Je trouvais toujours que pas une seule chose chez lui ne faisait cowboy. Ça lui allait bien, pas de doute là-dessus, mais il ne donnait pas l'impression de savoir s'occuper d'un cheval ou s'orienter sur des chemins paumés. Il y avait quelque chose de trop citadin chez lui pour que je prenne Cyrus Warner pour un campagnard de naissance.

— Je vais charger ça pour vous. Em, on a choisi le Quarter horse isabelle pour toi.

Il a esquissé un sourire et haussé les sourcils sous son chapeau en me regardant et désignant le seul autre cheval sur lequel aucun humain ne s'émerveillait.

— Cy a sélectionné l'Appaloosa tacheté pour toi, Leo.

Le cheval était magnifique, tout noir avec des taches blanches et grises sur la tête et les pattes arrières. Sa crinière était d'un noir brillant sauf autour de ses oreilles, où elle avait une couleur argentée. J'ai remarqué que cette belle bête me rappelait étrangement l'homme qui avait décidé que j'allais m'entendre avec ce cheval pour une semaine. J'ai avancé vers lui et ai tendu les doigts pour que le bout de son doux museau les frôle. J'ai lancé un regard interrogateur à Lane et ai penché la tête sur le côté pendant que le grand animal frottait son museau contre moi.

— Je peux savoir pourquoi ton frère a choisi ce cheval pour moi ? Je veux dire, il ne vient même pas avec vous d'habitude, comment il sait quel cheval conviendra à chaque cavalier ?

Je cherchais la petite bête sans raison valable, et je le savais. Mais c'était plus fort que moi.

Lane a remonté le bord de son chapeau du bout des doigts et m'a jeté un regard appuyé.

— Tu penses savoir, mais tu ne sais rien. Cy en connaît plus sur les chevaux et sur le bétail de cette ferme que Sutton et moi pourrions en rêver, répondit-il en faisant un signe de tête vers le cheval qui cherchait impatiemment dans ma main une friandise que je n'avais pas. En fait, Boss est un des premiers chevaux que Cy a acheté et a formé spécialement pour les excursions. Ils se connaissent depuis longtemps. Quand on était petits, mon père envoyait Cy dans les champs et le faisait s'occuper du ranch tous les jours. Maintenant, mon frère reste assis dans un bureau, mais c'est parce qu'il faut bien que quelqu'un le fasse, et que ni Sutton ni moi n'avons la patience nécessaire. Je déteste la paperasse et Sutton a d'autres soucis. Personne ne voulait être responsable quand mon père est tombé malade, mais Cy a pris les choses en main, comme toujours. S'il pense que toi et Boss irez bien ensemble pour le trajet, alors vous allez vous entendre à merveille. Ça t'arrive de faire confiance à quelqu'un ou de croire ce qu'on te dit, Leo ?

Sa question m'a piquée et j'ai compris que Cy n'était pas le seul des Warner à bien analyser les gens. J'ai haussé les épaules et ai souri en regardant le cheval souffler sur ma main.

— J'ai cru ce que quelqu'un me disait, une fois. Ça ne s'est pas bien terminé pour moi.

Je ne laisserais plus jamais personne arriver si facilement à mon cœur fragile.

Lane s'est raclé la gorge et s'est éloigné d'un pas, tandis que je me reprochais d'avoir été si lâche à un moment. Parfois, c'est vraiment nul de fuir les choses dont on a peur et qui peuvent nous blesser. Je préférais être le genre de femme qui garde ses positions et affronte sa peur en face. Mais jusqu'à présent, l'histoire avait prouvé que j'avais bien plus de chances de vite battre en retraite quand je me sentais menacée.

— Tout le monde sur son cheval. On va faire le tour de l'enclos quelques minutes pour être sûrs que tout le monde peut monter en groupe et sait maîtriser son cheval.

La voix de Cy était encore plus rauque et éraillée, tôt le matin, et il ne semblait pas amusé par l'ado transie, qui pleurnichait et se plaignait que ses étriers n'étaient pas à la bonne hauteur. À contrecœur, il a ajusté les boucles et les sangles en cuir jusqu'à ce qu'elle décrète que tout était parfait. Il fallait que quelqu'un lui dise qu'il y avait des subtilités à l'art du flirt, et que quand on assommait de sentiments l'objet de sa convoitise, ça ne marchait pas et on ne faisait que donner une migraine à l'autre. Cette fois encore, cela m'agaçait que la mère ne remarque pas les avances déplacées de sa fille à un homme beaucoup plus vieux. Je savais que si cela continuait, j'allais devoir briser ma promesse de rester gentille et balancer ses quatre vérités à cette adolescente aux bottes beaucoup trop chères. Honnêtement, je ne pourrais pas m'en empêcher. Il fallait que quelqu'un sauve cette pauvre jeune fille d'elle-même, et je voulais peut-être aussi éviter à Cy de devoir jouer le rôle du méchant. Même si j'avais l'intuition que ce rôle lui irait plutôt bien, il n'avait pas l'air de vouloir le jouer.

Seule avec Boss, je lui marmonnais du charabia, vérifiais la sangle de la selle et la bride. Je n'avais pas fait cela depuis bien longtemps, mais mes mains glissaient sur son corps doux, noir et gris, comme si l'animal était un vieil ami. Les gestes et les souvenirs qui me revenaient de la période où je n'avais pas peur et où j'étais plus encline à prendre des risques me faisaient sourire. C'était agréable de se rappeler un temps où je ne me sentais pas brisée et trahie. J'ai soupiré et me suis raidie sans le vouloir quand une paire de bottes noires – définitivement pas des bottes de cowboy – se sont arrêtées de l'autre côté de mon cheval. La grande main de Cy s'est posée sur la tête du cheval, entre ses oreilles qui ont tressailli, et l'animal lui a dit bonjour en hennissant. La bête avait reconnu l'homme, et mon idiote de libido incontrôlable aussi.

Ma respiration s'est affolée. Tout mon corps a frissonné. La paume de sa main rêche a frôlé le dos de la mienne, j'ai eu la chair de poule en réaction et mon dos s'est crispé. C'était comme si mon subconscient préparait mon corps, au choix, à se battre ou à faire l'amour. Mes tétons étaient durs sous les couches de vêtements que je portais, et des zones que je pensais endormies se sont réveillées quand mon regard s'est accroché au sien, à sa couleur d'orage, par-dessus le cuir poli de la selle. Je sentais mon cœur battre fort et profondément, ce qui ne faisait qu'augmenter mon désir. J'ai senti la chaleur monter dans ma nuque et sur mes joues. J'ai quitté du regard ses yeux bien trop perçants.

— C'est un beau cheval.

Ma voix avait le son qu'elle a quand je viens de me réveiller, nue, à côté de quelqu'un avec qui j'ai passé la nuit. Cy avait le même effet sur moi, sans aucun des gestes répétés ou des mots faciles que les autres hommes utilisaient pour séduire et exciter les femmes. Si sa voix grave et ses yeux d'acier suffisaient à faire réagir mon corps aussi violemment et naturellement, je préférais ne pas imaginer ce qu'il pourrait faire s'il décidait vraiment de me charmer et me toucher.

— Boss est une bonne monture. Il est très stable, il ne prend pas peur, et il devrait être facile. Mais il est têtu, donc il faut garder le dessus. Il veut suivre sa propre route, et il n'aime pas rester dans le rang avec les autres chevaux.

Il semblait en être fier. Je n'ai pas pu retenir un rire étouffé qui l'a fait hausser les sourcils. Le grand Appaloosa n'avait pas que sa couleur en commun avec l'homme en face de moi. Ils avaient l'air d'avoir le même tempérament.

— J'y penserai. Je suis douée pour garder le dessus.

J'ai fait en sorte que ce soit clair que je ne parlais pas que du cheval. Comme je l'avais dit assez fort pour que tout le monde l'entende, j'espérais qu'il comprendrait que j'étais sérieuse. Cy a plissé les yeux et a tapoté le cou du cheval.

— Saute là-dessus et je réglerai tes étriers. Ils ont sûrement besoin d'être ajustés aussi.

Ce fut à mon tour de hausser les sourcils.

— Je peux le faire moi-même. Comme je l'ai dit hier, j'ai déjà fait de l'équitation. Je sais assez bien me débrouiller avec un cheval et la sellerie.

Il a encore plus plissé les yeux et a fait un pas en arrière pour croiser les bras sur sa chemise à carreaux. J'ai essayé de ne pas reluquer la façon dont ce mouvement étirait le tissu sur ces biceps et son large torse. Cy était un plaisir pour les yeux, mais l'expression de son visage, alors que nous nous fixions par-dessus le dos du cheval, était tout sauf gentille et amicale.

— Tu sais peut-être t'occuper d'un cheval mais ta copine et toi, vous étiez les dernières à arriver. Tu retardes tout le monde en me contredisant, donc ils t'attendent tous, Rayon de Soleil. Pose ton joli petit cul sur la selle et laisse-moi t'aider avec tes foutus étriers.

Au lieu de penser au fait que j'aimais beaucoup qu'il pense que j'avais un joli petit cul, j'ai posé une main sur le pommeau, une autre au milieu de la selle, et ai mis mon pied dans l'étrier qui pendait en face de moi. J'ai pris une grande inspiration, me suis dit que j'étais capable de remonter à cheval, et me suis hissée sur la courbe de la selle. Boss a henni et a fait un mouvement de côté vers Cy, ce qui a fait accélérer mon cœur car un souvenir de panique s'est réveillé en moi. J'ai attrapé les rênes et ai posé une main tremblante sur la crinière brillante du cheval tout en murmurant « Ho, mon grand » aussi doucement et calmement que possible.

Ma nervosité a vite été remplacée par une autre sorte d'attention, stressante et étouffante, quand la main de Cy s'est enroulée autour de mon mollet. Il a baissé la tête et a joué avec les sangles et les boucles pour ajuster la longueur de l'étrier. Je portais des bottes et un jean mais je sentais la marque de chacun de ses doigts pressés contre ma jambe. Une fois qu'il a été à la bonne hauteur, il a guidé mon pied à sa place sur le flanc du cheval, mais pas avant d'avoir resserré ses doigts et de les avoir fait remonter sur ma jambe jusqu'à l'arrière de mon genou. J'ai inspiré et l'ai regardé avec des yeux écarquillés, ce à quoi il a répondu par un sourire complice. Le cheval s'est ébroué et a bougé son grand corps en-dessous de moi. J'étais sûre qu'il sentait la chaleur et la tension qui s'étirait et rebondissait entre sa cavalière et l'homme qui l'avait entraîné.

Je l'ai observé attentivement quand il s'est rendu de l'autre côté pour répéter la procédure et cette fois, quand il a enroulé ses doigts autour de ma jambe, j'ai demandé :

— Tu n'as pas une autre rousse dont tu dois t'occuper ? Tu fais une collection et tu joues avec celle que tu veux en fonction des jours ?

Quand j'étais effrayée et pas sûre de moi, je pouvais être vicieuse. J'avais beaucoup d'armes à ma disposition, mais ma langue aiguisée était souvent celle sur laquelle je me reposais le plus. Je m'en prenais à lui parce que je voulais le perturber et le déstabiliser autant que je l'étais. Je pensais que parler de la femme avec qui il était si délicat, celle à qui il montrait si facilement de l'attention, serait une bonne diversion. Mais non. L'homme lisait en moi comme dans un livre ouvert.

Mon pied casé dans l'étrier, il a fait un pas en arrière avec une grimace.

— Qu'est-ce que tu racontes comme bêtises ?

Je lui ai rendu son air renfrogné et ai fait un signe de tête en direction de la belle maison en bois qui abritait la femme encore plus belle que j'avais vue la veille.

— Brynn. Elle est sublime et elle fait des sacrés pancakes. Tu crois qu'elle serait contente que tu me dises que j'ai un joli petit cul et que tu me tripotes comme tu le fais de bon matin ? ai-je lancé en sentant mes lèvres se pincer et mon menton se relever d'un air de défi. Je n'ai pas l'intention de servir de distraction tant que tu seras coincé avec nous à remplacer ton frère. Je ne sais pas à quel jeu tu joues pour te distraire, mais arrête ça tout de suite.

Il a eu un petit tic nerveux sur les lèvres puis a ouvert la bouche, et j'étais certaine qu'il allait me dire que je n'avais rien compris, que Brynn était leur cousine ou leur demi-sœur ou tout autre chose, ce qui expliquerait son attitude légère et tendre avec elle. Mais je n'ai eu qu'un demi sourire, qui faisait palpiter les parties de moi qui papillonnaient déjà.

Sa voix était assez basse pour que je sois la seule à entendre son grognement rocailleux.

— Oh, tu es une sacrée distraction, Leo, et ce n'est pas pour passer le temps. Je ne joue pas... à des petits jeux, ni à rien d'autre. Moi, je ne fais que des choses sérieuses, demande à mes frères.

Il a tapoté le cheval sur lequel j'étais avec la paume de la main. Boss a commencé à avancer, comme tous les autres chevaux devant lui.

— N'oublie pas de le maintenir fermement. Il sera sympa mais il faut lui montrer qui est le patron.

Je lui ai lancé un regard par-dessus mon épaule comme le cheval se mettait à trotter tranquillement dans l'enclos. Il avait un grand sourire. Ses dents et son début de barbe foncé sur sa mâchoire lui donnaient un air de méchant qui vient d'éliminer le héros et qui sait qu'il va réussir toutes les choses tordues qu'il imagine. Il y avait un air entendu dans ce sourire. Il y avait de la moquerie et de la provocation. Il y avait de la satisfaction et de la détermination dans ce sourire, et il m'a donné la chair de poule, et a fait couler un désir épais dans mes veines.

Il avait raison. Il n'y avait pas de raison que cela soit pour passer le temps, mais cela ne m'empêchait pas de le regarder se diriger vers un très beau cheval blanc et gris. Il s'est jeté sur la selle avec un naturel déconcertant. Même installé sur le cheval et le dirigeant comme si c'était une seconde nature, il ne ressemblait toujours pas à un cowboy comme je les imaginais... Il était tellement plus beau.

5

PAS VRAIMENT BONNE CAVALIÈRE

Remonter sur un cheval était plus difficile pour mon corps que je l'avais imaginé.

Même quand je montais tous les jours après l'école, je ne passais jamais plus de deux heures sur une selle, et dans un enclos parfaitement bien entretenu, dans une arène faite pour que les animaux s'entraînent à sauter et à contourner des tonneaux. Je n'étais jamais partie sur des chemins, et n'avais jamais monté un cheval qui traverse une zone irrégulière, qui a du mal à trouver une position stable.

Les vastes terres des trois frères étaient impressionnantes et semblaient infinies, quand nous avons commencé notre voyage alors que le soleil prenait enfin sa place au-dessus des montagnes au loin. La première partie de notre matinée était ponctuée de champs fermés renfermant du bétail apathique et d'adorables petits ruisseaux et mares, et j'ai vite compris que c'était la partie facile de notre trajet. Au début de l'après-midi, nous sommes arrivés sur un chemin étroit qui traversait un bois dense, et commençait à monter sévèrement. Boss avait le pied sûr et restait aligné de mauvaise grâce, entre la mère de l'Upper East Side et Emrys. Il tirait sur les rênes chaque fois qu'il devait passer par-dessus quelque chose sur le chemin, ou quand les chevaux devant nous accéléraient. Il n'aimait vraiment pas suivre les autres, et je ne pouvais pas lui en vouloir pour ça. J'en avais assez de regarder la femme impassible devant moi, avec sa posture parfaite et sans aucun signe d'inconfort. Elle devrait essayer d'avoir une aussi bonne maîtrise de son mariage et de son mari que de son cheval. Le soleil de midi me faisait transpirer, et je savais déjà que j'allais avoir mal et être courbaturée dès que je quitterais le dos de Boss. Cela m'énervait aussi que Meghan ait laissé sa fille, trop jeune, manœuvrer pour avancer dans la file jusqu'à arriver juste derrière Cy et les mules de bât qu'il guidait d'une main sûre. La jeune fille n'arrêtait pas de le bombarder de questions depuis que nous étions partis.

La voix de l'ado était forte et audible, donc je l'entendais très bien malgré les bruits de pas des chevaux et leurs quelques ébrouements et hennissements. La voix éraillée de Cy était trop basse et rauque pour que j'entende ses réponses, ce qui me rendait folle car la jeune fille déterminée ne se gênait pas pour lui demander s'il avait une copine. Je voulais aussi connaître la réponse à cette question précise. Il n'avait pas d'alliance et vivait avec une femme superbe qui semblait très sympa et savait vraiment, vraiment bien cuisiner. S'il jouait à Papa-Maman avec une femme comme la magnifique Brynn, c'était inimaginable qu'il soit attiré ne serait-ce qu'une seconde par une femme comme moi. Même si j'avais un joli petit cul.

Pour oublier la conversation qui se passait devant moi, j'ai reporté mon attention sur la mère de l'ado et ai décidé que ça ne ferait pas de mal de lui suggérer de se soucier du fait que sa fille courait après un homme qui aurait pu être son père.

— Vous avez l'air à l'aise sur ce cheval. Vous devez faire beaucoup d'équitation.

La femme s'est retournée et m'a regardée par-dessus son épaule, et ses lèvres se sont immédiatement pincées quand elle a regardé derrière moi. Je me suis retournée pour voir, et ai levé les yeux au ciel en voyant que son mari avait remonté la file pour avancer à côté d'Em, même si ce chemin était trop étroit pour avancer côte à côte. Emrys portait des lunettes de soleil, donc je n'ai pas pu croiser son regard mais sa bouche formait une ligne plate et ses épaules étaient crispées. Je voyais que l'attention de l'homme et son absence d'intérêt pour leur sécurité l'embêtait, surtout qu'il ne semblait pas bien maîtriser le cheval qu'il montait.

Meghan a ramené son regard sur moi, et j'ai regardé les restes d'espoir que ces vacances rapprocheraient sa famille s'évanouir sur son visage. C'était l'expression de la défaite, et cela me faisait mal au cœur pour elle.

— J'ai grandi dans un endroit qui ressemblait beaucoup au ranch des Warner. Mon père était gardien de troupeau et ma mère avait une petite boutique dans la ville où on vivait, dans le Montana, poursuivit-elle avec un petit sourire, et en jetant un autre regard à son mari. Je détestais tout ça. Je détestais les chevaux et les vaches. Je détestais qu'il n'y ait qu'une centaine de gamins dans mon lycée. J'avais hâte de partir. J'ai fini le lycée et suis partie à New York, et je n'ai jamais regardé en arrière. Je voulais vivre une vie meilleure, plus glamour que celle que j'aurais eue chez moi. J'ai rencontré Marcus à la fac et il a réalisé ça pour moi.

Boss a émis un bruit en-dessous de moi et j'ai baissé la main pour lui caresser le côté du cou. J'aurais juré qu'il s'appuyait contre ma main et cela m'a fait sourire, même si l'animal ne me voyait pas.

— Vos enfants ont l'air à l'aise avec les chevaux, aussi. Vous avez dû faire en sorte qu'ils soient en contact avec un peu de vos origines.

Elle était facile à décrypter. Elle en voulait plus, mais quand elle en avait eu plus, elle avait compris que ça ne suffirait jamais à remplir ce vide en elle. C'était le genre de consommatrice que mes clients voulaient à tout prix. Facilement conquise, avec des tonnes d'argent à disposition. Elle achetait pour le petit frisson que cela lui procurait, car rien d'autre ne la satisfaisait dans sa vie.

Elle a secoué sa tête parfaitement coiffée et a lâché un soupir.

— Non. Marcus a insisté pour que les enfants aillent en internat dans une école sélective dans le Massachussetts. C'est là-bas qu'ils ont appris. Il n'était pas content que je lui fasse prendre des congés cet été pour ce séjour.

Son regard a encore une fois glissé vers son mari qui essayait, en vain, d'impressionner mon amie.

— Si vous ne voyez pas beaucoup vos enfants, je suis surprise que vous ne soyez pas plus proches. Vous ne voulez pas passer le plus de temps possible avec eux avant qu'ils retournent à l'école ?

Ma mère n'aurait pas voulu ça, mais je pensais que les mères normales, si. En tant qu'adulte, une adulte qui appréciait de plus en plus les personnes qui m'avaient toujours aimée et avaient toujours été là pour moi même quand je n'étais pas des plus agréables, je voulais récupérer tout le temps que j'avais perdu à courir après un amour que je n'aurais jamais. Je voulais investir plus dans les relations qui comptent. J'avais passé beaucoup de temps à regarder où je mettais les pieds, et je voyais maintenant que cette danse m'avait éloignée des gens qui voulaient m'avoir auprès d'eux.

La femme m'a lancé un regard surpris par-dessus son épaule et a tourné son attention vers l'avant de la file. Sa fille déblatérait toujours avec Cy et son fils était assis, boudeur et sans enthousiasme, sur un beau Tennessee Walker beige devant Lane.

Je me suis un peu éclairci la gorge et ai fait un signe de tête vers l'ado enflammée.

— Elle devrait se rapprocher de vous et de son frère, pas lui courir après. Il est trop vieux pour elle, et honnêtement, il n'a pas l'air d'être du genre délicat avec les âmes sensibles. Il va finir par la blesser et elle va se sentir gênée. Ces vacances ne seront qu'un mauvais souvenir pour elle, si ça arrive.

La femme m'a regardée en plissant les yeux, et a encore regardé son mari derrière moi. Ses lèvres se sont tirées et ses épaules déjà raides sont devenues encore plus tendues et crispées.

— Evan voulait passer l'été à Saint Thomas avec ses amis et Ethan voulait aller dans un camp de baseball dans les Poconos. Ni l'un ni l'autre n'est content d'être là. Evan est de plus en plus rebelle en ce moment. Ils grandissent tous les deux tellement vite, j'ai l'impression de passer à côté de leur vie.

J'ai bougé sur la selle et ai retenu un grognement car l'arrière de mes cuisses me brûlait. J'allais avoir mille nuances de bleu et de violet sur le cul en descendant de ce cheval, et je ne pourrai pas trouver de masseur à moins de mille kilomètres.

— Vous savez que si elle s'intéresse à un mec assez vieux pour être son père, c'est à cause de ce qu'il se passe avec son vrai père, non ? Vous pensez peut-être que la tension entre vous deux et ses regards baladeurs sont inoffensifs, mais ce n'est pas le cas. Les enfants savent quand un de leurs parents, ou les deux, ne sont pas heureux et si vous ne voyez vos enfants que de temps en temps, alors tout ce qu'ils connaissent de votre famille ensemble, c'est cette tension. Ça déteint sur eux. Les enfants sont bien plus perspicaces qu'on ne le croit.

J'avais toujours su que ma mère ne voulait pas de moi, peu importe combien de fois mes grands-parents avaient essayé de me convaincre qu'elle n'était simplement pas prête pour moi. J'aurais pu croire à ces conneries si elle avait pris la peine de me donner le moindre signe qu'elle s'intéressait à moi, une fois que j'étais assez vieille pour ne plus avoir besoin d'elle. Elle n'en avait rien à faire, et cela avait toujours été comme ça. Meghan en avait quelque chose à faire, mais elle se souciait de la mauvaise personne. Il fallait qu'elle arrête d'essayer de sauver un mariage qui était clairement plus important pour elle que pour son mari. Elle avait encore le temps de se concentrer sur ses enfants avant qu'ils soient assez grands pour faire leur vie sans elle.

Elle a fait un bruit du fond de la gorge et s'est retournée sur sa selle. Elle a claqué la langue et a amené son cheval près de Lane, qui était devant elle. Après quelques mots, Lane a ralenti et la femme a avancé jusqu'à se placer entre ses enfants. J'ai entendu la fille lui lancer une remarque sèche, mais le flot de questions à Cy s'est arrêté. Il a tourné la tête et a fixé son regard sur moi, ce qui a réchauffé mon ventre et fait tambouriner mon cœur.

Je me suis tournée pour regarder Lane qui ralentissait jusqu'à ce que nous soyons côte à côte sur le chemin étroit. Boss a fait un bruit et s'est mis un peu sur le côté quand le cheval de Lane s'est approché de son flanc. Une vieille peur m'a piqué la peau, mes poings se sont resserrés autour des rênes et mes genoux se sont bloqués sur les flancs musclés de l'animal.

— Si ce cheval se cabre, me fait tomber et me brise la nuque parce que tu es trop près, je te fais un procès, Warner.

Ma voix tremblait un peu.

— Boss ne te fera pas tomber. Il peut partir sur le côté et descendre la montagne à fond les ballons, mais il ne te fera pas tomber. Tu n'as qu'à bien t'accrocher, et tout ira bien.

Ce sourire qui semblait ne jamais faiblir ni disparaître est apparu sur son beau visage.

— Et tu ne peux pas nous faire de procès. Tu as signé la décharge de responsabilité.

J'ai juré dans ma barbe et fait un signe derrière moi. En parlant très doucement pour que ma voix ne résonne pas dans le silence environnant, je lui ai dit :

— Arrête de m'embêter et va sauver Emrys du relou. Elle a besoin d'être secourue.

Lane a jeté un œil dans la direction que je désignais, et a lâché un soupir qui a fait monter et descendre son torse.

— Ça va devenir un problème.

— Peut-être que sa femme va tuer ça dans l'œuf.

Je ne pensais pas qu'elle en était capable, mais on ne sait jamais l'effet que l'air frais et la solitude peuvent avoir sur quelqu'un. C'était dur de voir autre chose que le bazar que mettait son mari dans sa famille et dans ces vacances, quand il n'y avait que nous et la forêt qui nous entourait. Il n'y avait pas d'emplois du temps chargés, de longues réunions, de sorties en ville, d'assistants personnels ni de soirées à la salle de sport derrière lesquels se cacher. Son comportement était complètement visible sous le soleil de plomb, le chant des oiseaux et les bruits des écureuils dans les arbres.

— Peut-être. Elle n'a pas l'air trop inquiète que sa fille soit sur le point de demander à mon frère de lui faire un bébé. Cy n'est pas très patient et c'est exactement pour ça qu'il ne veut jamais venir sur la route. Il n'est pas sociable.

La voix de Lane n'était pas aussi basse que la mienne, donc j'étais sûre que tout le monde devant et derrière nous avait entendu sa remarque très claire.

J'ai émis un rire nerveux, gênée pour Evan, mais amusée par l'observation très juste du jeune Warner. Cy a encore tourné la tête. Cette fois, ses yeux d'ardoise se sont plissés quand il a remarqué que son petit frère était proche de moi. Je lui ai souri et ai essayé de prendre une expression aussi innocente que possible. Mes grands yeux et mon sourire se sont vite effacés quand nous avons pris un virage serré pour redescendre, ce qui a fait accélérer Boss et rebondir mon derrière encore plus fortement contre le cuir en-dessous.

Mon grognement a fait rire Lane.

— Il faut que tu bouges avec le cheval. Monte plus haut sur les étriers et serre-le avec tes genoux. Ça t'évitera d'abîmer ton joli petit cul.

Je lui ai jeté un regard noir mais ai suivi ses conseils et me suis déplacée sur la selle pour prendre la même position que lui.

— Tu as entendu Cy me dire ça ce matin ?

— Non. Mais ça ne m'étonne pas de lui. Tu as un joli cul et il a toujours aimé les rousses, dit-il en fronçant les sourcils comme s'il se souvenait d'une rousse qu'il n'aimait pas beaucoup. Il a tendance à dire ce qu'il pense, même quand il ferait mieux de la fermer.

— Il aime les rousses, comme Brynn ?

J'avais posé la question car je voulais connaître la réponse, et parce que j'avais peur de la poser au frère qui aurait dû y répondre. Je doutais que Cy me donne une réponse honnête. Il avait l'air d'aimer me titiller pour m'énerver. Il n'aurait pas non plus aimé savoir que son petit frère était tout disposé à partager des détails personnels avec moi, et cela depuis la première fois que je l'avais vu, quand il m'avait dit que derrière le mauvais caractère de son frère se cachait autre chose.

Lane a passé la main sur sa mâchoire et a haussé une épaule. Quand il a répondu, sa voix n'avait pas le charme naturel et l'affabilité insouciante auxquels je m'étais habituée. En réalité, il y avait quelque chose de tranchant et pointu dans sa voix, qui me rappelait beaucoup ma façon de parler lorsque j'avais découvert non seulement que Chris n'était pas celui qu'il semblait être, mais que celle que j'étais avec lui était aussi un mensonge. Ces piques étaient douloureuses, brutales, et ouvraient des blessures d'où la souffrance se déversait.

— Brynn est de notre famille. On l'adore, et elle nous adore. Elle est belle et il se trouve qu'elle est rousse, mais elle n'est pas avec Cy. Elle n'est avec aucun d'entre nous.

Quelque chose me disait que le jeune Warner changerait cette situation, s'il le pouvait. Il me regardait d'un œil observateur et rusé, et une compréhension masculine brillait dans ses yeux gris acier.

— Je ne parle pas de la vie privée de mes frères, mais Cy est têtu et il est son propre ennemi. Il ne dira rien sur Brynn, même s'il te regarde comme si tu étais la première goutte d'eau après des années de sécheresse.

J'ai froncé les sourcils après cette révélation bien formulée et l'ai lâché des yeux.

— Je n'ai pas l'intention de donner à ton frère ce qu'il attend de moi, qu'importe ce que cela puisse être.

Même si je voulais, égoïstement, savoir tout ce qu'il y avait à savoir sur l'homme énigmatique qui me fascinait. Lane a eu rire étouffé et a levé le bras pour replacer son chapeau sur sa tête. Cette fois, il s'est assuré de parler d'une voix douce, presque un chuchotement pour me dire :

— Tu es intelligente, Leo. Tu sais ce qu'il veut et tu sais qu'il n'abandonnera pas tant qu'il n'aura pas réussi. Je dois admettre que je vais bien me marrer à te regarder essayer de déjouer ses plans ces prochains jours. Cy est très doué pour avoir ce qu'il veut.

Mes sourcils sont descendus jusqu'en haut de mon nez. C'était dur d'admettre la vérité à voix haute, mais avant de pouvoir les retenir, les mots qui me hantaient depuis plusieurs mois sont sortis, sur un ton aussi pointu et tranchant que le sien un instant plus tôt.

— Je me suis récemment séparée d'un homme qui était aussi très doué pour obtenir ce qu'il voulait, ai-je commencé avant de déglutir et de combattre le goût amer du regret et la récrimination étouffante qui montaient dans ma gorge. Avoir ce qu'il voulait, ça voulait dire me baiser puis rentrer voir sa femme et ses gamins dans un lotissement, dont je ne connaissais pas l'existence. Ça a duré six mois. Au début, je ne voulais pas sortir avec lui. Je ne voulais pas qu'il devienne important pour moi, mais il a réussi à déjouer mes plans et quand j'ai enfin compris qu'il se foutait de moi, j'ai eu tellement honte que j'aurais pu me noyer et tellement de culpabilité que cela a failli m'étouffer.

— Aïe.

Ce mot de Lane, murmuré doucement, et la compassion sur son visage ont pressé fermement mon cœur contre le barbelé qui l'entourait.

— C'est dur, mais parfois le cœur fait de mauvais choix. Tout ce qu'on peut faire, c'est attendre qu'il s'en rende compte et espérer qu'il choisisse mieux, la fois d'après.

Je lui ai lancé un regard qui voulait tout dire sur ce que je pensais de ça.

— On peut parfaitement choisir qui est important pour soi. Si on est malin.

Et c'était ce que j'avais l'intention de faire, désormais. Je laisserais mon cerveau diriger et mon cœur imprudent et irresponsable aurait le second rôle. Le pauvre avait tellement été maltraité que ce n'était pas étonnant qu'il ne fonctionne plus normalement.

Il a secoué la tête et a commencé à faire ralentir son cheval jusqu'à ne plus être à côté de moi.

— Tu as tort, Leo. L'amour n'est ni logique, ni raisonnable. Nos cœurs n'ont aucun sens.

Je l'ai regardé, les yeux plissés, tandis qu'il reculait et forçait le père à faire pareil et quitter les côtés d'Emrys. Elle a adressé un sourire soulagé au jeune Warner et a fait avancer son cheval pour se rapprocher de moi, Lane forçant le coureur de jupons quadra à reculer dans la file, se retrouvant devant les deux autres hommes qui n'avaient pas dit un mot, ni à nous ni entre eux, de toute la matinée.

— Merci, commandant Cockblock. Ça fait une demi-heure que je m'imagine le jeter de son cheval. Si j'avais dû l'écouter encore cinq minutes sur son catalogue d'investissements, je me serais jetée du flanc de la montagne, dit-elle d'un ton grincheux et bien dégoûté. Je n'arrive pas à croire qu'il me drague devant sa femme et ses enfants. Il n'a aucune honte.

J'ai acquiescé.

— Et aucune classe.

Elle a marmonné un juron tandis que j'écrasais un moustique qui s'était posé sur le côté de mon cou. Plus il faisait chaud, plus les insectes décidaient que j'étais un festin, et je n'avais pas eu le temps de m'asperger de produit anti-moustiques ce matin. J'allais devoir en ajouter une couche sur toute ma peau découverte, quand nous nous arrêterions enfin déjeuner à midi. La brochure disait que nous allions pique-niquer dans une vallée pittoresque traversée par le sentier, entourée de fleurs sauvages et où beaucoup d'animaux sauvages du secteur venaient se reposer. Je me fichais de la faune et de la flore, mais je voulais une occasion d'étirer mes muscles douloureux et une chance de manger la nourriture exceptionnelle de Brynn. Ce déjeuner était le dernier repas que nous étions censés manger sans l'attraper nous-même. À part le muesli du petit-déjeuner et le bœuf séché en cas d'urgence, nous étions vraiment censés nous débrouiller seuls pendant le temps passé sur le chemin. Je me disais que j'aurais dû faire plus attention quand j'avais accepté de m'envoler pour le Wyoming. Je n'avais pris qu'un pot de beurre de cacahuètes dans mon sac, au cas où. Je n'avais jamais pêché de poisson de ma vie, et je devenais brusque et soupe au lait – enfin, encore plus brusque et soupe au lait que d'habitude – quand j'avais faim.

— L'apprenti Donald Trump n'est pas le seul à essayer de faire du charme. J'ai vu comme Cy a pris ta jambe ce matin. Tous les deux, vous faites tellement d'étincelles que j'ai peur que vous provoquiez un feu de forêt autour de nous.

Je lui ai dit « Chut ! » et ai regardé autour de moi avec de grands yeux pour être sûre que personne ne nous écoutait. Heureusement, Cy parlait à Meghan et aux enfants et

Lane et le père discutaient à voix basse. Les deux hommes étrangement silencieux traînaient tout à l'arrière de la file, et chaque fois que je les avais aperçus, ils penchaient la tête l'un vers l'autre comme s'ils avaient une conversation très sérieuse.

En soupirant, j'ai laissé les mots sortir dans un même souffle, le plus doucement possible.

— Il faut avoir du carburant pour allumer un feu, et pour qu'il brûle. Je suis vidée, Em. Je n'ai plus rien à enflammer, même pas une petite brindille à l'intérieur. Je me suis fait brûler une fois, et ça n'arrivera plus.

Elle a fait un bruit grave dans sa gorge, qui a fait bouger son cheval un peu trop près du bord du chemin, à mon goût. Je l'ai regardée, le souffle coupé, ramener l'animal dans la file et je n'ai expiré que lorsqu'elle semblait avoir totalement repris le contrôle.

— Tu es non seulement ridicule, mais aussi stupide. Il n'y avait pas d'étincelle avec Chris. Il n'y avait pas de feu, et certainement pas de chaleur. Il t'a vendu ce personnage parfaitement travaillé, sachant que tu ne craquerais pas pour quelqu'un qui t'enflammerait et te ferait vibrer. Il savait que tu ne sauterais pas sur lui et que tu ne laisserais personne dans ta vie qui te consumerait et te forcerait à le faire passer en premier. Tu es remplie de brindilles sèches, et c'est comme ça depuis que tu es assez grande pour comprendre que ta mère ne voulait pas de toi. Le bon mec ne fera pas que te brûler, il cramera tous ces trucs inutiles en toi, et n'en laissera que des cendres, une bonne fois pour toutes.

Mes épaules se sont raidies et je l'ai quittée des yeux.

— Tu crois qu'une amourette de vacances condamnée d'avance, avec un gars dont je ne sais rien et qui n'est certainement pas un vrai cowboy, va régler tout ce qui ne va pas chez moi, régler tout ce qui ne va pas depuis le début ?

Je ne pouvais pas cacher combien j'étais incrédule et combien cette idée me paraissait absurde.

— Il n'y a rien qui ne va pas chez toi, Leo. Il n'y a jamais rien eu, mais je te connais depuis longtemps et je sais combien tu refuses de prendre des risques. Tu aimes que les choses soient prévisibles et sages. Ce n'est pas une vie, parce que tu auras beau essayer, tu ne pourras pas tout maîtriser. Regarde la situation avec Chris. Tu t'es ouverte parce qu'il représentait toutes les choses rassurantes et simples que tu t'étais convaincue de vouloir. Peut être que le cowboy sexy pas vraiment cowboy est précisément le genre d'aventure scandaleuse et inattendue qu'il te faut pour que tu voies que tous les risques ne te feront pas souffrir. Alors, peut-être que tu te rendras compte que même si tu es blessée, parfois l'expérience qui a mené à cette blessure valait le coup. Je te vois sur ton cheval, Leo : on sait toutes les deux que tu n'aurais pas dû abandonner l'équitation seulement parce que tu es tombée une fois. Tu as un don naturel.

La gêne que me provoquait des heures assises sur la selle n'enlevait rien au fait que j'appréciais vraiment d'être de retour sur le dos d'un cheval. Je savais que mon grand-père aurait été très fier de moi car j'avais vaincu ma peur. Une pique de regret m'a transpercée car il était trop tard pour lui montrer que je pouvais surpasser la peur qui m'avait toujours retenue. Il était décédé quelques années auparavant, après un dur combat contre un cœur qui ne voulait plus marcher. Il était mort paisiblement dans son sommeil. Après que ma grand-mère ait réglé tout ce qu'il fallait, elle nous avait vraiment surprises, ma mère et moi, en déménageant tout ce que sa maison du nord de la Californie contenait pour un luxueux village de retraite en Floride. Je n'avais jamais vu mes grands-parents comme des personnes âgées ou des vieux, mais sans Grand-Père, elle répétait que l'entretien de la maison était trop lourd. Elle m'avait ouvertement ri au nez quand j'avais proposé de ré-emménager avec elle pour l'aider, pour qu'elle ne soit pas obligée de partir à l'autre bout du pays. Elle m'avait dit que son travail avait été de m'élever assez bien pour que je puisse vivre ma vie toute seule, et qu'elle ne voulait pas revenir en arrière ni inverser les rôles. Elle m'a dit qu'elle avait bien l'intention de vivre sa vie comme elle l'entendait, et cela voulait dire être entourée de gens de son âge et s'éloigner de la lutte acharnée entre ma mère et moi. Elle nous aimait toutes les deux (je me plaisais à croire qu'elle m'aimait plus), et c'était plus facile pour elle de mettre de la distance entre nous toutes.

J'avais promis d'aller la voir aussi souvent que possible. Jusqu'à présent, j'y étais allée deux fois. La dernière fois, c'était après que j'ai rompu avec Chris et je savais que j'avais besoin de quitter la ville pour ne pas faire une chose que je regretterais plus tard, comme débarquer chez lui dans la banlieue, dire la vérité sur sa double vie et détruire sa famille. Je me serais peut-être sentie mieux, mais je savais ce que c'était qu'être un enfant avec un parent qu'on ne connaît pas. Je ne voulais pas mettre les enfants de Chris dans cette situation. Ma mère n'était toujours pas montée dans un avion pour y aller, et je crois que ça n'étonnait pas ma grand-mère. En tout cas, ça ne m'étonnait pas.

Perdue dans mes pensées, j'étais contente que Boss soit attentif au cheval devant nous, quand il a relevé la tête et s'est arrêté. Je n'avais même pas remarqué que le chemin nous avait amenés au beau milieu d'une carte postale.

Les montagnes s'élevaient au loin, grandes et majestueuses, et une myriade de fleurs colorées tapissaient le sol sous un ciel qui paraissait plus bleu que n'importe quel bleu que j'aie vu de ma vie. Un ruisseau gazouillait, et comme si les frères avaient tout mis en scène pour ne pas nous décevoir, une biche a levé la tête de l'eau qu'elle buvait quand nous nous sommes tous arrêtés. J'aurais juré qu'elle avait regardé droit vers moi avant de prendre peur et de bondir par-dessus le ruisseau pour disparaître entre les arbres. Je ne pensais pas que de tels endroits existaient vraiment, en dehors des calendriers et des fonds d'écran.

Lane a quitté sa place dans la file et a avancé jusqu'à Cy. Les frères ont échangé quelques mots et Lane a pris les longes attachées aux mules et la bride du cheval de Cy en avançant vers l'eau.

Cy a posé les mains sur ses hanches et nous a dit :

— Vous pouvez tous descendre de votre cheval. Amenez-les à Lane. Il s'occupera d'eux pendant que vous mangerez. N'oubliez pas, c'est le dernier repas préparé, donc ce que vous attraperez ici dans le ruisseau ou ce soir à la rivière sera notre dîner.

— Tu peux m'aider à descendre ?

La voix d'Evan relevait du geignement bien préparé et je n'ai pas pu m'empêcher de lever les yeux au ciel en descendant de ma selle.

Je n'ai pas entendu la réponse de Cy. Mon cri de surprise, quand le sang est revenu dans mes muscles courbaturés et dans des endroits où je ne pensais pas qu'il était possible d'avoir si mal, a couvert tout le reste. Mes genoux ont failli me lâcher et je suis presque tombée mais des mains fermes m'ont rattrapée par la taille et m'ont tirée contre un torse encore plus ferme. Il sentait le soleil et l'homme, sans aucune trace d'odeur de cheval ou d'anti-moustiques. Je le sentais solide et vrai derrière moi, comme quelqu'un construit pour porter ses fardeaux et ne jamais casser sous le poids des responsabilités.

— J'ai du Baume du Tigre dans un des sacs. Je vais te le chercher, mais ça pue la mort et c'est gras. Tu ne pourras pas te laver avant qu'on arrive au camping après-demain, mais ça fera du bien à tes muscles.

J'ai posé une main sur la sienne, sur la douce courbe de mon ventre et je ne pouvais pas ignorer que l'endroit où il me touchait était effectivement tiède, puis chaud, puis plus que chaud. À travers mes vêtements, son contact me brûlait et bouillait contre ma peau. Il était fait de feu et Emrys avait raison, j'étais faite de choses qui voulaient s'enflammer dès qu'il s'approchait de moi.

J'ai pris une grande inspiration et ai essayé de me redresser. Il m'a fallu beaucoup de grognements et de jurons, mais mes genoux ont fini par arrêter de trembler et mon fessier a arrêté de me hurler dessus. Cy me soutenait pendant cette épreuve tandis qu'Emrys me regardait avec un sourire en coin, et que l'ado transie nous observait avec une envie de meurtre dans les yeux. J'attendais une remarque bien sentie ou une petite méchanceté de la part de Cy. Après tout, j'avais commencé par remettre son authenticité en question. Il était clair qu'il pouvait passer la journée sur son destrier sans une pointe de gêne, alors que j'étais effondrée et que je tenais à peine debout. Il n'a pas dit un mot, il a simplement attendu que je retrouve le contrôle de mes membres en gelée en me maintenant debout.

Je me suis retournée dans ses bras, de sorte que nous étions face à face, et je me suis dit de ne pas m'appuyer contre lui. Il était peut-être tout feu tout flammes, mais je ne m'autoriserais pas à fondre. J'ai posé une main au centre de son torse dur comme la pierre et ai poussé un peu pour qu'il comprenne, fasse un pas en arrière et me lâche en même temps.

— C'est bon. Merci.

Il a baissé le menton puis s'est penché plus près de moi si bien que ses lèvres touchaient quasi mon oreille. Son souffle était chaud, mais il m'a fait frissonner quand il m'a dit :

— Si tu as besoin d'aide pour mettre la pommade sur les endroits difficiles à atteindre, appelle-moi.

Cette proposition m'a donné un deuxième frisson, à cause de l'image que ses mots ont fait naître dans mon esprit. Je me suis éclairci la gorge pour arriver à sortir une réponse.

— Je pense que je vais y arriver toute seule.

— Tant mieux, parce que tu vas te débrouiller ou je vais t'aider, mais ne demande pas à mon petit frère. Il sort son sourire et les femmes tombent à ses pieds, mais il n'est pas pour toi et tu n'es pas pour lui.

Je me suis raidie et ai posé les mains sur mes hanches, prête à lui dire qu'il pouvait bien monter à cheval dans un petit chemin, mais que ça ne lui donnait pas le droit de décider qui était pour moi ou pour qui j'étais, car il ne savait foutrement rien de moi. Toute mon indignation féministe était remontée et aiguisée, prête à le casser en deux avec des mots en barbelé. Mais ce qui est sorti de ma bouche était :

— Au moins, Lane sait sourire, même s'il s'en sert pour tomber les filles.

Les sourcils noir corbeau de Cy se sont levés et il a eu un tic aux coins de sa bouche très non-souriante.

— Je sais sourire.

J'ai pouffé.

— Quand ça ?

Il s'est à nouveau penché contre moi et tout mon corps voulait se presser contre le sien.

— Je souris quand quelque chose me rend heureux.

— Qu'est-ce qui te rend heureux ?

J'étais incapable de l'imaginer du genre jovial et joyeux, mais j'étais vraiment curieuse de savoir ce qui transformait son expression glaciale en quelque chose de plus accueillant. Son sourire devait causer cœurs brisés et dévastation. Je ne ferais pas que fondre, je me dissoudrais en rien de plus qu'un tas de particules faites de désir et de besoin de cet homme, et de lui seulement.

— Sois sage, et tu le sauras bien assez tôt. Va t'occuper de Boss pour qu'il puisse continuer à s'occuper de toi.

Il est allé vers Em et je me disais que ce qui faisait sourire un homme pareil ne pouvait causer que des ennuis à la femme à qui il souriait.

6

PAS TOUT SEULS

Emrys ne mentait pas quand elle disait qu'elle savait pêcher, et c'est tant mieux, car je n'aurais pas eu la patience qu'il fallait pour préparer l'appât, lancer, et relancer pendant des heures afin de nous garantir un dîner. Je m'ennuyais à mourir au bout de quinze minutes. Mais elle avait décrété que si elle nous nourrissait toutes les deux, ce serait mon boulot de vider ses prises. J'ai failli vomir en la regardant faire le premier poisson. Mais quand ma réaction a fait rire non seulement les enfants mais aussi les frères Warner et les deux hommes muets, j'ai pris sur moi et j'ai réussi à m'occuper de ces poissons visqueux sans faire n'importe quoi. Em m'a dit qu'elle était fière de moi et bizarrement, j'étais fière de moi aussi car c'était typiquement le genre de chose qui me faisait fuir. Je détestais ne pas savoir ce que je faisais, et j'avais une peur paranoïaque de mal faire les choses.

Ethan, qui s'était plaint tout ce temps qu'il préférerait jouer à la Xbox, était aussi parvenu à rapporter une belle prise. Tous les adultes ont remarqué que c'était Lane qui l'avait félicité et lui avait dit que c'était du bon travail, et pas son père.

Avec assez de provisions pour le dîner, Cy a déclaré qu'il était temps de remonter à cheval et d'aller jusqu'à une clairière au bord d'une rivière, où nous allions monter notre campement et passer la nuit. Une fois arrivés, j'ai pris à contrecœur le petit bocal de pommade qu'il me tendait et ai trouvé un coin isolé pour enlever mon jean et faire pénétrer le baume puissant dans ma peau. Il n'avait pas menti. Ça sentait très fort et rendait ma peau grasse et glissante sous mon jean. Emrys a retroussé le nez quand je suis revenue vers les chevaux. Boss a fait un bruit que j'aurais juré être une expression de dégoût quand j'ai voulu remonter sur son dos. On me sentait arriver à un kilomètre. La fumée du feu de camp de ce soir et le spray anti-moustiques dont je m'étais aspergée n'allaient rien arranger à la situation.

Après s'être occupés des animaux et avoir fait à manger, nous avons eu droit à un dessert surprise ; des chamallows grillés que Lane a sortis de nulle part. J'étais tellement fatiguée que je n'avais plus les yeux en face des trous. Em et moi nous sommes glissées dans notre toute petite tente autodépliante que nous allions partager toute la semaine, même si tout le monde était encore debout, occupés à discuter autour du feu de camp, tout le monde sauf Cy. Le grand homme s'était éclipsé au moment où Lane avait sorti sa surprise, et n'était pas revenu au camp au moment où je voulais aller me coucher. J'étais quasiment sûre que sa disparition était liée au fait qu'Evan était collée à lui comme une tique. C'était sa façon de refuser ses avances sans être complètement malpoli. Lane avait raison, son grand frère n'était vraiment pas sociable.

— Tu pues.

La voix d'Emrys s'est faite entendre alors que j'essayais de me retourner sur le matelas quasi inexistant qui était censé protéger mon derrière du sol dur sur lequel j'étais étendue.

Oui, je puais. Mais le baume avait aidé à détendre les muscles douloureux de mes jambes, et le seul moyen pour que je puisse monter le lendemain était de continuer à m'en mettre partout.

— Je sais, mais c'est toi qui voulais vivre une aventure en pleine nature. Je sens comme ça, quand je ne peux pas me doucher tous les jours.

Elle a eu un petit rire et s'est retournée près de moi.

— Je ne me suis pas douchée non plus, et je pue moins que toi.

J'ai ri jusqu'à m'en étouffer, et ai tourné la tête pour la regarder. Elle avait les yeux fermés et elle arrivait quand même à avoir l'air aussi fraîche et parfaite que quand nous étions partis le matin.

— C'est parce que tu n'es pas humaine. Tu es une sorte d'extraterrestre sans aucun défaut, qui nous fait passer, nous pauvres mortels, pour de la pâtée pour chien en comparaison.

Elle s'est remise à rire et a tourné la tête pour me regarder, nous étions face à face. Ses yeux foncés se sont un peu adoucis quand elle m'a souri.

— Je suis vraiment contente que tu sois venue avec moi, Leo.

Je lui ai rendu son sourire et j'ai soupiré en m'étirant, faisant craquer mes articulations et protester mes muscles.

— Même si tu dois sentir mon odeur toute la nuit ?

— Oui, même malgré ça. Tu es une bonne amie, tu m'avais manquée.

Sa voix a baissé de volume et l'affection qu'elle contenait a fait bouger quelques briques de mon mur nouvellement fortifié. Elle arrivait toujours à entrer. Elle a laissé échapper un soupir comme un chuchotement, puis a pris ma main dans la sienne, dans le noir.

— Tu te souviens de ce mec qui avait une Harley pendant notre première année de fac, qui baisait ma coloc ? Celui que j'ai vu en flagrant délit, parce qu'ils baisaient dans mon lit, parce qu'il était plus près que le sien ?

Je me souvenais de ça. Elle avait été détruite et avait failli rater son année parce qu'elle avait le cœur brisé et ne voulait plus retourner dans sa chambre, ce qui faisait qu'elle dormait dans la mienne la plupart du temps, et cela avait solidifié notre amitié pour les années suivantes.

— Et l'artiste australien, quand j'avais vingt-et-un ans ? Tu te souviens de lui, avec son chignon et tout le temps pieds nus ? Il voulait qu'on se marie pour qu'il puisse rester ici et quand je lui ai dit non, il a volé ma carte de crédit et a disparu. Il m'a fallu deux ans pour régler ça avec la banque et presque autant pour enlever la peinture qu'il avait renversée sur mon parquet.

J'ai serré sa main et ai hoché la tête dans l'obscurité.

— Je me souviens. La plupart du temps, il puait encore plus que moi en ce moment.

Cela nous a fait rire toutes les deux et je sentais qu'elle me regardait depuis l'autre côté de la tente.

— Tu m'avais dit de garder mes distances avec ces deux mecs, Leo, et avec quelques autres après. Tu n'as jamais fait semblant de bien les aimer, et tu m'as toujours dit que je méritais mieux. Je ne t'ai pas écoutée. Non pas parce que je ne te faisais pas confiance, mais parce qu'on doit vivre certaines choses pour comprendre ce qui est le mieux. Chris t'a donné une dure leçon à apprendre, et comme tu avais toujours pris soin d'éviter le danger, ça t'a frappée d'autant plus fort. Maintenant, tu sais que tu mérites mieux qu'un homme qui laisse autant d'espace dans votre relation. Il te faut un homme solide qui prend autant de place qu'il le peut dans ta vie.

Cy m'est immédiatement venu à l'esprit. Ce n'était pas le genre d'homme qu'on peut ignorer ou oublier. On ne pouvait pas le contourner, seulement lui faire face sans détour, en espérant qu'il plierait assez pour nous laisser passer. On pouvait aussi courir contre toute cette force solide et ce pouvoir inflexible, et espérer qu'on ne s'éclaterait pas en le percutant.

— On devrait peut-être s'écouter un peu plus attentivement, désormais, Em. On pourrait s'éviter beaucoup de chagrins d'amour et de temps perdu.

J'ai lâché sa main, me suis retournée et ai posé mes mains sous ma joue, et fermé les yeux. Je n'étais pas très bien installée mais je savais que j'allais dormir comme un loir dès qu'elle arrêterait de parler.

Elle a bougé et sa voix était pleine d'un humour sous-entendu quand elle a marmonné :

— Hé bien, si tu te mets à m'écouter, ça veut dire que tu vas faire un tour avec Monsieur Taciturne et Emmerdeur dès que tu en auras l'occasion.

J'ai répondu par un grognement et ai essayé de ne pas penser à l'image de ce que cela serait de chevaucher Cyrus Warner. C'était un effort vain. Quand le sommeil m'a emportée, c'était avec la vision d'un Cy nu, étiré en-dessous de moi alors que je bougeais sur son corps ferme avec un abandon total que je n'avais jamais eu dans ma vraie vie sexuelle. C'était de son regard de graphite, troublé par la passion alors qu'il se tenait au-dessus de moi, dont je rêvais quand un grand *bang* et le bruit du reste du camp qui s'agitait m'ont réveillée quelques heures plus tard.

J'ai secoué l'épaule d'Em et ai escaladé sa silhouette encore endormie pour atteindre la porte de la tente et voir ce qu'il se passait. Les chevaux hennissaient entre eux, tapaient du pied par terre, énervés, quand un autre grand bruit a résonné dans la vallée où nous campions. J'ai poussé mes cheveux indomptables de mes yeux écarquillés, qui s'étaient depuis longtemps échappés de la tresse dont j'avais naïvement cru qu'elle les maintiendrait en place. Lane et Cy faisaient le tour du camp avec des lampes de poche, les traits marqués. Les deux frères étaient clairement irrités, cherchant la source du bruit dans l'obscurité. Les deux hommes qui ne parlaient pas étaient aussi sortis de leur tente, et regardaient la dense forêt qui nous entourait. En fait, ils étaient tous les deux habillés de la tête aux pieds et semblaient ne s'être même pas couchés. Le plus jeune avait même une lampe de poche comme celle que Cy tenait. En examinant les arbres avec son faisceau, il a marmonné :

— C'étaient des coups de feu.

— Possible.

Cy fronçait les sourcils et il ne s'est pas arrêté pour ajouter quoi que ce soit, se dirigeant vers les chevaux, visiblement perturbés et nerveux à cause du bruit.

L'homme plus âgé, celui qui s'appelait Grady, a secoué la tête et croisé les bras sur son torse en lançant un regard acéré à Lane.

— Il n'y a pas de « possible » qui tienne. C'étaient des coups de feu. J'ai combattu huit ans à l'étranger pour ce pays, et je me suis retrouvé dans les pires trous à rat que tu peux imaginer. Je sais reconnaître un coup de feu, et je sais que celui-là était beaucoup plus proche que vous voulez sûrement nous le faire croire. Les montagnes et la campagne ne sont pas aussi isolées que ce que vous nous avez dit.

Lane a hérissé le poil, il n'aimait clairement pas qu'on remette en cause l'intégrité et l'honnêteté de son frère. C'était la première fois que je voyais un peu de son grand frère en lui, quand sa colonne vertébrale s'est redressée et sa bouche généralement souriante s'est tendue. Il n'était pas aussi intimidant que Cy, mais il était assez imposant et brut de décoffrage pour bien faire passer un air menaçant grâce à son visage et son langage corporel.

— Isolé, ça ne veut pas dire désert. Comme je l'ai dit, certaines zones font partie des forêts nationales, donc on ne peut pas contrôler qui s'en sert. Ça peut être des gens qui braconnent hors saison, donc la nuit. Ça peut aussi être des vacanciers qui campent pas loin sans savoir qu'on organise des excursions, et qui se lâchent en tirant en l'air. Les armes sont partout, dans le Wyoming. Si tu as entendu un coup de feu, ça ne veut pas forcément dire qu'il faut s'alarmer. Il y a beaucoup de possibilités, et quelle que soit la situation, la sécurité de nos clients est toujours notre priorité.

Lane avait sorti son discours fermement et avec assurance. Cela m'a fait penser qu'il donnerait vraiment tout pour nous garder en sécurité. Lane faisait plus cowboy que ses frères, mais c'était son dévouement et son rôle de pilier qui faisaient de lui tout ce que je voulais qu'un cowboy soit dans la vraie vie. C'était le genre d'homme sur lesquels les femmes écrivent des romans d'amour et se construisent des fantasmes.

Cy est revenu vers l'endroit où nous étions tous rassemblés, jetant un œil sur mes jambes nues car je n'avais pas pris le temps de mettre mon jean en sortant de la tente. Il s'est arrêté près de son frère et a laissé son regard parcourir la ronde stressée que nous formions.

— Sûrement des gamins qui font les cons. C'est notre première journée et on est encore très proches de la rivière. Beaucoup d'habitants y passent pour des escapades, le temps d'un week-end en saison. Retournez tous vous coucher, je vais longer la rivière sur un ou deux kilomètres dans les deux sens et voir ce que je trouve.

J'ai laissé échapper un petit son inquiet étouffé, et sans réfléchir, j'ai tendu la main pour la poser sur son bras. Son muscle était comme une pierre chaude sous mes doigts et j'ai failli grogner quand sa peau a bougé et s'est tendue, attirante sous le bout de mes doigts. Il y avait quelque chose dans sa force pure, dans l'autorité écrasante qui émanait de lui, de séduisant et d'enivrant. Le toucher n'était pas intelligent, ni bon pour ma détermination. Malheureusement, j'avais envie de poser les mains partout sur lui et je voulais le faire alors qu'il était bien plus dévêtu qu'à ce moment précis. Je voulais connaître son corps massif au moyen de tous mes sens et l'imprimer dans ma mémoire, pour garder à jamais ces sensations rebelles et déchaînées qu'il semblait être le seul à provoquer.

— Tu ne peux pas aller te balader dans les bois et le long de la rivière en pleine nuit. Si tu croises un ours, ou si tu tombes sur des gamins et que ça leur fait peur ? Si ce sont des fous de la gâchette, ils pourraient être assez nerveux pour te tirer dessus. Et si c'est des braconniers ? Ils ne veulent certainement pas qu'un mec vienne mettre le nez dans ce qu'ils font. Ça m'a l'air dangereux. Je n'aime pas du tout ce plan.

Ses yeux ont atterri sur l'endroit où je le touchais, et au lieu d'enlever mes doigts, je les ai serrés plus fort, je m'accrochais à lui comme si c'était le lien qui m'accrochait à la terre sous mes pieds. Comme si sans lui pour me maintenir, je m'envolerais et m'évaporerais.

— Tu sens à dix mille.

J'ai reculé devant cette impolitesse et cette honnêteté brutale en réponse à mon inquiétude, dont il ne voulait pas. J'ai aussi lâché son bras comme si la peau à laquelle je m'accrochais était soudain pleine d'épines et de piquants. J'ai fait un pas en arrière et ai croisé les bras.

— Très bien. Va te faire manger par un puma ou tirer dessus par un aventurier du dimanche. Je m'en fous. Je retourne me coucher.

Je voulais faire une sortie fracassante et souffler comme un bœuf pour bien montrer qu'il m'agaçait, mais personne ne faisait attention à moi.

Grady, dont on venait d'apprendre que c'était un ancien militaire, essayait de convaincre Cy de partir avec lui pour explorer les alentours de la rivière. Cy ne semblait pas très enthousiasmé par cette idée, mais a fini par accepter.

Lane demandait à Webb pourquoi ils n'étaient pas dans leur tente au moment du premier coup de feu. Il leur a dit qu'il les avait vus descendre du bois derrière notre camp.

Plus j'observais les deux hommes louches, plus je voyais que Webb mentait mieux que Grady. Sans hésitation ni aucune pointe de gêne, il a dit à Lane qu'il cherchait un endroit qui pourrait servir de toilettes, et qu'il avait demandé à Grady de venir faire le guet pour lui. Lane a calmement expliqué que Cy et lui avaient déjà passé en revue les endroits les plus sûrs pour faire ça quand nous étions sur la route, et que s'enfoncer dans les bois ne faisait pas partie des options. Webb a simplement haussé les épaules et répondu d'un ton neutre :

— On est censés améliorer notre travail d'équipe. Aider quelqu'un à aller chier dans les bois, ça m'a paru être un bon exercice d'équipe.

Il est parti sans donner plus d'explications, laissant Lane se tourner vers moi avec un regard interrogateur.

J'ai haussé les épaules et fait une grimace avec ma bouche.

— Je n'ai pas été la meilleure pour débusquer les mensonges ces derniers temps, mais je parie ma prime de Noël que ces gars ne sont pas qui ils prétendent être.

— Il y a quelque chose qui ne colle pas, dit-il d'une voix dure et tranchante.

— Il se passe quelque chose dont on ne fait pas partie, c'est sûr.

J'étais bien consciente que certaines pièces du puzzle étaient encore dans la boîte, et pas sur la table pour qu'on puisse les rassembler.

— C'est difficile de cacher quoi que ce soit, ici. Les mensonges et les faux-semblants peuvent te faire tuer très vite dans le coin.

Lane avait une voix fatiguée et qui contenait un fond d'inquiétude. J'ai hoché la tête et suis allée vers la porte de la tente, d'où Emrys sortait la tête et me regardait avec des yeux endormis.

Je me suis arrêtée quand il a lancé mon nom.

— Et, Leo...

Je me suis retournée pour le regarder par-dessus mon épaule et ai vu que son sourire caractéristique avait retrouvé sa place sur son visage à la beauté brute.

— C'est vrai que tu pues. Dis à Em que si elle veut dormir dans ma tente, j'ai de la place.

Sachant qu'il disait toujours ce qu'il pensait et tenait sa parole, je ne doutais pas qu'il accueillerait ma meilleure amie à bras ouverts. Mais cela voudrait dire qu'il jetait son frère boudeur et bourru dehors, et je n'allais pas lui proposer le peu d'espace qu'il restait dans ma tente si Em le remplaçait. Surtout que je sentais mon odeur et que les vapeurs me faisaient plisser le nez. Au départ, j'avais pensé que l'odeur violente serait un bon moyen de garder Cy et ma fascination rebelle pour lui à distance. Mais en vérité, ma détermination à rester éloigné était vacillante. Je le voulais proche de moi, et je voulais que rien chez moi ne le décourage de se rapprocher le plus possible. Emrys allait devoir tenir le coup jusqu'à ce que nous arrivions aux douches de camping qu'on nous avait promises.

J'ai contourné Em et me suis laissée tomber sur le sac de couchage comme elle me demandait :

— C'était quoi, tout ça ? Des feux d'artifice ?

— Non. C'était un coup de feu. Cy est parti voir s'il trouvait d'où ça venait.

J'ai entendu des bruits de tissu comme elle rentrait dans son sac de couchage. Elle a laissé une longue pause avant de marmonner :

— On n'est pas aussi seuls qu'on pensait l'être, ici.

— Non, on n'est vraiment pas seuls.

Et pour la première fois de ma vie, ça ne me dérangeait pas. La vérité est que cela demande beaucoup d'énergie et d'efforts de ne s'ouvrir à personne. Entourée d'inconnus, essayant tous tant bien que mal de trouver nos repères dans un endroit inhabituel, je découvrais que j'aimais cette nouvelle facilité avec laquelle je m'ouvrais aux autres.

7

PAS SI IMPECCABLEMENT PROPRE

Le lendemain, on ne pouvait pas manquer la tension qui émanait des deux frères et la suspicion à peine camouflée qu'ils avaient pour les deux autres hommes de notre groupe. Tout comme la veille, ils ne se parlaient presque pas, et pas du tout aux autres. Même le père et la mère, d'ordinaire indifférents à ce qui se passait autour d'eux, commençaient à repérer les courants sous-jacents entre les autres membres du groupe. Meghan se disputait avec sa descendance et les faisait avancer entre elle et son mari, dont j'avais remarqué qu'il sentait presque aussi mauvais que moi. Il ne devait pas non plus avoir l'habitude de passer la journée sur une selle, mais il avait attendu qu'Em et moi allions nous coucher pour essayer de remédier à cela la veille. Cet homme était ridicule et j'ai fait bien attention de me placer entre lui et mon amie pour qu'elle n'ait pas à perdre une autre journée à repousser ses avances doucereuses.

Cy n'avait pas dit un mot sur sa randonné dans le noir, donc je supposais que ses recherches n'avaient rien donné. Je m'étais surprise à être incroyablement contente qu'il revienne au camp sain et sauf. Même si j'étais épuisée, je n'avais pas réussi à me rendormir avant d'entendre des bruits de bottes et sa voix grave grogner quelque chose à

Lane en revenant. Je ne voulais pas passer trop de temps à penser à ma réaction ou à ce qu'elle signifiait, donc j'ai passé le reste de la journée à parler de souvenirs avec Em et à profiter de la balade, maintenant que mon derrière était un peu mieux habitué aux secousses.

Le programme de la deuxième journée comprenait une randonnée dans la nature et un peu d'escalade pour laquelle les enfants étaient fous de joie. La randonnée me plaisait bien mais je n'avais jamais aimé être en hauteur. J'avais peur de faire quelque chose que je n'avais jamais fait, quelque chose que je n'avais jamais imaginé faire. J'avais promis à Em que je vivrais l'expérience, donc au lieu de me plaindre à voix haute de devoir pendouiller en l'air au bout d'une corde comme je l'aurais fait en temps normal, je me rendais malade d'angoisse en silence. Je passais en revue tout ce qui pourrait mal tourner, et je préparais mentalement mon enterrement. Je me forçais à sourire même si je savais qu'elle n'y croyait pas une seule seconde, mais j'ai vu du soulagement sur son visage car je ne l'emmenais pas au fond de mon océan de peur et d'hésitation.

Quand est venu le moment d'installer le baudrier, j'ai reculé alors que Cy s'approchait de moi avec l'équipement. Je lui ai dit que je voulais que ce soit Lane qui me l'attache. Je ne pouvais pas lui expliquer, pas sans lui avouer que je ne voulais pas qu'il soit assez près pour me toucher, ni même pour me sentir alors que j'étais dégoutante et puante.

Il m'a lancé un regard noir.

— À ton avis, qui a appris à Lane et Sutton à faire tout ça ?

J'ai ouvert la bouche pour essayer de faire la paix, mais il n'avait pas fini de prouver qu'il était Monsieur Grognon et qu'il n'avait pas peur de dire ce qu'il pensait.

— Tu es énervante et tu as une grande gueule, mais il ne t'arrivera rien tant que je suis là, Rayon de Soleil.

J'ai ouvert et refermé la bouche comme un poisson hors de l'eau tout en essayant de trouver comment réagir à son jugement désagréable sur mon caractère. J'ai croisé les bras sur ma poitrine qui montait et descendait et ai tapé du pied par terre, puis ai compté à rebours en partant de dix en faisant de mon mieux pour garder mon calme et retenir mon ton mordant. Cet homme me tapait sur les nerfs et me faisait péter les plombs plus vite que n'importe qui d'autre.

— Je ne suis pas énervante ; c'est toi qui est impatient et trop habitué à ce que les gens fassent tout ce que tu dis.

Il s'est penché un peu plus près de moi et je me suis automatiquement penchée dans l'autre sens pour qu'il ne sente pas l'odeur chimique et mentholée qui était mon parfum actuel.

— Les gens font ce que je dis parce que je sais ce que je fais, ce qui veut dire que je suis le responsable, la plupart du temps. Maintenant, mets ton cul dans le baudrier et grimpe sur le rocher, Leo.

Décidant que me disputer avec lui devant tout le monde ne ferait que gaspiller notre temps et finirait par me désavantager, j'ai avancé vers lui à contrecœur et ai appuyé une main sur son épaule comme il s'accroupissait devant moi pour m'aider à entrer dans cet engin en toile robuste. Ses épaules étaient aussi dures et solides que la paroi rocheuse que je m'apprêtais à affronter. Tout chez lui semblait fait pour être indestructible et rigide. J'ai poussé un petit cri de surprise quand il a placé les sangles entre mes jambes pour qu'elles soient bien installées autour de mes cuisses et de mes hanches. Son toucher n'était pas ambigu comme il l'avait été en m'aidant à monter à cheval, mais l'avoir si près de la partie de moi qui voulait plus que des rêves chauds et sexy, était troublant. Il a suffi d'un petit souffle entre ses lèvres concentrées, alors qu'il ajustait les boucles et les sangles à ma taille, pour que mon corps entier se réveille et me chatouille. Je voulais sentir ses joues rugueuses sur mes jambes et entre elles. Je voulais voir si certaines parties de lui pouvaient être douces, ou s'il était entièrement dur. Je voulais qu'il pose sa bouche là où mon corps le suppliait silencieusement. Mes doigts se sont serrés sur sa force musclée qui me portait quasiment pendant que je me reposais sur lui. Son regard ardoise a croisé le mien comme s'il savait exactement ce qui me passait par la tête.

Il s'est relevé et a tiré sur les sangles une dernière fois, ce qui m'a fait m'écraser contre le mur immobile de son torse. Mes mains se sont aplaties contre ses muscles fermes et mes doigts se sont enfoncés dans la paume de mes mains quand j'ai senti comme son cœur battait vite.

— Si jamais tu te poses la question, il se trouve que j'aime bien les filles énervantes et grandes gueules. Quand une femme n'a rien à dire, ça ne présage rien de bon, et tu te retrouves pris de court quand elle te dit enfin ce qui la dérange. À ce moment-là, c'est trop tard pour rattraper les choses. Maintenant va t'amuser, tu as payé une fortune pour ça, et peut-être que quand tu ne sentiras plus l'armoire à pharmacie, j'oublierai mon bon sens et je ferai de ces vacances un souvenir que tu n'oublieras jamais.

Il a laissé tomber un casque sur ma tête et a serré l'attache sous ma mâchoire relâchée avant de se tourner face à la roche.

J'ai poussé un petit cri, pas seulement à cause du choc de ses mots mais car il a tiré doucement sur une de mes tresses. Je lui ai adressé un regard interrogateur en attrapant la corde de sécurité et me tournant vers la roche verticale en face de moi. C'était un geste délicat, doux, comme s'il savait que je paniquais et que j'avais besoin d'être rassurée. Je ne voulais pas faire ça. Mais le fait que je ne voulais pas le faire parce que j'avais peur fut la raison pour laquelle j'ai posé mon pied botté sur le premier appui que Cy m'a indiqué, et me suis hissée. Je n'avais aucun endroit où fuir. Je ne pouvais qu'affronter ma peur. Depuis le début de ce séjour, j'étais forcée de le faire.

Il m'a fallu longtemps pour atteindre le sommet. Bien plus longtemps que les enfants et Em. Cela m'a sûrement pris plus longtemps qu'il aurait fallu car quand j'étais à la moitié, Lane a proposé d'emmener le reste du groupe pêcher à la rivière. Tout le monde est parti sauf Em, qui est restée pour m'encourager. J'ai glissé plusieurs fois durant mon ascension, et chaque fois j'ai failli crier à Cy de venir me chercher ou de me faire descendre en relâchant la corde, mais je ne l'ai pas fait. J'ai ravalé la terreur, et doucement mais sûrement, j'ai trouvé où mettre mes mains et mes pieds. Petit à petit, je montais et trouvais l'appui suivant.

Ce qui m'a semblé être des heures plus tard, je suis arrivée en haut et j'ai failli pleurer. D'après la façon dont Em criait et dansait en bas, j'étais sûre qu'elle avait versé une larme. Et même de tout là-haut, je voyais un rictus traverser le visage de Cy. Ce n'était pas exactement un sourire, mais ça s'en rapprochait, et j'ai senti mon cœur doux et chaud de savoir que conquérir cette difficulté, aussi petite soit-elle, ne le rendait pas exactement heureux, mais ça s'en rapprochait.

Depuis le sommet, j'ai lancé un cri victorieux et levé les bras en l'air. J'aimais ce nouvel aspect de moi et je ne pourrais jamais assez remercier Emrys de m'avoir fait découvrir cette facette de la femme que j'étais. C'était la femme que je devais être afin d'arriver à vaincre mes propres doutes. Il m'avait fallu escalader un rocher et m'aventurer dans l'inconnu pour le comprendre. Lane avait raison, en ville, c'est facile d'ignorer les choses les plus calmes de la vie, et pourtant ce sont celles sur lesquelles je devrais me concentrer. La vie à la campagne et sa sérénité me permettaient d'entendre beaucoup de non-dits qui flottaient dans ma tête, des mots qui demandaient à se faire entendre, des mots que j'avais choisi d'ignorer trop longtemps. Je comprenais que je pouvais survivre à ce bouleversement de ma vie, et je le faisais un défi – une difficulté – à la fois.

— Leo, redescends. Il faut qu'on remonte à cheval et qu'on aille au camp de ce soir. Vivement la douche.

J'ai baissé les yeux vers Cy et ai hoché la tête quand il m'expliqua comment descendre en rappel sans m'écorcher les genoux et les mains. Avant de descendre, j'ai regardé une dernière fois le paysage époustouflant. Des kilomètres d'arbres et de rivières qui peignaient les montagnes en vert et bleu. Intact et pur, à perte de vue. En tout cas, jusqu'à ce que mon œil tombe sur un étrange trou au milieu des arbres bien en amont, sur la rivière. On aurait dit qu'une météorite était tombée du ciel et avait laissé un immense espace vide au milieu des feuillages épais et luxuriants. J'ai trouvé ça bizarre et je voulais demander à Cy ce que c'était, mais dès que mes bottes ont touché le sol, j'ai été engloutie par un câlin et je n'y ai plus pensé. C'était un câlin qui compensait presque tous les câlins de ma mère qui m'avaient manqué en grandissant, tous les câlins qui n'étaient rien de plus que des mensonges venant de Chris. Et il venait d'une personne de qui je n'aurais jamais cru recevoir un câlin.

Cyrus Warner câlinait dur. Ses bras étaient serrés autour de moi. Son corps était massif et chaud, entourant le mien. Sa façon de m'étreindre était tout sauf délicate. Sa voix était grave et rauque dans mon oreille quand il m'a dit :

— Tu avais peur et tu l'as fait quand même. Fier de toi.

Ses bras se sont resserrés encore un peu, puis il m'a lâchée pour que les bras d'Em remplacent les siens, dans une étreinte beaucoup plus douce.

J'avais raison, Em avait pleuré. Ses yeux brillaient mais son sourire était éclatant et je voyais un mélange équitable de fierté et de soulagement dans son regard foncé.

— Putain, je suis fière de toi, Leo.

J'ai reculé pour retirer le casque et secouer mes cheveux.

— Je suis assez fière de moi aussi.

Mais je ne pouvais pas nier que l'approbation de Cy et celle d'Em me donnaient l'impression d'avoir escaladé plus qu'une montagne. Elle a ri et m'a laissée m'appuyer sur elle pour enlever le baudrier de mes jambes.

— Imagine toutes les supers expériences qu'on va vivre d'ici la fin de la semaine. On sera prêtes à tout affronter quand on rentrera à la maison.

Nous ne savions pas encore toute l'influence que ces expériences allaient avoir sur le reste de nos vies. Elles allaient changer les femmes que nous étions, et notre façon d'aimer. C'était impossible d'échapper à cela.

*

* *

Le reste de la journée est passé sans autre émotion forte et sans réveil inopiné au beau milieu de la nuit. Le troisième jour, un autre long trajet nous attendait, mais aussi une petite pause hors de la selle pour aller faire du canoë sur un magnifique lac de montagne. Il était si cristallin et d'un bleu si infini que je voyais jusqu'au fond. L'eau était aussi froide que le ruissellement de neige qui l'alimentait, et j'étais tentée de sauter dedans pour me débarrasser de l'odeur de trois jours sur un cheval, à transpirer, avec de la crème solaire et du produit anti-moustiques, même si une vraie douche nous attendait ce soir-là. Mais je me suis retenue en voyant que Em commençait à se défraîchir. Elle n'était plus fraîche comme la rosée, donc je me sentais moins complexée par ma transformation en pionnière américaine.

La journée tranquille sur le lac s'est terminée dans un vrai camping géré par le Service des Parcs du Wyoming, donc il y avait un vrai grill, des emplacements de camping, et un minimum d'équipements à utiliser le soir. C'était très loin d'un hôtel cinq étoiles, mais pour moi, ce camping était aussi beau que le Ritz et j'ai failli embrasser Lane quand il m'a dit qu'on mangerait du chili con carne ce soir, au lieu du poisson. J'aimais bien le poisson frais, mais après deux jours de truite, de sandwichs confiture-beurre de cacahuète et de muesli, je n'étais pas contre un peu de changement. J'aurais préféré les pancakes de Brynn, mais puisque ce n'était pas possible, du chili con carne en boîte et du pain de maïs au feu de bois feraient l'affaire.

J'avais envie d'ôter tout le monde de mon chemin et me jeter dans les douches rouillées et un peu effrayantes, mais je me suis dit que je prendrais la douche la plus longue, comme j'étais celle qui sentait le plus fort, et que mes cheveux étaient vraiment devenus la crinière de lion sauvage et indomptable que Lane m'avait accusée d'avoir. J'ai donc proposé d'aider le jeune Warner à préparer le dîner, pendant que tout le monde s'affairait à s'installer et à se laver.

Cy a exécuté son habituel numéro de disparition et quand j'ai posé la question à Lane, il a ri et m'a dit qu'il valait mieux laisser Cy s'occuper des chevaux que l'obliger à interagir avec des êtres humains. Les deux frères étaient toujours sur le qui-vive depuis les coups de feu nocturnes, mais Lane avait retrouvé sans effort son personnage insouciant, tandis que Cy semblait hyper vigilant et attentif au moindre son et bruit qu'il entendait sur les chemins et qui ne venait pas de nous. Jusque-là, nous n'avions rencontré personne d'autre ni été surpris par rien d'inattendu. Si le silence m'aidait à respirer quand nous nous préparions à dormir, l'absence d'autres personnes semblait mettre en colère Webb et Grady, qui ne prenaient pas la peine de nous parler. L'expression de leur visage était dure. Les conversations qu'ils avaient ensemble, hachées et maladroites. L'un des deux partait toujours de son côté, à l'écart du groupe, et quand ils revenaient, c'était toujours à pas lourds en grommelant un tas de gros mots. Ils rejetaient constamment les avertissements que Cy et Lane leur donnaient, quand ils leur conseillaient de rester en groupe, et ne semblaient intéressés par aucune des activités. C'était comme s'ils attendaient autre chose, et qu'ils cherchaient quelque chose qu'ils ne trouvaient pas. Mais je me demandais ce qu'ils pouvaient espérer trouver ici au milieu de nulle part.

Quand tout le monde s'est installé pour manger, rafraîchis et presque redevenus qui ils étaient quand ils n'étaient pas sur un cheval, j'ai demandé à Em de mettre mon repas de côté et me suis dirigée, avec ma petite trousse de toilette et des vêtements de rechange entre les mains, vers les douches. Tout le temps du trajet vers le bâtiment en tôle et en bois, je me répétais que nous n'étions pas au camp Crystal Lake, et qu'il n'y avait aucun risque qu'un Jason bondisse de derrière un arbre, agitant une tronçonneuse pour me massacrer. C'était flippant, mon esprit se faisait des films pour rien.

Quand j'ai ouvert la porte, j'ai tout de suite appris que c'était une infrastructure mixte. Il a fallu une minute pour que mes yeux s'habituent à la faible lumière, mais quand ce fut fait, ils ont atterri sur la chose la plus renversante que j'aie vue de ma vie. Un Cyrus Warner très nu et très mouillé. On ne pouvait confondre son corps avec aucun autre, massif, coupé au couteau, et ses cheveux noirs de jais aux petites taches argentées brillantes. L'eau coulait sur des plaines infinies de muscle et de peau mate, ce qui lui donnait des airs de dieu des mers antique... ou de fantasme dans la vraie vie, même si ce n'était pas vraiment un cowboy. Il était bâti pour être vénéré par les femmes, et pour impressionner les hommes. Je jure qu'il n'existe pas de plus beau cul sur la planète que celui que je ne pouvais pas lâcher des yeux, même quand ses muscles se sont contractés lorsqu'il s'est retourné pour me regarder par-dessus son épaule.

Il avait une main appuyée contre le mur devant lui et il a haussé ses sourcils noir corbeau tandis que ce presque sourire tirait encore sur sa bouche. Sa barbe naissante des premiers jours devenait une barbe bien fournie et j'adorais comme tout chez lui était assurément viril. On ne pouvait pas manquer sa virilité. Je n'aurais jamais cru être le genre de fille qui avait les jambes en coton devant de gros muscles et un comportement autoritaire mais il se trouvait que ma libido n'était pas du tout d'accord. J'ai fait un autre pas tremblotant quand il m'a dit :

— Je fais ce que je m'apprêtais à faire avant que tu rentres, mais maintenant, je n'ai plus besoin de me servir de mon imagination puisque tu es en face de moi.

Je me suis arrêtée net en entendant ses mots et me suis léché les lèvres comme sa main glissait tranquillement le long de son érection. Je n'avais jamais vu un homme se toucher si intimement avant, et aucun ne m'avait jamais dit que j'étais son inspiration pour l'exciter. C'était secret et mystérieux, dans le bon sens du terme. C'était un moment qui n'appartenait qu'à lui et moi. Je ne m'étais jamais vue comme un support de masturbation, mais Cy me donnait tort tout en faisant de moi une colonne de flammes, d'excitation et de désir.

— Tu ne m'imagines que parce que tu aimes les rousses et il se trouve que j'en suis une ?

Ma respiration était profonde et rapide, ma voix entrelacée de désir et d'envie alors que je me rapprochais encore de lui. J'étais maintenant assez près pour voir les muscles de ses abdos se contracter, et la fente sur le bout de sa queue rigide qui brillait d'excitation liquide. J'ai grogné quand il a posé son pouce sur cette goutte qui me narguait et l'a fait tourner sur son gland fuselé. Il a laissé échapper un grognement et nos regards se sont accrochés comme son large torse se soulevait au rythme de sa respiration accélérée.

— Je n'aime pas toutes les rousses, Leo. Ne laisse pas mon frère te raconter des bêtises quand il te révèle tous mes secrets. Les rousses que j'aime bien, je les aime plus que bien.

Sa main s'est mise à bouger de plus en plus vite tandis que sa tête retombait avec un grognement. Ses yeux se sont fermés et son autre main a formé un poing, l'autre devant lui allait d'avant en arrière à un rythme tranquille au niveau de sa taille. Mon esprit a immédiatement pensé à toutes les choses coquines et sexy que cette pose et ce mouvement précis pouvaient signifier. Je savais ce que je voulais, et pourtant je n'ai pu que rester le regarder bêtement et essayer de ne pas oublier de respirer. J'ai oublié que j'avais des choses dans les mains en en levant une contre mon cœur qui tambourinait et l'autre contre ma gorge, où j'étais sûre que son nom était piégé dans un soupir étranglé.

Il a tourné son bassin et je n'ai pas pu retenir un grognement douloureusement excité et choqué. Il s'est arrêté avant que j'ai l'image complètement de face mais il s'était assez tourné pour que je voie les muscles épais de son torse et le peu de poils noirs qui recouvrait ses pectoraux. Cet homme avait plus qu'une tablette de chocolat à offrir et ce V sur ses hanches n'était pas seulement gravé sur le côté de ses abdos, il avait été ciselé, car il semblait avoir été dessiné et fabriqué par un sculpteur de la Renaissance. L'intégralité de la population féminine descendrait dans le Wyoming par troupeaux si elle savait que des hommes comme ça étaient cachés ici au milieu de nulle part.

— Il était temps que tu arrives jusqu'ici. Tu as deux fois plus besoin d'une douche que tous les autres.

Il a passé ses grandes mains dans ses cheveux mouillés et a plaqué ses mèches brunes en dehors de son visage. J'avais envie de lécher chaque goutte d'eau sur lui, surtout celles qui glissaient le long de sa gorge épaisse. J'ai vu sa mâchoire se bloquer et un tic passer dans sa joue tandis que je continuais à le regarder d'un air hébété. J'avais l'impression de voir pour la première fois ce à quoi un homme, un vrai, réel, authentique, devait ressembler. J'étais hypnotisée par les lignes fortes de son dos, la masse de ses cuisses, et la ligne ciselée de sa mâchoire, comme il me regardait le regarder.

— J'ai aidé Lane pour le dîner. Je savais que j'en aurais pour un moment, donc je me suis dit que je passerais en dernier.

J'entendais que ma voix était aiguë et essoufflée et quand j'ai regardé mes mains, elles tremblaient. J'avais tellement envie de le toucher.

— Oh, donc tu sais être charmante et agréable quand tu veux, dit-il en se retournant et en coupant l'eau. Donne-moi la serviette qui est là-bas et je te laisserai la place pour que tu nous rendes service à tous en te débarrassant de cette odeur.

Je n'ai pas bougé pendant une longue minute car j'étais bloquée sur le fait qu'il ait dit que j'étais charmante, tout comme il m'avait dit que j'étais jolie et que j'avais un beau petit cul. Je n'avais pas l'habitude qu'on soit aussi franc avec moi, ni à ce genre de compliments. Je suis brutalement sortie de ma stupeur lubrique quand il s'est complètement retourné et que j'ai découvert Cyrus Warner dans toute sa gloire, magnifique et en érection. Ma bouche s'est ouverte et tout l'air a quitté mes poumons. Je savais qu'il fallait que je regarde ailleurs, mais je n'y arrivais pas. Comme tout chez lui, sa queue était impressionnante par sa taille et semblait plus solide et réelle que celles que j'avais vues avant. Je n'avais jamais considéré cette partie de l'anatomie masculine particulièrement attirante. J'aimais ce qu'ils pouvaient faire avec et à quoi elle servait, mais je n'avais aucune envie de regarder un pénis pendant un long moment, jusqu'à celui de Cy. Je ne pouvais pas m'arrêter de le fixer et je trouvais cette partie de lui assurément aussi attirante que tout le reste de sa personne. Je voulais mettre mes mains dessus. Je voulais mettre ma bouche dessus. Je voulais qu'il mette ses mains dessus pendant que je le regardais.

Avec ma langue, j'ai doucement léché ma lèvre inférieure tout en continuant à l'admirer, comme s'il était une œuvre d'art inestimable exposée au Louvre. Mes pieds ne voulaient toujours pas bouger de là où ils semblaient être enracinés dans le sol.

— Leo, apporte-moi la serviette ou viens ici pour faire meilleur usage de ta langue.

Sa voix déjà grave a encore baissé d'un ton et était encore plus rauque quand il a exaucé ma prière silencieuse et a baissé une de ses mains sur son manche rigide, pointé vers le haut, vers les muscles de son ventre. J'ai doucement soupiré comme il faisait lentement monter et descendre son emprise.

Le plaisir avait l'air difficile pour lui. Il faisait ressortir les veines de son cou et donnait une teinte rouge foncé à son visage. Les muscles de ses cuisses ont gonflé et son torse est devenu raide et tendu. Il y avait de la puissance dans chaque ligne de son grand corps et le désir s'échappait de chaque partie de lui. Sa respiration était brute, forte et irrégulière entre les murs de tôle. Je jure que j'étais au bord de l'orgasme moi-même simplement en le regardant atteindre le sien. Sa queue glissait facilement dans sa main comme son avant-bras bougeait de haut en bas. Il y eut un moment sans souffle, un instant suspendu où ses yeux se sont rouverts et ont croisé les miens. Il n'a pas dit mon prénom mais il était sur ses lèvres quand les jets épais et crémeux de sa libération ont jailli et ont atterri sur ses doigts et sur le mur décrépi devant lui.

Je voulais qu'il jouisse comme ça sur moi, qu'il me marque et me déclare sienne d'une façon aussi sauvage et indomptable que l'endroit où nous nous trouvions. J'avais envie de lui dire qu'il pouvait jouir sur mon cul, mes seins, mon ventre... Où il voulait, tant que c'était lui qui me faisait sienne. Je n'avais jamais laissé personne faire quoi que ce soit de ce genre au lit. En vérité, j'étais généralement une amante du genre fille au-dessus pour avoir ce que je voulais et rentrer chez moi, mais cet homme m'incitait à vouloir toutes sortes de choses que je n'avais jamais voulues avant.

Il s'est tourné pour rouvrir l'eau afin de nettoyer les preuves de son petit... enfin, pas si petit... spectacle, et quand il m'a tourné le dos, j'ai enfin pu aller jusqu'à lui et lui donner sa serviette. Quand il s'est retourné vers moi, nos regards se sont rencontrés, le sien brûlant, le mien encore plus rempli de questions qu'avant.

— Ça veut dire quoi, tu fais plus que bien aimer les rousses que tu aimes bien ?

Il a pris la serviette et l'a passée sur ses cheveux puis sur son torse. Ce n'est qu'une fois arrivé à la taille, et la serviette enroulée autour de ses hanches, qu'il m'a répondu.

— Ma mère était rousse. Elle a brisé le cœur de mon père cent fois et nous a laissés, mes frères et moi, chaque fois qu'elle en avait l'occasion parce que cette vie ne lui convenait pas. On la laissait toujours revenir. Je l'aimais quand même, parce que c'est ma mère et parce que mon père la vénérait. Mon ex-femme est rousse. Je l'ai rencontrée à la fac et ça a été le coup de foudre. Elle ne m'a brisé le cœur qu'une seule fois, mais ça a suffi pour que je ne veuille pas renouveler l'expérience.

J'ai senti mes yeux s'écarquiller en entendant la description sèche des femmes les plus importantes de sa vie. J'avais aussi du mal à me dire qu'une femme l'avait eue et avait été assez courageuse pour le laisser partir. Je me demandais si cette femme se mettait des claques en se réveillant chaque matin parce qu'elle n'avait pas réussi à ce que ça marche avec un homme comme Cy.

— Brynn est rousse et je l'aime comme une sœur, mais elle a brisé le cœur de mon petit frère plus d'une fois et elle ne le sait même pas. Les rousses sont faciles à aimer, mais dures à garder. C'est pourquoi tu es passée du statut de distraction à celui de danger dès que tu as ouvert ta grande gueule, Rayon de Soleil. Je n'ai ni le temps ni la patience pour gérer le genre de destruction dont tu es capable.

J'ai reculé d'un coup et ai failli glisser dans l'eau qu'il restait sous ses pieds. Il a tendu le bras pour me rattraper. Il m'a alors tirée contre son torse nu. Mes mains ont atterri sur ses muscles fermes et se sont repliées dans le peu de poils qu'il avait.

— Je ne suis pas là pour détruire quoi que ce soit. J'essaie de reconstruire quelque chose.

Et je ne m'en sortais pas mal. Comme l'avait dit Em, il me faisait brûler et j'étais faite de choses qui ne demandaient qu'à être enflammées.

— Les femmes comme toi n'ont pas besoin d'essayer pour détruire des choses, Leo. Ça arrive, parce que les hommes comme moi ne sont pas assez forts pour rester à distance, et on finit par vouloir des choses que l'autre n'est pas capable d'offrir.

C'était sûrement les paroles les plus honnêtes que quelqu'un m'ait jamais dites. Elles étaient adorables, mais de façon tordue et tragique. Il valait mieux se savoir désirée en sachant que ce ne serait pas parfait ni minutieusement planifié. J'avais été désirée parce que j'avais rendu cela facile, et ça n'avait pas marché du tout. Je préférais largement qu'on me désire parce que j'étais difficile, et aussi risquée que je pensais qu'il l'était. Je ne voulais pas d'un homme manufacturé et sans défauts. Je voulais celui-là. Un homme réel, avec des défauts, et si éloigné de ma zone de confort que je ne connaîtrais plus jamais la sûreté et la sécurité. Je voulais toujours courir, mais vers lui, et vers les sentiments qu'il provoquait chez moi.

Je l'ai embrassé parce qu'il pouvait être mignon, même si ce n'était pas son intention. Le premier contact de mes lèvres sur les siennes a mis le feu à mon sang et m'a fait tourner la tête. Je sentais la force dans son grand corps et la tension retenue qui s'accumulait dans tous ses muscles comme je me collais à lui. Je l'ai embrassé parce qu'il était en face de moi, presque nu, encore mouillé, et scandaleusement sexy.

Et il est devenu un million de fois plus sexy quand il a fait un pas dans mon espace personnel et m'a fait reculer contre le mur en tôle derrière moi. Je l'ai entendu résonner mais je n'y ai pas réfléchi car une de ses mains a entouré ma mâchoire et ouvert ma bouche tandis que l'autre s'emmêlait dans mes cheveux. Je ne pouvais pas bouger. Je n'avais nulle part où aller... et je n'avais jamais été aussi heureuse d'être piégée de toute ma vie. Je sentais son érection qui se réveillait, appuyée contre mon ventre, et cela m'a fait gémir. Il a saisi l'occasion pour glisser sa langue entre mes lèvres entrouvertes.

Je lui ai rendu son baiser avec ma langue glissante en le mordillant car je venais de le regarder prendre son pied en pensant à moi, et je voulais que la prochaine fois, ce soit à cause de moi. Je voulais détenir son plaisir et son désir. Je voulais jouir avec lui et sentir ce que ça faisait d'avoir toute cette puissance et cette passion déchaînées sur moi et en moi.

J'ai enroulé mes mains sur ses flancs et me suis laissée me perdre dans l'instant. Je n'avais jamais été aussi attentive aux parties de moi qui faisaient de moi une femme que lorsque Cy s'appuyait contre elles. Je sentais le frottement de mes tétons excités contre ma chemise. Je sentais l'intérieur de mes cuisses frémir et le centre de moi se serrer fort et vite. J'avais le tournis et j'étais mouillée entre les jambes. Il a dû sentir l'effet qu'il avait sur moi car il a poussé une de ses jambes entre les miennes et s'est appuyé plus franchement contre ma poitrine. Mes tétons pointés ont frotté contre les poils de son torse humide et mes hanches ont bougé d'elles-mêmes contre la cuisse dure comme la pierre pressée contre mon point le plus doux. Je voulais être dévergondée et sauvage. Je voulais me frotter contre lui jusqu'à arrêter les battements entre mes jambes. Mon cœur ne pouvait pas battre sans se cogner contre le sien et chaque inspiration que je prenais avait son goût.

Je l'ai embrassé avec tout ce que j'avais d'envie et de passion, parce qu'il me laissait le faire et ne fuyait pas. Je l'ai embrassé parce que je voulais savoir comment c'était de l'embrasser, et parce que j'étais quasiment sûre que personne d'autre ne m'embrasserait comme il le ferait.

Sa barbe était abrasive contre ma peau, sa main était dure autour de ma mâchoire, mais son pouce était une caresse délicate sur ma joue comme il penchait sa bouche contre la mienne dans toutes les directions. Ses lèvres étaient légères mais insistantes quand elles touchaient les miennes et sa langue était tendre et douce quand elle glissait contre la mienne, aguicheuse. Sa douceur contrastait avec toutes les parties dures de lui et j'aimais tout ça ; en toute honnêteté, j'en voulais plus.

Je passais mon autre main sur les contours de ses pectoraux bien dessinés, avec la ferme intention de descendre jusqu'au nœud inapproprié qui tenait sa serviette autour de sa taille, lorsqu'il s'est reculé, a gentiment enroulé sa main sur ma gorge pour sentir mon pouls affolé, et m'a doucement séparée de lui en fronçant les sourcils. J'aimais comme ma bouche avait rendu la sienne brillante et rouge. J'aimais la chaleur sur ses joues et le feu dans ses yeux. J'aimais comme son pouls battait dans son cou et le sursaut de sa bite ostensiblement agacée par l'espace désormais froid entre nos corps.

Il s'est passé les mains dans les cheveux et a secoué la tête.

— Lane va venir me chercher ou ta copine va venir te chercher. Ce n'est pas le bon moment, et c'est sans aucun doute une très mauvaise idée pour nous deux. Je vais y aller et te laisser te laver tant que j'ai encore assez de sang au-dessus de la ceinture pour prendre de bonnes décisions.

Il s'est dirigé jusqu'au rebord où étaient posés ses vêtements, après s'être arrêté pour ramasser les affaires que j'avais fait tomber et les poser à côté. Je lui ai tourné le dos quand il a laissé tomber sa serviette et a commencé à s'habiller. J'ai enlevé mes vêtements et suis allée vers l'eau, poussant un cri de surprise en sentant qu'elle était froide. Si j'avais su que j'allais me laver à l'eau glacée, j'aurais sauté dans le lac plus tôt, quand j'en avais envie, et me serais débarrassée de mon odeur à ce moment-là.

J'ai pris le jet glacial en pleine tête et ai frissonné lorsqu'il a coulé sur mon crâne et dans mes cheveux. J'ai sursauté quand la voix éraillée de Cy est arrivée jusqu'à moi par-dessus le bruit de l'eau.

— Je pourrais vraiment faire plus que bien t'aimer, Leo, et pas de doute là-dessus, j'aime l'allure que tu as sans tes vêtements.

J'ai laissé mon regard courir sur lui et ai remarqué qu'il baissait les yeux vers sa queue, et sa chair épaisse qui se soulevait et s'allongeait de plus en plus alors que nous observions tous les deux sa réaction. Il se tenait à l'endroit où j'étais quelques minutes plus tôt, avec ses bottes à la main, et l'expression sur son visage ressemblait à celle que j'avais eue en le regardant, mais plus sévère et intense. Quand son regard est passé sur moi, je jure que j'ai senti son impact comme un contact physique. Je savais bien que je ne serai jamais mannequin pour Victoria's Secret, mais j'avais toujours été satisfaite de mon apparence. L'expression sur le visage de Cy, ses yeux glissant sur chacune de mes formes, chaque creux, chaque fossette et chaque marque qui formaient la carte de ma vie, me donnait l'impression d'être extraordinaire. Son regard, son visage aux lignes affamées et admiratives, me donnaient le sentiment d'être plus, de mériter d'être vénérée et peut-être même aimée. Si c'était comme ça qu'il regardait ses copines, je ne voulais plus jamais être rien d'autre.

J'ai haussé une épaule et l'ai laissée retomber.

— Je suppose que si on joue œil pour œil, dent pour dent, j'ai aussi le droit de penser à toi pendant que c'est mon tour de... me détendre, ai-je dit avec un grand sourire car ce qu'il me faisait ressentir et ce qu'il me donnait envie de me faire étaient tout sauf calme et reposant. Tu peux rester et me regarder, ou revenir ici pour m'aider, parce que ça ne serait que justice.

Ses yeux ont étincelé, avec des fibres d'argent fondu, alors qu'il enchaînait les jurons dans sa barbe.

Je n'étais pas le genre de femme qui prend son plaisir devant un homme, généralement. J'étais trop stricte, trop soucieuse de ce que l'autre pourrait penser. Mais ce jour-là était celui où j'avais escaladé une montagne et embrassé un homme qui n'était pas pour moi, donc l'audace et le culot coulaient dans mes veines comme jamais auparavant.

En général, je n'étais pas assez franche pour indiquer ce qui me plaisait, et je n'étais jamais transparente sur ce que je ressentais, mais à cet instant j'avais l'impression que nous étions seuls au monde et je voulais tout lui donner. Avec Cy, il n'y avait pas de peur et je n'avais pas besoin de deviner ce qu'il pensait. Chaque émotion et chaque fraction de son désir et d'encouragement étaient clairs sur son visage à la beauté sombre. Il allait me dire que je bluffais et nous allions devoir en subir les conséquences.

Les yeux fixés sur les siens, j'ai laissé descendre une main dans la vallée entre mes seins. L'eau gelée me donnait la chair de poule et rendait mes tétons encore plus durs qu'ils l'étaient quand je l'avais embrassé. J'ai pris un de ces pics de velours entre mes doigts et l'ai tiré un peu avant de passer mon pouce dessus pour apaiser cette délicieuse douleur. J'ai laissé échapper un grognement de plaisir, et mes yeux se sont à moitié fermés quand je l'ai entendu lâcher un autre juron.

En jetant ma tête en arrière, j'ai écarté les jambes juste assez pour l'exciter avec toute l'humidité et le désir qu'il avait éveillés en moi. J'ai enroulé mon autre main sous la courbe de mon sein et l'ai laissée glisser sur mes côtes et sur le plat de mon ventre. Ce n'était pas l'eau froide qui me faisait frissonner. C'était la façon dont Cy grognait mon nom. On aurait dit à la fois une promesse et une mise en garde.

J'ai fait le tour de mon nombril avec mon index et ai soupiré en laissant mes doigts descendre encore. Ce fut un choc pour mes sens hypersensibles quand mes doigts glacés ont touché la chaleur liquide. Mes lèvres étaient glissantes et presque trop sensibles pour les toucher. Mon clitoris palpitait et suppliait qu'on lui accorde de l'attention. Quand ma main a frôlé le petit point de plaisir ardent, mon corps entier a tressailli et je n'ai pas pu retenir le gémissement grave qui s'est échappé de ma poitrine. J'étais emportée dans un ouragan de sensations, le contraste du chaud et du froid me faisait tourner la tête et mon corps, déjà préparé, était tout disposé à se lâcher après avoir regardé Cy le faire. Il ne faudrait que quelques mouvements du poignet, une torsion de mes doigts et peut-être une autre petite traction sur mon téton pour me faire partir. J'étais certaine que jamais, de ma vie, je n'avais été aussi excitée, et c'était entièrement à cause de l'homme qui se tenait devant moi.

Son torse montait et descendait comme s'il n'arrivait pas à inspirer assez d'air. Ses yeux étaient si tranchants que je les sentais couper ma peau. Son visage avait rougi et sa bouche était juste assez entrouverte pour que je voie ses dents mordre l'intérieur de sa lèvre. Ce n'était pas aussi drôle pour lui que cela l'avait été pour moi. C'était de la torture.

J'ai laissé mes yeux se fermer et ai chuchoté :

— J'y suis presque. Ça n'arrive jamais aussi vite, normalement.

J'avais une voix essoufflée et je reconnaissais à peine mes propres mots. Je n'avais jamais l'air aussi excitée. J'ai glissé mon pouce autour de mon clitoris et ai pris une grande inspiration lorsque ce contact a envoyé des feux d'artifice de sensations sous ma peau.

— Putain de merde.

On aurait dit que ces mots avaient été arrachés à l'homme qui me regardait. J'ai entendu deux bruits sourds quand les bottes qu'il tenait sont tombées par terre. À l'instant où j'ai réussi à rouvrir mes paupières lourdes, je ne voyais plus que lui.

J'ai émis un petit cri quand sa main a une fois de plus fait le tour de mon cou tandis qu'il me repoussait contre le mur. Le filet d'eau qui coulait de la douche passait à peine entre nous ; voilà à quel point il était collé à moi. Ça ne semblait pas le déranger de finir aussi mouillé que moi.

Sa bouche a frappé la mienne avec la force d'une punition. Mordante et violente. Ses doigts se sont resserrés sur ma gorge mais son pouce caressait la longue ligne de mon cou de haut en bas, sur le même chemin que les frissons qu'il provoquait. Son genou a écarté les miens et sa main libre a recouvert la mienne. Je ne pouvais plus respirer. Je ne pouvais plus réfléchir. Je ne pouvais même plus bouger. Je ne pouvais que ressentir.

Et ce que je sentais suffisait à retourner mon existence entière. Il a appuyé mes doigts plus fort sur mon clitoris et s'est servi des siens pour commencer un mouvement circulaire enivrant. Alors que j'étais tremblante de la tête aux pieds, il a enlevé ses lèvres des miennes et les a posées sur ma joue. C'était le baiser le plus délicat que j'avais jamais reçu et il a failli me faire tomber à la renverse, couplé à la soudaine invasion de ses doigts dans mon ouverture palpitante.

Mon dos s'est cambré. Mes yeux ont roulé vers le haut dans leur orbite. Mes poumons ont arrêté de fonctionner et j'étais presque sûre que mes genoux étaient devenus liquides. La seule chose qui me maintenait debout était sa main sur ma gorge et son regard inflexible qui me plaquait au mur.

Il n'a pas fallu grand-chose. Il a enfoncé ses doigts bruts dans le désir glissant qui l'attendait en en repliant un comme s'il savait exactement comment atteindre le point qui me ferait décoller. Le plaisir s'est déversé de moi avec une intensité surprenante. Je n'avais jamais eu un orgasme qui me donnait l'impression de ne plus pouvoir reprendre mes esprits, après. Je n'avais jamais senti une satisfaction aussi puissante et forte.

J'ai mis les mains sur les épaules mouillées de Cy et ai levé de grands yeux vers lui comme une chouette. J'avais l'impression qu'il m'avait retournée de l'intérieur et je ne savais pas si je devais le remercier ou l'insulter. Je n'ai eu l'occasion de faire ni l'un ni l'autre car dès qu'il a vu que je n'allais pas me défaillir et tomber, il m'a lâchée comme si ma peau était faite de braise brûlante.

— Comme je le disais, je ne suis pas assez fort pour garder mes distances.

Ses mots étaient hachés et presque en colère. Plus rien de la chaleur passionnée qu'il y avait dans ses yeux quand il avait ses mains sur moi, rien que de la frustration et une fureur bouillonnante.

Il s'est retourné en passant une main sur sa chemise et sa braguette mouillées. Je ne savais pas si c'était à cause de moi ou de la douche pourrie, mais honnêtement, je voulais que ce soit à cause de moi. La porte s'est refermée derrière lui avec un petit clic et je suis retournée à ma douche.

J'aurais dû être blessée par son départ malpoli, mais je ne l'étais pas. Je n'avais pas besoin de deviner ce que ses mots voulaient dire, parce qu'il avait juste dit ce qu'il pensait. C'était le mauvais endroit et le mauvais moment, et nous étions clairement les mauvaises personnes, mais il me voulait et ne pouvait pas rester à distance. Cyrus Warner avait tout autant besoin que moi de tout contrôler, c'était pour cela que nous aimions tous les deux tester les limites de l'autre, et que ni lui ni moi n'aimions échouer.

Si l'échec ressemblait à cela, j'avais hâte de recommencer. Quand je pensais prendre de bonnes décisions, je finissais avec un cœur malmené et une confiance en moi écrasée. Les mauvaises décisions avaient déjà prouvé qu'elles étaient bien plus sympas.

Une chose était sûre, il avait déjà tenu sa parole de rendre ces vacances inoubliables.

8

PAS SI SURPRISE DE VOUS VOIR ICI

— Tu as été marié combien de temps ?

J'ai posé cette question au dos de Cy, après plusieurs heures d'un silence pesant.

Je ne savais pas pourquoi je pensais que le fait que nous nous soyons vus en pleine action et que nous ayons échangé des baisers délicieux allait calmer Monsieur Grognon et le rendre un peu plus abordable. Il avait entamé le trajet de la matinée aussi grincheux et réservé que d'habitude. Je ne savais pas comment j'avais atterri derrière lui dans la file aujourd'hui, mais comme j'étais tout près, je sentais son silence comme une cape sur mes épaules. Je n'avais aucune idée de ce qu'il ruminait, mais quoi que ce soit, ça n'avait pas l'air très plaisant. Avec le recul, ma question n'était probablement pas le meilleur moyen de changer son humeur sombre.

Il a tourné la tête d'un coup pour me regarder et j'ai grimacé en voyant l'expression renfrognée sur ses traits durs.

— Pourquoi tu veux savoir ça ?

Je voulais savoir ça car j'avais eu sa langue dans ma bouche et ses mains partout sur mon corps. Je voulais savoir ça car il disait toujours la vérité mais ses yeux avaient des secrets. Je voulais savoir ça car je voulais le connaître aussi bien qu'il semblait déjà me connaître.

Je lui ai rendu son froncement de sourcils.

— J'ai du mal à imaginer que quelqu'un veuille te laisser partir, même si ton mauvais caractère confine à une forme d'art.

Ma propre honnêteté m'a surprise ; et lui aussi, apparemment. Son expression s'est un peu allégée et la tempête qui faisait toujours rage dans ses yeux s'est envolée juste avant qu'ils s'assombrissent au point d'être presque noirs. Il n'était plus orageux, il avait dépassé cela et était passé à quelque chose de plus sombre et d'infiniment plus effrayant. Je ne pensais pas qu'il répondrait, et quand il l'a fait, je n'étais pas prête à ce que sa franchise me ravage, ou à sentir mon cœur avoir si mal pour lui. Mon histoire était bête et insignifiante comparée à la sienne, et j'ai compris que les bleus sur mon cœur n'étaient rien par rapport aux cicatrices sur le sien.

— Elle ne voulait pas me laisser partir et je ne voulais pas qu'elle me laisse partir. On s'aimait et elle était tout pour moi. Mais j'étais coincé ici. Elle ne voulait pas rester dans le Wyoming. Elle m'aimait mais elle détestait ma vie et les responsabilités qui vont avec. Elle me voulait, mais pas les responsabilités et les obligations qui m'accompagnent. J'aurais fait tout et n'importe quoi pour la rendre heureuse, mais elle voulait que j'abandonne la seule chose que je ne pouvais pas abandonner.

Il n'y avait pas d'amertume dans sa voix, seulement une acceptation triste du fait que parfois, l'amour ne suffit pas à rassembler deux personnes, peu importe combien elles comptent profondément l'une pour l'autre. Ça me semblait être le marteau et l'enclume les plus cruels entre lesquels être coincé. Dans un combat entre l'amour et la loyauté, il n'y avait jamais de vrai vainqueur.

— Elle ne savait pas qui tu étais et d'où tu venais avant d'accepter de passer le reste de sa vie avec toi ?

Cy ne me semblait pas être du genre à cacher sa vraie nature. Je ne pouvais pas exactement définir ce qu'il était, pas un cowboy ni un costard-cravate, mais qui il était comme homme était évident depuis le début. Un homme qui prenait soin de sa famille et protégeait ceux qui étaient importants pour lui.

Cy s'est retourné, de sorte qu'il faisait de nouveau face au chemin devant nous. Sa voix grave portait facilement jusqu'à moi :

— Je t'ai dit que je l'avais rencontrée à la fac. J'étais parti pour mes études. Ces quatre ans, c'est la seule période que j'ai passée hors du ranch et loin de ma famille. Je revenais pendant les vacances avec des amis, mais ce n'était pas la même chose que de travailler pendant la période de reproduction ou de préparer le troupeau pour la vente. Ce n'était pas pareil que quand on se tue à la tâche tous ensemble pour passer l'hiver.

Je l'ai vu bouger sur sa selle et l'ai regardé passer une main dans ses cheveux coiffés avec soin.

— Je ne voulais pas rester dans le Wyoming. Quand j'étais jeune, je détestais être aussi isolé et travailler autant. Tout ce que je voulais, c'était baiser et m'amuser comme tous les autres ados du pays. Je n'en avais jamais l'occasion et ça m'énervait. J'ai toujours été bon élève et j'ai eu des bons résultats aux examens d'entrée des universités. J'ai écrit une lettre de motivation bien triste sur ma mère qui était partie quand nous étions petits et sur ma dure vie au ranch, qui m'a fait gagner ma place à l'université de Boston.

J'ai sauté sur l'occasion pour partir le plus loin possible de chez moi. Je me sentais super coupable de laisser Papa tout seul avec Lane et Sutton, mais il fallait que je tente ma chance et que je voie un peu le reste du monde. Je cherchais l'herbe la plus verte, avec une attitude de merde.

— C'est beau, Boston.

C'était l'une de mes villes préférées sur la côte Est mais j'avais beau essayer, je ne m'imaginais pas Cy parcourir les rues étroites et déambuler dans l'étendue urbaine, même un Cy plus jeune et plus naïf.

— Oui, c'est beau, et Selah était belle aussi. Je me suis arrêté net, la première fois que je l'ai vue. Je l'ai rencontrée en première année et n'ai pas perdu de temps pour prendre son cœur et son temps. Elle était toute gentille, elle venait d'un coin paumé dans le Colorado, donc on a tout de suite trouvé un point commun. Ni elle ni moi ne pensions revenir à une vie de village, et on a passé beaucoup de soirées à se préparer une grande vie d'aventures. On s'est fiancés en troisième année, et je l'ai épousée même pas un mois après notre diplôme. On était jeunes et bêtement amoureux... Le mot clé est « bêtement ».

Il m'a jeté un regard par-dessus son épaule et j'ai vu que sa bouche formait une ligne si plate que tout son visage semblait prêt à exploser de tension.

— Mon père a amené les gars au mariage et j'ai remarqué qu'il n'avait pas l'air en forme. Je ne revenais pas souvent pendant mes études, en partie parce que je savais que si je quittais la ville, mes chances de revenir étaient quasi inexistantes. Car j'aimais la ville, mais ça n'a jamais été chez moi et je n'avais pas trouvé l'herbe plus verte. Ce que je préférais à Boston, c'était Selah. J'ai été assez arrogant pour croire qu'on serait heureux n'importe où, tant qu'on était ensemble.

Mon cœur a trébuché en entendant ces mots.

— Je ne trouve pas ça arrogant. C'est romantique et touchant.

Je savais déjà que je le désirais et pouvais me transformer en une masse tremblante de besoin sexuel pour lui. J'étais étonnée de voir que je pouvais aussi l'apprécier et l'admirer. Sa dure carapace cachait beaucoup de choses délicieuses et décadentes à l'intérieur. Je me suis demandée si nous avions plus de choses en commun que je l'avais pensé au départ.

Cy a fait un bruit dans le fond de sa gorge qui a fait relever la tête à Boss. J'ai baissé la main pour passer les doigts dans la crinière noire de mon cheval et nous calmer tous les deux.

— J'étais idiot et je voyais à court terme. J'aurais dû savoir ce qui m'attendait, sachant que j'avais vu ma mère disparaître de ma vie dès qu'elle décidait que vivre dans le Wyoming était trop chiant et trop dur. Papa était malade, depuis plusieurs années, mais il ne voulait pas que je le sache. Je voulais vivre ma vie en dehors du ranch et il savait qu'à la minute où j'apprendrais qu'il était malade, à quel point la situation était grave à la maison, je ferais demi-tour sans me poser de questions. C'est exactement ce que j'ai fait. Sauf que je suis revenu avec une femme qui n'avait aucune envie d'être là.

Il a passé une main sur sa nuque et l'a frottée comme si cela allait relâcher les chaînes de tensions qui y étaient attachées.

— Selah a fait de son mieux. Au début, elle a essayé de donner un coup de main pour trouver sa place, mais elle n'était pas heureuse, et plus mon père était malade, plus je m'enracinais ici, donc elle savait qu'elle ne pourrait pas me convaincre de partir. Mes frères grandissaient mais ils avaient encore besoin qu'on s'occupe d'eux. À ce moment-là, Brynn vivait avec nous aussi et il fallait quelqu'un qui fasse attention à elle. Trop de personnes comptaient sur moi, mais pour celle qui comptait le plus, je ne pouvais rien faire.

J'avais envie de lui faire un câlin car ça me semblait être une situation intenable. L'amour était souvent un sacrifice ; je le savais car mes grands-parents avaient renoncé à beaucoup de choses quand ils m'avaient recueillie, mais ils ne s'en étaient jamais plaint et avaient toujours fait en sorte que j'aie toutes les chances de réussir.

— Elle est restée ici un an, et chaque jour je voyais un peu de son bonheur s'éteindre. Elle étouffait et la fille si douce que j'aimais était devenue quelqu'un que je ne reconnaissais plus, poursuivit-il en secouant la tête et en baissant la voix. J'ai cru que tout allait changer quand elle a appris qu'elle était enceinte.

J'ai aspiré de surprise car il n'avait pas dit qu'il avait des enfants. J'ai eu le souffle coupé en l'imaginant avec une petite fille aux cheveux bruns et aux yeux gris dans les bras, sur un cheval portant les mêmes couleurs noire et grise que son père. Je ne savais pas d'où me venait cette image, mais elle a fait accélérer mon cœur et m'a donné les mains moites.

Les épaules de Cy se sont transformées en pierre devant moi et son cheval avait visiblement senti le changement d'humeur de son cavalier car il a tiré sur le côté et donné un coup dans la bride.

— Mon père vivait ses dernières heures mais les affaires allaient mieux depuis que j'étais aux commandes. J'ai pensé que fonder une famille l'apaiserait et qu'elle verrait que cet endroit était aussi bien qu'un autre pour élever des enfants. Nous étions entourés de ma famille et notre bébé aurait un héritage qu'ils avaient préservé en grandissant, tout comme moi. Avoir passé du temps ailleurs me faisait apprécier tout ce pour quoi j'avais travaillé, et le fait que j'avais participé à le construire de mes mains me donnait une fierté que je n'avais pas en ville. Elle semblait enfin avoir de l'espoir et à peu près accepter que nous bâtissions notre vie ici.

Il s'est tu pendant une minute et quand il a enfin recommencé à parler, le son de sa voix donnait l'impression qu'elle venait de loin, de cet endroit secret qui renferme des choses mystérieuses.

— Il y a eu un problème en plein milieu de l'hiver. Elle a commencé à avoir des douleurs et avant qu'on comprenne ce qu'il se passe, elle saignait et elle souffrait plus que ce que je pensais humainement possible. La ville la plus proche du ranch est à une heure de route. En hiver, c'est facilement deux heures ou plus. Le temps qu'on arrive à l'hôpital, elle avait perdu le bébé et elle a failli perdre la vie, continua-t-il avant de s'éclaircir la gorge et de secouer la tête comme pour chasser ce souvenir douloureux. Elle n'est jamais revenue au ranch. Elle a refusé. Elle tenait cet endroit responsable de lui avoir volé son mari et son bébé. Elle m'a supplié de partir avec elle une fois qu'elle était assez bien rétablie pour voyager, mais je n'ai pas pu. J'avais mon père et mes frères. J'avais le ranch et des choses qui relèveraient toujours de ma responsabilité. Elle m'a brisé le cœur mais en toute honnêteté, j'ai brisé le sien encore plus. Elle est partie et je suis resté, et ça s'est terminé comme ça. De la même façon que cela s'est terminé entre mes parents.

Il m'a fallu une seconde pour retrouver ma voix, fatiguée et fluette, pleine de compassion.

— C'est triste. Je suis terriblement désolée pour vous deux.

Cela expliquait aussi pourquoi il n'était pas cowboy à l'extérieur, mais c'était un cowboy à cent pourcent à l'intérieur. C'était sur ce genre de vie qu'on écrivait des chansons de country tristes. C'était tragique, ça me brisait le cœur. La plupart des gens se séparent parce qu'ils ne sont plus amoureux, ou qu'ils ne se souviennent plus de ce qui leur a plu chez l'autre, au départ. Cela me semblait complètement injuste que même si Cy et son ex s'aimaient et se souciaient l'un de l'autre, ça n'avait pas suffi pour une fin heureuse.

— Ne sois pas désolée. Selah s'est remariée avec un chiropracteur et elle vit à côté de Boston, à Salem. Elle a trois enfants et elle m'envoie une carte tous les ans à Noël. Elle a proposé de venir quand mon père est décédé, mais je n'aurais pas supporté de la voir en plus de faire mon deuil et de gérer le bazar que ma mère a mis une fois qu'il était parti. Selah a toujours été une femme bien, mais ce n'était pas une femme pour moi.

— C'est toi qui n'étais pas pour elle.

Je lui ai ressorti ses mots de l'autre jour et ai été récompensée par un demi sourire. Ah, ça me réchauffait de partout et chatouillait mes parties intimes, qui pulsaient au rythme d'une chanson qu'il semblait être le seul à savoir chanter. J'ai haussé les sourcils, non pas parce qu'il était toujours en contact avec une femme qui avait tellement compté pour lui, mais à cause de ce qu'il avait dit sur sa mère.

— Ta mère a fait un scandale quand ton père est mort ? Ma mère serait capable de faire ça.

Il m'a lancé un regard par dessus son épaule et nos yeux se sont croisés.

— Mon père a divorcé quand il a su qu'il était malade, pas parce qu'il ne l'aimait plus, mais parce qu'il ne voulait pas qu'elle essaie de vendre le ranch avant qu'il nous revienne une fois qu'il ne serait plus là. Elle a arrêté de venir, mais à ce moment-là il s'était remarié donc elle n'avait plus aucun moyen de le manipuler et de jouer à son petit jeu avec lui. Elle a saisi l'occasion de ses funérailles pour dire tout ce qu'elle pensait du fait d'avoir été écartée et de se retrouver sans un centime de lui, jusqu'à ce que je la sorte de l'église et que je lui dise que je ne voulais plus jamais la croiser dans le Wyoming. J'ai dû être clair, parce qu'elle a une petite-fille âgée de cinq ans qu'elle n'a jamais essayé de voir.

— Tu vois toujours ta belle-mère ?

J'aimais l'idée que son père avait réussi à vivre quelques moments de bonheur avant de les quitter. Il avait l'air d'avoir été un homme bien, un homme fort. Il me faisait beaucoup penser à mon grand-père, et je ne doutais pas qu'il avait transmis toutes ses qualités à l'homme devant moi, qu'il avait élevé à son image.

Il a lâché un ricanement sans humour.

— Je la vois quasiment tous les jours. Tu l'as rencontrée aussi, dit-il en levant ses sourcils bruns et avec un petit mouvement d'un muscle dans sa joue. Brynn a grandi dans un terrain pour caravanes, pas très loin du ranch. Lane et elle ont le même âge, et ils étaient dans la même classe à l'école. Sa vie n'était pas géniale à la maison, en partie parce qu'elle est un quart Amérindienne, mais surtout parce que son père aime boire. Mon frère a toujours eu un cœur fragile. Il l'a ramenée à la maison avec lui je ne sais combien de fois, et chaque fois elle était dans un sale état. Mon père a proposé de l'accueillir définitivement, mais son père ne voulait rien savoir. Chaque fois qu'elle était là, il débarquait bourré, énervé, et la traînait jusqu'à chez elle. Les policiers du coin ne pouvaient pas faire grand chose car le terrain appartient à l'État et aux Amérindiens, donc ils essayaient toujours de se refiler le bébé.

Ma tête tournait et je n'arrivais pas à me mettre dans la tête que la jolie et sereine Brynn avait été mariée à un homme qui avait plus de deux fois son âge et avait une maladie incurable.

— Après des années passées à essayer de la protéger et de la garder en sécurité, mon père en a eu assez. La seule façon de l'éloigner de sa famille et de leur maltraitance pour de bon était de la rattacher à une autre famille. J'étais à Boston, Sutton était dans ses embrouilles avec la mère de Daye, et Lane était trop jeune pour se marier. Puisqu'il aime tellement te parler de moi, ça ne me dérange pas de te dire qu'il lui aurait passé la bague au doigt en moins de temps qu'il en faut pour le dire. Brynn avait à peine dix-huit ans et mon père l'a épousée pour la libérer, mais beaucoup de gens n'ont pas vu ça d'un bon œil. Ils l'ont accusé de profiter d'elle, et elle de planter ses griffes sur un vieux aisé qui n'en avait plus pour longtemps. Ça n'a pas été facile pour eux deux, surtout que Lane a toujours eu un faible pour elle, mais c'était la meilleure solution, la plus efficace. Elle a toujours fait partie de la famille et elle s'est très bien occupée de tout avant que je puisse rentrer chez moi, à ma place.

J'ai lâché un grand souffle et ai bougé sur la selle.

— C'est une sacrée histoire.

Il a grogné, sans se retourner vers moi.

— Ce n'est pas celle que je préfère raconter. Et toi ? Tu as déjà dit « Oui » ?

Je me suis étouffée de rire et ai fait non de la tête, même s'il ne me regardait pas. Son attention était focalisée sur le chemin devant nous.

— Non. Loin de là. Je n'ai eu qu'une seule relation sérieuse de toute ma vie d'adulte, et il s'est avéré qu'elle n'était pas aussi sérieuse que je le pensais.

Cela m'a valu un regard curieux, mais les mules ont commencé à s'agiter donc il m'a quittée des yeux aussi vite qu'il s'était retourné.

— En fait, ce n'était qu'une grosse blague.

À mes dépends.

— Tu es nerveuse et peu sûre de toi, mais c'est clair que tu as une belle croupe et que ça doit sacrément valoir le coup de faire un bout de chemin avec toi. Qu'est-ce qui ne va pas, chez les hommes d'où tu viens ?

Il m'avait adressé ce compliment au style très Wyoming sans me regarder.

Je suis restée bouche bée dans son dos et je n'ai pas pu m'empêcher de rire, incrédule.

— Est-ce que tu viens de me comparer à un cheval ?

Il m'a lancé un sourire en coin en passant les rênes dans ses mains sur le pommeau de la selle pour s'occuper des longes attachées aux mules. Les animaux avaient apparemment envie de s'arrêter, et Cy devait tout donner pour les faire avancer.

— Tu voulais un cowboy, les cowboys connaissent deux choses : les bonnes femmes et les bons chevaux. Il se trouve que les deux ont des caractéristiques communes.

J'ai soufflé, partagée entre me sentir flattée ou insultée.

— Hé bien, merci... Je crois. Et il n'y a rien qui ne va pas chez les hommes d'où je viens. La plupart veulent rencontrer quelqu'un qui est prête à les faire passer en premier et à partager sa vie avec eux. Je ne suis pas comme ça. Je suis trop occupée par ma vie et mes problèmes pour me rajouter ceux des autres, et honnêtement, je ne suis pas très gentille, la plupart du temps.

Il a lâché un long sifflement.

— Tu veux tout contrôler.

J'ai pouffé et ai marmonné :

— Je ne suis pas la seule.

— Alors, c'est quoi l'histoire de ce mec qui s'est avéré pas si sérieux ?

Il avait été si ouvert et transparent avec moi sur son mariage que je me suis dit que je lui devais de l'être autant.

— Il m'a piégée. Il était séduisant, mais pas à tomber par terre. Plus tiède que chaud. Il était intelligent et amusant, mais pas prétentieux. Je pensais qu'il était parfait, et pour une fois, j'avais quelqu'un dans ma vie, à part Em, avec qui j'appréciais de passer plusieurs heures d'affilée. Ça ne l'a jamais embêté que je ne veuille pas qu'il dorme chez moi. Il ne s'énervait jamais quand j'annulais ce qu'on avait prévu à cause du travail. Il n'a jamais rien exigé de moi. Il ne me remettait jamais en question. Il ne m'embêtait jamais. Il ne me mettait jamais au défi, ne me testait pas. Il s'intégrait dans ma vie sans heurts, et cela m'a fait croire qu'on était faits pour être ensemble. Je pensais qu'il me comprenait.

Personne ne savait que j'étais continuellement sur la défensive avec tout le monde car j'avais une peur incontrôlable de l'abandon, à cause à ma mère pourrie. Je ne laissais jamais personne se rapprocher de moi car je pensais qu'ils ne resteraient pas, s'ils avaient le choix entre être avec moi ou partir.

— J'ai ignoré le fait que ça n'aurait pas dû être aussi facile. J'ai complètement envoyé bouler Em quand elle m'a fait remarquer que c'était bizarre que Chris vienne toujours chez moi, et ne m'invite jamais chez lui. Il l'a rencontrée mais n'a jamais proposé de me présenter ses amis, et ça ne le dérangeait jamais qu'on reste à la maison, qu'on ne sorte pas en public tous les deux. Je pensais qu'il faisait des efforts pour que ça marche comme je le voulais, parce qu'il m'aimait beaucoup. En fait, j'étais exactement la maîtresse qu'il lui fallait. Il avait une femme et des enfants, chez lui en banlieue.

La tête brune de Cy s'est tournée d'un coup et j'ai été étonnée par le rictus de colère sur son visage. Il était furieux, pas contre moi, mais pour moi. Cela m'a fait frissonner et l'aimer encore plus, car, oui, je commençais à l'apprécier.

— Comment as-tu su qu'il était marié ?

J'ai fait un bruit étouffé, qui était presque un rire. C'était tellement étrange et ridicule que je ne pouvais pas m'empêcher de trouver un peu d'humour dans mon malheur.

— Sa femme a demandé une consultation à la boîte où je travaille, pour faire une étude de marché sur une nouvelle ligne de maquillage vegan que son entreprise se prépare à commercialiser. La première fois que je suis allée dans son bureau, il y avait des photos d'elle et de Chris, avec leurs enfants, partout sur son bureau. C'était un gros contrat qui allait faire gagner beaucoup d'argent à mon entreprise. Je ne pouvais donc rien lui dire, de peur qu'elle plante le deal. J'aurais perdu mon boulot et ça aurait été impossible d'en trouver un autre sans avoir de bonnes références. C'était un cauchemar, mais j'ai tenu jusqu'à la fin du rendez-vous et ai parlé à Chris dès que j'ai pu, ai-je continué en ricanant amèrement en me souvenant de sa réaction blasée. Il était surpris que ça me dérange qu'il soit marié. Il m'a dit qu'il pensait que j'avais compris, parce que j'étais toujours contente et arrangeante quand il devait partir. Il pensait que je savais que sa femme l'attendait, et que je lui facilitais la vie en n'étant pas collante ni trop exigeante. Moi qui croyais qu'il était prévenant, en fait il profitait de tout ce qui ne va pas chez moi, ai-je dit en montrant ma tête du doigt avec une grimace. J'étais tellement contente d'avoir trouvé quelqu'un qui semblait vraiment me comprendre. J'étais aveuglée. Je n'avais jamais cherché son profil Facebook, ni son nom sur Google. Je ne m'étais jamais renseignée sur son travail, ni son passé. Quand je l'ai fait, j'ai vu que c'était évident qu'il était marié, et quand on a commencé à travailler pour sa femme, j'ai vite compris que j'étais loin d'être sa première amante. Elle n'en sait rien, mais Chris s'est tapé la moitié des femmes de son équipe, ai-je soupiré. J'aime mon boulot, je le fais bien, et je ne veux pas devoir recommencer ailleurs.

Non seulement ça, mais l'idée même de me faire virer pour une erreur de jugement dans ma vie personnelle me révoltait.

— Moi, j'ai l'impression que ce mec aime manipuler des femmes fortes. Sa femme a une entreprise, toi, tu as ta vie et tu ne veux pas que quelqu'un la fiche en l'air, donc ce mec trouve des femmes qui s'en sortent très bien sans lui et se donne pour mission de les embrouiller. C'est ça qui lui plaît, c'est ça qui le fait bander. Je parie qu'il a une petite bite.

La voix de Cy tremblait de rage, comme le bruit d'un tremblement de terre prêt à tout emporter avec lui. J'étais sérieusement excitée par le fait qu'il s'énerve autant pour moi. Enfin, un vrai rire, léger et libre, est sorti de moi. Cy faisait de moi une cible, plutôt qu'une pauvre fille désespérée et naïve. J'aimais sa vision des choses. J'espérais vraiment qu'il me voyait comme une femme qui gère bien sa vie, plutôt que quelqu'un qui galère pour trouver ses repères.

Je lui ai lancé un regard lubrique et ai haussé les sourcils en regardant sa boucle de ceinture avec insistance.

— Il n'y avait pas de quoi écrire un roman, c'est sûr. J'ai vu plus gros et plus beau.

Lui méritait bien un roman, plein de mots descriptifs et d'admiration ampoulée. J'irais même jusqu'à dire qu'il méritait une médaille et un prix d'honneur. Il a haussé les sourcils à son tour et un sourire arrogant est apparu sur le coin de sa bouche. J'ai senti mes joues rougir alors que nous nous rappelions tous les deux précisément comme il était plus gros et plus beau.

De retour à la réalité, j'ai avoué honteusement :

— Le pire est la façon dont je me suis comportée avec tout le monde, après. J'ai laissé tomber Emrys. J'ai laissé ma grand-mère, qui m'a élevée, déménager à l'autre bout du pays sans vraiment lui dire au revoir. J'ai laissé mes collègues se taper tout le travail pour le contrat cosmétique, même si c'était moi qui étais chargée de l'étude. J'avais du mal à regarder la femme de Chris dans les yeux, sachant ce qu'il faisait dans son dos. J'avais envie de lui dire, mais j'avais plus envie de garder mon travail, et ça fait de moi une personne dégueulasse et une femme horrible. On est censées se serrer les coudes.

Je l'ai fait ricaner.

— Quand est-ce que ton contrat se termine avec la boîte de sa femme ? Tu ne peux pas lui dire à ce moment-là ?

J'ai grogné et ai lâché un bruit énervé.

— Le contrat se termine dans trois mois. Je pourrais lui dire à ce moment-là, mais j'ai encore peur que ça remonte jusqu'à mon patron, et donc des conséquences pour moi à long-terme.

— Ce n'est pas une situation facile.

Sa voix montrait tellement de compassion, une chose de plus qui prouvait que toute sa dureté était tempérée par des petits bouts d'autre chose. J'avais envie de coller mon corps contre lui. C'était une surcharge sensorielle géante et j'avais envie de laisser tous mes sens s'abreuver de lui. J'avais envie de passer la langue sur les parties rugueuses et douces de sa peau, tout en respirant l'odeur fraîche et pointue qui lui était propre. Homme et nature, avec une pointe de sauvage et de Grand Ouest pour le rendre encore plus masculin et authentique. Je mourais d'envie de l'entendre prononcer mon nom, de sa voix grave et profonde. Le son rebondirait sur ma peau nue et résonnerait éternellement dans la vaste solitude qui nous entourait.

— Le but de ces vacances est de me forcer à prendre des risques et à faire des choses que je ne ferais pas en temps normal. Peut-être qu'en rentrant, un peu de ce courage nouvellement acquis reviendra avec moi à San Francisco.

J'ai attendu qu'il me réponde une remarque bien sentie, ou quelque chose de gentil, puisqu'il me révélait cet aspect de lui alors que je ne m'y attendais pas, mais les mules ont choisi cet instant pour s'arrêter complètement, ce qui a forcé le cheval de Cy à freiner d'un coup. Cet arrêt soudain a fait dévier Boss, nerveux, sur le côté, et créé un effet domino sur toute la file derrière nous, qui piétinait et faisait une pause tendue.

— Qu'est-ce qui nous bloque ?

La voix de Lane nous est parvenue depuis l'arrière de la file, et avant que Cy ou moi ayons le temps de lui répondre, le bruit d'un engin motorisé et pas du tout à sa place dans ce silence est monté jusqu'à nous depuis un virage sur le chemin.

Les mules ont brait nerveusement alors que le ronflement reconnaissable d'un moteur grondait quelque part devant nous. Le cheval de Cy a donné un coup de tête tandis que lui se battait contre son grand animal pour se mettre devant moi, au lieu du côté du chemin contre les arbres, où la bête voulait visiblement se cacher.

— On dirait une moto cross, a crié Cy en réponse à Lane.

Il avait une voix calme mais je voyais que sa colonne vertébrale s'était redressée, et que ses larges épaules s'étaient raidies comme s'il se préparait à se battre.

— Dans ce coin perdu ?

Cette question venait d'un des deux hommes louches, et j'ai grimacé en voyant le regard que Cy a lancé à son frère, derrière lui. C'était une chose à laquelle ils ne s'attendaient pas, ou qu'ils n'avaient pas l'habitude de croiser, et ça ne lui plaisait pas. Aux chevaux non plus. Ils faisaient tous du bruit et j'entendais leurs sabots s'agiter et taper par terre.

Boss a fait un grand pas sur le côté car le bruit s'intensifiait de plus en plus. Cy nous a tous ordonné de nous déplacer sur le côté du chemin, en formant une ligne la plus droite possible, avec les animaux inquiets qui ne voulaient pas nous obéir. Il a dit qu'il pensait que les gens sur les motos nous verraient et, avec un peu de chance, rouleraient à côté de notre file ou s'arrêteraient en voyant le bazar qu'ils mettaient. Il espérait qu'ils accepteraient d'arrêter leurs motos pour ne pas faire trop peur aux chevaux. Il a marmonné, si bas que j'ai été la seule à entendre, que si les motards étaient du coin, ils connaîtraient les règles sur ce chemin et qu'ils s'y plieraient pour la sécurité des animaux.

De toute évidence, ce n'était pas le cas. Les machines peintes en couleurs camouflage ont rugi et tracé leur route entre les arbres et sur le chemin étroit comme si la montagne leur appartenait. Ils ont roulé beaucoup trop près des animaux apeurés, comme s'ils essayaient volontairement de les faire paniquer. Ils ont réussi, car des débris volaient partout, et je savais que s'ils tapaient contre ma peau, ils devaient faire mal aux chevaux sans protection. Les hommes sur les motos étaient vêtus de treillis et avaient la tête recouverte de casques noirs menaçants qui cachaient entièrement leur visage. Les moteurs ont vrombi et les roues ont mordu la terre quand ils sont passés à toute allure, retournant la terre, créant le chaos, en fonçant près de nous sans se soucier des chevaux ni de nous, perchés sur les animaux angoissés. Leur intrusion allait mal finir. On le voyait venir à dix milles.

J'ai entendu Cy lâcher une insulte et Lane crier quelque chose aux hommes à leur passage, mais tout s'est perdu dans une rafale floue quand Boss est parti comme un éclair. Je sentais la peur du grand animal quand son corps a bondi en l'air, cherchant à tout prix à échapper au grondement motorisé qui avait perturbé notre après-midi tranquille. J'ai crié le nom du cheval tout en me dépatouillant avec les rênes et en plantant les talons de mes bottes dans ses flancs. Il était dans une telle panique et si terrifié qu'il traversait les bois tout droit, sans se soucier des branches qui nous écorchaient tous les deux. Je sentais ses flancs se soulever et je l'entendais respirer fort, comme s'il courait le Kentucky Derby, avec moi accrochée sur son dos, impuissante. J'était bien réveillée et coincée dans un cauchemar de mon passé.

J'ai pensé à sauter de la selle, mais je ne trouvais pas d'endroit sans troncs ni cailloux, où j'aurais pu atterrir en sécurité. J'allais me briser la nuque si je prenais le risque, donc ma seule option était de m'accrocher de toutes mes forces et de prier pour que Boss se fatigue avant que je le lâche.

Pendant que Boss se précipitait, sauvage et incontrôlable, je ne pensais à rien d'autre qu'au fait que j'avais royalement échoué avec ce cheval et aussi à cet l'homme qui m'avait mise dessus, et je ne tenais vraiment pas à mourir en essayant de vivre une vie avec un peu plus de saveur. Je ne voulais pas que me remettre en selle soit la décision qui mettrait une fin à tout.

9

PAS UNE SINÉCURE

Je n'avais aucune idée du temps qui s'était écoulé depuis que le cheval avait commencé à foncer dans la forêt qui ne nous faisait pas de cadeau, mais j'avais l'impression de vivre dans une boucle temporelle où je me débattais sans arriver à reprendre le contrôle. La terreur enserrait ma gorge et la peur passait ses griffes tranchantes dans mon dos. J'avais crié si longtemps et si fort que ma voix avait cassé et je suis quasi sûre qu'à un moment, j'ai fermé les yeux et j'ai prié. J'avais mal au ventre à cause des boules qui s'y étaient formées. La seule chose qui me faisait tenir était le fait que Boss ne semblait pas essayer de me faire tomber de son dos. En revanche, il était décidé à partir le plus loin possible de ce qui lui avait fait peur, et le plus vite possible. Comme Cy me l'avait dit, la première fois que j'étais montée dessus. Boss esquivait et slalomait entre les arbres et sautait par-dessus les cailloux et les buissons à une vitesse étourdissante.

Il fonçait vers la sécurité et il m'emmenait avec lui, que je le veuille ou non. Je ne pouvais que m'accrocher de toutes mes forces et essayer en vain d'écarter les branches et les aiguilles de pin qui déchiraient ma peau. À un moment, un bâton a vivement claqué ma joue et j'ai lancé un petit cri car ma peau s'est ouverte et j'ai senti le sang couler sur mon visage et mon menton. J'avais trop peur de lâcher l'animal sauvage pour essuyer la preuve écarlate de ma situation délicate, donc je n'ai pu que balancer des jurons, par frustration.

Soudain, comme si mes appels silencieux avaient été entendus et qu'une force divine avait décidé qu'il me restait toutes sortes de leçons sur la vie et l'amour à apprendre, Boss est sorti des arbres et a déboulé dans une clairière qui ne semblait pas du tout à sa place, dans la forêt dense et luxuriante. Ce grand espace ressemblait aux champs labourés qu'on voit dans les fermes. Aussi hors contexte soit-il dans ce terrain boisé, c'était une bénédiction car le sol mou sous les sabots du cheval l'a tellement surpris que sa course folle a ralenti, et j'ai pu me jeter de son dos sans risque. Je suis tombée avec un bruit sourd et secouant, et bien sûr, j'ai réussi à tomber sur un caillou. J'ai eu le souffle coupé violemment et le ciel est devenu une spirale bleue abstraite alors que des larmes de douleurs inondaient mes yeux.

J'ai respiré bruyamment et ai grogné pour me remettre à genoux, la tête baissée le temps de reprendre mon souffle, tandis que mon poignet hurlait de douleur pour me faire comprendre qu'il avait pris le choc du caillou. J'étais sûre que Boss, maintenant libéré de son fardeau, allait continuer de tout détruire sur son passage, mais un nez tout doux a poussé contre ma tête, faisant bouger mes cheveux quand il a soufflé. Je crois qu'il vérifiait que j'allais bien alors que j'essayais de me relever et de calmer ma frayeur.

J'ai porté le dos de ma main sur ma joue et ai tenté d'essuyer le sang qui y coulait. J'ai levé la main et ai caressé le museau qui me poussait avec insistance, et ai murmuré au cheval, d'une voix rassurante, que j'allais bien. Je voulais qu'il sache que tout allait bien. Je voulais lui dire que je savais ce que c'était d'agir par instinct quand on avait peur. Je ne lui en voulais pas d'avoir fait exactement ce que je faisais dans ce genre de situations. J'emportais même des gens avec moi quand je fuyais ce qui m'effrayait, les laissant payer les conséquences.

— Tout va bien.

Je le répétais encore et encore, en me remettant debout peu à peu. Mon épaule n'était pas la seule partie de mon corps à s'opposer à ce mouvement, un côté de mes hanches me lançait et j'ai senti le sang battre rapidement dans ma tête. J'ai passé la main sur l'encolure de Boss et l'ai inspecté rapidement pour vérifier qu'il ne s'était pas blessé en courant entre les plantes comme s'il avait le diable à ses trousses. J'ai repéré une égratignure sur son boulet et me suis inquiétée devant une sale coupure ouverte sur son canon. La dernière fois qu'un cheval m'avait blessée, j'étais allée jusqu'à refuser de regarder n'importe quel cheval pendant des années. Cette fois, j'étais plus inquiète pour les blessures qu'il s'était infligées que pour les bosses et les bleus que j'avais, et dont je savais que j'allais vite me remettre.

— Pauvre petit. Ces gars t'ont vraiment fait peur, hein ?

Boss a penché la tête vers moi et j'ai frotté ma joue intacte contre la sienne.

— C'était des connards, et c'est clair qu'ils n'avaient pas leur place ici.

Il a soufflé par le nez et a henni fort, puis a donné un coup de tête comme un avertissement. Je me suis redressée près de lui en entendant le son de branches qui se cassaient et le lourd bruit de sabots, quand un autre cheval et son cavalier sont arrivés dans la clairière inattendue. Je n'aurais pas dû être surprise que Cy m'ait suivie, mais je l'étais. J'étais aussi touchée, et un peu submergée en voyant l'inquiétude sur son visage. Je savais qu'il devait s'inquiéter pour son cheval et de l'impact que ma chevauchée sauvage aurait sur ses affaires, mais je savais, sans aucune hésitation, qu'un peu de son anxiété et de son mouron m'étaient destinés aussi.

Il est descendu de sa selle avant que son cheval se soit complètement arrêté. Ses bras furent autour de moi avant que je puisse dire quoi que ce soit, lui dire que Boss et moi étions un peu abîmés mais que nous allions bien. Ses mains étaient emmêlées dans mes cheveux avant que je puisse reprendre mon souffle, coupé par la force de ses mains dures, et sa bouche vorace était sur la mienne avant que je puisse remarquer que son cœur battait la chamade et qu'un léger tremblement secouait tout son corps. Ses mains dans mes cheveux étaient désespérées et tremblantes. Ses lèvres sur les miennes étaient exigeantes et brutales.

Il m'a embrassée pour se donner l'assurance que j'étais en un seul morceau, saine et sauve. Il m'a embrassée parce qu'il s'inquiétait pour moi. Il m'a embrassée parce que c'était le moyen le plus facile, pour un homme comme lui, de communiquer toutes les émotions et les sentiments compliqués qui émergeaient entre nous. Il m'a embrassée parce que je l'ai laissé faire et ne l'ai pas laissé arrêter, quand il a essayé de se reculer.

J'ai passé le bras qui ne me faisait pas mal autour de son cou, me suis hissée sur le bout de mes bottes désormais faites à mes pieds, et ai collé mes lèvres sur les siennes en respirant l'affirmation que j'allais bien et que j'avais encore beaucoup de choses à vivre avant de quitter ce monde.

J'ai enroulé ma langue autour de la sienne et ai laissé mes dents frotter la courbe humide de sa lèvre inférieure.

J'y sentais le goût fort de sa peur, et il était sucré car il avait eu peur pour moi. Il expirait sa vie et sa passion en moi, je les absorbais et j'essayais de lui rendre du réconfort et du soulagement. Je voulais que personne ne me laisse tomber mais je n'avais jamais vraiment laissé personne être là pour moi quand j'en avais besoin. Je repoussais toujours les autres, mais avec sa bouche qui punissait et encensait la mienne, c'était impossible de ne pas tirer Cy plus près de moi. J'ai soupiré au moment où il murmurait « merci, bon Dieu » en se reculant, puis il a posé son front contre le mien.

Une de ses mains s'est échappée de la masse emmêlée qu'étaient mes cheveux et a lentement frôlé ma joue écorchée et ma mâchoire. Son toucher était léger comme une plume et à peine présent, mais je le sentais comme s'il pesait une tonne. Quand toute sa dureté s'estompait en douceur, cela suffisait à m'enflammer. Sa délicatesse était une étincelle qui faisaient se consumer toutes les choses chaudes et lourdes au plus profond de moi. Sa main s'est enroulée sur le côté de mon cou et son pouce glissa sur l'endroit où il sentait mon pouls, comme s'il comptait combien de fois mon cœur battait pour vérifier que c'était assez.

— J'ai flippé comme un fou quand Boss s'est enfui. Le petit con nerveux, il t'a fait partir à huit kilomètres de là où tu étais censée être. Il a des airs de gros dur, mais à l'intérieur, c'est un gros bébé. Je pensais que j'allais te retrouver pendue à un arbre ou par terre avec le crâne ouvert. J'aurais dû me douter que tu savais te débrouiller.

Il a chuchoté ces mots à la surface de mes lèvres et la vibration m'a fait sortir la langue pour essayer d'attraper leur douceur avant qu'ils s'envolent.

— Je n'ai rien fait d'autre que m'accrocher.

Ma voix était aussi tremblante que ses mains, mais j'avais un ton excité et pas effrayé, et cela me rendait bizarrement fière de moi.

Cy a reculé et a fait glisser sa main de mon cou vers le milieu de ma poitrine. Les boutons de ma chemise ont sauté sur son chemin comme la paume de sa main se posait sur l'endroit où mon cœur tambourinait et suppliait silencieusement qu'il me touche plus. Ses mains n'étaient pas douces ni lisses. Rien de surprenant, elles étaient son outil de travail, mais leur rudesse m'a coupé le souffle et a fait trembler mes genoux. Son regard fixé sur le mien, il a transformé mes tétons en pics durcis et a tendu le désir dans la partie maintenant humide et endolorie entre mes jambes. Cet homme n'avait qu'à me regarder avec ses yeux couleur nuage pour que je finisse mouillée d'envie et avec des genoux tremblants de manque.

— Parfois, c'est la seule chose à faire pour tirer le meilleur d'une mauvaise situation. S'accrocher alors que tout lâcher serait tellement plus facile.

Ses mots sont sortis de son torse dans un grondement et je les ai sentis me traverser. Je voulais m'accrocher, à lui et à la femme que j'étais ici avec lui, mais ce n'était ni le bon moment ni le bon endroit.

En réalité, je ne savais toujours pas exactement où nous étions dans les bois.

— Pourquoi cette clairière est là ? Je l'ai vue depuis le haut des rochers qu'on a escaladés l'autre jour, et j'ai trouvé ça bizarre, et maintenant que je suis en plein dedans, je trouve ça encore plus bizarre. Elle ne semble pas à sa place.

Cy s'est éloigné de moi et s'est penché pour regarder les blessures de Boss sur ses pattes avant et arrière. Il a passé des mains réconfortantes sur les flancs de l'animal, et le soin attentionné qu'il portait au cheval m'a serré le cœur. Je l'aimais bien quand il était bourru et inaccessible. Je l'aimais plus que bien quand il était gentil et prévenant.

— Si je devais parier, je dirais qu'il y a un lien entre ce champ et les mecs en moto, dit-il en se relevant et posant les mains sur ses hanches. Je parie aussi qu'ils étaient à l'origine des coups de feu, l'autre soir. Cette partie du chemin est assez isolée, car on monte en altitude. Il n'y a que nous et quelques chasseurs qui viennent jusqu'ici. Je crois qu'on est dans le coin de quelqu'un qui fait pousser.

Sa voix était sombre, et l'expression de son visage aussi.

— Qui fait pousser ? Tu veux dire, de la drogue ?

On était dans le Wyoming, pas en Colombie ou au Mexique. Il a hoché la tête, et a pris les rênes de Boss dans une main et ceux de son cheval dans l'autre.

— L'herbe est un gros business dans plusieurs États à l'ouest d'ici. Les cultivateurs de marijuana viennent dans les montagnes pour faire pousser leur produit et l'envoyer dans les États où c'est légal. Je n'en ai jamais vu ici, mais je connais des ranchers avec qui je travaille dans le Montana qui avaient plusieurs hectares de cannabis sur leurs terres sans même le savoir. Ils n'en avaient aucune idée, jusqu'à ce que le service de lutte contre les stupéfiants vienne frapper à leur porte avec un mandat. Il faut croire que le problème s'étend jusqu'ici, et malheureusement, on est en plein dans l'exploitation.

— Pourquoi ils font pousser ici, si c'est légal de le faire ailleurs ?

J'avais toujours du mal à comprendre ce qu'il se passait et ce que cela voulait dire pour nous, car nous étions en plein milieu de nulle part et nous ne retrouverions la civilisation que dans quelques jours.

— Quand le gouvernement s'en mêle, ça veut dire qu'il y a des taxes et des règlements. En général, les gens qui vendent des narcotiques n'aiment pas qu'on leur dise quoi faire ni donner une part de leurs bénéfices à l'Oncle Sam. Ils font pousser la drogue dans des endroits difficiles à atteindre, au milieu des forêts. Ils peuvent vendre aux dispensaires à prix d'or sans se soucier des taxes à payer ni des réglementations. Ce n'est pas bon. On est bien trop proches à leur goût et ils nous le font savoir. Il faut qu'on fasse demi-tour et qu'on amène tout le monde sur un autre chemin. Je vais tous nous faire descendre pour longer la rivière. C'est plus fréquenté. Je vais essayer de parler à Sutton avant qu'il nous rejoigne. Lui dire de le signaler aux autorités. Je ne veux pas qu'il fasse le trajet tout seul.

Son regard a glissé vers moi et sa bouche formait un rictus.

— Tu te sens capable de revenir à cheval ? Boss ne peut pas te porter tant qu'on n'aura pas mis de la pommade et des bandages sur ses coupures, mais on peut tous les deux monter sur Edgar.

J'ai levé le bras et ai lâché une exclamation de douleur car mon poignet a protesté et envoyé une douleur aveuglante jusqu'à mon coude, et même plus haut. Je me suis concentrée sur autre chose pour ne pas vomir à cause de la douleur et ai dit dans un souffle :

— Tu as appelé ton cheval Edgar ?

Il a grimacé.

— C'était un cadeau de mariage de mon père, quand je suis revenu à la maison. Il était pour Selah. Elle adorait Edgar Allan Poe.

Je suis allée vers lui et ai posé la main sur son bras. Ses muscles se sont tendus sous mes doigts et ses yeux sont passés de l'orage au graphite.

— Et vous étiez censés vous aimer d'un amour qui était plus que de l'amour.

Ce vers venait d'*Annabel Lee*, mon poème préféré de Poe. Même si ce n'était que quelques jours et quelques minutes, le temps que j'avais passé avec Cy me semblait plus important que tout ce qui était arrivé avant.

— Ça n'a pas vraiment marché comme ça.

Ses mots étaient bruts, comme l'homme qui les avait marmonnés d'une voix basse et grave. Je sentais ses regrets et ses remords. Cela m'a fait comprendre la différence entre perdre quelqu'un qu'on aimait vraiment, et perdre quelqu'un que l'on pensait seulement aimer. Mon cœur souffrait, mais il commençait déjà à se remettre de la négligence de Chris. Quand Cy parlait de son passé et de ce qu'il y avait laissé, c'était évident que son ex-femme était partie avec un gros morceau de son cœur.

J'ai serré son bras, auquel je m'accrochais, et lui ai demandé :

— Ça marche, parfois ?

Mes grands-parents avaient eu ce genre d'amour, mais c'était le seul exemple qui me venait en tête.

Nous nous sommes regardés sans rien dire pendant un long moment, ses yeux scrutant les miens avec une intensité indéchiffrable. Il a fini par avancer une main, autour de laquelle étaient enroulés des rênes en cuir, et a caressé ma joue avec le dos de ses doigts. Ils avaient une couleur rouge rouille et je me suis souvenue que je saignais toujours, et que j'étais cabossée. Ce n'était pas le moment d'être fleur bleue et sentimentale. Ça n'avait aucun sens non plus de m'autoriser à craquer pour un homme qui n'était pas pour moi... Mais mon cœur ignorait ma tête de façon magistrale.

Il a fait un signe de tête vers la selle et m'a dit de monter.

— Parfois, on obtient plus que ce qu'on demande parce qu'on se contente de peu depuis trop longtemps. Quand on fait ses preuves, on est récompensé, à la fin.

Avec mon poignet qui brûlait et la migraine qui revenait, j'ai eu besoin d'aide pour monter à cheval. Son aide a consisté en une main sur mon cul pour me pousser, mais ça a été efficace et m'a fait penser à autre chose qu'au fait que je venais de me remettre en selle, si tôt après ma traversée terrifiante dans les bois. Il ne m'était même pas venu à l'idée de rechigner ou de refuser de remonter à cheval, ce qui fut une révélation. Je me suis sentie courageuse et fière de moi. Le but de ce séjour, retrouver ma confiance en moi et une bonne opinion de qui j'étais, semblait en bonne voie.

Cy a rapproché Boss pour pouvoir se hisser derrière moi sur la selle. J'avais beau m'avancer autant que je le pouvais sur la selle, son corps et sa chaleur occupaient tout l'espace disponible, donc je n'ai pas protesté quand il a passé son bras épais autour de ma taille et m'a tirée pour que je m'appuie contre son torse. C'était comme un câlin qui était plus qu'un câlin, et j'aimais le fait que même son réconfort oscille entre douceur et dureté. Cet homme était un mélange enivrant de ces deux choses, et je devenais accro à lui à une vitesse alarmante.

Nous avons avancé quelques minutes sans rien dire, à un rythme tranquille mais régulier pour ménager les pattes blessées de Boss. Je voyais les branches cassées et la terre retournée, là où nous avions foncé à travers la forêt. C'était une piste clairement visible, qu'un personnage peu recommandable faisant pousser de la drogue à l'écart de tout pourrait facilement suivre pour retrouver le reste du groupe. J'avais peur d'être tombée sur quelque chose que nous n'étions visiblement pas censés trouver, mais je savais que Cy ferait tout ce qu'il faudrait pour que moi et le reste de la bande soyons en sécurité. Ce n'était pas un cowboy, mais c'était un homme bien, un homme qui prenait ses responsabilités au sérieux. C'était un homme qui s'interposerait entre toutes sortes de menace et ceux qui avaient besoin de sa protection.

— Comment on sait qu'on a fait ses preuves ?

J'ai posé la question si doucement que je n'étais pas certaine qu'il m'avait entendue.

Son bras s'est resserré sur mon ventre et j'ai croisés mes doigts avec les siens, là où il me tenait, maintenant mon autre poignet collé à ma poitrine pour le protéger des grandes enjambées du cheval, qui nous secouaient.

— On le sait, c'est tout. Tout à coup, quelque chose ou quelqu'un est en face de toi, et tu sais que tu l'as mérité.

— Et si tu ne l'as en face de toi qu'une fraction de seconde ? C'est vraiment une récompense si on n'a pas le temps de réellement l'apprécier ?

J'ai frotté mon pouce contre son poignet et ai senti son pouls battre sous cette caresse.

— Bien sûr que oui, parce que même si on a le plaisir de profiter de ce qu'on a que pendant une seconde, une minute, ou une journée, on le vit quand même. L'expérience reste pour toujours, et c'est ça, la récompense. Personne ne peut te prendre des souvenirs. Personne ne peut t'enlever les moments que tu as vécus. Même si le trophée n'est plus là, tu l'as gagné quand même et la victoire dure pour toujours.

J'avais mal à la tête, et au cœur aussi. La douleur dans ma poitrine était très différente de celle qui y était présente après les machinations et les manipulations de Chris. Cette douleur-là était sourde et profonde. Une douleur qui prenait toute la place disponible et me faisait comprendre que lorsque je quitterais cet endroit et cet homme, il y avait de fortes chances que j'y laisse une partie de moi.

— Honnêtement, je n'ai jamais vraiment eu l'impression d'être un trophée. Je t'ai dit que ma mère faisait un peu n'importe quoi, mais ce n'est pas vraiment ça. Elle est tombée enceinte par accident et mes grands-parents ont dû la supplier de me garder. Elle m'a refourguée à eux à la seconde où je suis née. Elle était toujours dans le coin quand j'étais petite, mais n'a jamais fait partie de ma vie, ce qui rendait encore plus évident le fait qu'elle ne voulait rien avoir à faire avec moi. Mes grands-parents se sont tués à la tâche pour s'assurer que j'aie une enfance merveilleuse, heureuse et sûre. Pourtant, rien de tout ça n'a jamais effacé le fait que je n'étais pas désirée. Le rejet de ma mère m'a rendue méfiante. Je ne laisse jamais quelqu'un devenir trop proche. Honnêtement, la seule personne qui a refusé de respecter mes limites et mes panneaux DÉFENSE D'ENTRER, c'est Em, ai-je dit en riant un peu. Je crois que si elle a autant insisté, c'est parce que je faisais tout pour ne pas être son amie. Elle en avait marre que les filles se servent d'elle parce qu'elle était, et est encore, très jolie et appréciée de tous. Tout le monde voulait utiliser son aura, alors que je ne voulais que me cacher dans l'ombre.

Il a frotté son menton sur le dessus de ma tête, et quelques cheveux bouclés se sont accrochés dans sa barbe.

— Peut-être qu'elle est juste intelligente. Généralement, ce qui est précieux est protégé, par une vitre par exemple. Il ne faut pas avoir peur de se couper pour prendre le trésor qui est derrière. Ta copine n'a pas l'air d'avoir peur de grand-chose. Elle a de la folie dans les yeux, et l'aventure dans l'âme. Même avec tout ce qu'il se passe sur notre trajet, elle s'éclate. Elle n'a pas peur de travailler, et je peux garantir qu'elle savait que ça vaudrait le coup de briser ton bouclier.

Monsieur Grognon avait cédé la place à Monsieur Philosophe, et ses mots avaient un sens pour moi, et créaient un véritable lien entre nous.

— Pour un mec dont tout le monde dit qu'il n'est pas sociable, tu as une façon de t'occuper des gens et de les comprendre qui est assez remarquable.

Je n'ai pas pu cacher les éloges dans ma voix, mais il m'a donné envie de le frapper quand il a répondu sèchement par :

— Seulement les femmes, tu te souviens ? Je connais les femmes et les chevaux.

J'aurais voulu pouvoir me retourner et lui lancer un regard noir, mais je ne voulais pas risquer de nous faire perdre l'équilibre, donc je me suis contentée de rétorquer sèchement :

— Tu fais semblant d'être un connard la plupart du temps pour que tes frères ne te forcent pas à être plus présent avec les clients ?

Il a fait un bruit dans le fond de sa gorge, entre un rire et un grognement.

— Je n'ai ni le temps ni la patience nécessaires pour la majorité des gens qui veulent venir ici et jouer au cowboy. Je suis trop occupé à prendre soin de ma famille et de mes terres pour investir du temps pour quelqu'un qui ne fera partie de ma vie que quelques jours. Ça ne me dérange pas de prendre leur argent et de leur faire passer un bon moment, mais je me fiche de qui ils sont et d'où ils viennent. De temps en temps, une jolie fille de la ville trouve le chemin de mon lit avant de repartir chez elle, et on a tous les deux un bon souvenir de sa visite. Qui elle est n'a pas d'importance pour moi, seulement ce qu'elle est prête à offrir.

Je me suis raidie après cette déclaration, mais comme tout chez lui, son honnêteté était réelle et sans filtre.

— Qui tu es a de l'importance pour moi, Leo. Je veux savoir pourquoi c'est à toi que je pense tout le temps, poursuivit-il avant de bouger la tête pour avoir ses lèvres tout près de mes oreilles. Tu m'as énervé et excité à la seconde où tu as ouvert la bouche. J'ai tout de suite su que, pour je ne sais quelle raison, tu étais là pour moi. On n'a que cet instant, Rayon de Soleil, un seul instant, donc il faut qu'il compte autant pour toi que pour moi.

J'ai tourné la tête de quelques centimètres pour poser mes lèvres sur les siennes. Ce n'était que la pression de lèvres qui se touchaient, mais c'était un baiser qui voulait dire beaucoup. Je le voulais, et je voulais autant d'instants que possible dans le peu de temps qu'il nous restait ensemble.

— Il compte, et toi aussi tu comptes, Cy.

Et chaque instant que nous avions, peu importe de quoi il était fait ou ce qu'il contenait, comptait. Il me mettait en colère, me rendait heureuse. Il m'excitait et m'éteignait avec son attitude changeante, mais avec lui, je ressentais tout plus fort que jamais car je ne fuyais pas mes sentiments. Je ne pouvais pas les maîtriser, sa réaction à lui, et cela me terrifiait autant que ça m'excitait. À l'intérieur, ma tête menaçait mon cœur avec toutes sortes de mises en garde horribles et douloureuses. Mais mon cœur sensible et nouvellement ouvert décidait de ne pas l'écouter. Lane avait raison, il n'y avait pas de place pour la logique, en amour.

10

PAS SI VITE

Quand nous sommes revenus sur le chemin, où tout le monde attendait impatiemment notre retour, l'ambiance était tout sauf accueillante. Emrys s'est immédiatement mise à me tourner autour, et a tout de suite pris soin de mon visage ouvert avec les affaires que les frères avaient prises dans leur trousse de secours. Elle se confondait en excuses de m'avoir fait venir, sachant à quel point j'avais peur de remonter à cheval après ma dernière expérience. Je lui ai dit pas moins de cent fois que j'allais bien, à l'intérieur comme à l'extérieur, mais elle était partie dans un tourbillon de culpabilisation. Rien de ce que je pouvais lui dire ne semblait la rassurer. Je l'ai laissée s'occuper de moi pendant que Cy soignait Boss et parlait à Lane sur un ton grave et sérieux.

Marcus et Meghan se plaignaient que le séjour n'était pas la communion avec la nature, sereine et relaxante, qu'ils attendaient, et Evan me fusillait du regard comme si j'étais personnellement responsable de tout ce qui n'allait pas dans sa vie. Je l'ai même entendue murmurer à son frère que j'avais fait exprès de laisser mon cheval s'enfuir pour avoir une excuse pour passer du temps seule avec Cy, et pour qu'il soit obligé de partager sa selle avec moi.

Ethan, il faut le reconnaître, a levé les yeux au ciel et lui a dit d'aller s'acheter une vie, mais cela n'a pas mis fin aux regards acérés que la fille me jetait, ni à la jalousie mal placée qui émanait d'elle.

Lane a expliqué le plan à tout le monde, faire quelques kilomètres à travers la forêt pour retourner vers la rivière, pour la sécurité de tous. Sans parler de ce sur quoi nous étions tombés dans les bois, il a dit que le coup de feu quelques jours plus tôt associé aux motos d'aujourd'hui rendait ce chemin trop imprévisible et que la sécurité du groupe devait être la priorité. Il a promis que le reste du trajet reviendrait vite à la pleine nature et à la majesté préservée de la vie sauvage du Wyoming. Il a motivé les enfants en leur faisant miroiter une descente en chambre à air dans les rapides. Les adultes étaient plus difficiles à convaincre.

Marcus a évoqué un remboursement à cause du changement de programme, mais j'étais sûre qu'il disait cela parce qu'il aimait s'écouter parler. Meghan était fatiguée de ses grands airs et de sa prétention depuis longtemps. Elle avait peut-être commencé le voyage en espérant rassembler sa famille à bout de nerfs, mais quelque chose me disait qu'une fois qu'ils seraient de retour en ville, elle se délesterait de ce poids mort. Elle a dit à son mari de se taire et a assuré Lane qu'ils seraient ravis de faire ce qu'il fallait pour profiter du reste de notre excursion en sécurité. Elle l'a aussi remercié de penser à l'intérêt de ses enfants, tout en lançant à son mari un regard qui voulait dire qu'il devrait peut-être essayer de faire pareil, un de ces jours.

Webb et Grady ont aussi grommelé. Ils voulaient tous les deux savoir d'où venaient les hommes sur les motos, et où ils étaient partis. Ils ont posé à Cy et Lane une tonne de questions auxquelles les frères ne voulaient ou ne pouvaient pas répondre. Grady a même suggéré que quelqu'un poursuive les motos pour les tenir responsables d'avoir fait peur aux chevaux et de m'avoir mise en danger. Il m'a même regardée pour que je le soutienne quand il a balancé cette idée folle.

Cy a lâché un « non » qui ne laissait aucune place à la négociation. Je voyais qu'il était inquiet et s'impatientait d'avoir à répondre aux questions de tout le monde. Il a loupé Sutton quand il a appelé le ranch avec le téléphone satellite. Brynn leur a dit que le troisième frère Warner était déjà en route pour nous rejoindre, sans aucune idée du danger auquel il pourrait être confronté. Cy et Lane devinrent encore plus nerveux après cela, et c'était clair qu'ils voulaient qu'on prépare nos affaires et qu'on trouve un nouveau coin aussi vite que possible. La seule bonne nouvelle était que Brynn avait accepté d'appeler les gardes forestiers locaux pour leur dire ce qu'il se passait. Cy lui a donné nos coordonnées approximatives et lui a dit de prévenir ceux qui viendraient enquêter que les personnes qui avaient perturbé notre excursion étaient armées, en supposant que les mecs en moto étaient ceux qui avaient tiré en pleine nuit, et qu'ils devraient les considérer comme dangereux. Même couverte par les crépitements et les grésillements de la ligne, l'inquiétude était évidente dans la voix de Brynn quand elle a dit à Cy de faire attention à lui et à Lane.

Au moment de se mettre en selle et de prendre la route vers la rivière, Evan m'a gentiment proposé son cheval avec une fausse innocence et de grands yeux écarquillés. Boss avançait toujours beaucoup plus doucement qu'avant, en boitant sur sa patte arrière. J'ai accepté son offre même si je savais qu'elle essaierait de monter sur le cheval de Cy dès que je l'aurais délogée. Heureusement, avant que l'ado ait le temps de mettre son plan à exécution, sa mère a ordonné à la jeune fille de partager la monture de son frère. C'était évident que ni le frère ni la sœur n'étaient enthousiasmés par cette idée, mais j'avais envie de taper dans la main de Meghan car elle faisait enfin son boulot. Je n'étais pas la seule à avoir retrouvé un morceau de moi, en venant ici.

Je ne savais pas vraiment pourquoi, mais j'avais vraiment envie que Meghan reprenne sa vie en main. Je le voulais pour elle, et pour ses enfants. Je voulais vraiment que le père indifférent et vaniteux se prenne un retour de karma. Je n'avais toujours pas trouvé un moyen de dire à la femme de Chris ce qu'il faisait sans que ça me retombe dessus, mais après avoir vu cette femme souffrir toute la semaine à cause de l'inattention d'un homme qui était censé l'aimer, je me sentais de plus en plus obligée de lui dire la vérité. Ce n'est pas vrai que moins on en sait, mieux on se porte.

J'ai eu besoin d'aide pour monter sur la selle car mon poignet avait gonflé et pris une inquiétante couleur noire violacée. Il me brûlait tellement que j'arrivais à peine à respirer et c'était pratiquement impossible de bouger le bras. Lane est venu pour me soulever, mais il a été rudement poussé par son grand frère quand il a remarqué sa main sur ma taille. Il fallait plus qu'une main sur mon cul pour me faire monter en selle cette fois-ci, et je n'ai pas pu cacher la grimace et l'exclamation de douleur qui est sortie quand je me suis penchée en avant pour prendre les rênes.

Cy m'a lancé un regard inquiet sous ses sourcils.

— Tu vas y arriver ?

Il m'a fallu une minute pour reprendre mon souffle et prononcer quelques mots. Quand j'ai réussi, ma voix était faible et tremblante.

— Je vais y arriver. Je n'ai pas vraiment le choix.

Il a hoché la tête gravement.

— Quand Sutton nous aura rejoints, il finira la route avec Lane et je te ramènerai au ranch pour faire examiner ton poignet. Il est peut-être cassé. Emrys pourra te retrouver après. Ça ne devrait faire qu'une journée de différence, si on va vite.

Cette idée ne me plaisait pas trop, et je savais qu'elle ne plairait pas du tout à Em. Elle me tournait déjà autour comme une mère poule. Si elle apprenait que j'avais besoin d'un médecin, elle ne me laisserait jamais partir seule avec Cy. Je me suis dit que je verrais chaque chose en son temps, et que pour l'instant, il fallait que je me concentre sur le fait de rester sur ma selle et de ne pas tomber dans les pommes chaque fois que j'étais secouée et bousculée.

— Ça va aller.

Et c'était vrai, car j'avais enfin compris que quand on était malmenée, blessée, même abandonnée, il était possible de rebondir, il suffisait de vouloir essayer. Merde, Cy vivait avec une moitié de cœur et il était encore un plus grand homme et une meilleure personne que la plupart des gens qui étaient entiers. J'allais guérir, et je vivrais encore assez pour me battre et pour baiser. C'était une certitude qui me donnait de la force, et qui fermait enfin la porte sur tous les doutes et les incertitudes qui avaient écrasé ma confiance en moi.

— Ça, c'est une bonne fille.

Il a tapoté ma cuisse et l'a serrée légèrement.

Le trajet jusqu'à la rivière m'a fait grincer des dents, contracter le ventre et serrer les poings. J'ai failli vomir deux fois et ma vue n'arrêtait pas de se brouiller, au point que Cy m'a pris les rênes des mains pour guider le cheval que je montais car je n'arrivais plus à m'accrocher et parvenais à peine à rester sur la selle. Emrys me demandait si j'allais bien toutes les cinq minutes et je recevais encore des regards assassins et agacés de la part d'Evan. J'étais dans un sale état. Mon cerveau me criait de laisser tomber, de laisser la douleur l'emporter et d'abdiquer devant les sentiments écrasants d'inutilité et de désespoir qui tournaient sous la surface.

Quand nous sommes arrivés à un endroit assez plat et assez éloigné de la rive pour ne pas nous faire inonder s'il pleuvait, je n'étais plus qu'une petite boule de souffrance et de tourment. Le moindre mouvement me mettait les larmes aux yeux et me faisait respirer fort, par soupirs et grognements. Je n'ai pas pu descendre du cheval par moi-même, et je suis littéralement tombée dans les bras de Cy. Il m'a rattrapée sans se plaindre mais l'expression dure sur son visage, quand il m'a regardée, m'a fait comprendre que la douleur était visible sur le mien.

— Tu étais pâle comme un fantôme quand on est partis, et maintenant tu es grise, avec un peu de vert.

Je ne pouvais plus tenir debout. Je me suis effondrée contre lui, mon front a atterri au milieu de son torse tandis que ses bras s'enroulaient autour de moi pour me maintenir à peu près verticale.

— C'était dur.

Mes mots étaient emmêlés et ne voulaient pas dire grand-chose. J'avais l'impression qu'il me fallait une centaine de siestes et un million de cachets de paracétamol.

— Oui, mais tu as tenu, répondit-il en tournant la tête pour parler à Lane, qui me regardait aussi comme si j'allais flancher d'une minute à l'autre. Je vais la ramener. Elle tient à peine debout et son poignet doit être cassé.

L'air renfrogné de Lane est devenu encore plus marqué sur son visage.

— Tu es sûr que c'est prudent ? S'il t'arrive quelque chose en route, elle sera toute seule.

L'idée de repartir sur un cheval trottant d'un pas lourd m'a fait grogner à voix haute et j'ai levé ma bonne main pour m'y opposer.

— Je ne remonte pas sur une selle. Il n'est pas cassé. J'ai peut-être une petite fêlure, tout au plus. Il est foulé et gonflé, mais je vais survivre. Rebondir sur le dos d'un cheval n'arrange rien du tout, et j'ai l'impression que c'est ça qui me tuerait.

Et je ne voulais pas imaginer ce qu'il m'arriverait si je me retrouvais seule dans les bois.

— Tout ce qu'on peut faire, c'est lui fabriquer une écharpe, si elle ne veut pas retourner au ranch. Je regarderai de plus près une fois qu'on sera à l'abri des regards indiscrets, dit-il en m'adressant un sourire en coin qui ne montait pas jusqu'à ses yeux. Je connais un endroit secret qui fera du bien à tes muscles fatigués et qui assouplira un peu ton poignet. Ça ne va pas tout réparer, mais c'est tout ce que je peux faire pour le moment.

Emrys et Evan nous regardaient toutes les deux en plissant les yeux. Ceux d'Emrys étaient pleins de curiosité et de questions. Elle s'inquiétait pour moi, mais elle ne voulait pas faire obstacle à l'attention de Cy envers moi. Evan priait pour qu'il m'arrive toutes sortes de choses horribles à chaque regard qu'elle me lançait, mais j'avais bien trop mal pour me soucier de la destruction de son coup de cœur innocent. Elle y survivrait, et elle serait plus forte après. J'aurais voulu que quelqu'un m'apprenne que les jeunes cœurs guérissaient si vite avant que je construise une forteresse autour du mien.

Je lui ai rendu le faible sourire qu'il m'adressait.

— Un endroit secret ? Il ne peut pas être secret si tu sais où il est.

Il a été pris de surprise et a levé un sourcil.

— Elle est toujours insolente. C'est bon signe.

Il s'est retourné pour partir, et a lancé par-dessus son épaule :

— Je sais plein de choses que les autres ignorent, Leo.

C'était vrai. Il savait me repousser et m'attirer en même temps. C'était celui qui me donnait envie de courir à toute vitesse vers lui après un chagrin d'amour. C'était le seul qui voyait à travers toutes mes barrières habituelles et les franchissait comme si elles n'existaient même pas. Il savait que j'étais piquante et épineuse, il savait pourquoi, et mes épines ne semblaient pas le déranger le moins du monde.

Grady et Webb étaient partis installer le camp. Comme d'habitude, ils étaient en grande conversation et n'avaient pas du tout l'air intéressés par ce qu'il se passait dans le reste du groupe. Honnêtement, j'étais surprise qu'ils soient toujours avec nous. Ils avaient depuis longtemps abandonné l'idée de faire comme s'ils étaient là pour un voyage d'affaires. Ils avaient d'autres raisons d'être ici dans la forêt, et c'était impossible d'ignorer que ce qui les intéressait était de savoir qui d'autre traînait sur les chemins isolés et durs à rejoindre. Je n'ai pas pu me soucier longtemps de ça car Cy m'a retournée, a collé mon dos contre son torse et m'a fait avancer vers la rivière, en s'éloignant du camp. Il me portait encore et à chaque pas qu'il faisait, il portait la majorité de mon poids alors que je trébuchais et je ralentissais devant lui. Je n'étais rien de plus qu'une marionnette à échelle humaine et toutes mes ficelles étaient entre les doigts de Cy.

— Tu veux que je vienne vous chercher si vous n'êtes pas revenus dans une heure ?

La voix de Lane est passée de sérieuse à salace, et une lueur complice s'est allumée dans ses yeux couleur denim. Le sourire sur son visage m'a fait rougir.

— Donne-moi un peu plus longtemps que ça. On va devoir monter la garde chacun son tour ce soir, pour voir si Sutton arrive.

Et pour surveiller tous les autres qui pourraient rôder dans la forêt, mais il n'a pas dit cela à haute voix.

— Fais manger tout le monde et installez-vous. On revient bientôt.

Cy s'est mis à me faire avancer dans la direction opposée à celle où nous étions partis. Lane s'est mis à rire et m'a crié :

— Souviens-toi qu'il n'y a rien pour stopper le son ici, Leo. Si tu es bruyante, tout le campement le saura.

J'ai rougi encore plus et ai essayé de tourner la tête pour lui dire d'aller se faire foutre, mais Cy ne m'a pas laissée faire. Il était en mission, et rien ne pourrait le dissuader. Quand mes jambes ont arrêté de fonctionner car la douleur dans mon épaule avait absorbé toute l'énergie et la volonté qu'il me restait, il m'a simplement portée comme un bébé, blottie contre son torse pour les dix dernières minutes de marche jusqu'aux sources chaudes cachées.

La rivière prenait un virage et il y avait un affleurement rocheux qui paraissait impossible à escalader. Cy nous a fait faire le tour et j'ai été surprise en voyant une piscine pleine de bulles, de la taille d'une piscine d'appartement, derrière les rochers. Quelqu'un avait fait un barrage avec des pierres pour en faire un jacuzzi naturel caché au milieu de nulle part.

— Cet endroit est incroyable.

J'ai soufflé ces mots, émerveillée. Nous n'étions entourés que d'un grand ciel bleu et de rochers escarpés. C'était comme si cette scène sortait d'un film, ou d'une brochure touristique en papier glacé « Visitez le Wyoming ».

— Le Wyoming est couvert de sources thermales. Il y a plein d'endroits le long de la rivière où des gens ont bloqué l'eau pour faire des piscines naturelles. Celle-là est cachée parce qu'elle est derrière les rochers. Mon père nous amenait ici en hiver.

Il a fait un pas de côté et m'a retournée pour lui faire face.

— Pourquoi en hiver ?

Il a passé la main sur le visage, comme si sa patience arrivait à bout.

— Il nous a toujours dit qu'on ne l'apprécierait pas vraiment en été. Le travail au ranch est toujours dur et épuisant pour le corps, mais c'est décuplé en hiver. On ne se bat pas seulement contre un troupeau têtu et une terre qui ne fait pas de cadeau, on essaie aussi de se battre contre Mère Nature, et cette conne est imbattable, par ici, répondit-il avant de faire un signe de tête vers l'eau. C'est chaud, mais je pense que ça te fera du bien.

J'ai regardé l'eau, puis ai regardé Cy à nouveau. Je sentais la chaleur monter dans mon cou, et mes joues qui se réchauffaient. Ma réaction a allumé dans ses yeux une étincelle et des éclairs d'excitation argentés.

— Super. Mais je crois que je ne pourrai pas y rentrer toute seule.

Et si j'arrivais à rentrer, je n'arriverais certainement pas à sortir.

— Je vais t'aider.

Sa voix grave débordait de velours et de promesses. J'ai rougi sous ses yeux scrutateurs et résolus.

— On n'a rien apporté pour se changer.

Ce demi-sourire a soulevé les coins de sa bouche et je savais que s'il arrivait un jour à finir ce sourire, j'allais lui donner mon cœur sans me poser de questions. Sa moitié de sourire suffisait à me conquérir, son sourire entier allait forcément me consumer.

— C'est nous qui allons dans l'eau, pas nos vêtements.

C'est sûr que dit comme ça... J'ai bougé pour commencer à déboutonner ma chemise et ai failli tomber à genoux devant lui, car une douleur brûlante m'a traversée quand j'ai voulu bouger mon poignet blessé pour toucher les boutons. Avec des larmes plein les yeux et la gorge serrée, je lui ai dit :

— Je crois que je ne vais pas arriver à me déshabiller non plus. Ça va être incroyablement gênant.

Il a fait un pas vers moi, puis un autre. Nous nous touchions presque, buste contre buste, nous partagions notre souffle et nos battements de cœur. Il a levé les mains sur l'avant de ma chemise et a été affreusement délicat pour faire glisser chaque bouton l'un après l'autre.

— Ne t'inquiète pas, Leo, je te tiens et je vais prendre soin de toi du mieux que je peux.

Il me tenait, c'est vrai. Il détenait plus de moi que j'avais laissé quiconque le faire avant. Il avait mon attention et mon temps. Il avait mon intérêt et mon engagement. Il avait mon esprit et mon cœur qui se faisaient la guerre à cause de lui. L'un exigeait que je le laisse tomber, lui et le saccage dont il allait être responsable, l'autre me vociférait de m'ouvrir, de profiter des souvenirs que nous allions nous créer ensemble. Nous n'aurions peut-être pas une éternité ensemble, mais nous pouvions caser beaucoup de choses dans le temps que nous avions. Ces moments pourraient être plus importants que tous ceux que j'avais vécus avec d'autres. Il me tenait parce que je me donnais à lui, et je m'apprêtais à lui donner encore plus.

Ce n'était pas comme s'il y avait quelque chose à montrer qu'il n'avait pas déjà vu. Il a enlevé ma chemise si doucement que je n'ai presque pas senti le tissu quitter ma peau avant que l'air de la montagne la touche. J'ai frissonné quand il a passé le dos de ses doigts sur le bord de mon soutien-gorge nul en coton, et m'a chatouillée comme il était le seul à pouvoir le faire quand son autre main s'est glissée dans mon dos pour défaire l'agrafe.

Mon instinct était de lever le bras pour couvrir ma poitrine quand le soutien-gorge est tombé mais je ne pouvais pas bouger, et le regard affamé qui a envahi son visage, en me voyant découverte devant lui, m'a paralysée. Jamais un homme ne m'avait regardée comme si j'avais quelque chose de spécial. Cy me scrutait comme si tout chez moi était exceptionnel, et cela a réchauffé mon corps et l'a fait s'impatienter de désir. J'avais l'habitude d'être moyenne et acceptable. Être plus que ça, et me sentir magnifique, était assez enivrant pour me saouler d'envie et de hâte.

— Tu m'as déjà vue toute nue, Cy. Qu'est-ce que tu attends ?

Ma voix a tremblé quand la paume de sa main a caressé le bas de mes côtes et joué sous le bord de mon jean. Il a ouvert ma ceinture et a fait un petit rictus.

— Je n'ai pas reçu beaucoup de cadeaux dans ma vie, donc quand j'en ai un qui me plaît, je prends mon temps pour enlever le papier.

Ses yeux étincelaient, pleins de détermination sexy et d'humour. Il ne voulait pas se presser et il était possible que je meure en attendant qu'il passe aux choses sérieuses.

— Notre temps est compté. N'oublie pas ça.

Je ne voulais pas lui rappeler que tout ceci était condamné à se terminer. Que nous étions en sursis, que nous profitions de secondes volées. J'avais l'impression qu'une horloge faisait le compte à rebours au-dessus de nos têtes, perdant des secondes à chaque clin d'œil et à chaque mot prononcé.

— Je ne vais pas me soucier du temps qu'on n'a pas. Je vais me focaliser sur le temps qu'on a pour faire en sorte qu'il compte.

Il avait défait ma ceinture et ouvert mon pantalon avant que je trouve une réponse appropriée à sa déclaration touchante.

J'ai posé ma main en bon état sur son épaule quand il s'est accroupi devant moi pour m'enlever mes bottes. Cette nouvelle position plaçait son visage juste en face de la partie de moi qui ne s'était jamais gênée pour devenir mouillée dès qu'il était à proximité. J'étais à nouveau sur le point de tomber, mais cette fois, ce n'était pas à cause de la douleur.

— Je ne sais pas si je suis capable d'avoir une activité physique fatigante tout de suite, Cy. Je ne suis pas vraiment en pleine forme.

Ça me faisait mal de l'admettre, mais je n'avais pas envie de finir sur le cul dans la terre, toute nue et étalée comme une pin-up désarticulée en face de lui. Mon ego récemment réparé ne pouvait pas prendre un tel coup aussi vite.

Il s'est penché un peu en arrière, assis sur ses talons. Dans son regard, de la couleur d'un paradis en colère, la passion et l'espoir tourbillonnaient quand il a levé les yeux vers moi. Ses lourdes mains ont atterri de chaque côté de mes hanches et doucement, très doucement, il a commencé à descendre mon jean sale et usé le long de mes jambes. Une fois que je fus presque nue, il s'est penché en avant pour que ses lèvres douces et son visage rêche marquent les deux os de mes hanches. Son nez a suivi un chemin alléchant sur le bord de ma culotte et son souffle chaud a léché le coton qui recouvrait à peine mon clitoris impatient.

— Tu me fais confiance, Leo ?

C'était une question stupide. Je le connaissais à peine, même si j'avais l'impression de le comprendre de A à Z. J'ai enlevé ma main de son épaule et ai laissé mes doigts dériver dans ses cheveux épais. Ils étaient glissants entre mes doigts – ce n'était pas déplaisant – à cause du produit qu'il utilisait pour se coiffer. J'aimais l'idée que quand j'en aurais fini avec lui, il serait décoiffé est débraillé. Je voulais laisser ces traces sur lui.

— Je fais confiance à ce que je sais de toi, Cy, et ce n'est pas grand-chose.

Le dernier mot s'est retrouvé étranglé et faible car ses pouces se sont glissés sous l'élastique de ma culotte et ont commencé à décrire des cercles sur ma peau vers mes lèvres humides. Je ne pouvais pas cacher combien j'avais envie de lui ou combien son toucher était efficace pour m'exciter.

— Tu fais confiance à ce que je t'ai donné, et tu fais confiance à ce que je te dis. Je te dis que je te tiens, Leo. Je ne vais pas te laisser tomber ni te faire de mal.

La confiance était très importante pour moi. Je ne l'accordais pas facilement et je n'en avais pas beaucoup à distribuer. Il leva les yeux vers moi, le regard débordant de promesses et de possibilités, et il était alors impossible que je lui refuse quoi que ce soit... Impossible que je me le refuse.

11

PAS DE RETOUR EN ARRIÈRE

Je ne laissais jamais quelqu'un être aussi proche, physiquement ou émotionnellement.

Il n'y avait pas de retour en arrière possible. Je le sentais, et je sentais Cy partout en moi. Il y avait la vie avant Cyrus Warner, et la vie après. Les deux étaient incomparables, comme la quantité de plaisir que j'avais connue avant ce grand mystère sombre d'homme. Chaque contact entre nous était un souvenir en devenir et chaque mot, alors qu'il me glissait dans l'eau, était un serment que je savais qu'il respecterait.

Il m'a promis plaisir et passion. Il m'a promis la satisfaction. Il m'a promis la destruction. Il m'a promis l'adoration. Il m'a promis une distraction de la douleur qui faisait encore picoter ma main et gonfler mes doigts.

J'étais prête à accepter tout ce qu'il disait car l'eau chaude avait fait des miracles et je savais que notre temps était compté. La douleur dans mon poignet était forte, mais celle entre mes jambes aussi. J'aurais l'occasion de m'occuper de la première dès que je serais de retour au ranch. Je ne savais pas si j'aurais une autre chance de calmer la seconde avec l'homme qui en était responsable.

J'ai lâché son nom dans une exclamation et me suis jetée en avant de surprise et d'abandon quand une des mains qui tenaient mon cul a glissé entre mes jambes et a disparu dans le torrent de désir qu'il avait encouragé. Je savais ce qu'il trouverait en glissant ses doigts en moi. Des muscles tendus, une humidité soyeuse, un tunnel avide qui en voulait plus, parce qu'avec Cy, ce n'était jamais assez.

J'ai mis ma bonne main sur la surface rigide de son épaule et ai failli exploser sur sa langue quand ses cils noirs se sont levés pour révéler des yeux furieux et orageux de désir. C'était une tempête que je voulais voir arriver... sur moi ou en moi. Je m'en fichais. Sa bouche était mouillée et rouge de m'avoir travaillée, et s'il ne souriait toujours pas, son rictus habituel était beaucoup moins clair. Je ne savais pas s'il était content ou pas, mais ce qu'il se passait entre nous à cet instant lui avait clairement donné une raison d'oublier qu'il n'avait qu'une moitié de cœur. Il ne lui manquait rien à cet instant, car il était intégralement focalisé sur moi et sur toutes les manières d'obtenir les réactions qu'il voulait de mon corps. Qui eut cru que lâcher prise était si bon ?

J'ai levé la main pour caresser sa mâchoire ciselée et ai failli couler sous l'eau en sentant sa bouche bouger sur la mienne, sa langue pousser entre mes lèvres et bouger au même rythme que ses doigts engloutis. C'était trop dur de résister à la double stimulation et mon corps a arrêté d'essayer. J'étais entre ses mains, et j'allais le laisser me guider là où je n'étais jamais allée. J'avais l'habitude de donner des ordres et de m'assurer que ce qui devait être fait était fait. Avec Cy, aucune indication n'était nécessaire. Il caressait et suçait avec habileté, faisant glisser le plaisir le long de ma colonne vertébrale. Plus je m'appuyais contre lui, je me collais contre lui, plus vite ses doigts tournaient et tapaient contre un point sensible caché en moi dont j'avais toujours ignoré l'existence.

— Qu'est-ce que tu me fais ?

J'ai prononcé ces mots dans un soupir, des mots surpris et interrogateurs, alors que je sentais la crête du relâchement se dérouler dans le bas de mon ventre et brûler à la base de ma colonne vertébrale. J'avais une main dans ses cheveux, qui le tenait. En fait, je sentais le bout de son manche rigide aussi proche qu'il était possible. Il s'est avancé entre mes lèvres glissantes et soyeuses et nous avons tous les deux eu le souffle coupé par ce contact.

J'étais exaltée et si près de craquer sous sa langue exploratrice et ses doigts qui me ravageaient. Je ne sentais plus mon poignet. Tout était un nuage flou de plaisir aveuglant et de désir décadent. Son souffle chaud dansait sur mes lèvres.

— Je m'assure que tu saches que tu comptes, Leo. Notre temps est peut-être limité, mais toutes les façons dont je veux te faire murmurer puis hurler mon nom sont infinies, maintenant que j'ai ton goût sur la langue et les doigts.

Ce n'était pas ses doigts enfoncés dans mon derrière ni leur disparition pour découvrir un endroit qu'aucun homme n'avait encore osé essayer de toucher qui m'avaient emportée. Ce n'était pas le mordant de son baiser profond ni la torsion savante de sa langue. Ce n'étaient pas les doigts qui touchaient, tapotaient, torturaient tous les endroits doux et affamés en moi qui semblaient avoir attendu depuis toujours qu'il les remplisse. Ce n'était pas la pression de sa jambe entre les miennes ni la délicatesse avec laquelle il tenait mon poignet blessé contre son torse, pour être sûr qu'il ne bouge pas, qui avait sorti mon orgasme de sa cachette et m'avait fait sangloter son nom. C'était sa voix grave et le grondement de ses mots contre ma peau quand il m'a dit :

— Tu es tellement plus que ce que j'imaginais.

Que cet homme extraordinaire, avec toute son histoire et son chagrin d'amour, me dise que j'avais quelque chose de spécial, cela m'a déchirée. J'étais enfouie sous une avalanche de passion et de louanges. Je m'étais éclatée sur des vagues d'approbation et de bonheur. Je dérivais sur un orgasme si intense qu'il m'a retournée et a modifié à jamais ma vision de ce que devrait être le sexe et la satisfaction.

Il m'a rattrapée quand je suis tombée contre lui et m'a dit qu'il voulait sucer mes tétons pour voir s'ils avaient un goût de bonbon, parce qu'ils étaient tout roses et jolis. Il a grogné qu'il voulait me retourner et me prendre par derrière pour perdre ses mains dans mes cheveux fous.

Je me suis éclairci la gorge nerveusement et ai sorti ma main de ses cheveux pour tracer l'arcade de son sourcil et l'arête dure de sa joue. J'aimais toucher tous ses endroits tendres.

— J'ai toujours aimé les hommes qui savent ce qu'ils veulent, Cyrus.

J'ai soupiré quand il a chuchoté dans mon oreille que si nous avions assez de temps, il me montrerait comme ça pouvait être sympa de le laisser me prendre dans cet endroit dont je n'avais laissé personne s'approcher avant que ses douces caresses ne partent en exploration aujourd'hui. Cela a déclenché des étincelles de curiosité et d'intérêt dans mon vagin trempé qui le suppliait déjà de lui accorder plus d'attention. Je n'étais pas aussi audacieuse, mais pour lui, je pourrais peut-être le devenir. Son pouce dessinait des cercles sur l'arrière de mon genou, tandis que je frissonnais et me secouais pour redescendre des cimes du plaisir et revenir à la réalité. Quand j'ai repris mes esprits, je me suis rendue compte que j'étais étalée, nue sur ses genoux, et que je chevauchais une érection très dure.

Il a pris mon menton dans une main et a levé mon visage vers le haut. Ses lèvres ont eu un rictus et c'est mon cœur qui s'est serré en réaction, pas mon sexe gourmand. Mon corps aimait sa bouche et ses mains, mon cœur s'intéressait à tout ce qui faisait tomber son bouclier de pierre impénétrable.

— Quand tu n'auras plus mal, je te mangerai pendant que tu suceras ma queue. Et puis je te ferai me chevaucher si fort qu'on ne pourra plus marcher droit pendant une semaine, ni l'un ni l'autre.

C'était la meilleure promesse qu'il m'ait faite. J'ai passé mes lèvres sur le côté de son cou et ai suivi la veine qui ressortait du bout de la langue. J'ai senti son souffle se couper et la dureté sous mon cul se presser contre moi avec insistance, me faisant comprendre que ce moment était loin d'être fini.

— Paroles, paroles.

J'ai soufflé ces mots dans son oreille et me suis servi du bout de ma langue pour en suivre le contour. Il avait un goût de montagne et d'homme. Le frisson qui a pris tout son corps après ce léger contact a presque suffi à me faire oublier mon poignet abîmé.

Je savais de quoi il était équipé, et je ne pouvais pas m'empêcher de faire rouler mes hanches contre cette longueur délicieuse, solide comme l'acier et douce comme du velours. Je cherchais inconsciemment une sorte de contentement. Ce mouvement de balancement séducteur a serré ses abdos contre lesquels j'étais appuyée, et rendu ses épaules contre lesquelles il me tenait dures et crispées.

J'ai passé le bout de mon nez sur le bord piquant de sa mâchoire et ai posé les lèvres au coin de sa bouche.

— Je suis clean, si tu l'es aussi, au cas où tu te poserais la question.

Le bout de sa queue titillait l'entrée de mon vagin, me donnant juste assez d'un échantillon pour que je meure d'envie d'en avoir plus. Après ces mots, il a déplacé le poids de son corps juste pour que son gland gonflé tape contre mon clitoris tout aussi avide. Lui déclarer que j'étais prête à voir jusqu'où irait cette chose entre nous, sans rien entre nous, était sans aucun doute la chose la plus audacieuse et la plus risquée que j'aie jamais faite.

Ses doigts bruts se sont serrés autour de mon cou et j'ai dû me concentrer très fort pour garder une respiration lente et régulière quand sa queue a tressailli d'excitation contre mon cul. J'étais énervée de ne pas pouvoir bouger mon autre bras comme je le voulais. J'avais vraiment envie de mettre les mains sur cette chair épaisse et palpitante. Elle était encore plus chaude que l'eau autour de nous.

— Je ne suis certainement pas en sécurité quand je suis avec toi, Leo, mais je suis prudent avec le sexe et je ne te ferais pas courir de risque inutile. Tu le sais, non ?

Sa main s'est relâchée sur mon cou et a glissé sur ma poitrine pour disparaître sous l'eau. J'ai rentré le ventre car ses doigts jouaient sur ma peau douce, puis ils ont plongé plus bas et il a bougé derrière moi. Sa queue tendue derrière moi a bougé jusqu'à appuyer et se frotter dans ma vallée. Puis elle est descendue, et a glissé entre mes jambes que j'ai volontairement écartées pour lui donner la place. Le bout s'est appuyé assez loin pour que mon corps soit obligé de céder à son invasion. Nous avons tous les deux émis un bruit, le mien étranglé, le sien affamé.

— Je ne serais pas là si je pensais que tu avais la moindre intention de me faire du mal, Cy. Je suis là parce que tu m'as promis de me faire me sentir mieux.

Ce n'était pas une mince affaire mais jusqu'à présent, il semblait à la hauteur de cette tâche. Il a grogné puis a glissé sa queue entre mes lèvres impatientes, pendant que ses doigts plongeaient pour tourmenter mon clitoris déjà sensible et réactif.

Sa respiration râpait contre mon oreille et le bout de son nez a frotté ma joue comme il m'ouvrait en grand et prenait toute la place en moi. Je palpitais autour de lui et je bougeais sur lui à chaque aller et retour de sa chair dure contre mes nerfs sensibles. Plus Cy s'enfonçait dans mon corps accueillant, plus il me faisait monter avec des mots tabous dans mon oreille et des doigts malins entre mes jambes, plus il redéfinissait ce que devait être le sexe. Ça, c'était mieux. Il était mieux, et j'étais mieux parce que je n'avais pas le choix. Il me faisait tout ressentir. Il me forçait à lui dire comme c'était bon et exigeait que je prenne ce que je voulais de lui alors qu'il prenait ce qu'il voulait de moi.

Ça a commencé lentement et sûrement. Il entrait et sortait de mon vagin inondé sur un rythme qui faisait à peine bouger l'eau autour de nous. Cela m'a inondé de désir, tous mes sens étaient submergés. Un plaisir paresseux remplissait mon sang comme il me chevauchait doucement et avec retenue, en faisant attention à mon bras blessé et à ma tête qui me faisait encore mal. C'était bon, vraiment bon, et je le lui ai dit, mais ce n'était pas assez, et si j'étais assez courageuse pour le laisser entrer, alors je voulais tout de lui.

— Cy.

Son nom s'est échappé de moi, désespéré et effréné.

— Leo.

Le mien a quitté ses lèvres comme une prière et un appel. J'ai levé mon bon bras autour de son cou et ai laissé mes doigts y caresser sa peau sensible. Son grand corps s'est cabré contre le mien et son rythme assuré a faibli comme il entrait et sortait de moi.

— Je veux que tu me baises.

J'ai senti son souffle sur le côté de ma joue.

— C'est ce que je fais.

Il a prononcé ces mots la mâchoire serrée. J'ai secoué la tête et l'ai jetée en arrière pour la poser sur son épaule.

— Non, Cy, je veux que tu me baises et je veux qu'on jouisse tous les deux.

Nous étions arrivés jusque-là, il était temps de tout donner et de s'offrir des souvenirs transpirants, sexy et scandaleux qui seraient impossibles à oublier.

— Insolente.

Ses doigts ont emprisonné mon clitoris et ont tiré méchamment sur ce petit nœud de nerfs débridé. Ses dents se sont enfoncées dans le lobe de mon oreille et il m'a un peu éloignée de lui avec son lourd bras qui me soutenait sous les seins, et il m'a penchée juste un peu. Ses doigts railleurs ont quitté l'endroit où nous étions collés et ont fini emmêlés dans l'épaisse masse de mes cheveux car il avait écouté ce que je lui demandais, et il s'exécutait... et plus encore.

Ses hanches ont pris de la vitesse et tapaient contre l'eau et contre la courbe de mon derrière. Le son était charnel et brut, tout comme la façon dont il me faisait gémir en me pilonnant tandis que je flottais, légère et attachée à rien d'autre qu'à sa queue. Rien ne me rattachait à la terre ni à la réalité en dehors de son érection enragée. Sa queue était le centre de mon univers, et la façon dont elle se propulsait dans mon corps, s'appropriant, marquant, et possédant toutes les cellules qu'elle touchait, était la seule chose qui comptait. Je ne m'étais jamais sentie si désirée, si voulue, si importante pour l'accomplissement de quelqu'un qu'à cet instant précis. C'était écrasant et exaltant. C'était un grand pouvoir d'être la personne chargée de la satisfaction d'un homme comme Cy.

Ses doigts ont tiré mes cheveux mouillés qui bouclaient dans tous les sens, assez fort pour qu'un cri de protestation sorte de ma bouche. Ses dents ont mordillé mon oreille avec plus de force que ce à quoi je m'attendais, et j'ai été surprise d'aimer son côté brut, peut-être encore plus que son côté doux.

— Je n'ai pas été dans une femme sans capote depuis très, très longtemps. Je n'ai jamais été dans une femme qui brûle aussi fort et où je me sens aussi bien que toi. Tu es un rêve avec ta bouche et tes seins, mais la cerise sur le gâteau, c'est la façon dont tu serres ma queue comme si tu ne voulais jamais la laisser partir. C'est comme si tu voulais me garder et que je continue à te baiser, Leo.

Ses mots ont vibré contre ma peau. Je voulais le garder, et c'était impossible que je revienne à ce qui avait existé avant de le baiser. C'était tout simplement une vie qui ne valait pas la peine d'être vécue, à en croire mon corps qui se tendait et se préparait à lâcher prise à nouveau.

Il haletait un peu dans mon oreille et je sentais son torse large et très musclé se contracter. Un de ses genoux a poussé le mien sous l'eau, me forçant à modifier ma position et à me pencher un peu plus en avant, de sorte que ma poitrine touchait la surface bouillonnante du bassin. Il me tenait en place et me martelait, courant après toutes les choses incroyables qu'il m'avait fait ressentir. Mon plaisir était langoureux et se déplaçait dans mon corps au ralenti, le sien était débridé et fiévreux, explosant pratiquement hors de sa peau et de sa queue comme un piston quand les sensations ont surpassé la maîtrise qu'il s'efforçait de garder.

— Mets tes doigts entre tes jambes. Touche-toi comme tu voudrais que je te touche. Je ne peux pas te lâcher, sinon tu vas tomber dans l'eau la tête la première.

La touche d'humour dans son commandement sévère a presque eu autant d'effet sur moi que l'ordre séduisant.

— Je vais te remplir jusqu'à ce que tu débordes, et je veux que tu sentes toutes les gouttes à l'intérieur de toi.

Des mots osés, mais qui me donnaient l'impression d'être toute nouvelle et toute belle. Je n'étais ni vierge ni inexpérimentée, mais j'étais une novice dans le fait d'être possédée et obsédée par un homme. Surtout le genre d'homme qui fait oublier tout ce qu'elle croit savoir à une femme.

J'ai passé ma main sous l'eau et lui ai fait confiance pour me tenir et m'amener jusqu'au bout. Quand mes doigts ont légèrement frôlé mon clitoris et caressé le manche raide qui entrait et sortait de mon sexe chaud et affamé, cela a suffi à ce que mes yeux se ferment et que tout l'air sorte de mes poumons. C'était trop à encaisser, donc j'ai trébuché dans l'extase et ai emporté Cy tout droit dans cette sensation délicieuse. Sa queue a tressailli contre le dos de mes doigts. Son torse est monté et descendu et il a juré doucement dans mon oreille, ses cuisses se sont tendues et se sont bloquées contre l'arrière des miennes tandis que le point où nous étions unis était maintenant cent fois plus chaud que l'eau qui nous entourait. Il brûlait et je prenais feu. Il faisait rage en moi par vagues de plaisir.

Oui, il me remplissait, mais c'était d'émerveillement et d'admiration de pouvoir ressentir cela, de pouvoir faire ressentir cela à quelqu'un. Grâce à ça, mon cœur a oublié de souffrir à cause de ce qu'il avait traversé et de ce qui l'attendait quand je devrais revenir à la vraie vie, dans laquelle cet homme n'avait pas sa place.

J'ai laissé ma tête tomber en arrière sur son épaule quand il m'a tirée contre son torse. Ses lèvres ont touché ma tempe et il a remonté la main qui était sur mes côtes pour la poser sur mon cœur affolé.

— Détruit, Rayon de Soleil. Voilà ce que ça fait d'être détruit.

J'ai marmonné quelque chose d'incompréhensible sans vraiment lui répondre. Si c'était ça d'être détruit, alors je ne voulais jamais me reconstruire.

Après un petit moment pour reprendre notre souffle et faire revenir notre sang dans nos organes vitaux, il est sorti de moi en laissant un vide dont je savais qu'il ne pourrait être comblé que par lui et par sa façon bien à lui de créer des souvenirs. J'ai laissé mon corps flotter dans l'eau jusqu'à être complètement allongée sur le dos, les yeux fixés sur le ciel du Wyoming qui s'assombrissait. Il était si vaste et infini. La chose qui venait d'arriver, entre moi et l'homme qui n'était peut-être pas un cowboy mais était sans hésitation le meilleur amant que j'ai eu, paraissait minuscule et sans importance, en comparaison.

— Il faut qu'on se bouge et qu'on y retourne. Il faut que je laisse Lane dormir un peu pour qu'on surveille le campement chacun notre tour, cette nuit.

Ses mains ont attrapé mes hanches sous l'eau, et m'ont tirée vers le bas pour me remettre debout en face de lui. Mon poignet me faisait encore mal mais la douleur était moins vive et moins violente sous ma peau contusionnée.

— D'accord.

Nous nous sommes regardés pendant un moment, on patientait, on s'observait. En un clin d'œil, son expression bourrue et attirante est devenue une chose contre laquelle un simple mortel ne peut protéger son cœur. Pas étonnant que cet homme ne souriait pas souvent, car quand il le faisait, le monde arrêtait de tourner. J'ai sursauté face à la brillance aveuglante de ses dents blanches sous son apparence dure et sévère. Il était magnifique et son sourire était extraordinaire. Il lui donnait l'air d'un homme qui ne porte pas le poids du monde et de milliers de responsabilités sur ses larges épaules.

J'ai levé une main pour la poser sur sa joue et ai frissonné quand sa barbe a gratté ma main.

— Tu souris, Cy.

— Je suis heureux, Leo.

Nom de Dieu. J'ai cligné des yeux pour retenir mon ahurissement et les larmes qui menaçaient de monter. Voilà bien un risque qui valait la récompense. Cela valait le coup de perdre tout ce que je pourrais perdre dans un futur proche pour avoir cet instant, avec cet homme qui me souriait.

12

N'EMPRUNTE PAS LES ENNUIS

— Je te déteste, tu es une salope.

J'ai failli m'étouffer avec le café bien trop fort que Cy avait préparé pour rester éveillé durant le premier tour de garde sur le campement. Je lui ai proposé de lui tenir compagnie, mais il m'a répondu en plissant les yeux qu'il avait besoin de se concentrer. Je n'avais jamais été une distraction pour personne, donc je l'ai pris comme un compliment et ai avancé vers le feu de camp où Evan était assise, et nous regardait d'un air pincé. Je me suis servi une tasse de café, sachant que je ne dormirais pas car je m'inquiéterais pour l'homme qui gardait un œil sur nous, donc je me suis dit que la caféine et Cy seraient mon seul salut. J'avais à peine pris une gorgée quand les mots de la jeune ado m'ont fait m'étouffer avec la boisson chaude.

Lane était allé se coucher, car il devait se lever avant l'aube pour échanger sa place avec Cy. Em jouait aux cartes avec la mère et le frère d'Evan pendant que leur père s'efforçait de regarder dans le décolleté d'Em dès qu'il pensait que personne ne le voyait. Les deux autres hommes s'étaient couchés tôt mais tous les deux avaient proposé de surveiller le campement, si Cy ne voulait pas rester debout toute la nuit. L'impatience qu'ils montraient à croiser les responsables de notre changement de programme a fait serrer la mâchoire à Cy et m'a fait les regarder avec un air interrogateur. Ils avaient d'autres raisons d'être ici, et ne se donnaient même plus la peine de le cacher.

Tous les autres étaient occupés ou distraits, c'est pourquoi Evan s'était sentie à l'aise pour lancer son attaque verbale.

— C'est assez moche de dire ça à quelqu'un qu'on ne connaît pas très bien.

J'ai gardé un ton léger et une voix basse car je ne voulais pas attirer l'attention sur nous. Il était temps que quelqu'un lui remette les idées en place.

— Tout le monde sait pourquoi tu es allée dans les bois avec Cy. Tu le connais depuis, genre, une journée. C'est dégueulasse et c'est un truc de salope. J'aurais trop honte à ta place.

Elle avait une expression de défi mais je voyais une douleur dans ses yeux, qui ne venait pas uniquement de l'indifférence de cet homme plus âgé pour elle.

J'ai pris une autre gorgée du café que je tenais avec précaution de ma bonne main. Sans les mains expertes de Cy pour me distraire, mon poignet s'était remis à me lancer et à me faire souffrir à chaque battement de cœur, même si l'eau chaude de la source et quelques cachets avaient fait descendre la douleur à un niveau supportable.

— Je ne pense pas que tu sois énervée à cause de ce qu'il se passe entre Cy et moi. Tu es intelligente et observatrice, donc tu sais qu'il ne se mettrait jamais en danger, ni lui ni son entreprise, en batifolant avec une touriste très jeune. Même si elle est très belle.

Elle a ignoré mon compliment, et pour la énième fois, j'ai eu envie de mettre du plomb dans la cervelle de ses parents.

— Je pense que tu en as assez d'être négligée et ignorée par l'homme qui devrait faire attention à toi. Je pense aussi que tu n'aimes pas la façon dont il traite ta mère. Je comprends complètement pourquoi tu craques sur Cy, il est sublime et c'est presque un cowboy, mais je crois que ton ressentiment envers moi vient plutôt de ce qu'il se passe à la maison, ai-je dit en haussant les sourcils, tandis qu'elle continuait à me fusiller du regard, les poings serrés posés sur ses cuisses. Tu veux que ta mère te dise d'arrêter, et que ton père débarque pour défendre ton honneur. Tu veux qu'ils s'allient et soient de vrais parents pour toi et ton frère, parce que ça devrait être leur boulot principal, et ils ne le font pas. Tu souhaites leur attention parce que tu passes beaucoup de temps loin d'eux, et quand vous êtes ensemble, c'est évident que les choses ne vont pas très bien.

Sa lèvre inférieure a trembloté et elle s'est tournée pour que ses cheveux cachent son visage. Je me suis accroupie à côté d'elle, assise sur la selle de Boss posée là, et elle a murmuré :

— Tu ne sais rien du tout.

J'ai ri un peu et mes doigts se sont resserrés sur ma tasse émaillée.

— Tu seras étonnée d'apprendre que je sais ce que c'est d'avoir un parent qui ne se rend pas compte du mal qu'il peut te faire, même si tu ne le vois pas tous les jours, ai-je répondu en donnant un petit coup d'épaule dans la sienne avec un petit sourire. Ma mère ne voulait pas de moi, et elle ne veut toujours pas de moi. Elle m'a laissée à mes grands-parents, ce sont eux qui m'ont élevée, ai-je poursuivi en secouant la tête. Quand j'étais petite, je ne me rendais pas compte que j'étais chanceuse de les avoir, parce que je passais mon temps à me demander pourquoi elle ne voulait pas de moi. Ça m'a fait manquer tellement de choses. J'étais terrifiée par l'échec, j'avais peur de ne pas être assez bonne, donc ça m'a rendu trop prudente et méfiante. Je n'étais pas drôle. Je ne suis toujours pas drôle, la plupart du temps.

Evan a penché la tête sur le côté et m'a regardée attentivement pendant un bon moment.

— Pourquoi tu me racontes ça ? Tu veux que j'aie pitié de toi ?

J'ai encore secoué la tête et ai tendu la main pour la poser sur le dos de la sienne. J'étais secrètement enchantée qu'elle ne l'enlève pas quand je l'ai touchée.

— Je te raconte ça parce que tu as une mère qui peut, et qui va se battre pour toi si elle a une bonne raison de le faire. Elle passe tellement de temps à se battre pour un amour qui n'est plus là qu'elle ne voit pas l'amour qui l'entoure encore. J'ai fait la même chose et je le regrette, maintenant. Mon grand-père nous a quittés avant que je puisse lui dire combien je lui étais reconnaissante pour tout ce qu'il avait fait pour moi. Il n'est plus là pour me voir me remettre en selle, au propre comme au figuré.

Elle ne pouvait pas savoir ce que je voulais dire par là, mais à la façon dont ma voix s'est serrée et les larmes ont embué mes yeux, elle comprenait que c'était important.

— Si tes parents ne se concentrent pas sur toi, concentre-toi sur eux. Rappelle-leur l'amour qu'ils ont encore pour vous, même si celui qu'ils avaient l'un pour l'autre a disparu. Ta mère a besoin d'avoir quelqu'un de son côté, et ton père a besoin qu'on lui ouvre les yeux. Sois meilleure qu'eux.

— C'est une grosse responsabilité.

Elle avait l'air triste et perdue, donc j'ai passé mon bras autour d'elle et l'ai serrée un peu.

— Tout ce que tu peux faire, c'est essayer, et si ça n'a pas d'effet sur eux, ça aura un moins un effet sur toi et ton frère. Sois quelqu'un sur qui vous pouvez compter tous les deux. Si tu fais ça, tu auras déjà des kilomètres d'avance sur moi quand j'avais ton âge.

Elle a hoché la tête et je l'ai lâchée en me relevant. J'ai poussé son pied avec le bout de ma botte jusqu'à ce qu'elle lève les yeux vers moi.

— Jusqu'à très récemment, je n'aurais jamais tenté ma chance avec un mec comme Cy, parce que tu as raison, je le connais à peine. Et ça aurait été un gros gâchis, ai-je dit en levant un sourcil. On a besoin de solidarité, alors vas-y doucement sur les insultes. Les femmes doivent pousser les autres femmes vers le haut, pas les tirer vers le bas.

Je l'ai regardée jusqu'à ce qu'elle baisse le menton en guise d'accord.

— Je suis jalouse. Je sais qu'il est trop vieux pour moi, mais il est vraiment beau. Je mourrais s'il me regardait comme il te regarde.

Elle a arboré un sourire impertinent. Je l'aimais vraiment bien, et je sentais une sorte de lien avec elle. J'espérais qu'elle serait capable d'aider sa famille à trouver le chemin vers le bonheur. J'aurais voulu que quelqu'un, avec un point de vue extérieur, me remette les idées en place quand je n'étais qu'une catastrophe malheureuse.

— Je vais peut-être m'orienter vers Lane. Il est plus proche de mon âge et on dirait qu'il sait s'amuser. Cy a l'air plutôt chiant.

Il était tout sauf chiant, mais je comprenais que son attitude sévère et rationnelle donne cette impression. J'ai dit à Evan qu'elle devrait se limiter aux garçons de son âge vivant dans le même État qu'elle, et j'ai enlevé Emrys de son jeu de cartes pour qu'elle me tienne compagnie pendant que je finissais mon café et essayais de calmer mes nerfs agités. Elle s'est encore excusée de m'avoir fait venir ici, ce à quoi j'ai répondu en riant que m'envoyer ici était la meilleure chose qui m'était arrivée. Et comme c'était ma meilleure amie, elle voulait que je lui explique point par point comment l'aîné des Warner m'avait fait tomber à la renverse. Cela ne me dérangeait pas de lui donner de vagues explications, mais avec Cy qui se baladait pas loin, je ne voulais pas rentrer dans les détails. C'étaient mes moments et mes souvenirs, et j'en étais avare.

J'avais dû m'endormir malgré la caféine, mais à un moment, au petit matin, j'ai été réveillée par le bruit de la fermeture éclair de mon sac de couchage qui s'ouvrait et par des mains froides qui caressaient vivement ma peau sous mon pyjama. J'ai cligné des yeux et ai essayé de m'habituer à la faible lumière, mais je ne voyais que des yeux gris qui me regardaient, et l'éclair de ce sourire à couper le souffle qui me mettait au défi de prendre un risque.

— Qu'est-ce que tu fais ? Où est Em ?

La tente était trop petite pour nous trois, elle était à peine assez grande pour qu'il s'allonge complètement, ce qu'il a fait... sur moi. Ses mains ont trouvé mes seins qui n'étaient pas retenus, sous le tissu de mon T-shirt à manches longues, et je me suis mordu la lèvre pour contenir le son étranglé dans ma gorge quand il a serré leur poids rebondi et les a caressés sur le côté du bout des doigts.

— Sutton est arrivé il y a une demi-heure. Il est tombé pile sur le campement, parce qu'il a suivi la rivière tout du long jusque là où il pensait nous trouver. Lane me remplace et Em aide Sutton à attacher son cheval. Elle m'a dit qu'elle n'arrivait pas à dormir, et qu'elle allait à la rivière essayer d'attraper du poisson pour ce midi. C'est parfait puisque, comme le programme a changé, on va s'arrêter moins souvent pour le reste du voyage. Un des mes frères va l'accompagner.

Il a frotté son nez sur le côté de mon cou et cela m'a fait frissonner. Il était froid et pourtant c'était torride.

— S'ils se battent pour savoir qui ira avec elle, on va avoir un problème.

La main qui caressait le côté de mon sein a bougé et sa paume traçait lentement des cercles insoutenables autour de mon téton.

— Ils font ça ? Se battre pour une fille ?

Ma voix était essoufflée et cassée car ses dents ont plongé sous le col de mon T-shirt pour mordiller mon cou. J'ai déplacé mes jambes sous le poids des siennes, ce qui l'a poussé à frotter ses hanches contre les miennes. Une bosse derrière sa braguette refusait d'être ignorée.

— En général, non, mais ta copine est une bombe qui sait se servir d'une canne et d'un moulinet. Ça fait d'elle quelqu'un pour qui ça vaut le coup de se battre, ici.

Ses dents ont frotté sur le côté de mon cou quand je me suis penchée sur le côté pour lui faire de la place. Il mordait paresseusement la base de mon cou, où mon pouls battait fort, et il a sorti sa main de sous mon T-shirt pour s'atteler à faire passer cette barrière par-dessus ma tête. J'ai pris ses poignets dans mes mains pour l'arrêter.

— Em pourrait revenir n'importe quand.

Et même si elle avait eu un petit résumé, ce n'était pas la peine qu'elle voie en direct de quoi Cy était équipé.

— Elle ne va pas nous interrompre. Elle sait que je venais te voir et ta copine est de ton côté.

Il a ricané et j'ai senti son rire courir sur ma peau.

— Et mes frères le savent. Je ne prends pas grand-chose dans la vie, donc quand je trouve quelque chose que je veux, ils ne se mettent pas sur mon chemin. Il est trop tôt pour que les autres soient levés, donc sois discrète… ou pas. Je m'en fous, de toute façon.

— Tu me veux.

Ce n'était pas une question car la réponse était claire dans ses yeux étincelants. J'ai expiré et ai enroulé mes doigts sur le tendon fort dans sa nuque quand il a commencé à tirer sur l'élastique de mon pantalon souple, qui empêchait à peine la chaleur de son érection de brûler ma peau. Une fois que je fus nue et étalée en-dessous de lui, il s'est redressé et a commencé à ôter ses vêtements. Il a enlevé son T-shirt noir d'un geste impatient pendant que je m'attaquais à sa ceinture et que je dégageais son érection impressionnante de son jean. Nous nous sommes emmêlés et avons fini avec lui à moitié habillé et coincé sous moi tandis que je posais de petits baisers sur son torse et ses abdominaux bien dessinés. C'était comme si j'étais assise sur une statue de pierre, mais sa queue était comme en velours ou en soie, appuyée entre mes jambes. Je suis descendue sur son torse, décidée à avoir toute cette dureté dans ma bouche.

J'ai grogné son nom quand il m'a déviée de ma très agréable tâche et m'a remontée sur son corps pour déposer un baiser ardent sur mes lèvres boudeuses. Il passait les mains de haut en bas sur mes flancs, en me regardant sous des sourcils froncés.

— On doit repartir dans quelques heures et il faut que je dorme. On n'a pas le temps de jouer à ça, même si j'adorerais.

J'ai levé un sourcil en le regardant et ai descendu mes mains sur le mur plat de ses pectoraux. J'adorais la sensation de ses poils clairsemés sous mes mains.

— Ta queue dans ma bouche, c'est un jeu ?

Je l'embêtais, mais je voyais qu'il avait l'air fatigué et son sourire fugace était parti.

— Oui, parce que si tu me fais plaisir, je dois faire pareil après, et encore mieux et plus longtemps. Puis une fois que je me serais remis d'avoir ta bouche autour de ma queue, je te baiserais jusqu'à ce qu'on ne voie plus net, ni toi ni moi. Je pourrais jouir rien qu'en imaginant ta bouche sur ma queue... Je l'ai déjà fait, d'ailleurs. Tu étais là.

L'image de lui tenant la queue palpitante sur laquelle j'étais perchée m'a fait serrer le ventre et m'a mis l'eau à la bouche. Il était ce qu'il existait de plus sexy et je n'avais plus qu'à le prendre.

— Tu veux que je te fasse un bisou pour te dire bonne nuit et que je te laisse tranquille ?

Je pensais qu'il avait un programme plus actif, étant donné qu'il m'avait déshabillée et réveillée avec des mains baladeuses et une queue impatiente.

Ce sourire, plus brillant que le soleil par une journée parfaite, est passé sur son visage. Il était dévastateur.

— Non. Je veux que tu montes sur ma queue et que tu la chevauches fort et sauvagement. Baise-moi à en devenir con, et baise-moi vite. Je veux que tu nous retournes tous les deux, et quand tu auras fini, tu pourras me faire un bisou.

Ses mains ont serré la chair de mes hanches et m'ont poussée à me soulever pour que son gland fuselé passe entre mes lèvres déjà chaudes et en manque. J'étais mouillée et prête quand son manche a glissé dans cette vallée et a tapé contre mon clitoris fébrile. Ce petit choc m'a fait sursauter au-dessus de lui. Il m'a adressé un sourire en coin complice et a répété le même mouvement jusqu'à ce que sa queue soit luisante et couverte du désir liquide qui abondait pour le rencontrer.

J'ai coincé les genoux de chaque côté des ses hanches et ai descendu la main entre nous pour le capturer. Ses yeux me regardaient avec une impatience affamée et j'ai commencé à descendre sur son membre. J'adorais la façon dont mon corps s'adaptait à lui.

Il voulait que je le baise vite mais je devais prendre mon temps pour l'amener où nous voulions tous les deux qu'il soit. Ce glissement le long de son érection a semblé durer une éternité. Des minutes insoutenables pendant lesquelles je me serrais autour de lui et pressais fort. Quand il était dans mon corps, je ne voulais pas qu'il parte, j'essayais de m'accrocher et cette torture le faisait transpirer et son torse montait et descendait à une vitesse ultra rapide comme il attendait mon prochain mouvement.

Perchée au-dessus de lui, je me suis penchée en avant et ai posé mes lèvres sur les siennes en commençant à faire ce qu'il m'avait dit de faire. Je l'ai chevauché, fort et sauvagement. Je lançais mes hanches en avant et en arrière à un rythme effréné, me soulevais et redescendais à une allure qui nous faisait respirer vite tous les deux. Je m'appuyais contre son torse, mes doigts enfoncés dans ses muscles, assez fort pour laisser des marques sur sa peau mate. Mes cheveux tombaient autour de nous, des boucles cuivrées que Cy semblaient adorer.

— Tellement chaud, Leo. Je n'ai pas eu aussi chaud depuis des années. Tu es vraiment un soleil.

Ses mots m'ont fait bouger encore plus vite et j'ai jeté la tête en arrière quand il a touché un point que je ne connaissais même pas. J'essayais de ne pas faire de bruit, donc j'ai ravalé un gémissement et ai dû me mordre le bout de la langue quand sa main est revenue sur mon sein, tandis que l'autre se déplaçait vers l'endroit où nous étions unis. Son pouce a touché mon clitoris avec la précision d'un sniper et a commencé une danse circulaire qui a fait s'enrouler le plaisir dans le bas de ma colonne vertébrale, puis l'a fait s'étendre en spirale par vagues de frissons.

— Cette chatte a été faite pour moi.

Il a prononcé ces mots avec assurance et confiance. Il avait peut-être raison. Personne ne la remplissait ou ne la rendait aussi essentielle que lui. Il me rendait hyper consciente de ma féminité, contre toute sa masculinité. Il me rendait aussi incroyablement consciente de toute la puissance de cette féminité.

J'ai posé une main sur le téton nu sur lequel il ne tirait pas, et ai caressé cette douce pointe bien plus doucement que lui. La stimulation opposée m'a fait tourner la tête et a donné à mon corps un spasme de délice. Nous fondions ensemble, nous nous réduisions en une mare de passion et de luxure.

C'était totalement déchaîné et furieux. Toute la tente bougeait autour de nous, et je ne pouvais plus retenir de petits bruits de satisfaction. La façon dont nous nous prenions l'un l'autre était complaisante et vorace. Il n'y avait pas assez de temps ni de place pour que nous ayons tout ce que nous voulions, mais notre effort était remarquable.

Sa main a quitté mon sein douloureux et a voyagé jusqu'à ma gorge. Il ne l'a pas serrée comme il l'avait fait auparavant. Il a simplement posé son pouce sur mon pouls et l'a caressé légèrement. C'était un toucher doux, que je sentais à peine mais qui voulait dire beaucoup. Il mettait ses mains sur mon cœur, au sens très littéral, et jouissait de sa manière de le faire réagir avec son corps et avec ses mots.

Il m'a tirée plus près pour que ses lèvres puissent frôler les miennes.

— Si proche, Soleil. Donne-moi tout ce que tu as et brise-nous tous les deux.

Les veines dans son cou ont gonflé et ses yeux brillaient quasi comme de l'argent dans la lumière fraîche du matin.

Je ne voulais pas nous briser. Je voulais nous réparer pour que, peut-être, nous ayons un moyen d'échapper à ce feu sans brûlures, et non remplis de cicatrices.

Je me suis éloignée de sa langue provocatrice et de ses dents qui me mordillaient. Je me suis cambrée et ai réussi à me mettre dans une position où je pouvais garder mon mouvement de haut en bas tout en passant la main derrière moi pour l'amener entre ses jambes légèrement écartées. Ses sourcils se sont levés quand j'ai passé la main sous le tissu encore autour de ses hanches et ai atteint les bourses moelleuses entre ses jambes, tendues par le plaisir.

Il n'a fallu qu'une petite caresse, un léger frôlement de mes ongles sur la surface sensible, pour qu'il perde la tête. Il a grogné mon nom, passé un bras autour de ma taille et nous a fait rouler pour se retrouver au-dessus de moi et me pilonner comme s'il essayait de nous faire tous les deux nous enfoncer dans le sol. La peau frappait contre la peau, nos bassins se tapaient assez fort pour nous donner des bleus, et mon corps est devenu mouillé et lâche tandis que le sien est devenu dur comme la pierre.

Son visage est devenu flou au-dessus de moi quand sa tête s'est tendue en arrière et sa nuque s'est raidie. Ses biceps de chaque côté de ma tête ont frémi et ses narines se sont dilatées. C'était primaire et tellement sexy que j'ai atteint l'orgasme rien qu'en le regardant jouir. La fierté est venue après le plaisir. Je lui donnais l'air tellement éclaté et satisfait. Je lui donnais l'air si doux et rassasié. Je ne savais pas si c'était à cela que ça ressemblait d'être brisé, mais si c'était ça, ça ressemblait beaucoup à de l'amour.

J'ai gémi et ai joui en tremblant, avec son nom sur les lèvres et son corps qui entourait le mien, dedans et dehors. C'était génial et inoubliable.

Il s'est baissé pour s'allonger sur moi comme une couverture géante et musclée, et a frotté sa joue piquante contre la mienne. Nous étions toujours unis d'une manière qui semblait incassable, et il a passé une main sur ma cuisse puis l'a relevée pour la poser sur sa hanche. Je me suis servi de mon pied pour l'aider à enlever complètement son pantalon et ai caressé sa colonne vertébrale tandis qu'il bâillait bruyamment dans mon oreille.

— Je suis prêt pour le bisou.

Son humour ensommeillé s'entendait dans sa voix, et j'ai tourné la tête pour poser mes lèvres sur les siennes.

— Laisse-moi me lever et je te laisserai dormir.

Ses bras se sont resserrés autour de moi et sa barbe a gratté ma peau quand il a fait non de la tête.

— Je ne te lâche pas.

Il avait les yeux fermés et respirait déjà plus lentement. J'ai soupiré et ai passé mes bras autour de ses larges épaules.

— Tu me veux.

Je n'arrivais toujours pas à bien absorber l'impact de l'importance que cela avait pour moi. Il a lâché un long souffle et m'a embrassée sur la tempe.

— Je te mérite. Je mérite ce que tu me fais sentir, même si ce n'est que temporaire. Reste un peu avec moi. On n'a pas beaucoup de temps.

Ce rappel me tuait, mais il me mettait aussi dans une position plus confortable entre ses bras quand il s'est tourné sur le côté, alors que le chagrin de tout ce que j'allais laisser derrière moi planait au-dessus de moi comme un nuage de pluie. Le sexe avec Cy ne m'avait pas brisée ; je me sentais complète et renouvelée.

Une heure plus tard, je me suis tortillée hors des bras de Cy, qui s'étaient relâchés. Il m'a fallu faire quelques efforts pour m'habiller sans le bousculer, car il prenait plus de la moitié de l'espace, mais j'ai réussi malgré mon poignet blessé. Je me suis dirigée vers le feu qui était déjà allumé, avec un café posé sur les braises. Sutton était debout d'un côté, et Em assise de l'autre. Ils ne semblaient pas se parler, mais c'était évident qu'il se passait quelque chose de gênant. Très intéressant. C'était une chose dont j'allais devoir lui parler. Quand je suis enfin arrivée à leur niveau, le vortex plein de tension sexuelle dans lequel ils étaient bloqués a disparu.

Em m'a fait un petit sourire et Sutton m'a dit bonjour en levant sa tasse, avec son habituel air renfermé. Em m'a offert une tasse de café et son épaule a touché la mienne quand je me suis assise près d'elle.

— Tu as l'air... bien reposée.

J'ai levé les yeux au ciel mais je n'ai pas pu retenir un sourire, qui s'est vite effacé quand Sutton a marmonné :

— Encore un amour de vacances qui va s'écraser en plein vol. J'attends toujours qu'il trouve une femme qui pourrait rester dans le coin.

J'ai penché la tête sur le côté et l'ai regardé un bon moment.

— Peut-être qu'il fait exprès de choisir des femmes qui ne peuvent pas rester parce qu'il ne veut pas reproduire ce qu'il s'est passé avec sa femme. Quand on sait que l'autre doit partir, ça fait moins mal de le regarder s'en aller.

La tasse de café dans sa main s'est baissée, et ses sourcils aussi.

— Il t'a parlé de Selah ?

J'ai hoché la tête mais je n'ai pas pu donner plus de détails alors qu'il continuait à me regarder, avec des suppositions et de la curiosité dans ses yeux verts, car Em s'est tournée vers moi avec de grands yeux et m'a dit :

— Sutton m'a dit que quand il était en ville pour aller chercher sa fille, il a entendu une rumeur disant que les gardes forestiers du parc ont sorti un corps de la rivière il y a quelques semaines.

J'ai regardé Sutton, qui a haussé les épaules.

— J'ai emmené Daye à Big Horn, un des seuls restaurants de Sheridan, et pendant qu'on mangeait, pas moins de cinq personnes se sont arrêtées à notre table pour me demander si j'avais su, pour le corps. Le ranch est tellement loin de la ville qu'en général, on loupe ce genre d'histoires, à part quand les clients font le relais. J'ai supposé que c'était un randonneur qui s'était perdu, ou quelqu'un en kayak qui s'est retrouvé sur une mauvaise partie de la rivière. Mais Rodie Collins, qui travaille avec le sheriff, m'a dit que le corps avait des blessures par balles, a-t-il poursuivi en grognant. Pas une conversation adaptée, quand on mange avec une petite de cinq ans, mais c'est rare qu'on voie des crimes violents comme ça par ici. Il était content d'avoir un vrai crime à élucider. Il m'a dit qu'ils n'avaient pas encore pu identifier le mec, mais ils y travaillent.

J'ai repoussé les cheveux sur mon visage et ai froncé les sourcils.

— Quand Boss a foncé dans les bois, on est tombés sur une immense culture d'herbe dégagée en plein milieu des arbres. Cy pense que les gens qui l'ont plantée là sont ceux qui font tout pour nous faire partir dans une autre direction. Ça ne m'étonnerait pas que ce corps et le champ de drogue caché soient liés.

— Sûrement, ce qui veut dire que ceux qui veulent garder les autres à distance n'ont pas peur d'utiliser leurs armes pour assurer la sécurité de leur site. Il faut qu'on bouge, pour que vous ne soyez plus dans la ligne de mire et qu'on vous amène dans un endroit plus contrôlé.

C'était presque exactement les mêmes mots que Cy, ce frère Warner pensait aussi que la situation pouvait vite dégénérer. En frissonnant, j'ai passé mes mains sur mes bras et ai fait un signe de tête vers la tente.

— Cy n'a pas dormi de la nuit, laisse-lui encore une heure et on y va. On devrait réveiller tous les autres et manger, pour prendre la route dès qu'il se lève.

L'expression dure sur le beau visage de Sutton s'est enfin éclaircie. Ses lèvres ont formé un sourire en coin et j'ai entendu Em reprendre son souffle à côté de moi. Il était difficile de résister aux hommes Warner, c'était indiscutable.

Emrys et moi avons fini notre café et avons fait le tour du campement en secouant les tentes pour réveiller tout le monde, pour qu'ils se préparent. Le reste du groupe a râlé contre l'heure trop matinale, mais quand Cy a enfin émergé, tout chiffonné et encore fatigué, les chevaux étaient équipés et prêts à partir, en dehors de ma tente qu'il fallait ranger. Lane a tendu une barre de céréales à son frère en discutant de la meilleure marche à suivre pour nous ramener au ranch.

Em et moi nous attelions à éteindre le feu correctement et à le recouvrir, lorsque les premiers coups ont résonné. Je ne savais pas vraiment ce qu'il se passait mais tout à coup, les chevaux ont paniqué, se sont cabrés, ont henni très fort en tirant sur les longes où ils étaient accrochés. Evan a hurlé et a levé les bras au-dessus de sa tête alors que sa mère la tirait vers l'arbre le plus proche pour l'éloigner de la berge dégagée où nous avions campé. Le père de la jeune fille a fait un bond pour atterrir derrière la tente pendant que tous les autres se débrouillaient pour se mettre à l'abri.

Sutton a plongé par-dessus le brasero et a plaqué Em au sol. Ils ont roulé par terre et il a fait attention à la couvrir alors que d'autres coups bruyants ont résonné, faisant voler des morceaux d'écorce comme les balles filaient autour de nous. Cy m'a pris le bras et m'a tirée avec lui en fonçant vers les arbres aussi. Lane nous suivait de près en poussant le petit frère d'Evan devant lui.

Webb et Grady se tenaient en plein milieu du campement alors que Sutton leur criait de se mettre à l'abri. Le plus âgé l'a ignoré et le plus jeune a couru vers son cheval. Il fouillait dans le sac accroché sur son flanc tandis que le cheval tirait dans tous les sens pour se libérer, paniqué. Le plus âgé semblait observer la forêt dense à la recherche de l'origine des tirs, pas perturbé par les balles qui sifflaient à côté de lui. Les tirs continuaient à mitrailler le campement, mais j'étais plus inquiète à cause du liquide chaud et visqueux qui coulait le long du bras de Cy et sur mes doigts qui le tenaient tandis qu'il me maintenait entre son corps et le tronc d'un grand pin.

— Qu'est-ce qu'il fout, ce con ?

Il a grogné ces mots dans mon oreille et son poids s'est encore plus appuyé contre moi. J'ai tourné la tête autant que je le pouvais pour voir pourquoi Cy s'énervait.

Webb et Grady se tenaient tous les deux au milieu du campement temporaire, maintenant armés, et rendaient leurs tirs aux attaquants invisibles. Le bruit des coups de feu était assourdissant et ricochait sur les rochers et les arbres. J'ai fermé les yeux et me suis appuyée contre Cy le plus fort possible. J'essayais de ne pas trop m'en faire pour le sang qui coulait sur mes doigts, car cela ne semblait pas particulièrement le perturber. Je venais de prendre conscience que même si cet homme paraissait impénétrable, il ne résistait pas aux balles.

13

PAS DE SOLUTION DE FACILITÉ

La maîtrise dont Webb et Grady faisaient preuve, armes à la main, était effrayante, et le campement s'est vite transformé en semblant de zone de guerre. Les coups de feu des attaquants sans visage continuaient à ricocher sur les rochers et dans le sable, et des morceaux d'écorce s'arrachaient des arbres tout autour de nous. Les premiers tirs étaient peut-être un avertissement, une nouvelle tactique pour nous faire peur. Il était clair que ceux qui faisaient tout cela voulaient nous voir partir. D'après moi, ils voulaient que nous soyons aussi loin que possible du champ de stupéfiants. Dès que Webb et Grady ont commencé à riposter, la menace est devenue plus réelle. Un gros morceau d'arbre a été arraché juste au-dessus de l'endroit où Cy me couvrait et je l'ai entendu lancer une insulte quand les débris de bois ont écorché son cuir chevelu. Une goutte de sang rouge et brillante a coulé au milieu de son front et sur son nez, avant qu'il lève son bras blessé pour l'essuyer.

Je lui ai demandé s'il avait un couteau suisse sur lui. Me prouvant qu'il tenait plus du cowboy que ce que j'avais pensé au départ, il a sorti de sa poche avant un petit couteau replié. J'ai baissé la tête et me suis tortillée pour trouver assez d'espace entre nous et couper une partie du bas de ma chemise pour serrer un bandage improvisé autour de son biceps dégoulinant. J'ai déchiré un autre morceau pour éponger la blessure sur sa tête, qui n'avait pas l'air aussi grave mais saignait beaucoup.

— Qu'est-ce qu'on va faire ?

Je détestais le fait que ma voix tremblait, mais j'avais peur et rien ne laissait supposer que les tirs allaient s'arrêter bientôt. Cy a grogné et m'a tirée plus bas contre l'arbre quand une branche d'un arbre près de nous a pris une balle et s'est cassée.

— J'aimerais avoir la réponse à cette question, Rayon de Soleil. Pour l'instant, tout ce qu'on peut faire, c'est rester à couvert et attendre de voir ce qu'il se passera quand ils n'auront plus de munitions.

— C'est grave.

J'ai coincé ma tête sous son menton et ai prié pour qu'Em aille bien. Je ne voyais pas grand-chose au-delà du torse de Cy et de la forêt autour de nous.

Il a reniflé et ses mains se sont resserrées sur mes hanches, par lesquelles il me tenait appuyée contre l'arbre.

— C'est clair que ce n'est pas bon. Je savais que les deux originaux n'étaient pas qui ils prétendaient être.

J'ai hoché la tête et mes cheveux ont frôlé sa barbe.

— Pourquoi ils ont pris des armes et des munitions pour venir ici au milieu de nulle part ?

— C'est une bonne question. J'espère que j'aurais l'occasion de la leur poser.

— Fils de pute !

C'était le plus jeune des deux hommes qui avait crié et Cy a regardé prudemment de l'autre côté du tronc d'arbre vers le centre du campement. Avant que j'aie le temps de lui demander si l'homme était blessé, le bruit des balles s'est arrêté.

— Ça va, Webb ?

C'était le plus âgé qui avait lancé la question, et Cy s'est décollé de moi pour faire un pas sur le côté. J'avais envie de le ramener derrière l'arbre, au cas où quelqu'un se cachait encore dans les bois, prêt à le viser. J'ai mis mes deux mains sur son bras blessé et l'ai regardé avec des yeux implorants.

— Attends.

Je ne savais ce que je lui demandais d'attendre, mais je ne voulais pas qu'il soit une cible facile.

— Il faut que j'aille voir comment vont les autres. Reste là jusqu'à ce que je revienne te chercher.

Il a posé ses mains sur les miennes et a littéralement dû desserrer chacun de mes doigts. Je ne voulais pas le laisser partir.

— Ils pourraient se remettre à tirer.

J'ai chuchoté ces mots alors qu'il levait la main et passait le dos de ses doigts sur ma joue. Il s'inquiétait pour les autres, donc j'ai décidé que j'avais le droit de m'inquiéter pour lui.

— Il faut qu'on rassemble tout le monde et qu'on parte d'ici. Je vais vérifier si les chevaux vont bien et il faut aussi que je voie mes frères. Reste discrète et baisse-toi, au cas où les tirs reprennent.

Il s'est glissé près de moi, je me suis laissée tomber au sol, et l'écorce de l'arbre m'a gratté le dos car ma chemise est remontée. J'ai jeté un coup d'œil de l'autre côté de l'arbre et ai regardé d'un air inquiet Cy qui avançait vers le milieu du campement, où Grady était penché sur ce fameux Webb. Ils parlaient tout bas et c'était évident que Webb perdait beaucoup de sang.

En apercevant Cy, Sutton est apparu de l'autre côté du brasier après avoir dit à Emrys de garder la tête au sol.

— Tu es touché.

Sutton avait l'air plus en colère qu'effrayé, quand il a parlé à son frère, mais même de loin, je voyais l'inquiétude déformer son visage.

— C'est une plaie superficielle. Ça peut attendre que tout le monde soit en sécurité. Je pensais qu'on pouvait suivre la rivière, mais c'était un piège et je ne veux pas mettre d'autres innocents en danger si on tombe sur un autre campement ou un autre groupe de touristes.

Il s'est déplacé vers les deux hommes armés qui s'avéraient plein de surprises.

— Ta blessure est grave ?

Webb, qui tenait son épaule dont du rouge coulait sur ses doigts et imprégnait sa chemise, a grimacé.

— La balle est ressortie. Ce n'est pas super, mais j'ai connu pire.

Cy a grogné.

— Je suppose que vous n'avez pas envie de nous expliquer pourquoi vous étiez armés jusqu'aux dents, prêts pour une fusillade en pleine forêt ?

Lane est sorti des bois en vitesse, et en parlant à toute allure.

— Je veux entendre cette histoire aussi, mais je crois que ce n'est pas le moment. Il faut qu'on parte d'ici. Je ne sais pas pourquoi ils ont arrêté de tirer mais ils ont assez de munitions et assez de temps pour tous nous éliminer. Il faut qu'on se tire tant qu'on peut.

Sutton a acquiescé et s'est passé une main sur le visage.

— Lane a raison. On n'a pas le temps de se poser vingt questions. J'ai le fusil de chasse, Lane a un 357, dit-il avant de montrer du doigt Grady qui était toujours penché sur Webb. Et les gars ont les semi-automatiques dont ils viennent de se servir. En supposant qu'il leur reste des munitions après cette fusillade, je pense que la meilleure chose à faire est de diviser le groupe. Et on prend des chemins différents pour rentrer au ranch. On est une trop grosse cible si on se déplace tous ensemble.

Lane a froncé les sourcils.

— Si on se sépare, on ne pourra pas se contacter si l'un de nous a des ennuis. Ces mecs-là veulent qu'on quitte la montagne.

Sutton a haussé les épaules et regardé son grand frère pour qu'il confirme que son idée était la meilleure option.

— On avancera plus vite si on se sépare.

Cy a levé les yeux vers les arbres puis vers la rivière comme s'il essayait de voir si la menace était encore présente. Après un long moment, il a hoché la tête et a regardé les deux hommes qui n'étaient clairement pas qui ils disaient être.

— J'ai le pressentiment que vous en savez plus que nous sur ce qu'il se passe. Je veux la version résumée de pourquoi vous êtes avec nous, et si je vous crois quand vous me dites que vous n'êtes pas liés à toutes ces merdes, vous viendrez avec moi, dit-il en désignant Webb, encore plié en deux, qui avait du mal à respirer normalement. En plus, on sera les plus lents, avec mon bras et son épaule.

Grady a regardé son ami blessé, puis le guide blessé. Il étudiait visiblement ses options pour décider ce qu'il pouvait se permettre de partager. Impatient, Cy a montré l'épaule de Webb d'où le sang coulait de plus en plus.

— Le temps passe, mon pote. Tic tac.

En soupirant, l'ancien militaire a passé une main sur son visage et son menton.

— Pour faire court, on connaît quelqu'un qui est venu dans cette région du Wyoming et qui a disparu. Ce n'est pas le genre de gars qui coupe toute communication sans raison. Il pourrait courir un grave danger si ça venait à s'ébruiter qu'on le recherche, donc on s'est inscrits pour cette excursion pour essayer de se rapprocher, sans pour autant que d'autres personnes qui le recherchent nous remarquent.

Sutton a bougé et a croisé les bras.

— Vous êtes les gentils ou les méchants ?

Grady a grogné et Webb a lancé un rire fragile où on sentait sa douleur.

— Les deux.

Cy a grommelé et a échangé un regard avec ses frères pour évaluer à quel point ils allaient faire confiance aux deux hommes. Au final, leur désir de maintenir tous ceux qui étaient sous leur protection en sécurité l'a emporté sur les suspicions et les doutes qui restaient. Il s'est tourné vers Sutton et l'intensité de sa voix était effrayante quand il a dit à son petit frère :

— Prends les filles. Tu les gardes en sécurité et tu les protèges comme si ta vie en dépendait, tu m'entends, Sutton ?

Il a hoché la tête vivement en réponse.

— Tu sais bien que je vais le faire.

Cy est allé jusqu'au plus jeune frère et lui a serré l'épaule.

— Pars avec la famille. Fais très attention aux enfants et si le père vous ralentit, menace-le de l'abandonner dans la forêt. Il a assez fait chier sa famille, ils ne peuvent pas se faire entraîner dans quelque chose dont on ne pourra pas les sortir à cause de lui.

Lane a répondu par un hochement de tête, tout aussi grave que ses deux grands frères.

Cy a levé un bras pour se passer la main dans les cheveux.

— Il faut qu'on reste sous les arbres et sur les petits sentiers. Essayez d'éviter les chemins assez larges pour les véhicules à moteur, gardez un œil sur le terrain, s'il y a du monde, évitez les endroits trop fréquentés. Allez vite, essayez de passer aussi inaperçu que possible. Je vais appeler Brynn avec le téléphone satellite pour lui dire ce qu'il se passe et qu'elle appelle les gardes forestiers, le shérif, et leur explique l'embuscade. Si vous croisez un uniforme, indiquez-leur où est le champ et dites-leur qu'il y a des individus armés dans le coin, qui n'ont pas peur de tirer à vue.

— Ce n'est peut-être pas une bonne idée.

Cela venait de Grady, et Webb a crié son nom en protestation. Grady a secoué la tête vers son ami blessé et a regardé Cy.

— La dernière personne qui est officiellement venue ici pour chercher ce champ et les trafiquants qui vont avec a disparu. C'est l'ami qu'on recherche. Ces mecs ne sont pas des fermiers innocents ni des métayers qui veulent se faire de l'argent de poche. Beaucoup sont employés par des cartels. Si quelques touristes meurent parce qu'ils se sont un peu trop approchés, ils s'en foutent.

Sutton a grogné et a fait remarquer d'un ton neutre :

— Ce n'est peut-être plus un porté disparu. Quand j'étais en ville, l'équipe du sheriff essayait d'identifier un corps qu'ils ont repêché dans la rivière.

Webb, instable, a bondi sur ses pieds avant de retomber, et Cy et Grady se sont jetés sur lui pour l'empêcher de mordre la poussière.

— Non... non... non...

Il s'est replié sur lui-même tandis que l'homme plus âgé essayait de le maintenir sur pied.

— Arrête, Webb. On n'est pas sûrs que ce soit Wyatt.

J'ai entendu un bruit et ai dû plisser les yeux vers le groupe d'hommes pour comprendre que c'était le blessé qui sanglotait.

— Qui ça pourrait être d'autre, Grady ? Quand on a prévu ce plan, je t'ai dit que je connaissais mon frère. Il ne passerait jamais autant de temps sans nouvelles de son équipier ou de sa famille. Connards !

Son insulte a résonné autour de nous et les frères Warner ont échangé un regard.

— Il faut qu'on y aille. On n'a pas le temps. Qui sait pourquoi ils ont arrêté de tirer, je ne veux pas être là s'ils décident de recommencer.

La voix de Cy était sèche et ses frères se sont mis en action. Grady a lancé un regard dur à Cy.

— Ils ont arrêté de tirer parce qu'ils n'avaient pas ordre de nous tuer. Sinon, on serait tous morts. Ils veulent qu'on quitte la montagne et qu'on s'éloigne de leur champ.

Cy s'est retourné et est parti vers les chevaux.

— Hé bien, on a intérêt à s'ôter de leur route avant que les ordres changent. J'ai une trousse de secours dans un de mes sacs pour bander ton épaule, mais ça ne fera pas de miracles. Tu es en mauvais état, mon gars.

J'ai décidé que je ne pouvais plus baisser la tête et fermer ma bouche, et j'ai fait le tour du tronc à quatre pattes, prête à me laisser tomber à plat ventre si des balles se remettaient à siffler au-dessus de ma tête. J'ai rampé jusqu'à Cy, qui essayait de calmer les chevaux sur les nerfs, et ai répondu à son regard noir avec le même regard, quand il m'a repérée.

— Je t'ai dit de ne pas bouger.

Il m'a aboyé ces mots avec un air féroce, et le sang séché faisait une trace sur son front.

— Je ne t'ai pas écouté.

J'ai tendu la main pour caresser l'encolure de Boss. Il transpirait et je sentais que le grand animal était nerveux.

— Je ne veux pas y aller avec Sutton, Cy. Je veux partir avec toi.

Il a soupiré et a continué à me regarder par-dessus les chevaux.

— Il ne t'arrivera rien avec Sutton, Leo. Mon bras est cabossé, le petit a un trou dans l'épaule, et il a déjà perdu trop de sang. Il faut que tu sois entre des mains capables, et il faut que je me concentre sur la tâche à accomplir, pas sur toi. C'est la meilleure solution. Il faut que tu me fasses confiance.

J'ai plissé le nez à cause du rappel, pas très subtil, au fait qu'il me voyait comme une distraction.

— Il faut que quelqu'un s'occupe de toi.

J'avais parlé bas, mais j'étais sûre qu'il m'avait bien entendue. Son regard couleur granit s'est éclairci et son sourire, de moins en moins furtif, est brièvement passé sur ses lèvres.

— Il y a intérêt à ce que je te revoie avant de rentrer chez moi, Cyrus Warner.

Et pas seulement parce que je voulais avoir une chance de lui dire un vrai au revoir. Je n'avais pas l'impression d'avoir eu assez de lui pour tenir tout le reste de ma vie.

— On se retrouve au ranch, Leo. Je te le promets.

Jusqu'à présent, il avait tenu parole, donc j'avais tendance à le croire, car cela voulait dire que nous serions de retour en un seul morceau, même si nous étions un peu abîmés.

Je l'ai laissé à sa tâche et suis allée rejoindre Em, qui tremblait et semblait être en état de choc. Je savais que c'était mon tour de la rassurer, et j'ai passé les bras autour d'elle pour la tirer près de moi.

— Ça va aller. Les gars vont s'occuper de tout.

J'entendais ses dents claquer et j'ai senti le tremblement de ses mains quand elle s'est accrochée à moi.

— Personne ne m'avait jamais tiré dessus. J'ai cru qu'on allait mourir, dit-elle en ouvrant de grands yeux, et sa lèvre inférieure tremblait. Je ne veux pas mourir, Leo.

J'ai l'ai serrée encore plus fort et ai tapoté son dos.

— Personne ne va mourir.

Enfin, personne d'autre. Le corps dont Sutton nous avait parlé semblait être lié aux deux hommes et à leurs objectifs secrets.

— Tu n'en sais rien. Je suis venue ici pour pêcher et camper. Je ne t'aurais jamais fait venir jusqu'ici si j'avais su combien ce serait dangereux. C'est horrible.

Je me suis reculée et ai pris ses joues entre mes mains. Je voyais qu'elle était au bord des larmes et sa pâleur était presque inquiétante, sous son teint normalement hâlé.

— Em, ce voyage est exactement ce qu'il me fallait. J'avais besoin d'être secouée, de changer d'air. J'avais besoin d'un défi pour oser faire quelque chose qui me sorte de ma zone de confort. C'est sûr, en ce moment on n'est sûrs de rien et ça ne faisait pas partie du programme, mais on va tenir le coup, d'accord ?

J'avais l'air très sûre que tout allait bien se terminer pour nous, et j'étais moi-même surprise de cette assurance. Non seulement je faisais confiance à Cy et ses frères, mais je nous faisais aussi confiance, à Em et moi. On allait trouver une solution, et quand on serait de retour au ranch puis à la maison, on aurait une histoire incroyable à raconter.

Elle s'est légèrement éloignée et l'expression de son visage est passée de traumatisée à mélancolique.

— Tu as vu comment Sutton a sauté par-dessus le feu pour me couvrir ? Ils font pousser des hommes bien dans le coin, hein ?

Je ne pouvais qu'acquiescer. En effet, des hommes plutôt super poussaient ici, dans le *wild wild west*. Les faux cowboys valaient bien les cowboys de fantasme.

Sutton et Lane se sont occupés de ranger le reste du campement pendant que Cy et Grady surveillaient chaque côté du camp, chacun une arme chargée dans les mains, inspectant les arbres d'un regard inébranlable. J'ai fait de mon mieux pour faire un bandage à Webb mais la blessure de son épaule était bien plus grave que celle sur le bras de Cy. Cela n'arrêtait pas de saigner, et chaque fois qu'il bougeait le bras, il passait par plusieurs nuances de vert et faisait des bruits de gorge comme s'il allait vomir. Il n'avait pas l'air en forme, et quand Sutton nous a tous ordonné de monter à cheval pour suivre nos chemins respectifs, il a fallu qu'Emrys et moi l'aidions à se lever, chacune d'un côté. Le ton vert sous sa peau est devenu gris cireux et il a penché vers l'avant, manquant de nous faire tomber toutes les deux en même temps.

Cy est venu jusqu'à nous et a rattrapé Webb par son épaule intacte, avec une expression pincée et soucieuse.

— Tu vas arriver à monter à cheval avec ton épaule, mec ?

Webb a essayé de se redresser et de nous repousser, Emrys et moi, mais dès que nous l'avons lâché, il s'est incliné vers l'avant. La seule chose qui le retenait était la main de Cy sur son torse.

— Une fois que je serai sur la selle, ça ira.

Sa voix était fatiguée et il n'arrêtait pas de cligner des yeux, comme s'il avait du mal à se concentrer sur l'homme devant lui.

— Je ne peux pas te mettre sur un de mes chevaux si tu n'es pas capable de le maîtriser. C'est trop dangereux, pour toi et pour l'animal. On va devoir monter à deux.

Sa voix était grave. Lane s'est tout de suite opposé à ce plan.

— Tu ne peux pas monter à deux jusqu'au ranch. Ça va t'épuiser, et Edgar aussi, ce qui veut dire que vous irez moins vite. Vous serez une cible évidente si les mecs armés décident de vous effacer définitivement de la montagne.

Grady est intervenu pour dire qu'il pouvait monter avec Webb, mais c'était un homme imposant aussi et loin d'être aussi doué et expérimenté avec les chevaux que Cy.

— Je ne crois pas qu'on ait une autre solution, Lane. C'est notre rôle de ramener tout le monde en sécurité, et on ne peut pas le laisser tomber parce qu'il ne peut pas monter à cheval.

Lane a ouvert la bouche pour le contredire, mais l'a refermée quand il s'est rendu compte que les options étaient effectivement limitées. J'ai regardé Em, puis Cy. Avant même que j'ouvre la bouche, il faisait non de la tête et me fusillait du regard. Je n'avais pas le temps de penser à tout ce qui pourrait mal se passer, car c'était la seule option qui avait du sens.

— Je peux monter avec lui. Je ne suis pas aussi massive que toi, donc ça sera moins dur pour le cheval et vous ne serez pas aussi lents.

J'étais aussi assez débrouillarde en selle pour maîtriser l'animal et empêcher Webb de tomber.

— Non.

Cy a lancé ce mot en même temps qu'Em, et tous deux me lançaient un regard noir. J'ai montré du doigt le visage presque blanc et les mains tremblantes de Webb.

— Regarde-le. Il a besoin d'un médecin et on a tous besoin de bouger. On n'a pas le temps de débattre des avantages et des inconvénients.

— Je ne pourrai pas te protéger.

La voix de Cy était grave et la souffrance dans ses mots a fait chuter mon cœur et mon ventre s'est serré. J'ai fait un pas vers lui et ai levé les bras pour tenir son beau visage entre mes mains.

— Tu vas devoir me faire confiance, pour faire attention à moi et à toi, Cy. On n'a pas le choix. Mets cet homme sur le cheval et partons d'ici.

Je pouvais avoir l'air d'une dure quand c'était nécessaire, et j'avais dû bien communiquer ma détermination, car il n'a pas discuté. Il a fait un petit signe de tête et s'est éloigné en demandant à Lane d'aider Webb à monter sur son cheval.

Em a tiré mon coude et m'a poussée à me retourner jusqu'à ce que je la regarde. Elle était angoissée, mais elle était fière, aussi. C'était à peu près ce que je ressentais aussi, donc je lui ai fait un câlin et lui ai dit :

— On se retrouve au ranch.

Elle s'est éloignée mais on voyait bien qu'elle ne voulait pas me laisser partir.

— Promis ?

Nous étions un soutien l'une pour l'autre depuis si longtemps que c'était impensable de se lancer dans une course pour se mettre à l'abri, qui pouvait changer notre vie, sans pouvoir se reposer sur l'autre.

— Promis.

J'ai prononcé le mot en chuchotant, la voix un peu tremblotante, car je n'avais jamais brisé une promesse avec elle et je détestais penser que la première pourrait être une promesse si importante.

Lane et Cy ont fait monter Webb sur la selle puis m'ont placée devant lui plus délicatement. J'ai senti que le bras du jeune homme tremblait quand il l'a passé autour de ma taille. Cy m'a lancé un dernier long regard et est monté sur sa propre selle en un seul geste, pas comme s'il venait de prendre une balle. Nous avions déjà gâché assez de temps sur le peu que nous avions, donc nous n'avons pas éternisé nos au revoir et les chevaux ont avancé dans des directions opposées. Les frères Warner ont tous échangé un regard avant de prendre la route. J'ai fait un petit signe de la main à Em auquel elle a répondu par un sourire triste. Rien n'est certain dans la vie, et il n'y avait pas meilleur rappel que les choses peuvent ne pas se passer comme on le souhaite qu'un au revoir qui pourrait être le dernier, à une personne très importante.

La première heure, nous avancions en silence et à un rythme soutenu. Nous allions plus vite que si Cy et Webb avaient été sur le même cheval, mais pas assez vite au goût de Cy. Son bras était raide quand il tirait les rênes et dirigeait Edgar entre les arbres serrés où nous avancions. Je ne voyais aucune sorte de vrai chemin, mais je me suis dit que c'était bon signe car nous étions censés rester discrets. Quand il ne manœuvrait pas le cheval de tête, il tenait son bras près de son corps et essayait de l'épargner, comme je le faisais avec mon poignet, ce qui me faisait penser qu'il avait plus mal qu'il le montrait.

Webb avait aussi du mal à s'accrocher. Plus d'une fois, son bras avait glissé de ma taille et j'avais dû m'arrêter pour l'aider à se réinstaller sur la selle car il penchait dangereusement d'un côté ou de l'autre. Sa peau était de plus en plus pâle, et il suait comme s'il avait une grippe. Nous étions trop proches pour être à l'aise, mais nous avons continué à avancer et il ne m'a jamais complètement lâchée, même s'il était clair qu'il aurait voulu fermer les yeux et se laisser emporter par la douleur et la gêne qui marquaient son visage.

— Vous voulez bien me dire ce que vous faites vraiment ici, tous les deux, et pourquoi vous êtes armés jusqu'aux dents pour une simple excursion à cheval ?

La voix rocailleuse de Cy a brisé le silence et a été suivie d'un long soupir de Grady.

— Je m'appelle Grady Miller, et lui Webb Bryant. Je suis... de la DEA, service fédéral en charge de la lutte contre les stupéfiants... *J'étais* de la DEA, dit-il avant de secouer la tête et de s'éclaircir la gorge. Mon équipier, Wyatt Bryant, on lui a confié une affaire ici il y a deux mois. Il était en reconnaissance sur de gros réseaux de culture dont on disait qu'ils avaient été déplacés dans le Wyoming quelques mois plus tôt. Comme j'étais l'agent le plus expérimenté, j'étais coincé à la frontière pour régler des histoires, donc notre chef a envoyé Wyatt tout seul en pensant que ce ne serait une mission facile, d'observation et de compte-rendu.

Le bras de Webb s'est resserré autour de ma taille, ce qui m'a fait inspirer rapidement.

— J'ai appelé Grady parce que même lorsqu'il était sous couverture, Wyatt me donnait toujours des nouvelles, il me disait ce qu'il se passait. Il n'a que moi, et je n'ai que lui. Donc comme je n'avais pas de nouvelles de mon frère, j'ai eu peur qu'il y ait eu un problème. Grady a essayé de convaincre son chef de lui retirer l'affaire à la frontière après avoir reçu mon appel, et quand ses supérieurs n'ont pas accepté, il a démissionné et a pris un avion pour venir ici et essayer de retrouver mon frère par lui-même.

La voix de Webb était faible mais on entendait son inquiétude pour son frère dans chaque mot qu'il parvenait à prononcer.

— Tu travailles à la DEA aussi ?

Il a ricané en réponse à ma question et cela a fait voler mes cheveux. Il a lancé un ferme « Certainement pas » au même moment où Grady a explosé d'un rire plein d'incrédulité.

— Webb et Wyatt Brant sont deux opposés. Wyatt était jeune quand il a intégré l'agence, Webb était encore plus jeune la première fois qu'il a atterri en taule, mais ils sont proches, et c'est comme s'ils faisaient partie de ma famille. Je ne trouvais rien sur Wyatt ici, trop de grands espaces, et trop de gens qui ne voulaient rien dire à un gars qui n'est pas du coin. On commençait à désespérer. Et c'est Webb qui a eu l'idée de suivre un chemin dans la montagne et de jouer les touristes. On espérait trouver quelque chose, quoi que ce soit qui pourrait nous indiquer où était Wyatt, ou croiser quelqu'un qui l'aurait vu, dit-il avant de se racler la gorge et de jeter un regard à l'homme assis derrière moi. On ne sait pas si c'est son corps qui a été retrouvé dans la rivière, Webb. Je n'y croirai pas tant que je ne l'aurais pas vu de mes propres yeux. Ton frère est un sacré bon agent.

L'homme derrière moi s'est raclé la gorge et a bougé un peu. Il était brûlant et il frissonnait en même temps. Sa voix était remplie de douleur et toute faible, quand il a parlé derrière ma tête.

— Je lui ai dit mille fois qu'il devrait changer de boulot. Il n'était jamais là, et chaque fois qu'il avait une nouvelle affaire, elle semblait plus dangereuse que la précédente.

— Certaines personnes sont faites pour être des héros, je pense.

Je n'en faisais pas partie, mais j'étais sûre que l'homme qui nous guidait à travers la forêt, sans dire un mot sur sa blessure ou son inquiétude pour ses frères, en était un.

— Wyatt était toujours trop occupé à sauver le reste du monde, et il a oublié de penser à quelqu'un pour le sauver, lui.

Webb parlait comme s'il était convaincu que le corps dont Sutton nous avait parlé était celui de son frère.

— Donc tu as fait de la prison ?

La voix de Cy a résonné, en colère et grinçante. Je ne voyais pas son visage, mais je n'avais aucun mal à imaginer son expression intimidante. Ce n'était pas le genre d'homme qui acceptait facilement qu'on lui mente et qu'on le trompe, surtout quand ces mensonges avaient de dangereuses conséquences sur les gens qu'il aimait et l'entreprise qu'il avait montée.

J'ai senti Webb hocher la tête derrière moi.

— J'ai fait un peu de taule, surtout quand j'étais gamin et que je ne trouvais pas mon but dans la vie. Wyatt a toujours marché dans les clous, il avait des bonnes notes, il jouait au football, et a été accepté dans plusieurs universités réputées. Je n'ai rien eu de tout ça donc je me suis rebellé, je me suis fait embarquer dans des saloperies, j'ai été ami avec les mauvaises personnes, et j'en ai payé le prix. Maintenant, je suis réglo la plupart du temps.

Je préférais ne pas imaginer ce qu'il faisait quand il n'était pas réglo.

— Tu as intérêt à être réglo, en étant assis aussi près de ma meuf.

Je n'avais jamais été la meuf de personne, mais j'aimais l'idée d'être la sienne.

— Je veux seulement retrouver mon frère, et si c'est son cadavre qui est à la morgue, ce qui arrivera après restera entre les montagnes et moi.

C'était à mon tour de frissonner à cause du ton mortel de sa voix. Je ne savais pas qui il était avant que la vérité éclate et je ne souhaitais pas être aussi proche de lui. Il était terrifiant, d'une manière totalement différente de Cy, maintenant que j'avais des indices de ce dont il était capable.

— Impulsif et imprudent. C'est pour ça que tu n'arrêtes pas d'avoir des problèmes, Webb. Parfois, c'est utile de réfléchir avant d'agir.

Grady a dit cela avec un air fatigué, comme s'il avait fait la leçon de nombreuses fois au jeune homme.

— Si les trafiquants et le cartel ont tué mon frère ici au milieu de nulle part et ont jeté son corps dans la rivière comme un déchet, tu crois vraiment que je vais laisser passer ça, Grady ? Tu me connais mieux que ça.

J'ai entendu un souffle et un grognement quand son bras s'est serré fort autour de ma taille. J'ai lâché un juron quand nous avons commencé à glisser tous les deux sur le côté sur la selle, car il avait perdu l'équilibre et avait du mal à rester assis. Le cheval en-dessous de nous a henni en sentant notre poids se déplacer et a secoué la tête, agacé.

— Cy.

J'ai appelé l'homme qui nous guidait et lui ai lancé un regard implorant quand il a tourné la tête pour me regarder.

— Je ne sais pas où on va, mais on va devoir s'arrêter plus tôt que ce tu avais prévu. Il faut que je regarde l'épaule de Webb, et il a besoin de se reposer.

Son regard est passé sur moi et sur l'homme derrière moi qui arrivait à peine à rester sur la selle, même avec mon aide.

— Il y a un poste d'observation à quelques kilomètres par là. Ce n'est pas grand-chose, un chalet rudimentaire que le Service des forêts utilise pour loger les gardes forestiers quand il y a un risque d'incendie. Il y a une tour d'observation qu'on devrait apercevoir en sortant de la partie la plus épaisse de la forêt. Ils auront peut-être une meilleure trousse de secours que moi, et il devrait y avoir un lit, donc on pourra le laisser se reposer quelques heures avant de repartir. Tu penses que tu vas y arriver ?

— Je vais y arriver.

Webb a sorti les mots à travers ses dents serrées, mais j'ai vu que c'était moi que Cy regardait en posant la question. Je lui ai fait un demi sourire et ai baissé le menton pour faire un petit hochement de tête.

— Je vais m'accrocher.

Et je n'avais aucunement l'intention de lâcher.

14

PAS DE REPOS POUR LES EXTÉNUÉS

Comme si les choses n'étaient pas assez difficiles comme ça, une heure plus tard, alors que nous étions entre les arbres et que nous grimpions tout droit, le ciel est passé d'un bleu ensoleillé à un gris d'orage en l'espace de quelques secondes. Les premières gouttes de pluie étaient énormes et s'écrasaient bruyamment contre le sol. Ce n'était rien comparé au déluge qui a suivi après que le ciel s'est ouvert en deux pour essayer de tout submerger sur le flanc de la montagne et jusqu'à la rivière. L'eau qui tombait du ciel était violente et incessante. Les gouttes frappaient ma peau découverte en me tombant dessus et avaient transformé la terre sous les sabots des chevaux en boue glissante. Nous avancions déjà à la vitesse d'un escargot, et la pluie a failli nous arrêter totalement, d'autant que Webb avait encore plus de mal à rester sur la selle et à s'accrocher à moi.

Cy répétait que le chalet était juste derrière la limite des arbres, mais plus nous nous traînions dans la forêt et sous ce sale temps, plus j'étais convaincue que la forêt n'en finirait jamais. J'ai même pensé que Cy était peut-être perdu, mais j'ai vite oublié cette idée. Cy n'était pas le genre d'homme qui tournerait en rond pour rien. Il avait toujours une destination en tête et il ne nous ferait pas prendre de risques en faisant semblant de connaître le chemin.

Il nous a fait nous arrêter quinze minutes après le début de l'orage, quand il a trouvé un endroit abrité, grâce à la canopée des arbres au-dessus. Il a sorti une cape de pluie du sac que transportait Edgar. Em et Sutton avaient pris les mules et la plupart des provisions, comme ils n'étaient que deux et qu'ils pouvaient avancer plus vite. Il m'a forcée à enfiler le poncho de pluie, même si je refusais et lui disais que je n'en avais pas besoin. Il saignait et Webb était au bord de l'évanouissement. Je ne voulais pas de traitement de faveur, ni qu'il me dorlote. Il a répondu à mon argument par un grognement et a passé le tissu enduit par-dessus ma tête, me forçant à me taire.

— Webb galère déjà pour rester sur la selle. S'il n'arrive plus à s'accrocher à toi et qu'il finit dans la boue, je doute qu'on arrive à le remettre sur un cheval. Ça te gardera à peu près au sec et lui donnera une chance de s'accrocher pour le reste du trajet.

Il disait cela depuis des heures. Je pense que son idée d'« à peu près » n'était pas la même que la mienne. Webb a passé les mains sous le poncho et les a reposées sur ma taille mouillée. Il m'a serrée un peu tandis que je regardais Cyrus faire demi-tour et retourner vers son cheval pour se remettre en selle. Son mouvement n'était pas aussi fluide que d'habitude, et j'ai remarqué la grimace qui a suivi quand il s'est penché en avant pour récupérer les rênes.

— Cy me fait penser à Wyatt. Mon grand frère fait toujours attention aux autres. C'est ça qui fait un homme bien.

Plus nous avancions, plus Webb avait du mal à parler. Il comptait ses mots et articulait lentement, luttant pour prononcer chaque mot. Il frissonnait derrière moi et je sentais ses mains glisser sur ma taille.

J'ai tourné un peu la tête pour croiser son regard.

— On ne peut pas être sûrs de ce qu'il lui est arrivé. Tout ce qu'il s'est passé cette semaine m'a prouvé que rien n'est prévisible. Peut-être qu'une chose très importante est arrivée dans son affaire et qu'il ne pouvait pas te contacter. Il faut que tu croies en lui et que tu croies que sa formation et sa détermination à revenir vers les gens qui l'aiment suffiront à le garder en sécurité.

Webb a fait un bruit dans sa gorge et a secoué la tête.

— Je vous écoute, toi et ta copine, depuis le début de la semaine. Tu n'as pas vraiment foi dans les autres.

J'ai grimacé un peu, je n'avais pas remarqué qu'il m'écoutait.

— Je n'ai pas confiance quand je ne connais pas bien, en grande partie parce que j'ai passé ma vie à essayer d'éviter les déceptions. C'est impossible, et c'est une leçon qu'il fallait que j'apprenne. Ce voyage m'a appris que je devrais arrêter d'essayer de construire des murs entre moi et les gens que je connais et en qui j'ai confiance. On dirait que ton frère et toi êtes proches, et qu'il ne t'a jamais laissé tomber même si tu as pris de mauvaises décisions.

Tout comme Em ne m'avait jamais laissée tomber, et comme mes grands-parents avaient tout fait pour m'aimer plus, car ma mère ne pouvait pas m'aimer du tout.

— Tu ne devrais pas abandonner non plus.

Il a émis un autre bruit et ses doigts se sont repliés sur ma taille.

— Je n'abandonne pas. S'il lui est arrivé quelque chose, je vais retourner toute la forêt pour faire payer ceux qui lui ont fait du mal.

La certitude de sa voix m'a donné la chair de poule, parce que je le croyais. J'essayais de trouver une réponse adaptée quand soudain, les arbres se sont espacés, rendant la marche encore plus dure sous le déluge. J'ai vu Edgar glisser et Cy lutter pour garder l'équilibre quand le cheval a dansé de façon imprévisible sur le côté, dans la boue. Grady a crié pour s'assurer que tout le monde allait bien, et j'ai failli pleurer de soulagement quand j'ai aperçu un tout petit chalet quelconque. Il y avait une clairière, qui n'était en ce moment rien de plus qu'un marais de boue, mais le chalet était là, comme Cy l'avait promis, comme une oasis rustique. Derrière le chalet, on voyait une tour en métal et en bois qui s'élevait haut dans le ciel. Je n'arrivais pas à croire que je ne l'avais pas vue plus tôt, car elle montait comme une colonne au-dessus des arbres. Le fait que je l'ai loupée prouvait combien j'étais fatiguée et préoccupée. Nous avions tous besoin de nous abriter de la pluie et les gars avaient besoin qu'on soigne leurs blessures.

— Cy, il y a des traces de pneus dans la boue. Quelqu'un est passé par ici récemment.

Grady a montré les traces bien visibles par terre, et nous avons tous échangé des regards anxieux.

— Ça pourrait être les gardes forestiers. On dirait des traces de 4x4, dit Cy en sautant de sa selle avant de tapoter le côté de l'encolure de son cheval. Rentrez à l'intérieur pour voir si vous trouvez de quoi soigner l'épaule de Webb. Je vais m'occuper des chevaux. Il faut que je trouve un endroit à peu près sec pour les atteler.

— Je vais t'aider pour les chevaux, au cas où on ne serait pas seuls ici. Je pense que survivre à une embuscade par jour nous suffit.

La voix de Grady semblait aussi fatiguée que la tête de Webb. C'était évident que Cy était également à bout car il a accepté son aide sans discuter.

Webb boitait et s'est traîné jusqu'à la porte du chalet, en se servant de moi sous son épaule comme d'une béquille. J'ai été surprise que la porte s'ouvre facilement sous ma main, et encore plus surprise de voir que l'intérieur était loin d'être aussi spartiate et rudimentaire que l'extérieur me l'avait laissé penser. Le chalet était décoré de petites touches de bois mais il y avait des rideaux, un tapis tressé par terre, une couette confortable sur le lit, et une cuisine pleine d'ustensiles en fer blanc mignons et rustiques. Cet endroit complètement équipé avait l'air habité et incroyablement confortable. La seule chose qui manquait était une salle de bains, et j'aurais tué pour en trouver une, mais je savais que je ne pouvais pas faire la fine bouche, et qu'un toit sur la tête pendant la tempête était tout ce qu'il me fallait. C'était évident que les gardes forestiers qui restaient ici pendant la saison des incendies avaient fait des efforts pour rendre l'endroit aussi accueillant et agréable que possible. J'aurais voulu tous les embrasser avec gratitude.

J'ai tiré Webb jusqu'au lit. J'ai enlevé la cape, qui a tout de suite laissé une flaque d'eau sur le sol sous mes pieds, et j'ai commencé à fouiller le chalet pour trouver du matériel de premiers secours. J'ai ouvert les placards et les tiroirs, sorti tout ce qui me paraissait utile ou nécessaire au passage. Il y avait plein de conserves entassées dans la cuisine, ainsi qu'un pistolet lance-fusées et un vieux fusil avec des balles. Quand j'ai enfin trouvé la boîte solide en aluminium, avec les fameuses inscriptions rouges et blanches dessus, j'ai lancé un cri victorieux et ai fait une petite danse en me retournant avec le kit de premiers secours au-dessus de la tête.

J'espérais voir autant d'enthousiasme de la part de Webb face à cette découverte, mais devant son silence, j'ai su qu'il y avait un gros problème. Il était allongé de côté sur le lit, agrippé à son épaule, et il tremblait de partout. Même s'il était trempé par la pluie, sa peau était moite et brûlante sous mes doigts quand je l'ai pris et l'ai fait rouler sur le dos.

— J'ai l'impression que tout mon corps brûle.

Du sang coulait encore, épais et rouge vif entre ses doigts. J'ai cherché dans la petite boîte et lui ai tendu plusieurs antidouleurs.

— En général, je ne mélangerais pas paracétamol et ibuprofène, mais je crois que ce cas demande des mesures exceptionnelles. Tu peux t'asseoir ? Il faut qu'on enlève ta chemise pour que je mette quelque chose sur ton épaule, et qu'on limite le saignement autant que possible. Si tu t'en sens capable, je verserai du peroxyde sur la plaie et je mettrai de la crème antibiotique dessus. Je pense que ta fièvre pourrait venir d'une infection, et je n'imagine pas combien de sang tu as perdu. Il n'y a rien pour refermer la blessure là-dedans, mais on peut la nettoyer au maximum et on fera un bandage aussi serré que ce que tu peux supporter.

Il a lâché un long grognement en essayant de se mettre en position assise pour que je puisse enlever sa chemise. C'était délicat car le tissu, trempé par la pluie, collait à sa peau. J'ai proposé de couper le tissu pour faciliter les choses, mais il a secoué la tête et a tenu le coup le temps que j'enlève la chemise de ses bras.

La blessure par balle était vive, rouge et gonflée. La peau autour rose vif. Je n'avais jamais rien vu de semblable d'aussi près, donc je ne pouvais rien faire d'autre que me concentrer et refuser de laisser l'étourdissement m'emporter à la vue du sang. J'ai trouvé un torchon dans la cuisine qui avait l'air neuf, et je l'ai mouillé. Dès que j'ai posé le tissu sur l'épaule de Webb, il est devenu rouge. J'ai dû le remplacer par un autre avant que le flot de sang ralentisse assez pour que le bandage colle à sa peau.

J'ai versé le peroxyde sur l'un des bandages et ai regardé Webb avant de poser le coton sur son épaule.

— Ça va faire très mal.

Il a ouvert de grands yeux et a serré la mâchoire.

— Je sais.

Nous avons tous les deux retenu notre souffle quand j'ai approché le bandage de l'ouverture dans sa chair. Dès qu'il a touché la blessure, un cri a résonné dans mes oreilles et a traversé le chalet. Une des mains de Webb a bondi et a attrapé mon poignet qui n'était pas blessé. Il a serré tellement fort que je savais que j'allais avoir un bleu, mais il ne m'a pas poussée même si le liquide lui faisait mal, et que le sang rendait le tissu blanc tout rouge.

J'ai répété le même processus sur l'arrière de son épaule, et pendant une seconde, j'ai cru qu'il s'était évanoui à cause de la douleur. Ses épaules sont tombées en avant et sa tête a penché mollement alors que je recouvrais sa blessure d'une couche de crème antibiotique grasse. Quand j'ai prononcé son nom, il a marmonné.

— Ça va. Je vais bien.

Ce qui était deux bons gros mensonges, mais on ne pouvait rien y faire. J'ai mis des bandages des deux côtés de sa blessure et ai enveloppé toute son épaule de bande élastique, tellement serrée qu'il pouvait à peine la bouger. J'étais en train de mettre les attaches en métal au bout du bandage quand la porte s'est ouverte, et que Cy et Grady, trempés et dégoulinants, sont entrés. Avant que Cy ait le temps de dire quoi que ce soit, je l'ai poussé sur une des chaises pliantes placées autour de la table, pliante elle aussi, et lui ai administré les mêmes soins d'amateur qu'à Webb.

Cy n'a pas fait un bruit. Je savais que le peroxyde et la pression sur l'ouverture dans son bras devaient faire atrocement mal, mais l'homme était assis comme une statue, et me regardait m'affairer sur lui comme si ce n'était pas utile. Mais cela l'était, parce que même s'il ne se sentait pas mieux, prendre soin de lui et m'assurer qu'il était aussi à l'aise que possible me faisait me sentir mieux. J'étais sûre qu'il savait que m'occuper de lui apaisait quelque chose en moi car il m'a laissé lui tourner autour pendant beaucoup plus longtemps que nécessaire. Quelques instants plus tard, quand il en a eu assez et qu'il m'a tirée sur ses genoux, il m'a remerciée par un petit baiser sur les lèvres. Il était mouillé et froid, mais sa bouche était chaude.

— Faisons-nous quelque chose à manger, puis on pourra se sécher et se reposer un peu. On ne peut pas rester trop longtemps au même endroit, si jamais les traces de pneus ne sont pas celles des gardes forestiers. Je ne veux pas qu'on soit une cible facile, et le ranch n'est qu'à une journée d'ici, il suffit de monter sur la montagne et de redescendre de l'autre côté. Avec un peu de chance, Sutton est déjà rentré et a prévenu les autorités.

Il avait l'air fatigué et énervé.

— Si les gardes forestiers se servent du chalet pour la surveillance des incendies, ils doivent avoir une radio, ou quelque chose pour contacter leur base ?

Maintenant que nous savions qu'il était agent fédéral, la formation et l'intuition de Grady se montraient au grand jour. Cy a acquiescé en même temps que je faisais non de la tête.

— J'ai fouillé partout pour trouver le matériel de premiers secours. Je n'ai rien vu qui ressemblait à un téléphone ni à une radio.

— C'est des radios mobiles, donc ils les prennent avec eux, et s'il y en avait une sur place, elle serait dans la tour. Si la pluie se calme quelques minutes, je peux monter pour voir s'ils en ont laissé une. Mais peu importe ; on ne peut pas rester là même si les gardes forestiers ne sont pas loin. Webb a besoin de voir un médecin.

L'homme sur le lit a levé sa main valide et l'a laissée retomber lentement sur le côté.

— Ça va aller. Leo s'est bien débrouillée pour mon bandage et je crois que les médicaments font déjà baisser ma fièvre.

— Je ne veux pas prendre le risque. Je veux que tout le monde revienne au ranch en sécurité. En plus, plus vite vous serez rentrés, plus vite vous pourrez aller à Sheridan vérifier si le corps est celui de quelqu'un que vous connaissez ou pas.

Cy parlait comme un homme qui a l'habitude qu'on suive ses ordres. Il m'a fait descendre de ses genoux et s'est levé. Je l'ai aidé à trier les boîtes de conserve que j'avais posées sur la table. Je lui ai dit de me laisser m'occuper du réchaud au propane pour réchauffer quelque chose. J'avais deux mains utilisables, même si mon poignet était encore raide et douloureux à cause de ma chute, et des efforts que j'avais dû faire pour maîtriser le cheval toute l'après-midi. Maintenir Webb sur le cheval n'avait pas arrangé les choses. Je surpassais la douleur et j'étais fière de moi. Cy a cédé sans discuter et j'ai été remerciée par un autre baiser.

J'ai fait des haricots et du maïs en boîte pour le dîner. Ce n'était pas du trois étoiles mais c'était pourtant meilleur que tous les repas gastronomiques dont je me souvenais.

Le temps que je débarrasse tout, Webb s'était endormi sur le lit et Grady était sorti pour faire le guet. L'averse s'était transformée en petite bruine, donc Cy est sorti pour monter dans la tour, mais est redescendu pour nous dire qu'il n'y avait pas de radio. Il a aussi dit qu'on ne voyait pas la partie dégagée de la forêt où était le champ depuis le point d'observation. Cela voulait dire qu'il y avait de fortes chances que les gardes forestiers et les agents de la faune qui patrouillaient dans la zone n'aient aucune idée de ce qu'il se passait sur le territoire. Il avait l'air grave en disant qu'il ne savait pas si les agents de la faune seraient équipés pour faire face aux producteurs s'ils les croisaient ; surtout s'ils étaient soutenus par un cartel.

J'étais silencieusement d'accord avec lui car aucun d'entre nous, y compris l'ancien agent fédéral et l'ex taulard endurci, ne semblait savoir comment affronter les méchants dans cette situation. Je suis allée poser le dos de mes doigts sur le front de Webb et ai été soulagée de sentir que même s'il était encore chaud, il n'était plus brûlant comme une fournaise. J'ai senti Cy bouger derrière moi et j'ai levé la main pour la poser sur la sienne, qu'il avait mise sur mon épaule.

— Il est solide, pour un gamin de la ville. Il n'y a pas beaucoup de gens qui auraient pu faire ce trajet dans ces conditions, amoché comme il l'est.

Son ton contenait une admiration jalouse qu'il réservait généralement à ses frères, ou pour les moments où je faisais quelque chose qui le surprenait et qui lui plaisait. Il a serré mon épaule quand j'ai lâché un bâillement à m'en décrocher la mâchoire.

— Même si je n'aime pas cette idée, tu devrais t'allonger sur le lit avec lui et te reposer. Tu dormiras mieux que par terre.

J'ai haussé l'épaule qu'il tenait et l'ai laissée retomber.

— Je dormirai mieux là où tu es. Si tu prends le sol, je fais pareil. Mais j'ai vu deux vieux lits de camp militaires dans le grand placard où j'ai trouvé la trousse de secours. Ça sera mieux que par terre, avec ton bras.

— Je ne vais pas dormir, Leo. Je ne sais pas à quel point on peut se fier à Grady pour faire le guet. C'est toujours un inconnu et leur histoire est quand même folle, même si elle est vraie. Qui plus est je n'aime pas les traces de pneus. On était obligés de s'arrêter à cause du temps, et pour Webb, mais ce n'est pas une très bonne idée.

Je me suis retournée et j'ai mis ma bonne main au milieu de son torse. Tout son corps était crispé et émettait des ondes de tension et de réactivité. S'il se mettait encore plus sur les nerfs, il allait craquer, et on serait tous dans la mouise. Je m'étais plus bien adapté à ce qui nous arrivait, mais je n'étais pas une aventurière et je ne savais pas comment m'orienter jusqu'au ranch.

— Tu n'as pratiquement pas dormi de la nuit pour monter la garde. Tu as passé des heures à cheval sous une pluie battante avec une énorme plaie au bras. Tu as peut-être l'air d'être taillé dans la pierre mais tu es fait comme tous les hommes, Cy. Prends une heure pour t'allonger avec moi. Accroche-toi à moi et laisse-moi m'accrocher à toi, pour que je puisse faire comme si les choses n'étaient pas aussi graves qu'elles le sont.

J'ai passé les mains sur ses larges épaules et me suis blottie contre son torse, avec ma joue appuyée contre le battement régulier de son cœur.

— Vole un moment pour toi. Tu l'as mérité.

Il a expiré sur le dessus de ma tête et ses lourds bras se sont enroulés autour de moi et m'ont tenue tout contre lui.

Nous devenions tous les deux très bons pour nous accrocher l'un à l'autre, ce qui voulait dire que lorsqu'il serait temps d'enfin lâcher, ça serait brutal. J'allais avoir l'impression qu'on m'arrachait une chose essentielle et indispensable à mon bonheur futur.

— Je nous donne une heure, et après je remplacerai Grady et je nous préparerai à partir.

Ce n'était jamais assez long. J'étais insatiable et j'en voulais toujours plus. Plus de temps, et plus de lui. Il m'a lâchée et a sorti les lits de camp. Ils n'étaient plus de première jeunesse, mais au moins, on ne serait pas par terre. Cy les a installés au milieu de la pièce après avoir replié la table. Je gardais un œil sur Webb pour vérifier que le bazar que Cy faisait ne le réveillait pas, mais il était K.-O. Il y avait quelques couvertures pliées au bout du lit, je les ai attrapées et me suis allongée sur l'un des lits de camp, à côté de Cy. Il a tendu un bras et l'a passé autour de moi pour me tirer contre son torse et nous étions face à face, à se respirer l'un l'autre.

J'ai levé un doigt et l'ai passé sur la ligne droite de ses lèvres, et j'ai frissonné quand il a sorti la langue pour lécher le bout de mon doigt.

— Je préfère quand tu souris.

Il ne le faisait pas souvent, donc quand cela arrivait, c'était exceptionnel et il fallait le savourer.

— Je n'avais pas beaucoup de raisons de sourire jusqu'à ce que tu débarques dans ma vie, Rayon de Soleil.

Ses mots étaient rauques et graves, mais c'étaient les plus doux que j'avais entendus. Je me suis blottie contre lui et ai laissé mes yeux se fermer après lui avoir dit :

— Une fois que tout ça sera fini, j'espère que tu auras assez de bons souvenirs du temps qu'on aura passé ensemble pour continuer à sourire même quand je ne serai plus là. Tu ne devrais pas garder une chose aussi spéciale rien que pour toi.

Une de ses mains s'est posée à l'arrière de mon crâne, et ses doigts sont passés dans mes cheveux, il me tenait si près de lui que c'était presque comme s'il essayait de m'absorber. Il voulait m'aspirer, tout comme je voulais vivre tout ce qu'il avait à offrir. C'était un sentiment exaltant qui atténuait la peur et l'anxiété qui chatouillaient mes nerfs.

— Les moments avec toi sont inoubliables, Leo. Les bons et les mauvais. Je n'en doute pas, quand je penserai à toi, j'aurai un grand sourire idiot sur le visage. Je n'avais jamais rencontré quelqu'un comme toi. La situation autour de nous n'arrête pas d'empirer, mais toi, tu es de mieux en mieux. Ça va être tellement dur d'abandonner ça que je préfère ne pas y penser tant que tu es encore dans mes bras.

La barre de métal du lit de camp me rentrait dans le flanc, quand je me suis encore rapprochée pour passer ma jambe sur la sienne. Tout en moi me criait de lui dire qu'il n'était pas obligé d'abandonner ça, qu'il pouvait s'accrocher à moi aussi fort que je voulais m'accrocher à lui, mais je savais que ce n'était pas réaliste. Sa vie était ici, et c'était une vie que je ne comprenais pas et où je n'avais pas ma place, sans parler du gros bordel qu'était ma propre existence. Je devais décider si j'allais dire à la femme de Chris ce qu'il faisait dans son dos, et risquer mon poste et mes futures recherches d'emploi. C'était le dernier fil qui m'attachait à ma vie d'avant, et il fallait que je le coupe. Il fallait que je résolve tout ça à San Francisco. Il était temps que je fasse ce qu'il fallait, au lieu de vivre dans la peur des conséquences. Peut-être qu'une fois que j'aurais fait cela, je pourrais prendre un risque encore plus gros et trouver un moyen de garder cet homme et son sourire renversant dans mon univers.

— Je ne vais pas te lâcher tout de suite. Dors un peu, Cy, tu as besoin de reprendre des forces.

Nous en avions tous les deux besoin, c'est donc sans surprise que dès que j'ai arrêté de parler, sa respiration a ralenti, et son torse s'est mis à monter et descendre contre le mien alors qu'il plongeait dans le sommeil. Il ne m'a pas fallu longtemps pour suivre son exemple.

Malheureusement, le répit n'a pas duré longtemps. J'avais l'impression de n'avoir fermé les yeux que cinq minutes quand j'ai été réveillée en sursaut par des bruits de voix et le vrombissement d'un moteur. J'allais murmurer le prénom de Cy pour voir s'il avait entendu le bruit lui aussi, mais il était déjà bien réveillé. J'ai vu ses sourcils se froncer et son visage prendre des traits durs et concentrés. Il a posé un doigt sur mes lèvres et j'ai hoché la tête pour signifier que j'avais compris que je ne devais pas faire de bruit. Il a penché la tête vers le lit désormais vide, alors que les voix étaient de plus en plus fortes à l'extérieur.

— Attendez ! Montrez-moi vos papiers.

C'est Grady qui avait parlé, suivi de Webb :

— Désolé pour les armes, on a eu quelques ennuis ces derniers jours.

C'est une voix féminine qui a répondu, prudente et circonspecte.

— Vous êtes sur des terres gouvernementales, et ceci est un avant-poste gouvernemental, messieurs. Peu importe les ennuis que vous avez ou si vous n'êtes pas dans votre élément, accueillir un agent des forces de l'ordre en sortant les armes n'est jamais approprié. Maintenant, posez vos armes et montrez-moi vos papiers.

La voix de la femme n'a pas faibli ni craqué, ce que j'ai trouvé impressionnant, sachant qu'elle était face à deux hommes armés et qu'elle ne savait pas de quoi ils étaient capables. Cy est descendu du lit de camp et s'est rapproché doucement de la fenêtre près de la porte du chalet, en faisant attention à baisser la tête et à se déplacer lentement et régulièrement. Il a jeté un œil par la fenêtre et sembla rassuré, car il a ouvert la porte en grand et est sorti après m'avoir dit de rester où j'étais jusqu'à ce qu'il vienne me chercher.

— Agent McKenna. Désolé d'être venus sans prévenir, mais les gars n'exagèrent pas, quand ils disent qu'on a passé de sales journées. Brynn a dû appeler votre poste pour vous expliquer ce qu'il se passait.

J'étais curieuse car Cy semblait connaître la femme à la voix autoritaire, et je ne pouvais plus rester cachée et apeurée. J'ai imité les mouvements minutieux de Cy vers la porte d'entrée jusqu'à pouvoir regarder par la même fenêtre, en espérant qu'on ne me verrait pas.

La femme portait un uniforme kaki et une casquette foncée sur la tête, mais ses vêtements ternes et son couvre-chef sur ses cheveux blond platine n'enlevaient rien à sa beauté. Plus grande qu'Emrys et avec plus de courbes qu'une route de montagne, cette femme était sublime, mais clairement pas amusée d'avoir le canon d'un fusil pointé sur elle. Elle ne quittait pas Webb des yeux, qui ne baissait pas le fusil malgré le fait qu'elle connaissait visiblement Cy.

— Je n'ai pas eu de coup de téléphone disant que vous aviez des soucis, Warner. J'ai reçu un appel d'un des guides de rafting qui a signalé que plusieurs mules se baladaient près de la rivière. Elles étaient chargées pour un voyage, mais aucun cavalier ni aucun rancher n'est venu les récupérer. Il y avait votre logo sur les longes, Cy. Je suis allée là-bas chercher votre groupe, pour comprendre ce qu'il se passait.

Après cette information sur les mules, Cy s'est raidi et Grady a juré dans sa barbe. N'étant plus capable de rester cachée ni de me taire, j'ai sorti la tête par la porte et ai demandé :

— Pourquoi les mules ne seraient plus avec Emrys et Sutton ?

La belle femme a porté son regard sur moi puis l'a ramené sur Webb, qui a enfin baissé son fusil. La femme lui a lancé un regard noir, et même s'il devait encore avoir mal, un sourire fier est passé sur sa bouche. Il appréciait de toute évidence l'allure de fer et le courage affirmé de cette femme.

— Comme je l'ai dit, ils n'ont trouvé aucun cavalier près de l'endroit où les mules ont été repérées. On a envoyé quelques gardes forestiers le long de la rivière, mais personne n'a rien vu. On a remarqué des traces de moto cross sur l'un des plus petits chemins, mais aucun signe de chevaux.

— Merde, a dit Cy entre ses dents en se passant les mains dans les cheveux. On était en excursion avec huit clients. Ça a été la merde. Quelqu'un fait pousser du cannabis à l'écart d'un sentier, et les producteurs essaient de dégager la zone. Ils nous ont croisé sur leurs motos puis nous ont coincés en embuscade, en amont près de la rivière. Ils nous ont tiré dessus. Mes frères et moi, on a choisi de séparer le groupe et on devait tous foncer pour revenir au ranch. Sutton avait les mules et une des filles du groupe avec lui. Si vous avez trouvé les mules et pas mon frère, ça ne sent pas bon.

La femme a lentement cligné des yeux puis a bougé pour poser les mains sur ses hanches.

— Tu me dis que tu penses que les gens derrière le champ de cannabis ont enlevé ton frère ? Sutton ne se laisserait pas embarquer sans se battre, surtout s'il a quelqu'un avec lui. C'est pas le genre des Warner.

Cy a grogné en réponse et la radio accrochée à la ceinture de la femme, du côté opposé à son arme, a crépité.

— McKenna, on a un groupe de campeurs en amont qui ont vu un Appaloosa tacheté, sans cavalier. Le cheval est blessé et ils disent qu'il y a du sang sur la selle. Tu es loin du site ?

La femme a soupiré et a retiré la radio de sa ceinture pour répondre.

— On a un problème. La base a signalé un appel du ranch Warner ?

La réponse était négative, mais la voix à l'autre bout de la radio a dit que plusieurs gardes forestiers étaient occupés à cause d'un autre corps trouvé dans la rivière. La femme a juré et a répondu :

— Les frères étaient sur les sentiers et ils ont eu des soucis. Des soucis du genre armés et meurtriers. Je crois qu'on vient de trouver pourquoi on a soudain des cadavres qui apparaissent dans la rivière. Je suis au poste de garde numéro 15, laisse-moi terminer ici et je retournerai vers la rivière pour prendre la déposition des campeurs.

— D'accord. Fais attention.

Elle a raccroché sa radio et a regardé Cy en plissant les yeux, alors qu'il commençait à faire les cent pas énergiquement.

— Dis-moi où est le champ d'herbe et je vais y aller. J'ai une autre radio sur le quad. Je vous laisse celle-là et je t'appelle si je trouve la trace de ton frère.

Cy a lancé un rire énervé et a secoué la tête.

— Certainement pas, Ten. S'ils ont mon frère, tu n'iras pas dans ce champ sans moi.

— Ten ?

C'est un Webb ouvertement curieux qui posait la question, et à qui on a répondu en levant les yeux au ciel.

— Tennyson McKenna. Pour vous, c'est agent McKenna.

Son ton avait du mordant et cela a fait sourire Webb et grogner Grady.

— Eh bien, agent McKenna, ces mecs m'ont mis une balle et ils ont peut-être bien tué mon frère. Je suis du côté de Warner. Si vous voulez aller là où sont ces sales mecs, on y va avec vous.

Elle a soufflé et m'a jeté un regard interrogateur. Je n'ai pu que hausser les épaules et marmonner :

— Je vais où il va, et s'ils ont pris Sutton, ça veut dire qu'ils ont sûrement ma meilleure amie aussi. Je ne peux pas rester là toute seule et je ne peux pas la laisser où elle est. On y va.

Nous n'avions pas le temps de douter, pas le temps d'envisager. Je ne pensais qu'au fait qu'Em avait besoin de moi et qu'il fallait que je sois là pour elle. Peu importe les dangers qui pouvaient m'attendre sur la route.

Cy a passé le bras autour de moi et a regardé la femme fixement.

— Tu peux ramener Leo au ranch et je t'appelle quand je serai arrivé au champ. L'autre option, c'est que mon petit lion a raison, et on y va tous ensemble. Ils sont plus nombreux que nous, mais je parie qu'ils ne sont pas plus malins.

La femme n'a rien dit pendant un bon moment, puis a levé les mains en l'air, frustrée.

— Toujours aussi têtu et obstiné, Cy. Tu ne facilites jamais les choses. Tu es insupportable. Si je ne savais pas que ça me prendrait deux fois plus longtemps de trouver le champ sans toi, je vous passerais les menottes pour vous mettre à l'écart. Je n'aime pas impliquer des civils, mais je ne vois pas comment je pourrais t'empêcher de fourrer ton nez dans ce qui ne te regarde pas.

— Je ne suis pas un civil, a dit Grady.

En même temps, Cy a ricané et dit :

— Trouve-moi un mec qui vit dans le coin et que tu ne voudrais pas avoir derrière toi, Ten. Tu sais qu'on protège les nôtres.

Elle n'avait rien à redire. Car même si Cy n'était peut-être pas l'idée que je me faisais d'un cowboy, il était complètement l'idée que je me faisais d'un héros.

15

PAS DE LAISSÉ POUR COMPTE

Le trajet retour vers l'endroit d'où nous venions a pris un peu moins de temps, maintenant que Webb était monté sur le quad derrière la belle garde forestière. Elle n'avait pas semblé adorer cette idée, surtout quand il a refusé de laisser son arme, mais il saignait encore beaucoup et ne pouvait pas bouger son bras blessé, donc elle n'avait pas vraiment le choix. La pluie avait repris, et les chevaux chargés glissaient et trébuchaient encore plus dans la boue et la petite végétation. Cy avait insisté pour prendre toutes les armes et autant de provisions qu'il le pouvait dans le chalet des gardes forestiers. L'agent McKenna n'avait pas adoré ce plan non plus, mais apparemment, elle le connaissait assez bien pour savoir que débattre avec lui serait futile et nous ferait perdre du temps que nous n'avions pas. Cy s'inquiétait pour son frère. Webb s'inquiétait pour son frère. Je ne voulais pas penser à ce qui pouvait arriver à Emrys si elle se retrouvait entre de mauvaises mains.

Si je laissais mon esprit dériver par là, j'allais plonger tout droit dans le pire des scénarios, ce qui me rendrait incapable et inutile dans cette expédition très risquée. J'étais la seule qui ne savait pas se servir d'une arme, la seule qui tremblait pour d'autres raisons que le froid, et la seule qui semblait avoir du mal à tenir le coup. Alors, au lieu de penser à Em et de me demander comment elle tenait le coup, je me focalisais sur le fait que Cy et la garde forestière avaient un passé ensemble, cela se voyait. Il avait aimé et perdu, il lui manquait des morceaux de cœur, mais ça ne voulait pas dire qu'il était mort ni qu'il avait vécu comme un saint ces dernières années. Je me demandais pourquoi cette femme magnifique et visiblement parfaite pour lui, qui accompagnait notre groupe hétéroclite, n'était pas restée.

Comme s'il pouvait lire dans mes pensées, il s'est retourné pour me regarder et a fait ralentir Edgar pour que nous avancions côte à côte. La pluie avait rendu ses cheveux bruns encore plus foncés et l'air frais donnait à sa peau une couleur rosée qui ne lui allait pas. Il n'était pas à l'aise et anxieux, et essayait de cacher ces deux choses, mais ses sentiments arrivaient à se montrer quand même.

— Comment ça va, Soleil ?

Au lieu de me réconforter, sa voix rauque a râpé ma peau.

— J'ai connu mieux, ai-je répondu avec un ton et un regard froids, le fixant un long moment. La blonde et toi ? C'est quoi, l'histoire ?

Je détestais le fait de me sentir forcée de lui poser la question, car je n'avais aucun droit sur lui. Le fait de vouloir savoir m'a fait comprendre que je voulais aussi qu'il m'appartienne en partie, pour avoir ces informations. C'était bête, mais je ne pouvais pas effacer un sentiment d'appartenance avec lui. En une fraction de seconde, je l'avais considéré comme mien, ce qui était absurde sachant que j'avais passé ma vie à rester hors de portée de tous ceux qui avaient essayé de m'aimer assez pour me considérer leur.

— Ten ? On était dans le même lycée. Le ranch à côté du nôtre appartient à sa famille. Elle est partie à peu près en même temps que moi, avec des grands projets, entrer au FBI ou quelque chose comme ça. Je ne sais pas pourquoi elle est revenue. Elle n'en parle pas beaucoup, dit-il en haussant les sourcils, puis il a levé le bras pour essuyer les gouttes sur son front d'un revers de la main. Après que ma femme est partie, on a passé un peu de temps ensemble, ça arrive encore, si on se sent seuls et qu'on n'a pas d'autre option. Elle ne me demande jamais grand-chose et elle part toujours avant le matin, poursuivit-il en haussant une épaule, le regard posé sur moi, fixe et sans complexe. On ne s'entendait pas très bien quand on était jeunes et honnêtement, ça ne colle toujours pas trop en dehors de la chambre. Mais on a tous les deux quelque chose qui peut servir à l'autre. C'est facile, continua-t-il avec un sourire sarcastique. Ce n'est pas comme s'il y avait un choix illimité en matière de femmes, ici. Ten est une jolie fille, et elle comprend que je n'ai rien de plus à offrir que quelques heures au lit. Ça lui va, parce qu'elle n'a rien à offrir de plus non plus.

J'ai pincé mes lèvres et ai détourné le regard de l'intensité du sien. Ces globes gris pouvaient être aussi tranchants et pointus que la lame d'un couteau, quand il s'en servait pour arracher des épaisseurs à celui sur qui ils étaient posés.

— Tu as plus à offrir que ta bite, Cy.

Il était intelligent, motivé, protecteur. Il poussait les autres à vouloir être le genre de personne qui pouvait rivaliser avec sa passion et sa force. Sans parler de combien il se souciait de sa famille, et de comment il s'assurait que tous ceux qu'il aimait étaient protégés. Il avait abandonné ses projets et sa chance de vivre son amour pour préserver un héritage dont il n'avait jamais voulu. Il avait sacrifié son bonheur et son avenir pour être sûr que ses frères auraient toujours quelque chose à eux. Il avait tout perdu pour que le dur labeur et le souvenir de son père ne soient jamais oubliés. En ce moment même, il risquait sa vie parce qu'il ne savait pas où était un de ses frères.

C'est sûr qu'on passait du bon temps avec lui quand il était nu, mais il avait un million de choses plus importantes que sa queue impressionnante. Une femme prête à se contenter de quelques heures dans le noir, sans profiter de toutes les autres choses incroyables qui rendaient Cy exceptionnel, se faisait avoir.

— Je sais, Leo, mais j'avais choisi de ne pas offrir plus que ce que j'ai dans le pantalon. Je suis sélectif parce qu'aucune femme ne m'a fait oublier ce que j'avais eu et encore moins rêver de ce que je pourrais avoir... jusqu'à toi.

Comme toujours, quand il disait des choses comme cela, je le sentais à travers tout mon corps. Ses mots avaient du pouvoir. Quand il disait ce qu'il pensait, j'avais l'impression que son honnêteté me transperçait et éviscérait tout ce que je pensais savoir sur le fait de se soucier de quelqu'un. Je me suis éclairci la voix et ai levé la main pour masser distraitement mon épaule douloureuse.

— On n'est pas logiques.

Cela me faisait mal de le dire, mais c'était vrai. Je voulais que cette chose qui nous consumait, nous brûlait, nous engloutissait, s'enroulait autour de nous ait du sens et soit rationnelle, mais ce n'était pas le cas ; la justifier et l'encourager paraissait non seulement impossible, mais aussi être du gâchis. Ce genre d'émotions et de réactions incontrôlables devrait arriver entre deux personnes qui peuvent en faire quelque chose d'important. Elle devrait se produire chez des personnes qui peuvent vraiment le vivre, au lieu de nous deux, qui nous débrouillions tant bien que mal pour en profiter durant le peu de temps que nous avions ensemble. Nous ne le savourions pas, nous étions pressés, nous essayions de l'absorber avant qu'il nous consume tous les deux. Cy m'avait brûlée de partout, mais j'allais le brûler aussi, et quand nous aurions terminé, les cendres allaient s'envoler.

Il a tendu le bras et a saisi une mèche de mes cheveux qui bouclait n'importe comment à cause du temps. La boucle sur laquelle il a tiré est tout de suite revenue en place, formant une petite anglaise, ce qui l'ai fait sourire.

— D'après mon expérience, c'est ceux qu'on connaît bien qui nous font vivre l'enfer. Je ne sais pas pourquoi c'est toi qui me donne l'impression de fonctionner normalement au lieu de passer à travers de ma vie. Mais c'est toi, Leo. Avec toi, être seul me paraît bien plus triste et plus dur que ça l'a été ces dernières années.

Je ne trouvais rien à répondre à cela, car je ne voulais pas lui dire que j'étais terrifiée par la solitude que j'allais vivre maintenant que j'avais compris que j'avais été seule tout ce temps. Le cœur battant et la peau frissonnante à cause de la réalité du vide de mon existence, j'ai changé de sujet pour parler de ce qui pesait lourd dans son esprit.

— Tu penses que les gars qui nous ont tiré dessus ont Emrys et Sutton ?

Il a serré la mâchoire et un muscle a tiqué sur sa joue, lui donnant un air sauvage et féroce. C'était un homme qui prendrait soin des siens, peu importe combien il devait payer de sa personne, et quelque chose dans cet instinct protecteur faisait du bien à mon cœur abandonné. Si Cy venait à m'aimer, je savais que rien sur cette Terre ne le ferait partir. Son amour était un lien qui ne pouvait pas être brisé, et cela semblait donc moins dangereux de lui offrir mon cœur, dont certains n'avaient pas voulu par le passé.

— Je ne sais pas, mais je sais que Sutton fera tout ce qui est en son pouvoir pour protéger ton amie, s'ils ont été enlevés.

C'était bien cela qui m'inquiétait. Emrys était une cible assez facile, mais si les hommes armés avaient essayé de l'enlever, le frère Warner les avait forcés à lui passer sur le corps. Cela n'augurait rien de bon, ni pour elle, ni pour lui.

— Pourquoi les auraient-ils enlevés ? S'ils voulaient qu'on quitte la montagne, pourquoi les ramener à l'endroit d'où ils veulent éloigner tout le monde ?

Je détestais les questions que je posais, mais je détestais encore plus les réponses qu'il me donnait.

— Ils veulent peut-être être sûrs qu'ils ne diront à personne où est leur champ, mais je pense que s'ils les ont enlevés, c'est sûrement pour se servir d'eux comme monnaie d'échange au cas où les gardes forestiers débarquent. Ou pire, la DEA.

Sa voix était chargée de crainte, mais j'ai apprécié qu'il n'essaie pas de me rassurer pour me calmer.

— Tu crois qu'ils les ont pris en otage ?

Ma voix a cassé et j'ai serré les rênes si fort entre mes mains que mes doigts sont devenus blancs.

— C'est possible. On n'en sait rien pour l'instant, et il veut mieux ne pas trop supposer. Si on commence à faire ça, on va arriver sans être préparés, et sans plan. On ne peut pas faire ça. Pour le moment, on avance comme si on allait là-bas pour sortir mon frère et ta copine des flammes. Si on commence à faire comme si on allait attaquer un château pour se venger et faire couler le sang, ça ne va nous apporter que de la panique et de la douleur.

Il a encore tourné la tête alors que la pluie reprenait et collait ses cils d'un noir d'encre.

— Je ne sais pas comment tu fais pour rester aussi calme. J'ai l'impression qu'à l'intérieur, j'ai un millier d'abeilles qui essayent d'exploser à travers ma peau, et que mes muscles et mes organes font des nœuds entre eux. Je dois rassembler tout mon self-control pour ne pas péter un plomb et craquer. Je n'ai jamais eu aussi peur de ma vie.

Je refusais de penser à ce que serait ma vie, sans Emrys pour me faire garder les pieds sur terre. Elle était mon phare dans la tempête ; sans elle dans ma vie, j'allais dériver sans fin. Il fallait que je la retrouve. C'était la seule option envisageable.

— Tu es là, malgré ce qu'il passe à l'intérieur de toi, Rayon de Soleil. Ta copine serait fière de toi parce que tu fais ce que tu dois faire. C'est courageux.

Il avait l'air fier aussi, et je me suis rassise un peu plus droite sur ma selle.

— Tu n'as même pas un peu peur, Cy ?

Je ne pensais pas qu'il l'admettrait, s'il avait peur, mais comme toujours, il m'a étonnée. Il a tourné la tête pour me regarder et le bouclier d'argent qui masquait son regard est tombé, la couleur brumeuse s'est assombrie, pleine de peur et d'incertitude.

— Je suis mort de trouille.

Le fait qu'il me fasse assez confiance pour me montrer sa vulnérabilité, sa face cachée tendre, m'a fait encore plus prendre conscience que dans d'autres circonstances, j'aurais pu l'aimer pour toujours. Il n'y avait rien que Cy essayait de me cacher, et le fait qu'il soit si ouvert à propos de ses forces et de ses faiblesses me donnait l'impression de le connaître depuis la nuit des temps.

Le bruit du quad s'est soudain éteint et la voix de la garde forestière a résonné jusqu'à nous, qui la suivions entre les arbres.

— Il va bientôt faire nuit, je propose qu'on campe ici ce soir et qu'on fasse le reste du chemin à pied demain. Si on prend le quad, ils pourraient nous entendre arriver comme le son résonne beaucoup ici, dit-elle avant de montrer Webb du doigt, toujours accroché derrière elle. Le petit citadin dit qu'on n'est qu'à cinq kilomètres de là où ils vous sont tombés dessus.

Cy a secoué la tête.

— Je dirais plutôt huit. Boss s'est tiré avec Leo et il a foncé dans les bois sur quelques kilomètres. Ça fait beaucoup de marche, si tu perds encore du sang.

Webb a lâché la jolie blonde après qu'elle lui a lancé un regard assez froid pour lui donner des engelures, et il a fait un sourire en coin.

— Je m'en sortirais, mais si je vous ralentis, je resterai avec les chevaux et la radio, au cas où ça tourne mal et qu'on a besoin d'appeler des renforts.

La garde forestière a levé au ciel ses yeux très verts et s'est mise à sortir des choses d'un grand sac à dos en toile assorti à son uniforme.

— On ne peut pas appeler de renforts dans un endroit aussi perdu, et la moitié de l'équipe cherche des cadavres dans la rivière.

Ce rappel que des gens étaient morts, et que son frère en faisait peut-être partie, à cause de ce qu'il se passait dans la forêt, a suffi à calmer Webb et à faire retomber le sourire sur son visage. Il est descendu du quad avec précaution et a pris le sac de couchage qu'elle lui a mis dans les bras en grommelant, car elle a été un peu trop brusque avec sa blessure. Il a pâli à vue d'œil et la garde forestière semblait sur le point de s'excuser, mais elle a vite ravalé ses mots et s'est tournée vers Cy.

— On devrait prévoir un plan avant de finir à pied et d'arriver sur leur camp demain matin.

Cy a hoché la tête et l'homme plus âgé a toussoté et a levé une main.

— Je ne veux marcher sur les plates-bandes de personne, mais jusqu'à récemment, j'étais un agent décoré de la DEA. J'ai organisé des opérations de recherche et d'élimination partout dans le monde. Si quelqu'un doit mettre au point un plan pour attaquer la base, je crois que ça devrait être moi.

Cy a échangé un regard avec la garde forestière et a haussé les épaules.

— Ça me va, tant que le plan que tu concoctes finit avec mon frère et Emrys en dehors du camp, sains et saufs, s'ils sont là-bas.

— J'étais agent fédéral, M. Warner. Mon travail était de protéger les gens, pas de les mettre en danger.

L'homme avait l'air un peu en colère, et je ne pouvais pas lui en vouloir. On sentait beaucoup de suspicion sur le visage de Cy et dans sa voix, et la belle garde forestière avait l'air encore moins impressionnée que lui par l'expérience de Grady.

— Qu'est-ce que tu proposes, Grady ? Je veux que quelqu'un sur place réponde à mes questions sur mon frère, et je ne pense pas que ça arrivera si on débarque en ouvrant le feu.

Webb s'est assis par terre de manière à ce que son dos repose contre la roue boueuse du quad ; le sol mouillé et le support trempé ne semblaient pas le déranger le moins du monde.

— Feu à volonté, c'est ton style, Webb, pas le mien. Je pense qu'on devrait créer une diversion, puis envoyer quelqu'un à l'endroit où les producteurs doivent camper, près du champ. Une fois qu'on sera à l'intérieur, on saura vraiment si Sutton et la fille y sont. S'ils ne les ont pas comme otages, alors pas la peine de prendre des risques. S'ils les ont, on devra faire une deuxième diversion, encore plus grosse, pour les faire sortir dans le chaos. Si Sutton et Emrys sont là-bas, ils les font sûrement surveiller par des gens, mais si on crée deux perturbations à élucider, ils devront appeler tout le monde. C'est loin d'être un plan parfait, mais c'est je pense que c'est avec celui-là qu'on aura les meilleurs résultats.

Cy a croisé les bras et a échangé un regard avec la garde forestière avant de me regarder.

— À quel genre de diversion tu penses ? demanda-t-il avec une expression qui laissait entendre qu'il n'y avait pas intérêt à me mettre en danger. Les plantes n'ont même pas encore poussé, donc on ne peut pas brûler le champ.

J'ai fait un signe de tête vers Edgar, qui transportait l'arsenal miniature.

— Il y a un pistolet lance-fusées là-dedans, que tu as pris dans le chalet. Ça pourrait marcher comme première diversion, mais je ne sais pas ce qu'on a pour la deuxième, surtout s'il faut que ça fasse plus de bruit.

Webb a laissé sa tête tomber en avant, regardant le sol entre ses pieds. Sa voix était encore faiblarde mais la détermination qu'elle contenait était évidente et inébranlable.

— Laissez-moi m'occuper du deuxième foutage de merde.

Un sourire, pas sympathique, a déformé son visage.

— Tu ne vas pas faire de conneries, Webb. Je ne te laisserai pas faire.

Grady réprimandait le jeune homme sur un ton pragmatique, mais Webb l'a ignoré.

— On a largement dépassé le point où tu peux contrôler ce que je fais, Grady. Je veux savoir où est mon frère, et si ces connards ont quelque chose à voir avec sa disparition. Et si en plus je peux foutre le bordel, je crois que je vais m'amuser.

Ten a secoué la tête, ce qui a fait voler des gouttes d'eau de la visière de sa casquette. Elle a montré Webb du doigt, ce qui l'a fait sourire. Apparemment, il aimait que la grande blonde lui dise quoi faire et le réprimande.

— Petit citadin, tu m'as l'air un peu trop pressé de chercher les ennuis, si tu veux mon avis. Si tu es un boulet, je te menotte au quad et je reviens te chercher quand on en aura fini avec le désastre.

Webb a levé les mains devant lui, comme pour se rendre.

— Je serai sage... pour l'instant. Mais j'étais sérieux, pour la deuxième diversion. Ça veut dire que Cy et Grady pourront entrer sur le camp quand on l'aura trouvé, et chercher Sutton et Emrys. Leo peut s'occuper de la première diversion à une distance raisonnable, pour garder son joli petit cul loin du feu de l'action, et tu peux couvrir tout le monde, répondit-il avant de monter et descendre ses sourcils. Et ton cul est assez spectaculaire aussi. Je ne voudrais pas que tu croies que je ne l'ai pas remarqué.

La femme a soufflé et a imité la position de Cy, les bras croisés.

— Laisse tomber les menottes, je vais peut-être te mettre une balle et te laisser pour les pumas.

Cy a fait un bruit grave dans sa gorge, qui ressemblait à un grondement, et a regardé le blessé en plissant les yeux.

— Si tu reparles du cul de Leo, tu n'auras plus à t'inquiéter du sort que Ten te réserve, parce que je séparerai ta tête d'idiot de ton corps à mains nues.

J'ai posé la main sur son bras, qui était comme de la pierre dure sous mes doigts.

— Je pense que tout le monde devrait aller dans son coin et essayer de dormir. On va partir tôt demain matin et aucun d'entre nous ne s'est vraiment reposé ces derniers jours. On est tous trempés et à bout, mais se menacer les uns les autres ne sert à rien.

Si j'avais pu m'effondrer par terre, j'aurais joyeusement choisi cette option, mais je ne voulais pas finir encore plus mouillée et en pire état que je l'étais déjà.

Cy a relâché sa position rigide et a bougé pour passer son bras autour de moi. En général, quand il me tirait contre son large torse, c'était comme si j'étais engloutie par la chaleur et l'assurance. Mais là il était tout aussi froid et moite que moi, et cela montrait bien à quel point les conditions étaient mauvaises. Je ne me suis pas blottie contre lui comme j'en avais envie, mais j'ai appuyé mon front contre le creux de sa gorge. Je n'ai pas pu résister à l'envie de lécher une goutte de pluie qui coulait dans son cou et sur mes lèvres. Le petit contact de ma langue sur sa peau fraîche l'a fait frissonner, et il a serré les bras autour de moi.

— Il faut que j'allume un feu, pour qu'on ne meure pas de froid cette nuit, et pour éloigner les prédateurs.

Il essayait de rendre la situation normale pour moi, et j'avais envie de l'embrasser des pieds à la tête pour le remercier. S'occuper des autres était ancré en lui jusqu'à la moelle et ça ne faiblissait jamais, même quand cela aurait été facile et raisonnable de mettre ça de côté, étant donné les circonstances. Je l'ai lâché et ai redressé mes épaules car s'il pliait mais refusait de casser, je pouvais le faire aussi. Et j'allais tenir, et traverser l'orage, éprouvée par la météo, mais toujours debout après tout cela. C'était une chose dont je ne me serais pas crue capable quelques jours plus tôt, mais ce voyage et tout ce qui ne s'était pas passé comme prévu m'avaient indéniablement ouvert les yeux.

J'ai laissé Cy allumer le feu et me suis dirigée vers les chevaux pour voir ce que je pouvais faire pour qu'ils soient plus à l'aise sous la petite bruine qui tombait encore du ciel. Les pauvres animaux avaient fait tout autant d'efforts que nous et ils devaient forcément être épuisés et las d'être mouillés et d'avoir froid, tout comme je l'étais.

Alors que j'essuyais Edgar avec une couverture sèche que j'avais trouvée, j'ai entendu des bruits de pas derrière moi, trop légers pour appartenir à un des hommes de notre drôle d'équipe. J'ai regardé par-dessus mon épaule quand la garde forestière s'est approchée, et ai essayé de ne pas me crisper ni de lancer mes défenses automatiques quand elle m'a observée des pieds à la tête.

— Tu sais bien t'occuper des chevaux, pour une Californienne.

Son ton était sec, et elle ne faisait pas d'efforts pour cacher son sarcasme. J'ai levé un sourcil.

— Comment tu sais que je viens de Californie ?

Elle a haussé une épaule et l'a laissée retomber, sans lâcher des yeux ce que je faisais avec les chevaux.

— J'ai demandé à Cy de me faire un compte-rendu sur tous les clients, y compris d'où ils venaient, au cas où on devrait officiellement lancer une battue.

J'ai hoché la tête et lui ai répondu calmement :

— Tu ne vas pas me croire, mais il y a des chevaux en Californie.

Je ne lui avais pas rendu son ton narquois et gardé une voix monotone et neutre. Je n'avais pas besoin qu'elle me fasse remarquer qu'elle était bien mieux assortie que moi avec l'homme accroupi au-dessus d'un tas de petit bois, essayant de faire brûler quelque chose dans des conditions quasi impossibles. Je savais que je n'étais pas celle dont Cy avait besoin, mais on ne pouvait pas nier le fait que j'étais celle qu'il voulait.

Elle a enlevé sa casquette et l'a secouée. J'ai senti tout l'air sortir de mes poumons quand je me suis rendue compte qu'elle était plus que belle, quand on voyait tout son visage. Je commençais à me dire qu'il devait y avoir quelque chose dans l'eau qui rendait les hommes et les femmes nés ici affreusement beaux.

— Il fait ça tout le temps, tu sais, dit-elle en posant les mains sur ses hanches et me regardant en face. Je ne veux pas être une garce, mais je connais les frères Warner depuis longtemps, et ce qu'ils ont tous en commun, c'est de perdre du temps avec la mauvaise femme. J'admire que tu prennes des responsabilités alors que tu n'es clairement pas dans ton élément. À ta place, la plupart des femmes auraient exigé que quelqu'un les ramène au ranch, ou auraient choisi de rester à l'abri dans le chalet. Je ne veux pas que tu te fasses de fausses idées sur Cy, que tu penses que ce qu'il se passe entre vous durera après ton passage dans le coin. Une fois que tu seras partie... tu seras partie, et il passera à la suivante.

Ses mots étaient cruels mais je voyais qu'elle pensait vraiment me faire une faveur en me les balançant comme des briques. Elle me montrait, comme j'aurais dû le faire avec la femme de Chris, pour quel genre d'homme j'étais en train de me perdre. Elle n'avait pas peur de ma réaction ni des conséquences car de son point de vue, elle me protégeait, à sa manière, directe et abrasive.

Je me suis redressée et ai rassemblé mes cheveux entre mes mains pour essorer leur masse frisée. Les mèches étaient glissantes et froides sous mes doigts. J'avais aussi un gros nœud en-dessous dont j'étais sûre qu'il allait me falloir des ciseaux pour l'enlever. En temps normal, je n'aurais pas été à ma place ici, mais à cet instant je l'étais, et rien ne me convaincrait du contraire… même la désagréable vérité de son avertissement.

J'ai haussé les épaules.

— Je serai partie, mais pas oubliée. Je me suis lancée avec Cy en sachant que c'était limité.

Elle a penché un peu la tête sur le côté et un sourire triste est apparu sur ses lèvres.

— Là encore, tu es très courageuse. La plupart des femmes qu'il enchaîne sont tellement aveuglées par son visage et son corps qu'elles ignorent le fait que la flamme finit par s'éteindre. Tu vois ce qui t'attend mais tu continues à jouer avec le feu.

J'ai hoché un peu la tête et lui ai adressé un sourire aussi.

— Pourquoi je ne le ferais pas ? Je n'ai jamais eu l'occasion de mettre la main sur quelqu'un d'aussi chaud, avant. Autant profiter de la chaleur tant que je le peux.

Elle a remis sa casquette humide sur sa tête et m'a fait un sourire plein de dents blanches parfaitement alignées qui révélait une adorable fossette sur sa joue. Cette femme était physiquement exceptionnelle, elle devait vraiment être aussi parfaite qu'un être humain pouvait l'être pour compenser son attitude froide et distante.

— Je t'aime bien, petite Californienne, et j'aime bien le fait que Cy t'aime bien. C'est dommage que tu ne puisses pas rester plus longtemps, parce que je pense que tu pourrais même lui faire du bien. Il a presque souri, aujourd'hui.

Je ne lui ai pas dit, quand elle s'est retournée puis s'est éloignée de moi, que je le faisais sourire tout le temps quand nous étions ensemble.

16

PAS PARTIE DU PLAN

Nous avons quitté notre campement improvisé avant que les premiers rayons de l'aube arrivent dans le ciel. Personne n'avait très bien dormi, sur le sol mouillé, et nous étions tous en alerte. L'agent McKenna a appelé son QG pour leur dire dans quelle direction nous nous dirigions. Elle a aussi demandé à celui ou celle qui se trouvait à l'autre bout du fil d'envoyer quelqu'un là où le champ était situé, au cas où nous ne pourrions pas revenir chercher les chevaux. L'idée de laisser les animaux seuls sans surveillance ne plaisait pas à Cy, mais c'était l'idée que l'un d'entre nous ne puisse pas revenir s'occuper d'eux qui me faisait transpirer malgré le froid mordant de l'air matinal.

Avant que nous partions à pied dans les bois, Cy s'est assuré que je sache comment manier, charger et tirer avec le long fusil, qui a fini accroché à mon épaule. Mes mains tremblaient quand je chargeais les balles dans l'arme, mais j'étais à peu près sûre d'être capable de viser et tirer avec, si besoin. Je ne m'étais jamais sentie aussi éloignée de ma vie normale qu'à ce moment, marchant d'un pas lourd en file indienne, ne voyant pratiquement rien, glacée jusqu'aux os, armée jusqu'aux dents, en mission de sauvetage pour libérer ma meilleure amie des mains d'hommes qui étaient peut-être liés à un cartel de drogue. Tout cela alors que j'étais en train de glisser et tomber dangereusement près de quelque chose qui ressemblait bien à de l'amour envers un homme qui ne m'était pas destiné. Toute cette histoire contenait plus de choses qu'une seule personne ne devrait avoir à vivre en une seule vie. J'avais du mal à sortir la tête de l'eau sous un tel bombardement. J'avais l'impression que si je faiblissais un instant, tout ce qui m'entourait allait m'avaler et me recracher, usée et perdue, de l'autre côté. Tant que je gardais la tête haute et les yeux ouverts et concentrés sur ce qu'il se passait devant moi, je croyais avoir une chance de sortir de tout cela heureuse et entière, avec une tonne de nouvelles expériences à mon actif. Des expériences qui rempliraient tous les espaces vides quand je reviendrais à ma vie simple et ennuyeuse. Des expériences qui me tiendraient compagnie dans le noir, quand mon corps se languirait du toucher de Cy et des sons bruts de sa voix grave vibrant contre ma peau.

J'ai lâché un soupir que je pensais discret, mais les trois hommes devant moi se sont retournés pour me regarder. Leur attention m'a fait rougir, donc j'ai fait un signe de la main et leur ai dit :

— Ne faites pas attention à moi. Je n'ai pas l'habitude de faire autant d'exercice. Je crois que je ne suis pas faite pour marcher des kilomètres dans la forêt, chargée de matériel.

Je travaillais dans un bureau dans un gratte-ciel, après tout. Les seules fois où je prenais les escaliers, c'était que l'ascenseur était en panne, et je me plaignais tout du long.

— San Francisco, ce n'est que des collines, non ?

Webb a lancé cette question par-dessus son épaule blessée et j'ai été agacée d'entendre que sa voix était régulière.

Il respirait tranquillement, même si son épaule blessée tombait bien plus bas que l'autre. Il était encore pâle et tremblait un peu, mais il se débrouillait très bien pour camoufler la douleur qu'il devait ressentir. Il ne voulait pas être un boulet, et moi non plus.

— Oui, mais je ne passe pas mon temps libre à faire des allers retours sur les collines avec un fusil, ni à foncer vers des trafiquants de drogue qui maintiennent peut-être ma meilleure amie en captivité.

Il y avait de la glace dans ma voix et le jeune homme a eu le bon sens de prendre un air contrit.

— Pardon, Leo. Je ne voulais pas dire ça.

Ses excuses m'ont fait soupirer à nouveau.

— Je sais, je suis juste sur les nerfs. Je m'inquiète pour Emrys et Sutton. J'ai peur de ce qu'il va arriver quand on sera devant le champ. Je n'aime pas les situations que je ne peux pas maîtriser, et rien de ce dans quoi on se jette n'est maîtrisable.

Je me noyais dans mes doutes, et je détestais cela. Les traits de Webb ont pris une expression sérieuse et pensive. Ses sourcils se sont froncés, formant un V prononcé au-dessus de son nez, et sa bouche a formé un sourire inversé.

— La maîtrise est une illusion. Tu crois que c'est toi qui tires les ficelles de ta vie, mais c'est faux. Tu es accrochée au bout des ficelles et tu te déplaces là où le vent décide de te porter. La seule chose dont tu es responsable, ce sont tes actes, donc autant faire en sorte qu'ils aient un impact. Si Sutton et Emrys sont tombés sur ces connards, c'était un manque de chance, ils étaient au mauvais endroit au mauvais moment, rien de plus. Le fait que tu sois là, que tu sois prête à tout pour aider ton amie, tu maîtrises ces actes-là et ça en dit beaucoup sur qui tu es.

Il y avait du respect dans sa voix. Je ne savais pas pourquoi, mais ses éloges comptaient plus pour moi que les compliments désinvoltes que je recevais des hommes en costard qui me tapaient dans le dos quand je faisais du bon travail, dans ma vie quotidienne. Cet ex-taulard stoïque, avec son attitude imprudente et son désir de vengeance, me rassurait sur moi-même et sur mes choix.

J'allais lui dire merci, et lui faire savoir que j'avais bien besoin de ses observations et que je les appréciais, quand un cri déchirant a transpercé l'air. Il était clair que le cri venait d'une femme, et du champ vers lequel nous nous dirigions. Mes genoux ont tremblé quand je me suis rendue compte que le son devait venir d'Emrys. J'ai tendu la main et attrapé la branche la plus proche de moi pour rester debout. J'ai arrêté de respirer quand notre petite caravane s'est arrêtée sous la surprise, et a échangé des regards graves.

— Il faut qu'on bouge.

Cy a marmonné d'une voix basse dans sa barbe puis a accéléré sans rien dire, slalomant entre les arbres et sur le terrain accidenté avec une détermination et une panique non négligeables. Nous avons entendu un autre cri, plus fort et plus long que le précédent. Il s'est coupé net. Le choc du silence m'a fait pleurer.

Emrys était quelque part ici, elle souffrait et je ne pouvais rien faire pour arrêter cela. Tout ce qu'elle pouvait être en train de subir s'est succédé dans ma tête, comme le film le plus horrible qui ait existé. Ces visions d'horreur m'ont fait trébucher et tituber. Heureusement, Cy était là pour poser une main sur mon bras et me rattraper avant que je tombe en avant, la tête la première. Il a essuyé les larmes sur mes joues avec ses pouces, mais ne s'est pas embêté à mentir pour me dire que tout irait bien.

Il a fallu plus longtemps que ce que j'avais imaginé pour trouver un endroit d'où la clairière était visible. Grady nous a tous fait nous arrêter assez loin, toujours abrités en pleine forêt, et a demandé doucement où il était plus probable que Sutton et Emrys soient situés. Quand j'étais tombée et que j'avais atterri là-bas, je n'avais remarqué aucun bâtiment, aucune structure autour du périmètre. Cy a dit à l'ancien agent qu'il n'avait rien vu non plus, mais pensait que les producteurs ne voudraient pas être trop loin du champ au cas où des intrus tomberaient sur cet endroit.

Tennyson a lancé la radio supplémentaire à Webb et a ajusté le fusil qu'elle avait à l'épaule.

— Je vais faire le tour et monter plus haut sur la colline derrière le champ pour vous couvrir. Je suis sûre que je vais repérer où ils se sont installés quand je serai en haut.

Les hommes ont acquiescé et elle a posé les yeux sur moi.

— Tu veux faire une petite randonnée, la Californienne ? Viens avec moi pour déclencher la fusée d'en haut, personne ne pourra la louper. Si ça commence à tirer, il faudra que tu montes la garde pendant que je coince les sales types.

J'ai avalé ma salive car je ne voulais pas quitter Cy, ni les autres hommes avec qui j'avais voyagé jusqu'à présent, mais j'étais assez maline pour comprendre que c'était une tactique de la garde forestière pour amener la civile la moins expérimentée du groupe le plus loin possible du champ de bataille. C'était ainsi que je pourrais aider plutôt que de les gêner, donc j'ai hoché la tête.

— Je te suis.

Je n'ai eu le temps de ne faire qu'un pas vers la garde forestière, avant me faire tirer en arrière et retourner sur moi-même, me retrouvant face à Cy. Ses yeux gris étaient plus orageux que le ciel au-dessus de nous depuis deux jours, et les lignes de tension et d'inquiétude gravées sur son visage le faisaient paraître bien plus vieux qu'il l'était. C'était comme si tout cela l'avait enfin fait vieillir assez pour rattraper les touches argentées dans ses cheveux et sa barbe foncés.

— Fais attention, Soleil.

Le grondement de sa voix m'a fait frémir et sa façon de me tenir d'une main de fer m'a fait trembler.

— Ce n'est pas moi qui me dirige vers un camp plein d'hommes armés qui ont intérêt à s'assurer qu'aucun d'entre nous ne rentre chez lui. Toi, fais attention. Va sortir mon amie et ton frère des ennuis.

J'ai posé la main sur son cœur et ai été surprise de sentir comme il battait vite. Il était tout aussi angoissé que moi, mais il laissait ses actes parler pour lui.

Il a lâché un long et profond soupir. Quand il a penché la tête pour poser les lèvres sur les mienne, ce n'était pas un homme qui volait des instants pour se fabriquer des souvenirs auxquels s'accrocher car il n'aurait plus que ça. Non, c'était le baiser d'un homme qui voulait revendiquer son droit. C'était un baiser qui devait marquer et durer toujours... ou ce qu'il restait d'un toujours. C'était un baiser qui devait brûler et marquer l'âme, pour que des morceaux de lui soient éternellement soudés à des morceaux de moi.

Des langues s'enroulaient. Des lèvres bougeaient, affamées, voraces les unes contre les autres. Des dents mordillaient et s'entrechoquaient. Des souffles se mélangeaient et étaient volés puis remplacés par de doux soupirs et des murmures de satisfaction. Des mains s'accrochaient de toutes leurs forces car même avec ce baiser qui nous consumait, le fait que nous allions bientôt devoir nous lâcher restait bien présent. Je l'ai serré fort, j'ai senti son cœur bondir comme s'il voulait me toucher, et j'ai fait ce que je ne voulais absolument pas faire. Je l'ai lâché et me suis éloignée de lui. Nous respirions fort tous les deux et nous avions l'air un peu étourdis, mais nous n'avions pas le temps d'intégrer ce que ce baiser, et toutes les choses importantes et substantielles qu'il contenait, voulait dire pour nous.

— Débrouille-toi pour revenir à moi, Leo. Je n'ai pas fini de profiter de mon soleil.

Ses mots n'étaient destinés qu'à mes oreilles, à peine un son, un souffle de voix qui m'a frappée comme une pierre. Personne, à part Cy Warner, ne me voyait vive et brillante, ce qui donnait une raison de plus à mon cœur de vouloir sauter furieusement et inconsciemment dans ses mains.

— On n'en a pas fini, Cy. On va retrouver notre chemin l'un vers l'autre.

Ma réponse était tout aussi douce, et je me suis haussée sur la pointe des pieds pour lui faire un petit bisou sur la joue, puis j'ai pris une grande inspiration et me suis préparée.

— Je suis prête.

Tennyson a hoché la tête et sans un mot, s'est élancée sur un chemin parallèle à la cicatrice qu'était ce champ de plantations dans la forêt. Elle marchait prudemment, en faisant attention de ne pas casser des branches ou faire rouler des cailloux qui pourraient alerter quelqu'un qui rôderait dans les bois de notre présence.

— Il y a un grand affleurement rocheux sur une crête à vingt minutes d'ici. Les rochers seront assez hauts pour nous protéger si on nous tire dessus et assez loin pour qu'ils ne nous trouvent pas tout de suite après la première fusée. J'espère seulement qu'ils se sont installés pas loin, pour que je puisse indiquer leur campement aux gars.

Elle chuchotait, mais même ce faible son résonnait fort dans le vaste silence de la forêt qui nous entourait. J'ai poussé une pomme de pin qui est tombée quand j'ai frôlé une branche, et ai fait attention de ne pas marcher dessus pour ne pas la faire craquer sous mes bottes.

— Ils ne doivent pas être loin. On n'aurait pas entendu Em crier s'ils étaient très loin du champ.

Elle m'a regardée par-dessus son épaule et a froncé les sourcils. Elle a enlevé sa casquette de sa tête et me l'a jetée.

— Mets ça. Je n'avais pas remarqué combien tes cheveux sont visibles, une fois qu'il fait jour. C'est comme un flambeau et on ne sait pas s'ils sont proches ou pas. Le son peut aussi voyager sur des kilomètres, tu sais.

J'ai ricané un peu tout en essayant de caser le plus de cheveux que je pouvais sous sa casquette moche, et elle a haussé les sourcils avec un regard interrogateur.

— J'ai appris cette leçon à la dure. J'ai accusé Cy et ses frères de ne pas être de vrais cowboys la première fois que je les ai vus. Je pensais que personne ne m'entendrait, et je me suis complètement trompée.

Elle a levé les yeux au ciel en ricanant elle aussi et s'est reconcentrée sur le chemin, comme les arbres commençaient à être plus clairsemés, le terrain était plus rocailleux et plus dur à traverser.

— Cy peut faire le cowboy quand il le faut, mais il a toujours détesté cette étiquette et les clichés de ce que doit être la vie dans un ranch. Si tu lui dis que j'ai dit ça, je nierai, mais je pense que s'il insiste tellement pour ne pas être un cowboy, c'est parce que sa mère n'est jamais restée aux côtés de son père. Boyd Warner était un cowboy de la tête aux pieds. J'ai toujours eu le sentiment que Cy pensait que s'il pouvait être tout ce que son père n'était pas, il trouverait une femme qui ne partirait pas, dit-elle en haussant les épaules et me regardant par-dessus son épaule. Il a essayé d'être quelqu'un d'autre, mais il est né avec ce ranch et l'Ouest dans le sang. Il n'a pas pu échapper à son héritage et il a trouvé une femme qui ne pouvait pas supporter le fait que ses racines soient si profondes. Elle a fait ce qu'elle pouvait pour les couper, mais elles sont trop bien ancrées. Elle ne pouvait pas aimer un cowboy, tout comme sa mère. Les forts survivent ici, et les durs s'épanouissent. On ne trouve pas plus fort et plus dur que Cy. Il lui faut une femme qui reconnaît ça.

Je n'ai pas pu empêcher mes poings de se serrer. Sa façon de parler de l'homme que j'allais devoir quitter, familière et intime, me brûlait comme de l'acide et des flammes.

— Tu essaies de me dire que tu es la femme qui lui reconnaît ces qualités ?

Je ne voulais pas paraître brusque et jalouse, mais c'est ce qui est arrivé. Elle a secoué la tête et a soulevé ses cheveux clairs pour les passer sous le col de sa chemise.

— Ce sont les qualités qui font que c'est impossible pour nous de passer plus de quelques heures ensemble sans que l'un veuille étrangler l'autre. Cy est un roc, peut-être même un gros rocher, tellement il est imposant. Moi aussi. Je suis tout aussi dure que lui, et je peux être tout aussi implacable. On ne fait que se cogner l'un contre l'autre jusqu'à ce que l'un des deux ait la migraine. En dehors d'un lit, ce n'est pas drôle et c'est une perte de temps pour nous deux.

Je détestais le fait qu'elle partage un tel passé avec Cy, qu'elle ne soit pas obligée de se presser pour le temps qu'elle passait avec lui.

— Si c'est un roc, qu'est-ce que ça fait de moi ?

Je n'étais pas assez souple et malléable pour être le ruisseau qui fait le tour des cailloux déchiquetés qui percent la surface. Je n'étais pas assez douce pour arrondir les angles d'une pierre après toute une vie de douce pression.

Elle s'est arrêtée si brusquement que j'ai failli lui rentrer dedans. J'ai trébuché et ai tendu la main pour m'empêcher de tomber quand elle s'est retournée pour me faire face. Elle a laissé ses yeux couleur de jade me parcourir, et quand ils ont enfin croisé mon regard, j'ai vu une pointe d'humour dans leurs profondeurs de joyaux.

— Hé bien, *Rayon de Soleil*, commença-t-elle en relevant les lèvres en prononçant le surnom mièvre que Cy me donnait. Je dirais que tu es la seule chose sur Terre qui peut réchauffer la pierre. Tu es le soleil et ses rayons. Tu es la chaleur qui chasse le froid jusqu'au milieu. Si une pierre devient assez chaude, elle peut exploser.

J'ai penché la tête sur le côté et ai lâché un long soupir. Je ne voulais pas aimer cette femme, en grande partie parce qu'elle était capable de reconnaître la bite de Cy entre mille, et égoïstement, je voulais être la seule à avoir cette capacité. Mais son honnêteté et sa vision des choses originale me touchaient et me donnaient le sentiment de pouvoir lui faire confiance. Elle ne semblait avoir aucun artifice, et ne pas du tout se soucier de la première impression qu'elle donnait. Tout était naturel chez l'agent McKenna, et j'étais contente qu'elle n'essaie pas de jouer à qui pisse le plus loin pour l'homme devant qui nous avions toutes les deux été nues.

— Tu parles d'expérience ?

Cy m'avait dit qu'elle ne parlait pas de là où elle était partie, ni de pourquoi elle était revenue ici, donc je me demandais si sa journée ensoleillée s'était couverte. Son expression taquine s'est refermée et la lueur a disparu de son regard émeraude. Sa bouche, qui avait une parfaite nuance rose chair sans une once de rouge à lèvres, s'est renfrognée et cela a transformé son joli visage en un visage dur et presque laid.

— Même la pierre peut casser, si on trouve le point faible et qu'on frappe assez fort. C'est même facile d'enlever des morceaux au burin, si on sait comment faire.

Elle s'est retournée pour me faire comprendre que cette conversation était terminée, avant que j'aie le temps de lui dire qu'à moi aussi, un manipulateur doué avait enlevé des morceaux au burin. Quelques jours plus tôt, je ne voulais montrer aucune sorte de faiblesse, je refusais d'être vulnérable et ouverte avec ceux qui voyaient que je luttais pour remonter mon bouclier en piteux état. Cette aventure inattendue m'avait montré que ce n'était pas une faiblesse de souffrir ou de laisser les autres savoir qu'on souffrait.

La formation rocheuse escarpée s'élevait soudain devant nous, bien plus haute et plus abrupte que je l'imaginais. Ma peur instinctive de la hauteur m'a fait reculer et transpirer sous la visière de la casquette que j'avais sur la tête. Mes mains tremblaient comme nous approchions de la crête. Ten a posé les mains sur la pierre brute et s'est hissée un peu au-dessus du sol.

— Pose les pieds au même endroit que moi, et avance lentement. Il n'y a que cinq mètres jusqu'en haut, mais c'est assez loin du sol pour se faire mal, si tu glisses et que tu tombes.

J'ai fait bouger mon épaule crispée et ai envoyé une prière silencieuse à je ne sais quel dieu qui gardait un œil sur les hommes et les femmes de ces terres sauvages, et j'ai commencé à suivre la blonde sur les rochers. À la voir, on avait l'impression que c'était du gâteau, même si elle avait un fusil dans le dos et transportait le sac à dos chargé de matériel.

Ce n'était pas facile. Ce n'était pas une petite activité d'escalade du dimanche après-midi. Nous n'avions pas de harnais, pas de casque et pas de gants. Il n'y avait pas de Cy en bas pour m'encourager et me dire qu'il me tenait et qu'il ne laisserait rien de mal m'arriver. Les rochers me coupaient les mains et écorchaient mes doigts. J'ai cassé la moitié de mes ongles, au point de les faire saigner, et mon poignet blessé protestait fortement chaque fois que je devais passer le bras au-dessus de ma tête et m'accrocher du bout des doigts le temps de trouver une prise pour mes pieds. J'avais le cœur remonté dans la gorge du début à la fin, et je crois que je n'ai pas respiré une seule fois pendant les vingt minutes qu'il m'a fallu pour grimper jusqu'en haut des rochers. Quand je suis arrivée sur la crête, Ten m'a tout de suite forcée à m'allonger sur le ventre, ce qui a fait frotter mes genoux contre la pierre et a déchiré mon jean. J'étais essoufflée comme si j'avais de l'asthme, et Ten a posé sa main sur ma bouche en tournant la tête sur le côté.

— Ils ont construit leur camp à quelques centaines de mètres au nord de la clairière. Ils ont fait ça dans les arbres pour qu'on ne voie pas les tentes d'au-dessus. Ils doivent savoir qu'on se sert des images aériennes pour les missions de sauvetage et pour repérer les endroits à risques à la saison des incendies. Impossible de voir le campement, d'au-dessus.

Elle soufflait ces mots dans mon oreille si doucement que je devais me concentrer pour comprendre. Elle m'a demandé si j'allais bien et n'a enlevé sa main de ma bouche que lorsque j'ai hoché la tête. Elle a roulé sur le ventre, de sorte que nous étions étendues côte à côte, et a porté la radio à ses lèvres.

— On a un visuel sur le campement. Il est à peu près à 200 mètres au nord de la clairière, entre les arbres. Je vois au moins quatre grandes tentes militaires, et ils ont un tas de véhicules tout-terrain. Je ne vois personne et je ne sais pas dans quelle tente ils pourraient retenir vos amis, mais ce n'est pas une petite opération.

J'ai plissé les yeux en regardant dans la même direction qu'elle et n'ai pas pu retenir une exclamation en voyant non seulement la ville miniature faite de tentes à l'abri des regards indiscrets, mais aussi un cheval que je reconnaissais, attaché près d'une des tentes. Maintenant, il n'y avait plus de doute, ces gens avaient enlevé Emrys et Sutton.

— Ce cheval est celui qu'Em montait quand on s'est séparés.

J'essayais de parler doucement mais je tremblais tellement que ma voix était hachée et plus forte que je le voulais. Ten m'a lancé un regard puis a parlé dans la radio.

— On a confirmation que le cheval que montait la femme qui était avec Sutton est attaché sur le camp. Dis à Cy de regarder dans la tente près des chevaux d'abord, quand il arrivera au camp.

— Bien reçu, Madame, a répondu la voix de Webb, tendue. Donnez-nous quinze minutes avant de lancer les fusées. Il faut en faire sortir le plus possible des tentes si on veut avoir une chance de faire sortir les nôtres.

Son visage était figé dans la concentration.

— On va faire ce qu'on peut depuis là-haut.

La radio a parlé une fois de plus et on ne pouvait manquer l'humour moqueur dans la voix de Webb, malgré les bruits parasites qui craquaient et crépitaient au-dessus.

— Faites juste attention de viser les méchants et pas moi, quand je vais arriver et foutre le bordel.

Elle a juré dans sa barbe et a posé la radio sur le côté pour prendre le pistolet lance-fusées dans son sac. Elle me l'a tendu et m'a demandé :

— Il était comme ça pendant tout le voyage ?

J'ai à moitié haussé les épaules avec un air gêné et ai essayé de trouver un endroit confortable sur le rocher pour lancer les fusées.

— Pas vraiment. Ni Grady ni lui ne parlaient beaucoup, parce qu'ils mentaient sur la raison de leur présence. Webb pense que les gens qui dirigent cette opération sont peut-être responsables de la disparition de son grand frère. Il n'est pas très bien depuis qu'on s'est fait piéger et qu'ils lui ont tiré dessus. C'est le genre de mec que je n'aimerais pas avoir à mes trousses quand il veut se venger.

Et cela n'était pas dû au fait que le jeune homme avait fait de la prison. Il y avait quelque chose chez lui, quelque chose de déséquilibré et de dangereux, qui me faisait penser que c'était le genre d'homme qui ne pensait pas une seconde aux conséquences ni aux risques.

— Il pense qu'un des corps qu'on a repêchés dans la rivière pourrait être celui de son frère ?

Elle avait l'air abasourdie et un peu triste, en me posant cette question.

— Oui. On ne savait pas, pour le cadavre, jusqu'à l'embuscade. Il a convaincu Grady de venir faire l'excursion en pensant que son frère avait disparu. On ne peut pas vraiment lui reprocher d'être un peu imprévisible. Sans parler de tout le sang qu'il a perdu en 24 heures.

Elle a fait un petit bruit dans sa gorge, a placé son fusil devant elle, et a commencé à jouer avec la lunette sur le dessus. Elle semblait parfaitement compétente et sereine, alors qu'en comparaison, j'avais l'impression que j'allais vomir ou tomber dans les pommes d'une minute à l'autre. Je n'avais jamais été aussi stressée ou terrifiée de ma vie. Toutes les choses dont je me souciais d'habitude paraissaient triviales et stupides. Maintenant, je comprenais ce qu'était une vraie catastrophe, et qu'il n'y avait aucun moyen d'empêcher le chaos quand il venait de facteurs extérieurs. La seule façon de vivre une vie maîtrisée et rassurante était de ne pas avoir de vie... exactement ce que je faisais avant que Cyrus Warner et son Grand Ouest ne fassent éclater cela en mille morceaux.

Le coude de Ten a tapé contre le mien et je l'ai entendu expirer longuement.

— J'ai un œil sur Cy et le plus âgé. Ils sont à l'arrière dans la forêt, à cinq ou six mètres de la tente où est le cheval. J'espère que le cheval ne va pas sentir Cy et faire du boucan. Ça révélerait tout de suite leur localisation.

Elle a baissé son index sur la gâchette du long fusil et a expiré une nouvelle fois.

— Je vais compter jusqu'à trois. À trois, tu allumes le ciel.

J'ai hoché la tête sans rien dire et me suis installée près d'elle. Je n'avais pas besoin de viser ni de me préparer au recul. Je n'avais qu'à appuyer plusieurs fois sur la gâchette pendant que la cartouche partait en l'air et explosait en une boule de feu.

Nous avons toutes les deux arrêté de respirer quand elle a murmuré :

— Un.

J'ai fermé les yeux et ai récité toutes les prières dont je me rappelais, et quelques-unes que j'avais inventées, quand elle a continué :

— Deux.

J'ai rouvert les yeux et me suis concentrée sur le campement où ma meilleure amie vivait un cauchemar que je ne pouvais qu'imaginer, et tous les muscles de mon corps se sont tendus dans l'attente du dernier chiffre. Mes nerfs étaient électriques et chargés d'une tension qui me traversait toute entière. Les lèvres de Ten ont bougé, à peine, quand le numéro trois a flotté jusqu'à moi dans un filet d'air.

J'ai appuyé sur la gâchette et ai mis le feu au ciel devant nous. Comme il faisait jour, la lumière provoquée par l'explosion quand les produits chimiques ont pris feu n'était pas aussi brillante qu'elle aurait pu l'être, mais le bruit s'est propagé et a résonné avec force sur toutes les surfaces de la montagne. Il a roulé dans la vallée quand un boum a retenti clairement à travers les arbres. Il était si fort qu'on aurait dit que le sol devait bouger et vibrer à cause du bruit.

Il n'a pas fallu longtemps pour que le vacarme ait l'effet désiré. Très vite, des corps sont sortis des tentes. Des hommes de toutes les tailles, de toutes les formes et habillés différemment se sont précipités dans la clairière, les yeux en l'air pour essayer de repérer la menace invisible. Ils étaient tous armés et avaient l'air furieux d'avoir été dérangés pendant leurs activités habituelles.

— Merde. Ils sont nombreux.

Les mots sont sortis sans que je le veuille, mais j'ai vu d'après les épaules tendues de Ten qu'elle était d'accord avec moi.

— Cy est derrière la tente. On dirait qu'il essaye de couper dans le tissu.

Je regardais les hommes du campement commencer à tourner en rond en regardant le ciel, attendant une autre explosion. Ils étaient agités et anxieux, donc ce n'était pas surprenant d'entendre plusieurs coups de feu dans le vide, mais aucun vers l'endroit où nous étions cachées.

— Merde. Ce n'est pas la bonne tente. Ils passent à la suivante. J'espère que personne ne va les voir.

J'avais du mal à imaginer qu'on puisse louper quelqu'un d'aussi imposant que Cy, mais je gardais les doigts croisés pour qu'il se déplace à travers le campement aussi discrètement que de la fumée.

— Oh non. Ils se séparent pour fouiller les lieux.

Ten a repris la radio et a appelé Webb.

— Je ne sais pas quel est ton plan pour faire diversion, petit gars de la ville, mais il faut y aller tout de suite. Les sales types sont en route.

— Bien reçu. Ça va faire beaucoup de bruit.

— Dépêche-toi. Cy et ton agent sont dans la deuxième tente et ils ne sont pas encore ressortis.

Elle parlait vite et je détestais ne rien pouvoir faire d'autre que de rester ici à côté d'elle, incapable d'aider les gars sur le terrain. Ten s'est crispée près de moi et a levé la tête, puis a remis son œil contre la lunette.

— Deux mecs se dirigent vers la tente où Cy est entré. Je vais devoir tirer s'il ne se passe rien dans...

Elle n'a pas pu finir sa phrase car le monde en-dessous de nous est parti en flammes. Les motos et les quads garés près des tentes ont explosé, faisant voler le métal en éclats. La détonation faisait passer le bruit et l'explosion des fusées pour un piètre cierge magique à côté d'un feu d'artifice du 14 juillet. Webb avait fait exactement ce qu'il avait promis, et avait créé une diversion tellement énorme que les hommes du camp ne pouvaient pas l'ignorer. Malheureusement, il avait dû beaucoup se rapprocher pour le faire, ce qui a fait émettre toute une série de jurons à Ten, avant de tirer balle après balle sur les hommes armés qui couraient vers la partie de la forêt où Webb fuyait.

Tout s'est enchaîné et les balles sifflaient. J'ai mis la main sur ma bouche en regardant tout cela se dérouler, comme si j'avais un film d'action à suspense sous les yeux. Le bruit du fusil dans mon oreille étouffait tous les autres sons d'en bas, mais il ne couvrait pas les hurlements qui venaient de mon âme et les battements inconstants de mon cœur quand j'ai aperçu Cy trottiner entre les arbres avec une silhouette molle aux cheveux bruns sur l'épaule. Il avait Em, mais il n'y avait aucun signe de Grady ni de Sutton. Cela ne présageait rien de bon.

— Merde ! Baisse la tête !

Sa main a fusé et a appuyé sur ma tête, poussant mon visage contre la roche, quand de petits morceaux ont volé dans notre direction.

— Fais demi-tour. Redescends de l'autre côté du rocher. Ils savent que je tire d'ici et ils ripostent.

— Et Sutton ? Tu vois Sutton ou Grady ?

J'ai fait glisser mes fesses comme elle me le disait, mais j'ai paniqué dès que je ne pouvais plus voir ce qu'il se passait en bas.

— Je suis trop occupée à empêcher le petit de la ville de se faire trouer. Ils l'ont repéré et ils vont vers lui. Il fait exprès de les éloigner du camp, mais ça revient à lui dessiner une cible dans le dos.

— Pas bon.

Elle a ricané.

— Bel euphémisme, Californie.

Je me retournais pour passer la tête au-dessus du haut des rochers pour voir ce qu'il se passait, mais je n'en ai pas eu le temps. Avant d'arriver à m'installer, le bruit d'un homme qui toussotait m'a fait m'arrêter net. J'ai baissé les yeux nerveusement et me suis retrouvée face à un gros pistolet noir pointé sur mon nez et à un homme habillé en noir des pieds à la tête, avec des traces de graisse sur le visage, et son doigt sur la détente.

Cela ne faisait pas du tout partie du plan.

17

PAS DE CAPITULATION, PAS DE REPLI

J'ai ouvert la bouche pour hurler mais me suis retenue de laisser sortir le cri de panique qui montait dans ma gorge. J'étais surprise et effrayée mais je savais que si je faisais le moindre bruit, Ten reviendrait par-dessus le haut du rocher avec son fusil, et le mec pourrait tirer d'abord et réfléchir après. Il m'a souri, ce qui était terrifiant avec les peintures de guerre qui obscurcissant ses traits. Je ne voyais qu'un éclair de blanc contre le noir, ce qui le faisait ressembler à un masque d'Halloween perturbant qui aurait pris vie.

Il a levé l'arme contre ses lèvres et a dit «chut» en indiquant qu'il voulait que je glisse jusqu'en bas des rochers, aussi discrètement que possible. D'instinct, j'ai fait non de la tête, ce qui l'a fait grimacer et pointer à nouveau l'arme sur moi. Il a fait un geste vers lui avec son doigt et j'ai ravalé mon souffle en sachant que je n'avais pas beaucoup d'options. Je pouvais repartir de l'autre côté du rocher mais je ne voulais pas distraire Ten qui tenait tout le camp à distance de Webb pendant que Cy faisait sortir Em et Sutton. En plus, l'autre côté du rocher était une chute libre dans le vide, donc si l'homme me suivait, Ten et moi n'aurions nulle part où fuir.

Avec le souvenir des cris glaçants d'Emrys qui résonnaient dans ma tête, j'ai lentement commencé à descendre le long de la paroi rocheuse en essayant de faire le moins de bruit possible. L'homme en bas gardait le canon de son arme pointé sur moi, ce qui rendait la descente encore plus angoissante. Il me regardait, fixement, et cet étrange sourire sur son visage ne faiblissait pas.

Alors que j'étais presque à la moitié de la descente, les mains douloureuses et écorchées, l'arrière de mon jean déchiré à force de traîner mon derrière sur les rochers, et l'intérieur de mes joues plein de sang à force de les mordre pour ne pas faire de bruit, j'ai pris une décision. Je devais faire quelque chose... n'importe quoi. Je ne pouvais pas me livrer à cette menace inconnue après tout ce que tout le monde avait fait pour tirer Em et Sutton hors de danger. Je ne serai pas responsable de l'echec de cette mission, et je me fichais des conséquences pour moi, tant que tous les autres rentraient chez eux sains et saufs. J'étais loin d'être une héroïne, mais aujourd'hui, pour les gens dont je me souciais, je pouvais faire semblant.

Comme j'étais assise sur le rocher et que je me servais de mes mains et de mes pieds pour descendre doucement sur la surface rugueuse, j'étais dans une position parfaite pour me jeter en avant comme un lutteur depuis les cordes. Cela signifiait que je devais lâcher toutes les prises auxquelles je m'agrippais, et oublier ma peur du vertige. Cela signifiait dire adieu à la femme qui fuyait tout ce qui lui faisait peur. Cela signifiait accepter pleinement la femme qui pouvait et allait tout risquer, même si elle devait tout perdre.

Je n'avais aucune garantie que l'homme armé ne tirerait pas dès que je me pousserais du rocher. Il pouvait me mettre une balle dans la poitrine avant même que je le touche, mais au moins, Ten serait prévenue de ce qu'il se passait en bas. Je voulais avoir l'homme par surprise.

Je voulais le prendre au dépourvu et peut-être le déstabiliser assez pour qu'il fasse tomber son arme. Je voulais égaliser un peu les chances et honnêtement, je voulais lui mettre un coup de genou dans les couilles aussi fort que possible pour m'avoir fait peur et menacée avec une arme. J'en avais fini de marcher sur des œufs.

Je me suis donné une seconde pour respirer. J'ai inspiré l'air de la montagne, ai effacé le bruit des balles qui rebondissaient sur les rochers et les arbres, et me suis dit que pendant ce voyage, il n'avait été question que de moments qui comptent vraiment. Ce moment, c'était tout ou rien. Il pourrait aider à sauver la mise ou finir en tragédie sans commune mesure. Je ne pouvais plus jouer la sécurité et garder les risques à distance. Il était temps de sauter à pieds joints dans les flammes et de laisser brûler mes vieilles peurs et hésitations. Il était temps d'être le phénix qui renaît de ses cendres, sauvage et féroce. Il était temps de voler, car j'avais fini de couler.

J'ai ravalé le cri coincé dans ma gorge, et me suis jetée du rocher en poussant sur mes mains et mes pieds. Je me suis retrouvée en suspension, le sol et l'homme maquillé ahuri se rapprochant très vite. Je l'ai entendu lancer :

— Qu'est-ce qu'elle fout ! La folle !

Mais c'était trop tard. Je volais, je tombais, je fonçais droit sur lui et il n'avait pas le temps de se pousser ni d'appuyer sur la gâchette.

— Putain de merde !

Il a aboyé tellement fort que je savais que Ten allait forcément l'entendre. Mais à ma grande surprise, alors que je m'effondrais sur lui, il a laissé son arme tomber par terre et a levé les mains. Il faisait comme s'il allait me rattraper et arrêter ma terrible chute libre.

Je tombais vite, donc quand j'ai atterri sur lui, c'était comme si j'avais percuté un mur de briques, renforcé avec du béton. L'impact a fait voler la casquette que j'avais sur la tête. C'était un homme costaud, pas aussi grand que Cy, mais plus large et plus trapu. Il a encaissé le choc de mon poids sans vaciller. Il a passé les bras autour de moi alors que je me débattais violemment. Mes ongles éclatés s'enfonçaient dans tous les endroits sensibles que je trouvais, et j'essayais de lui donner des coups de pied, mais mes efforts étaient inutiles car le bout de mes bottes ne frappait que du cuir dur. Il portait une sorte d'équipement tactique qui aurait aussi bien pu être une armure.

Il a bougé les bras tout en me tenant et mon adrénaline est redescendue quand j'ai compris qu'il était vain de me battre contre lui. Un de ses gros bras s'est bloqué autour du mien et il s'est servi de sa main libre pour attraper mes cheveux dans son poing, pour que je ne puisse pas lui donner de coup de tête ou le mordre. Il n'avait pas besoin de se donner beaucoup de mal pour me maintenir dans une position de soumission.

— Écoute, petite boule de feu, ça pourrait être drôle si on était à poil et que j'aimais les rousses, mais on n'est pas tout nus et ton sang irlandais ne me plaît pas trop. Calme-toi, respire une seconde, et je te lâcherai.

Je l'ai fusillé du regard et ai essayé de bouger ma jambe pour mettre mon genou entre ses jambes. Il a bloqué le mouvement et m'a grogné d'arrêter mes conneries.

— Je ne veux pas te faire mal, mais je peux le faire. Je ne sais pas qui tu es ni quel bordel tu as apporté avec toi dans la montagne, mais il y a un raid ordonné par les autorités qui va tomber sur ce camp dans moins de trois minutes, et ton petit cul est arrivé dans le périmètre. Il faut que tu te tires avant que les gentils te prennent pour une méchante.

Je suis devenue toute molle entre ses bras, pendouillant comme une poupée de chiffon. Il a dû bouger pour m'empêcher de tomber par terre. Il a encore grogné et m'a secouée un peu en demandant :

— Hé, ça va ?

J'ai lentement secoué la tête et ai commencé à repousser ses mains.

— Comment ça, il y a un raid en cours ?

Je savais ce que signifiaient les mots mais c'était comme un langage inconnu.

— Je voudrais bien sortir mon badge pour te le montrer, mais les connards du campement m'ont vu fouiner il y a un peu plus d'une semaine. Ils m'ont tabassé, m'ont tiré dans la poitrine, et m'ont jeté dans la rivière. Ces idiots n'ont pas pensé au Kevlar. J'étais bien abîmé et vraiment paumé. Il m'a fallu une semaine pour trouver un téléphone, et quelques jours de plus pour convaincre mon chef d'envoyer une équipe. En général, ces opérations de culture clandestine ne sont pas énormes, mais celle-là... a-t-il dit en secouant la tête et frottant son menton noirci. Celle-là, elle est reliée aux gros au Mexique, et ils n'ont pas peur de faire augmenter le nombre de cadavres qui bat déjà des records. Il faut que tu te tires de là avant que les grenades incapacitantes soient jetées et que le chaos envahisse la montagne.

De retour sur mes pieds, je me suis éloignée de lui et penchée en avant pour poser les mains sur mes genoux.

— Vous ne seriez pas Wyatt Bryant, par hasard ?

Il semblait y avoir peu de chances, mais sa façon de parler, le fait qu'il semble inquiet pour moi et pas dérangé par le fait que j'ai essayé de le faire tomber avec un mouvement de catch, m'ont fait me poser la question.

J'ai vu ses yeux s'agrandir et sa mâchoire se serrer en entendant ma question.

— Pourquoi tu me demandes ça ?

J'ai laissé ma tête tomber en avant et ai lutté pour retrouver mon calme.

— Parce que j'ai passé la semaine avec votre frère et votre équipier, à parcourir la forêt à votre recherche. Ils savent qu'on a trouvé des corps dans la rivière et Webb est persuadé qu'un des cadavres est le vôtre. Grady a dû démissionner pour venir vous chercher. Ils étaient morts d'inquiétude que vous ne donniez pas de nouvelles. Le chaos a déjà déchiré cette montagne et vous, monsieur, êtes au centre de tout ça.

Le frère de Webb m'a fixée pendant un long moment puis a levé les mains au-dessus de sa tête en se mettant à faire les cent pas devant moi.

— Ce foutu Webb. Ce gamin n'apprendra jamais. Impulsif comme personne, et impossible de l'arrêter quand il a une idée en tête. Je n'arrive pas à croire que Grady soit tombé dans ses conneries.

— Ses conneries viennent de sauver la vie de ma meilleure amie. Les mecs du camp l'avaient prise en otage, avec un rancher de la région, dis-je en haussant les sourcils. Votre équipier et le frère du rancher sont allés sur le campement pour les récupérer. Je parie que vous savez ce qui leur serait arrivé s'ils avaient été là au lancement du raid. Votre frère est imprudent, mais parfois, il faut l'être.

Il a encore juré et a continué à tourner en rond.

— C'est moi qui ai jeté les corps dans la rivière. Le responsable du campement a envoyé des laquais pour me jeter à l'eau. J'ai fait le mort jusqu'à ce qu'on arrive sur la berge et j'ai essayé de les retourner. Je leur ai promis l'immunité et un visa de travail s'ils me donnaient les gens qui dirigent l'opération. Elle est trop bien financée pour que ce soit des petits trafiquants. Mais ils étaient trop loyaux, ou ils avaient trop peur pour parler. Ils ne voulaient rien dire, et malheureusement, ils ont essayé de finir le boulot qu'ils avaient commencé au camp. C'était eux ou moi, et je choisirais toujours moi.

J'ai ricané.

— Votre frère, et apparemment votre équipier aussi... C'est vous qu'ils choisissent.

Il a ouvert la bouche pour me rétorquer quelque chose mais a fini par lâcher un juron et faire un bond en arrière quand le sol a explosé devant ses pieds. Le ricochet a fait voler de la terre vers moi donc j'ai fait un pas en arrière vers les rochers. Le frère de Webb a plongé vers le pistolet, qu'il avait fait tomber pour m'attraper, et a lancé une série de jurons quand une balle s'est enfoncée dans le sol à quelques centimètres de ses doigts.

J'ai levé les yeux vers le haut du rocher et ai vu Ten debout en haut, son arme pointée sur l'homme qui était maintenant allongé à mes pieds. On aurait dit une reine guerrière antique, prête à défendre son territoire et à punir l'intrus.

Je lui ai lancé :

— Il est de la DEA, donc tu devrais peut-être arrêter de lui tirer dessus.

Elle m'a fait une grimace et j'ai haussé les épaules.

— C'est le frère de Webb. Apparemment, il a juste un très mauvais sens de l'orientation et il s'est perdu, mais maintenant la cavalerie est en route. J'espère qu'ils arriveront à temps pour sauver votre frère, agent spécial Bryant, parce qu'il a tout donné pour essayer de vous sauver, sans même savoir si vous étiez toujours vivant.

— Webb est tranquille. Il y avait quelques mecs pas loin derrière lui quand il a foncé vers les arbres, mais la plupart ont fait demi-tour pour riposter quand j'ai commencé à tirer. Cet endroit est compromis, on devrait partir.

Les sourcils de Wyatt, eux aussi pleins de peinture de guerre se sont levés devant sa voix autoritaire, et son sourire tordu est apparu derrière le maquillage qui camouflait son visage. Ten nous regardait tous les deux en fronçant les sourcils.

— Toujours aucune trace de Sutton. Ce n'est pas une bonne nouvelle, parce que c'est impossible que Cy laisse son frère au milieu de cette merde. Il faut qu'on aille chercher ton amie et s'assurer que notre héros ne finisse pas du mauvais côté d'une attaque de la DEA.

Le frère de Webb a émis un long sifflement et a avancé pour ramasser son arme.

— Un blonde couillue avec des jambes d'un kilomètre ? Ça, je peux accepter.

Il a fait un clin d'œil à Ten, auquel elle a répondu par un regard noir. J'ai levé les yeux au ciel.

— C'est de famille, apparemment, ai-je dit avant de souffler et de lui lancer un regard dur. Vous ne voulez pas dire à vos collègues que votre équipier est sur le campement, et qu'il est armé ?

Ten m'a jeté un regard qui brillait pour me dire qu'elle approuvait, mais cette brillance a pris la dureté du diamant quand Wyatt a secoué la tête.

— C'est une frappe rapide et il n'y a aucun moyen de les prévenir de la présence de Grady sur le terrain. Ils vont arriver et l'embarquer avec le reste de l'équipe. Ils y vont discrètement et rapidement, sans radio, donc on ne peut pas faire de changement de programme. Il faut qu'on bouge si on veut les intercepter avant qu'ils prennent vos amis pour des ennemis et qu'on prenne des tirs de notre propre camp.

Son sourire est devenu triste et il a regardé en l'air comme si le grand ciel bleu détenait les réponses à des questions qu'il s'était posées toute sa vie.

— Je ne comprendrai jamais comment mon idiot de frère arrive à empirer toutes les mauvaises situations dans lesquelles il tombe. On dirait que c'est son super pouvoir.

Ten a lâché un souffle et a fait un signe de tête pour nous indiquer de la suivre autour de la formation rocheuse et de retourner sous les arbres. Elle a dit que nous pouvions faire le tour du camp pour arriver de l'autre côté, où Cy avait disparu avec Emrys, mais sa voix était tendue et ses mots rigides et tranchants. Elle a tourné le dos à l'agent spécial intimidant, mais pas avant de lui dire :

— Cet idiot vient d'affronter une pluie de balles et tout un camp de cartel parce qu'il était décidé à vous retrouver, mort ou vif. Je crois que son superpouvoir, c'est l'amour fraternel.

Après s'être bien fait reprendre, Wyatt a fermé la bouche, redressé ses larges épaules, et avancé derrière elle. Ils avançaient vite, mais le poids de ce qui se passait autour de nous et la menace réelle qui planait au-dessus de nous n'empêchaient pas Wyatt de fixer ouvertement la démarche de Ten et ses longues jambes plutôt que d'observer son environnement. J'aurais pu m'en amuser, si je n'avais pas été si occupée à chercher Emrys en priant pour que Cy ne l'ait pas laissée à un endroit qu'il estimait sûr pour retourner dans le campement qui allait se faire assiéger. Ten avait raison. C'était inimaginable que Cy laisse Sutton sur place, peu importe dans quel état il était. Je ne voulais pas penser aux raisons pour lesquelles les hommes avaient fait sortir Emrys aussi vite en laissant le frère Warner derrière eux. C'était bizarre, et cela me rendait toute nouée d'anxiété et d'inquiétude pour Cy.

Nous avons atteint les arbres et une fois de plus, j'ai dû éviter des branches et des brindilles qui tiraient sur mes vêtements et s'accrochaient dans mes cheveux. Il ne m'a pas fallu longtemps pour prendre du retard sur les deux personnes qui me devançaient, et couraient pratiquement sur ce terrain irrégulier. Ils étaient entraînés pour cela, pas moi. Leur objectif de traverser les bois aussi rapidement et silencieusement que possible les a tous les deux empêchés de remarquer un X à peine visible, gravé dans l'écorce d'un des millions de pins entre lesquels nous passions. Je me suis arrêtée et ai posé la main sur l'écorce rugueuse juste sous la marque, pour reprendre mon souffle. J'ai regardé tout autour désespérément à la recherche d'un autre signe que Cy et Emrys étaient passés dans cette partie de la forêt, mais rien ne me sautait aux yeux.

Ten et Wyatt étaient presque hors de ma vue car ils continuaient à avancer entre les arbres, sans avoir remarqué que je m'étais arrêtée derrière eux. J'inspirais de grandes bouffées d'air, me préparant à sprinter pour les rattraper, quand j'ai entendu un petit bruit au-dessus de ma tête. Je me suis dit de ne pas me faire de faux espoirs, que c'était sûrement un écureuil ou une pomme de pin qui tombait, mais quand j'ai levé les yeux, j'ai vu une plateforme carrée en métal, installée très haut sur l'arbre. Elle était facilement à 30 mètres au-dessus du sol et j'entendais clairement une femme gémir.

J'ai fait quelques pas en arrière et ai levé la tête pour murmurer un cri.

— Em, c'est toi ?

Je savais que j'allais avoir des ennuis si c'était quelqu'un d'autre qui passait la tête par-dessus le bord du poste de chasse, mais dans mes tripes, j'avais le pressentiment que c'était l'endroit le plus sûr que Cy aurait pu trouver pour cacher ma meilleure amie. Quand sa tête brune est apparue, j'ai dû forcer mon expression à montrer du soulagement et pas de l'horreur.

Son visage était couvert de sang et un bandage improvisé en recouvrait la moitié, et était tâché d'un rouge écarlate. Ses cheveux bruns étaient emmêlés autour de sa tête et je voyais, malgré la distance entre nous, que sa peau d'ordinaire dorée était très pâle et blême. Elle n'avait pas l'air en forme ; en fait, elle n'aurait pas pu avoir l'air en pire état. J'étais reconnaissante que Cy l'ait faite sortir du campement vivante, mais j'étais furieuse qu'il l'ait laissée toute seule dans un endroit inaccessible, dans son état.

— Em, je vais trouver comment monter là-haut pour t'aider, d'accord ?

J'ai fait le tour de l'arbre mais j'étais bien incapable de trouver comment Cy avait réussi à monter en portant Em dans ses bras. Il n'y avait pas de planches clouées dans l'arbre, pas de corde ni aucune branche dont j'aurais pu me servir pour grimper le long du tronc, et Em ne m'aidait pas. Elle a encore gémi, et j'ai regardé le haut de son corps s'effondrer sur la petite plateforme où elle était perchée.

— Emrys !

Je n'ai pas essayé de chuchoter, cette fois, en appelant son nom. Sincèrement, je me fichais qu'une armée de méchants trafiquants de drogue débarque de la forêt avec leurs armes chargées. J'étais dans tous mes états pour mon amie et j'étais décidée à la rejoindre.

— Em, il faut que tu me dises comment monter. Comment Cy t'a fait grimper dans l'arbre ?

Je n'ai pas entendu de réponse et j'ai paniqué car j'ai pensé qu'elle avait pu s'évanouir. Je ne savais pas à quel point elle était blessée, mais elle gémissait doucement et le sang sur son visage justifiait mon inquiétude. Je me demandais si je pourrais prendre le tronc entre mes bras et mes jambes et grimper comme un singe quand j'ai entendu un bruit de chaînes au-dessus de ma tête.

— Pousse-toi, Leo.

Sa voix était rauque et ses mots étaient comme cassés. J'ai sauté en arrière quand une échelle en métal avec de fins barreaux s'est déroulée depuis son nid. À peine a-t-elle touché le sol devant mes pieds que j'ai commencé à monter jusqu'en haut. Em a encore disparu de mon champ de vision avec un grondement sourd, mes mains sont devenues moites et mes genoux tremblants. J'ai dû prendre plusieurs grandes inspirations pour faire redescendre mon adrénaline, et pour que mon corps flageolant ne tombe pas des barreaux.

— J'arrive, Em. Accroche-toi encore un peu.

J'ai eu pour seule réponse un silence de mort, alors que ma main a brusquement glissé. Je me suis imaginée tomber en arrière et m'ouvrir le crâne sur le sol tout en bas, mais même cette image macabre ne pouvait pas arrêter mon ascension hâtive vers le rebord de la plateforme, qui semblait encore plus haut depuis ce point de vue. J'ai dégluti très fort, et me suis tortillée sur le ventre pour monter sur la surface plane où Em était allongée et recroquevillée en position fœtale. Depuis cet endroit, je voyais à peine l'arrière de la tête blonde de Ten qui sautillait et s'enfonçait dans la forêt. Wyatt, ses peintures de guerre effrayantes et sa tenue de combat étaient beaucoup plus durs à discerner car il se déplaçait comme une ombre derrière elle. Ils ne s'étaient pas arrêtés et ne m'avaient pas attendue. Ils avançaient tous les deux avec leur mission en tête.

Aussi délicatement que possible, j'ai poussé les cheveux d'Emrys hors de son visage et ai inspiré si fort que cela m'a fait mal aux poumons. Elle saignait de partout, pas seulement sur le bandage qui avait été rapidement enroulé autour du côté de son visage. Des coulées rouges descendaient de ses deux narines et de son oreille. Elle avait de sales contusions noires tout autour de son œil découvert, et ses deux lèvres étaient ouvertes et saignaient lentement.

— Oh, ma puce. Qu'est-ce qu'ils t'ont fait ?

Je la berçais sur mes genoux et j'ai futilement essayé de nettoyer son visage avec le bas de ma chemise. Je savais que les gars qui tenaient le camp n'étaient pas tendres, mais en voyant le visage d'Em et son corps, allongé sans force sur la plateforme, une réelle terreur m'a étranglée en pensant à ce qu'ils feraient à Cy et aux autres, partis en mission sauvetage. J'avais du mal à respirer et encore plus de mal à réfléchir correctement, mais j'ai fait de mon mieux pour garder mon calme car Emrys avait besoin de moi, et je refusais de me dérober.

Son œil gonflé et déformé s'est ouvert et ses lèvres bouffies et déchirées se sont tordues. Ces petits mouvements la faisaient visiblement beaucoup souffrir, car tout son corps a été pris d'un spasme comme elle s'efforçait de se concentrer sur mon visage au-dessus du sien. Un liquide cristallin a commencé à couler entre ses cils, se mélangeant au sang séché que je ne pouvais pas essuyer sur sa joue.

— Ils m'ont fait du mal, Leo, et ils ont tiré sur Sutton.

Elle a été prise de tremblements incontrôlables et j'ai paniqué, croyant qu'elle passait en état de choc. Elle a faiblement repoussé mes mains qui la serraient car je la tenais trop fort et cela lui faisait mal, avec sa peau déjà abîmée. Elle s'est mise à pleurer plus fort et je n'ai pas pu empêcher mes larmes de couler après les siennes.

— Les deux gars qui devaient nous surveiller... a-t-elle commencé avant que sa voix s'éteigne, et qu'elle commence à sangloter sur mes genoux. Ils... Ils m'ont fait des choses.

Mes poings se sont serrés contre ses bras et je tremblais tout autant qu'elle.

— Ils allaient me violer, Leo. Ils m'avaient enlevé mes vêtements et ils me touchaient partout.

Son visage tragique a pris une expression encore plus laide et plus abîmée.

— Sutton les a arrêtés. Il est devenu fou. Il avait les mains attachées mais il les a quand même arrêtés, dit-elle en hoquetant doucement et laissant son œil se fermer, blottie contre moi. Le chef est venu voir pourquoi il y avait autant de bruit. Il était énervé quand il a vu ma tête, et encore plus énervé quand il a vu que Sutton avait blessé ses hommes.

Em s'est roulée en boule et a eu un mouvement de recul quand j'ai voulu poser la main sur son épaule.

— Il a tiré sur Sutton, Leo. En plein dans la poitrine. Il y avait tellement de sang, dit-elle d'une voix qui a craqué, comme le bruit d'un cœur qui se brise. Il est tombé par terre et il n'ouvrait plus les yeux. Il a une fille, Leo, poursuivit-elle en tremblant si fort que j'entendais ses dents claquer. Ils l'ont laissé saigner par terre. J'ai dit à Cy de le prendre en premier, mais il ne m'a pas écouté.

J'ai secoué la tête et ai délicatement passé la main sur le dessus de sa tête.

— Les vrais cowboys sauvent la fille en premier, Em. Cy ne t'aurait jamais laissée là-bas dans cet état-là. Il est retourné chercher son frère, non ?

Elle a hoché la tête vivement.

— Il m'a aidée à mettre le bandage sur mon visage, dit-elle en indiquant le bandage imbibé de sang d'un doigt chancelant. Un des gars a hurlé que je ne me trouverais plus trop bien pour lui une fois qu'il en aurait fini avec moi. Je n'ai pas arrêté de me battre contre lui alors qu'il essayait d'enlever mon pantalon. Il m'a ouvert la joue avec un couteau suisse tout sale. Ça n'arrête pas de saigner.

J'ai eu un frisson et l'ai tirée plus près de moi, même si elle ne voulait pas se rapprocher.

— Em, je suis vraiment désolée, mais il faut que tu restes forte et que tu continues à te battre. On va chercher de l'aide, dès que je trouve un moyen de nous faire descendre d'ici toutes les deux sans nous briser la nuque.

Je n'avais pas la force brute de Cy pour la faire monter et descendre cette échelle instable qui pendait dans le vide.

— Il n'y a pas d'aide possible pour ce qui est arrivé depuis deux jours.

Elle avait l'air si abattue et découragée que cela m'a noué le cœur. Elle était prête à abandonner, et j'avais besoin qu'elle se batte.

— On ne peut pas arranger les choses.

— Ce n'est pas vrai, et tu le sais. Tu ne m'as jamais laissée céder et m'apitoyer sur mon sort, même quand j'étais persuadée de vouloir le faire. Je ne vais pas te laisser abandonner non plus.

Je me suis penchée par-dessus le rebord du poste de chasse et ai reculé en voyant le sol si loin. Il me fallait une idée géniale, et le plus vite possible.

Juste au moment où je pensais que la seule façon de faire descendre mon amie du rebord était que des ailes me poussent dans le dos par miracle, j'ai entendu un grand sifflement qui a percé le silence du bois qui nous entourait.

Avec prudence, j'ai passé la tête au-delà du bord du poste de chasse et ai senti mes yeux s'écarquiller en voyant Webb en bas. Il tenait son épaule blessée avec sa main, mais il n'avait pas l'air plus amoché.

— J'ai fait le tour et j'ai croisé Cy qui retournait au campement. Il m'a dit où il avait caché la fille. Je suis venu pour l'aider.

Je l'ai regardé bêtement pendant une seconde. J'étais soulagée de le voir vivant et en un seul morceau. J'ai oublié pendant une fraction de seconde que d'autres gens que j'appréciais maintenant beaucoup étaient encore en danger immédiat et que la DEA ne devait plus être loin.

— J'ai vu ton frère, Webb. Il est vivant et il va vers le camp avec Ten.

Je voulais lui sourire mais ma bouche ne voulait pas bouger. Elle était bloquée en une grimace tendue comme mon regard passait de Webb à Emrys.

— Il m'a dit qu'une équipe d'assaut de la DEA était en route pour faire un raid sur le camp. Il n'avait aucun moyen de leur dire que Cy et Grady étaient sur place pour essayer de tirer Sutton de là, ai-je dit en avalant ma salive et jetant un œil à la silhouette fragile d'Em. Le frère de Cy était gravement blessé. C'est impossible qu'il le laisse là.

Webb a regardé l'échelle qui pendait, puis m'a regardée en fronçant les sourcils. Il a lâché son épaule et a secoué le bras.

— J'ai croisé des espions de Wyatt dans la forêt quand j'éloignais les tireurs du camp. Ils m'ont mis en joue mais ils ont vite compris que je fuyais les méchants, et que je n'en étais pas un. Ils m'ont retenu quand Ten a commencé à tirer, mais une fois que les balles ont arrêté de fuser, ils m'ont laissé partir. Je crois qu'ils voulaient juste que je dégage le terrain. Ils m'ont dit que Wyatt leur avait donné les infos pour le campement, et que c'était lui qui avait jeté les cadavres dans la rivière. Je leur ai dit qu'il y avait des civils sur le camp. Heureusement, un de ceux qui m'ont arrêté a déjà travaillé avec Grady, donc il voyait très bien de qui je parlais. Il faut qu'on trouve un moyen de vous faire descendre de là et de vous ramener au campement. Ils ont un hélico qui va arriver pour l'évacuation, dit-il en montrant son bras. Je crois qu'ils l'ont appelé pour moi, mais ta copine et Warner en ont plus besoin que moi.

J'ai lâché un soupir et me suis déplacée de manière à ce que mes jambes pendent dans le vide au bord de la plateforme.

— Je ne sais pas comment Cy l'a fait monter ici, mais je ne trouve aucun moyen de la faire descendre. Elle a pris des coups et la moitié de son visage ne tient qu'à un bandage improvisé. J'ai peur de la déplacer.

Il a juré et a posé les mains sur ses hanches, lui donnant de vrais airs de rebelle de la forêt. Je l'imaginais bien voler aux riches pour distribuer aux pauvres, tout en se baladant avec une bande de marginaux.

— Je pense qu'avec mon épaule, je ne peux pas descendre son poids en plus du mien sur cette échelle, en admettant que j'arrive à monter.

C'était exactement ce que je craignais. Nous ne pourrions pas descendre à moins qu'Emrys se bouge et m'aide à la sortir de là. J'ai rampé jusqu'à elle et ai tendu la main pour toucher sa joue découverte avec le dos de mes doigts. Elle a grimacé à ce contact, comme si mes doigts lançaient des flammes et la brûlaient.

— Em, il faut que tu te lèves. Je vais t'aider à descendre l'échelle et à rejoindre les secours, mais il faut que tu bouges. Tu ne peux pas rester là.

Elle a levé une main et l'a laissée retomber.

— Vas-y sans moi.

Elle avait l'air désespéré.

— On sait toutes les deux qu'il n'y a aucune chance que je fasse ça. Si tu restes ici, je reste aussi. Mais si tu restes et qu'ils retiennent l'hélicoptère quand il arrive, tu pourrais retarder les soins dont Sutton a absolument besoin.

C'était moche de jouer cette carte, mais je ne voyais pas d'autre solution et je devais trouver quelque chose qui briserait son abattement.

— Il n'y a pas de soins à lui donner. Il est mort, Leo. Ils lui ont fait un trou en plein milieu et l'ont laissé saigner pendant des plombes. Sutton est mort, affirma-t-elle avant d'ouvrir les yeux et me regarder droit dans les yeux. Il est mort en essayant de me sauver.

— Hé, ma jolie !

La voix grave de Webb est montée jusqu'à nous et j'ai vu les sourcils d'Em sursauter en réaction.

— Quand on a quelqu'un d'important, on ne le laisse pas tomber, quoi qu'il arrive. Le cadavre dans la morgue du sherif aurait très bien pu être mon frère... mais ce n'était pas lui. Le cowboy s'est battu pour toi, et tu lui dois de faire la même chose pour lui. Laisse Leo t'aider à descendre, et on y va. Je crois qu'on a tous vécu assez d'aventures pour toute une vie.

Son œil s'est encore rempli de larmes, qui ont tracé de nouveaux sillons dans le sang sur son visage malmené.

— Je ne peux pas.

J'ai retenu mon impatience et ai essayé d'être aussi délicate que je le pouvais avec elle.

— Em, il faut que tu le fasses. Je vais t'obliger. Je vais te sauver, comme tu m'as toujours sauvée.

Cela a pris plus longtemps que j'aurais voulu, mais au final, elle s'est mise à bouger. Chaque mouvement était lent et calculé, la douleur gravée sur son visage était claire et troublante, comme elle me laissait la guider et l'amener vers l'échelle. Je suis descendue la première. Pas le droit de réfléchir ni d'avoir peur pendant qu'elle rampait à la vitesse d'un escargot au-dessus de moi, barreau par barreau. Elle avait une faible prise sur l'échelle et plusieurs fois, j'ai cru qu'elle allait tout lâcher et nous faire tomber toutes les deux, mais pas à pas, nous sommes descendues jusqu'en bas.

Quand ses pieds ont touché le sol, elle s'est écroulée et Webb a bondi pour la rattraper. Il l'a empêchée de tomber à genoux et l'a tenue contre son torse comme un animal blessé. Mon cœur se brisait pour ma meilleure amie et j'avais envie de débouler sur le campement et de tout détruire, ainsi que tous ceux qui l'avaient faite souffrir ainsi.

Je m'apprêtais à demander à Webb comment nous allions l'amener jusqu'au campement et aux secours lorsque le vrombissement familier d'un quad nous est parvenu d'entre les arbres. Il a coincé Em contre lui d'un côté pour mettre la main sur son arme. Il m'a ordonné de me mettre derrière lui, mais je n'étais plus une fille qui se cachait, derrière personne. Je suis restée à côté de lui en gardant un œil sur Emrys pendant que le quad slalomait dans la forêt dense devant nous.

Il n'y avait pas de mots pour décrire à quel point je voulais que le conducteur soit Cy. Ce n'était pas lui. C'était Wyatt, avec son maquillage gras flippant, et un air de famille indéniable avec l'homme qui se tenait à côté de moi.

— Heureusement que tu n'as pas fait sauter tous les engins, frérot. Celui-ci s'est avéré très pratique quand le grand s'est assez calmé pour nous dire où il avait caché la fille. Il n'était pas joyeux quand nos gars l'ont éloigné de son frère.

Son grand sourire est retombé sur visage quand il a aperçu le corps d'Emrys replié dans les bras de son petit frère, et il est passé en mode sérieux en un instant.

— Donne-moi la fille. L'hélico est à vingt minutes d'ici et ils n'attendront pas, une fois qu'ils seront posés. Le mec qui a une balle dans la poitrine n'a pas une seconde à perdre. Ils ont déjà une équipe médicale qui l'attend à Billings.

Il a passé une main sur son visage, ce qui a étalé le maquillage et lui a donné un air encore plus menaçant.

— Le raid s'est passé sans accroc. Ils ont récupéré la plupart des mercenaires, et quelques-uns semblaient prêts à parler. Ils ont vidé les tentes et Grady a chopé le mec qui semble être le responsable du site. Une équipe de recherche va passer quelques jours à essayer de localiser les hommes qui ont réussi à s'échapper, et ils resteront là pour s'assurer de la destruction du champ. À part les blessés civils, c'était un cas d'école.

Emrys s'est redressée en entendant que Sutton s'accrochait toujours à la vie et a accepté d'être transférée à l'agent spécial. Elle n'arrêtait pas de marmonner : « J'arrive pas à croire qu'il soit vivant », encore et encore, comme un mantra. Wyatt lui a dit qu'il ne le serait bientôt plus s'ils n'accéléraient pas le rythme. Je ne voulais pas la laisser partir hors de mon champ de vision, mais je savais que c'était une course contre la montre. La regarder partir avec l'aîné des frères Bryant était sûrement la chose la plus difficile que j'ai faite de ma vie.

J'ai regardé Webb, et il m'a regardée. Nous avons soupiré en chœur et je me suis appuyée contre lui quand il a passé un bras sur mes épaules. La camaraderie et les liens qui se tissaient en plein milieu d'un bain de sang et entre les balles, c'était quelque chose. Je ne faisais jamais confiance à personne... jamais... mais avec tout ce à quoi nous avions survécu ces derniers jours, je donnerais à cet homme, cet ex-taulard menteur, le bénéfice du doute jusqu'à la fin des temps.

Les expériences que j'avais maintenant en poche me forçaient à être la femme que je devais être depuis le début, et je savais que je ne pouvais pas revenir en arrière. Je n'aurais pas voulu, de toute manière. Mais j'avais aussi peur d'aller de l'avant car droit devant moi, j'avais une vie sans Cy et avec une meilleure amie cassée.

Je savais que j'allais devoir trouver un moyen de réparer ces deux choses pour avoir la moindre chance de trouver une forme de bonheur.

18

PAS SOUS MA SURVEILLANCE

Il nous a fallu près de deux jours entiers pour récupérer tous les chevaux et retourner au ranch. Une fois arrivés, nous avons à peine eu le temps de nous poser et de nous laver avant que Ten nous mette dans un avion pour Billings. La jolie garde forestière avait poussé Webb et moi au maximum, nous nous arrêtions à peine pour refaire le bandage de Webb et nettoyer son bras pour qu'il ne s'infecte pas. C'était évident qu'elle s'inquiétait pour Sutton, même si elle ne disait rien. Je savais aussi qu'elle avait peur de ce que la perte d'une autre personne ferait à Cyrus.

Nous sommes restés silencieux pendant le vol vers le Montana, car nous avions enfin quelques instants de repos pour intégrer tout ce que nous avions vu et vécu cette dernière semaine. C'était la retombée de l'adrénaline. Je n'avais jamais rien vécu de semblable et je ne me rendais pas compte que des larmes coulaient sur mes joues alors que je regardais le vaste paysage sauvage qui défilait sous les ailes du petit avion. J'ai sursauté quand Webb a tendu la main dans le peu d'espace qui nous séparait et a essuyé les traces de mes larmes avec son pouce.

— Pas de ça ici. Tout le monde s'en est sorti vivant, et c'est la meilleure issue possible. Peu importe combien la blessure est profonde, elle peut guérir.

Il s'est remis dans son siège, sans prêter attention aux grands yeux curieux de Ten qui le regardait. J'ai reniflé un peu et me suis servi du dos de ma main pour essuyer le reste des preuves qui montraient que mes émotions chaotiques n'étaient plus tenues à distance.

— Certaines blessures sont fatales, Webb. Tu n'as pas vu l'expression d'Em quand elle m'a dit que ces hommes lui avaient fait du mal. Elle pourrait très bien saigner de ces blessures pour toujours, et je ne sais pas quoi faire pour que ça s'arrête.

Il a haussé un sourcil, m'adressant un regard fixe plein du genre de sagesse qui me montrait qu'il croyait fermement en ce qu'il me disait.

— Tu exerces une pression, Leo, et tu ne lâches pas. Tu endigues le flux pour elle jusqu'à ce qu'elle arrête de saigner. C'est tout ce que tu peux faire.

Je ne savais pas quoi répondre à cela, car j'avais déjà l'intention de rester avec Emrys jusqu'à ce que la lumière revienne dans ses yeux. Je ne la laisserais pas disparaître. Elle était mon ancre, et je comprenais parfaitement que c'était à moi de la hisser et de la faire remonter des profondeurs.

Quand l'avion a atterri, une voiture nous attendait pour nous amener à l'hôpital de Billings. Le véhicule roulait tranquillement dans les rues endormies, qui n'avaient rien en commun avec l'animation de San Francisco. Il y avait quand même plus d'êtres humains que j'en avais vus depuis des jours. Le bruit et l'agitation, aussi mesurés soient-ils, me paraissaient écrasants et je me suis demandée combien de temps il me faudrait pour que mes sens se réhabituent à la civilisation. Avec un frisson, je me suis rendue compte que j'avais envie de calme. Je voulais être capable d'entendre ce qu'on disait, et de savoir que les mots avaient un vrai sens.

Je ne voulais pas retourner dans un endroit où la vie était si remplie d'autres choses qu'il était facile d'oublier les plus importantes. Je ne voulais pas que les moments qui comptent soient noyés dans le bruit.

Quand nous sommes arrivés à l'hôpital, nous avons tout de suite été emmenés vers l'unité de soins intensifs. J'ai été surprise de trouver dans la petite salle d'attente autant de visages connus. Lane était adossé contre un mur, son chapeau de cowboy en paille baissé sur son front. Les cheveux roux reconnaissables de Brynn tombaient sur son bras avec lequel il tenait la grande femme contre son torse. Ses épaules se secouaient, ce qui indiquait qu'elle était sûrement en train de pleurer, mais son tremblement était léger et à peine remarquable. Wyatt était assis sur une chaise à côté de Cyrus, et Grady assis de l'autre côté. Les deux hommes portaient des costumes qui avaient l'air chers, avec des plis bien marqués, et aucun signe ne laissait penser qu'ils avaient passé des semaines perdus dans la forêt. Ils avaient des dossiers entre les mains, leurs badges et leurs armes accrochés à la ceinture, et ils semblaient tous les deux poser des questions à Cy. Sans le maquillage camouflage, la ressemblance entre Wyatt et son frère était troublante. On aurait pu les croire jumeaux, en dehors de la dureté de Webb, une résilience qui l'avait fait tenir dans la nature, blessé et affaibli, sans hésitation. Wyatt nous a souri quand le regard de Cy s'est fixé sur notre petit groupe et a pris vie, plein d'une chose plus puissante et plus importante, une intensité avec laquelle personne ne m'avait jamais regardée.

Agacement. Soulagement. Fierté. Passion. Possession. Regret.

Tout était là, entre chaque clignement d'œil de ses cils d'un noir d'encre, alors qu'il se levait et faisait les quelques pas nécessaires pour venir jusqu'à moi. Toute notre relation, courte, tragique et triomphale, brillait dans ses yeux quand il m'a prise dans ses bras, et serrée assez fort pour me briser une côte. J'ai mis les bras autour de sa taille et l'ai serré tout aussi fort. J'ai laissé tomber ma tête au milieu de son torse, écoutant les battements réguliers de son cœur, et j'ai décidé que c'était le meilleur son que j'aie jamais entendu. J'ai inspiré ce qui m'a semblé être ma première bouffée d'air depuis des décennies. Il était tout aussi solide, assuré et invincible que la première fois que j'avais posé les yeux sur lui, mais maintenant, il y avait des fêlures dans le mortier qui le maintenait en un seul morceau et je sentais ses émotions s'en échapper. J'ai aussi senti ses lèvres toucher le dessus de ma tête dans un baiser pour nous calmer tous les deux. Cela m'a fait fondre de l'intérieur et m'a mis les larmes aux yeux.

J'ai dû m'éclaircir la gorge deux fois avant d'arriver à lui demander dans quelle chambre était Emrys. Elle était la seule absente de ce rassemblement. Cy a aussi lâché un souffle et a dû prendre une minute pour faire fonctionner sa voix rauque et éraillée. En le regardant enfin avec des yeux secs, j'ai vu qu'il avait l'air de n'avoir pas dormi depuis une semaine. Les cernes sous les yeux étaient foncées et ses rides semblaient s'être creusées encore plus. Je savais que c'était sûrement à cause de la lumière crue de l'hôpital, mais j'aurais également juré que les touches d'argent dans ses cheveux avaient doublé et étaient remontées sur son crâne. Il avait l'air épuisé, inquiet, et plus vieux qu'une semaine plus tôt.

— Em est dans la chambre de Sutton. C'est grave, Leo, c'est vraiment grave. En gros, pour l'instant, ce sont des machines qui le maintiennent en vie, et la pièce est stérile.

Il n'a pas ouvert les yeux ni réagi à quoi que ce soit depuis qu'ils l'ont fait monter dans l'hélicoptère. Sa tension a chuté deux fois et le chirurgien a choisi de reporter la deuxième opération pour retirer les fragments de balle car il est trop instable. Ils redoutent une infection. On ne peut aller le voir qu'un par un, et on ne peut pas entrer sans mettre une combinaison et des gants.

Il a secoué sa tête brune et m'a tirée contre lui pour poser son menton sur le dessus de ma tête. Son soupir a fait danser mes cheveux et a appuyé son torse contre moi.

— Em n'est pas bien non plus. Elle est à l'ouest, elle n'était pas très cohérente quand la DEA a parlé avec elle. Elle était hystérique et ils ont dû lui donner des cachets pour la calmer.

J'ai senti ses doigts se crisper sur ma taille, en avalant la boule que j'avais dans la gorge à cause de ses paroles.

— Elle a disparu pendant la nuit, hier. Les infirmières sont allées la voir et elle n'était plus là. Ils allaient appeler les flics et la chercher à tous les étages, mais quelqu'un a eu la bonne idée de passer dans la chambre de Sutton. Ta copine était roulée en boule dans le fauteuil à côté de son lit, et elle lui parlait. On ne sait pas s'il peut l'entendre, mais elle continue à parler. Être avec mon frère lui a remis les idées en place.

— Elle était très inquiète pour lui. Elle était persuadée qu'il était mort à cause d'elle. Elle ne va pas le lâcher sans se battre.

Il a émis un petit rire.

— C'est clair. On va tous dans sa chambre chacun notre tour, quand les infirmières la font sortir. L'ex de Sutton a même réussi à se bouger le cul pour amener Daye le voir. C'était super dur. Comment on est censé expliquer à une petite de cinq ans que Papa ne peut pas te dire bonjour ni qu'il t'aime ? Ça m'a brisé le cœur. C'est le seul parent valable qu'a cette petite fille. Elle n'aura aucune chance, s'il ne s'en sort pas.

— Il va s'en sortir, ai-je murmuré contre son torse.

— Tu crois ?

J'ai hoché la tête et ai senti le dessus de mon crâne taper son menton.

— Je le sais.

Bon Dieu, j'espérais que oui. Si Sutton était la seule chose qui permettait à Emrys de tenir, j'avais absolument besoin qu'il s'en sorte. C'était un homme bien, et les hommes bien méritaient mieux qu'une fin comme celle-là.

— Et tu ne laisseras rien arriver à cette petite fille. Elle fait partie de ta famille, et tu protèges ta famille, Cy. Tu ne la laisseras pas partir, peu importe ce qui arrive à Sutton.

Je savais cela avec certitude ; je le sentais au plus profond de moi.

Il m'a encore serrée dans ses bras, et s'est enfin reculé, mais sans me lâcher complètement. Ses longs doigts se sont enroulés autour des miens et il m'a logée contre son flanc, comme s'il avait détesté chaque minute qu'il avait fallu pour que je sorte de la forêt et que je revienne à ses côtés. Je n'avais jamais été le genre de femme assez forte pour que quelqu'un se repose sur moi. Mes fondations étaient fragiles et le sol sur lequel je m'appuyais était plein de crevasses cachées, qui s'enfonçaient profondément dans l'obscurité. Pour cet homme, je pouvais être un pilier. Il m'avait appris à l'être. Il m'avait montré que je pouvais me tenir droite sans tomber, même avec le poids considérable de quelqu'un d'autre appuyé contre moi pour le soutenir. Je pouvais être aussi inébranlable et forte que lui. Je pouvais le porter sans effort, car je savais qu'il ferait la même chose pour moi, et que son besoin de soutien était temporaire. Il portait le poids de la responsabilité pour tout, tout le monde et tout le temps, et avec son petit frère entre la vie et la mort, son lest en prenait forcément plus qu'il ne pouvait le supporter.

— La DEA et le FBI n'arrêtent pas, depuis deux jours. Toujours plus de questions, de paperasse. Je n'arrive pas à comprendre comment ils arrivent à donner l'impression que tout ça est normal.

Il avait l'air agacé, et comme pour me prouver qu'il avait raison, Wyatt et Grady se sont levés alors que nous nous rapprochions. Les deux m'ont tendu la main pour que je la serre et mon regard est tombé sur le badge brillant du plus âgé.

— Ils t'ont laissé reprendre le travail ?

Il a rigolé un peu et a levé une main pour se frotter la nuque.

— Ouais. Officiellement, je suis en période d'essai, mais ce coup va nous mener à de plus gros poissons, et comme Wyatt était le chef et qu'il refuse de travailler sur l'affaire sans moi, ils ont été obligés de me laisser récupérer mon badge, dit-il en haussant les épaules. Et j'ai un travail à faire. Il va falloir nous donner quelques heures pour parler de ce qu'il s'est passé, Mlle Conner.

Son utilisation de mon nom de famille m'a étonnée et a fait émettre à Cy un grognement d'avertissement. C'est Webb qui est venu à mon secours. Pour un mec qui avait passé du temps derrière les barreaux, il savait plutôt bien jouer les héros.

— Grady, attends. On a dû se battre contre des chevaux apeurés pour les ramener jusqu'au ranch. On ne s'est pas arrêtés une seule fois pour respirer avant d'arriver ici. Tu as de la chance qu'on ait pris le temps de se laver. Leo n'ira nulle part tant que son amie est collée au cowboy. Tu pourras la cuisiner plus tard.

Cy a hoché la tête.

— Beaucoup plus tard.

Son regard s'est abaissé sur moi et une grimace a tiré sur son visage maintenant bien barbu. Il était beau avec une barbe, il ressemblait plus à un vrai cowboy, mais j'étais sûre que je le trouverais toujours beau, peu importe les détails.

— Tu n'as pas dormi dans un vrai lit depuis deux semaines.

C'était un fait, pas une question.

— Non. Ten est une chef encore plus dure que toi, mais elle a ramené tout le monde, humains et équidés, au ranch en un seul morceau. Et elle s'est assez bien occupée de Webb pour que son bras ne tombe pas.

Tous les regards se sont tournés vers le jeune homme alors qu'il faisait rouler distraitement son épaule amochée.

— Je suppose que je devrais aller faire soigner ça, puisqu'on est dans un hôpital.

Ten a pouffé de rire et levé les yeux au ciel.

— Tu crois, petit citadin ?

Il y avait de l'inquiétude sous son sarcasme, et la lueur dans les yeux de Webb m'a montré qu'il l'avait remarqué. Les lourdes mains de Cy sur mes épaules m'ont forcée à me retourner. Ses yeux couleur ardoise ont percé les miens et tout en moi voulait s'enrouler autour de tout en lui, et s'y accrocher.

— On a réservé plusieurs chambres à l'hôtel d'à côté. On va te faire rentrer pour que tu vois un peu ta copine, puis tu iras dormir un peu... dans un vrai lit. L'état de

Sutton n'a pas bougé depuis plusieurs heures, donc il n'y a pas de raison que tu attendes avec nous dans un endroit inconfortable.

Il essayait d'être gentil. Il avait dû louper l'épisode où j'étais là pour l'épauler avec le monde entier qui pesait sur lui en ce moment. J'ai repoussé des cheveux de mon visage et lui ai fait un sourire doux.

— Cy, je n'irai nulle part tant qu'on ne sera pas certains que ton frère va récupérer. Je veux voir Em, mais si tu restes ici, moi aussi.

Il a ouvert la bouche pour protester mais je voyais clairement la reconnaissance dans ses yeux. Cy soutenait tout le monde, il méritait que quelqu'un le soutienne... même si je ne pouvais le faire qu'un petit moment.

Sa tête brune s'est penchée et ses lèvres ont touché les miennes si légèrement que sans le grattement de sa barbe sur mon visage, j'aurais pu complètement manquer ce baiser.

— Je n'ai jamais eu personne sur qui m'appuyer, Rayon de Soleil.

Je lui ai rendu son baiser, plus fort, pour qu'il ne puisse pas le manquer.

— Appuie-toi, Cy.

Il m'a fait un petit hochement de tête puis m'a amenée jusqu'à une chaise près de là où Lane était appuyé contre le mur. Brynn a tourné la tête et nous a fait un sourire larmoyant avant de retourner enfouir sa tête dans le creux du cou de Lane. Ses bras se sont resserrés autour de la grande rousse et il était facile de voir son besoin de la protéger et de la rassurer dans sa façon de la tenir. La salle d'attente a eu l'air cent fois plus grande une fois que Ten et Webb étaient partis à l'hôtel avec Grady et Wyatt pour s'entretenir avec les agents et dormir enfin pour de vrai. L'épaule de Webb était maintenant enveloppée comme une momie, on lui avait donné une belle écharpe et une boîte d'antidouleurs, qui indiquaient que sa blessure était loin d'être guérie. La douleur avait gravé de profondes rides autour de sa bouche, qui ne se sont allégées qu'un petit peu quand son frère a promis d'y aller doucement avec lui, ces prochaines heures. Si le soulagement des deux frères, de voir que l'autre était en vie et en forme, était palpable, la tension surtout se faisait sentir entre le frère en costume et celui en jean déchiré, avec sa chemise en flanelle trouée en plusieurs endroits. Ils ont promis de nous rapporter de la vraie nourriture et nous ont demandé de les tenir au courant de l'état de Sutton.

Je me suis roulée en boule sur la chaise dure et recouverte de vinyle, et ai posé la tête contre l'épaule de Cy. J'ai laissé mes doigts jouer aves les siens tandis qu'il restait assis, immobile et silencieux, la mâchoire serrée, avec un méchant tic dans la joue. Nous sommes restés assis comme ça des heures, ne bougeant que pour aller prendre un café dégoûtant à la machine ou aller aux toilettes. Je voulais voir Em, mais elle refusait de quitter le chevet de Sutton et ils ne voulaient laisser entrer personne dans la chambre tant qu'elle y était.

Enfin, après ce qui m'a paru durer une éternité, une des infirmières est venue nous dire qu'ils la ramenaient dans sa chambre pour regarder ses bandages. Cy s'est levé pour entamer le long processus d'enfiler la blouse stérile pour s'asseoir auprès de son petit frère.

Je ne savais pas à quoi m'attendre en entrant dans sa chambre, mais le visage d'Emrys avec plus de points de sutures que je ne pouvais en compter, et les kilomètres de gaze et de bandages enroulés autour de sa poitrine m'ont fait faire un pas en arrière. Je n'avais pas bien vu toutes ses blessures en essayant de la faire descendre de l'arbre, mais maintenant que je voyais l'étendue du carnage imposé à ma jolie meilleure amie, j'en avais mal au ventre.

Ses yeux ne voulaient pas se fixer sur moi et je ne savais pas si c'était à cause du traumatisme ou des médicaments qu'elle prenait. D'après l'infirmière qui s'occupait d'elle avec délicatesse, Emrys était autorisée à sortir des soins intensifs. Ils la gardaient seulement à l'œil à cause de son comportement imprévisible et de son refus de laisser Sutton seul plus de cinq minutes. L'infirmière a dit que les médecins pensaient tous qu'Em et Sutton se faisaient du bien l'un à l'autre. Il faut reconnaître que les petits hôpitaux traitent bien leurs patients. Si Em avait eu ce comportement dans un hôpital chez nous, ils l'auraient mise sous calmants et jetée à la rue, qu'elle soit prête ou pas.

Après que l'infirmière soit partie, Em s'est roulée en boule sur le côté du lit opposé à moi. Elle ne voulait pas me parler et refusait de regarder vers moi. Je lui ai demandé comment elle se sentait, et lui ai dit que je pouvais lui apporter tout ce qu'elle voulait, mais je n'ai eu qu'un silence glacial en retour. Elle s'enfermait, s'entourait de sa douleur et de sa souffrance. Il n'y avait pas moyen que je la laisse faire, alors après quelques minutes passées à parler à son dos, j'ai enlevé mes chaussures, ramené mes cheveux en arrière, et me suis allongée derrière elle sur le petit lit. Elle a eu un petit sursaut quand j'ai passé les bras autour d'elle et lui ai fait un câlin en prenant garde de ne pas lui faire mal, mais elle ne m'a pas repoussée.

Exerce une pression. Les paroles de Webb sonnaient vrai dans mes oreilles, quand je l'ai serrée plus fort car elle commençait à trembler entre mes bras.

— Un jour, tu m'expliqueras tout ce que tu as traversé, Em. On va combattre ce cauchemar ensemble.

J'ai chuchoté ces mots dans ses cheveux noirs et ai été surprise quand elle m'a répondu :

— Tu as vu ma tête, Leo, et il y a des endroits encore pires, sous les pansements. Le cauchemar est gravé dans ma peau. À certains endroits, j'ai l'impression d'être ouverte jusqu'à l'os. Je vais les voir tous les jours, donc ça ne partira jamais. Peu importe qui est là pour essayer de m'aider à le surpasser.

— Je ne partirai pas, Em.

J'avais dit la même chose à Cy, mais avec Emrys, l'échelle de temps était infinie. Je détestais cela. Je voulais aussi être celle sur qui il pourrait s'appuyer pour toujours, mais nous ne pouvions pas, en tout cas pas encore.

Elle est retombée dans le silence, mais la tension dans son long corps fin a commencé à s'atténuer quand j'ai passé les doigts dans ses cheveux en lui disant tous les mots doux que je pouvais trouver. C'était comme calmer un cheval fou qui avait arraché sa longe. C'était évident qu'elle était nerveuse et apeurée, mais elle avait besoin de ce contact et de réconfort pour savoir qu'elle n'était pas seule et que quelqu'un était là pour la protéger. J'ai levé les yeux au ciel car Cy me faisait maintenant comparer les femmes aux chevaux, et je me suis amusée sans rien dire du fait qu'il avait raison, que les deux créatures avaient plus de ressemblances que de différences.

Allongée là avec elle, j'ai perdu la notion du temps. La lumière dans la pièce s'est assombrie, du halo vif de l'après-midi à une ombre tamisée de soirée. Elle ne s'était pas endormie, mais elle n'a répondu à rien d'autre de ce que j'ai dit, alors que nous restions là dans l'obscurité grandissante. L'infirmière est revenue et a demandé à Em si elle voulait dîner, mais n'a reçu qu'un non de la tête en retour. En entendant parler de nourriture, mon estomac a gargouillé, et enfin, une réaction normale est sortie des lèvres pincées d'Emrys. Elle a laissé échappé un rire étranglé et m'a dit que ça irait si j'allais chercher quelque chose à manger. J'ai pris cela pour un renvoi, et suis sortie du lit. Je n'ai pas été étonnée qu'elle fasse pareil et me dise qu'elle allait dans la chambre de Sutton. Elle répétait qu'il ne devrait pas passer la nuit tout seul, car c'était à cause d'elle qu''il était allongé en soins intensifs avec un trou dans la poitrine.

Je n'ai pas essayé de lui dire que ce n'était pas sa faute. Je savais qu'elle ne pouvait pas l'entendre... comme moi, quand elle avait plongé pour m'empêcher de me noyer dans mon océan de culpabilité et de regrets. Elle finirait par être capable de s'accrocher à quelque chose pour ne pas couler tout au fond, mais ce ne serait pas aujourd'hui, et probablement pas demain non plus.

J'ai suivi mon amie dans le couloir, la regardant marcher avec précaution en se tenant le flanc. Em avait toujours été le genre de personne qui se déplace avec grâce et élégance, mais là elle arrivait à peine à avancer. Les dégâts qu'elle avait subis allaient plus loin que des marques sur sa peau et des points de suture. Cette expérience avait changé sa façon de se mouvoir. Cela m'a brisé le cœur et mon cerveau cherchait n'importe quelle solution pour qu'elle redevienne elle-même, normale, autoritaire et courageuse. Pendant que je pensais à cela, tout à coup, tout le personnel médical autour de nous était en effervescence. C'était comme si quelqu'un avait déclenché une alarme que seuls les médecins et les infirmières pouvaient entendre. Ils ont tous surgi des portes et de derrière leurs bureaux pour foncer vers une chambre à l'étage des soins intensifs.

Emrys a trébuché un peu devant moi, et j'ai tendu le bras pour la stabiliser. Elle l'a repoussé et m'a jeté un regard paniqué par-dessus son épaule.

— Ils vont tous dans la chambre de Sutton.

Sa démarche était toujours maladroite et pas aussi fluide que d'ordinaire, mais il y avait de la motivation dans ses pas et elle a accéléré l'allure pour aller vers la chambre qui grouillait désormais de monde, on aurait cru que la moitié du personnel des urgences y était. Quand nous sommes arrivés sur le pas de la porte, on nous a dit de ne pas approcher si nous n'étions pas équipés, et Lane est sorti de la pièce en titubant, et a baissé son masque en papier avec des larmes dans les yeux.

Il respirait fort et avec les lèvres entrouvertes, et sa tête a fait un mouvement vers l'arrière quand Emrys a saisi sa chemise et l'a secoué.

— Qu'est-ce qu'il s'est passé ?

Elle avait l'air affolée et hystérique. Lane a levé les mains et a pris ses poignets alors qu'une unique grosse larme coulait sur son beau visage.

— Il a ouvert les yeux.

Ses mots n'étaient qu'un murmure, mais ils hurlaient d'espoir et d'optimisme. Il s'est libéré de l'emprise d'Em et m'a regardée par-dessus sa tête.

— Il faut que j'aille le dire à Cy et Brynn. On n'est pas sortis d'affaire, mais tout le monde là-bas, dit-il en indiquant la chambre très animée derrière lui, a l'air de penser que c'est bon signe. Si sa tension reste stable cette nuit, ils veulent l'opérer dès demain matin pour retirer le reste des fragments de balle. Il y en a un près de sa colonne vertébrale et ils ont peur qu'il bouge et provoque de gros dégâts.

Lane a failli nous renverser en allant rejoindre sa famille, mais je ne pouvais pas lui en vouloir et j'étais bien occupée à empêcher Emrys de bousculer tous les médecins et les infirmières pour retrouver Sutton. Ils voulaient que tous ceux qui n'étaient pas indispensables restent en dehors de la chambre, car ils couraient dans tous les sens pour maintenir Sutton éveillé et en forme. Il avait tellement de tubes et de câbles autour de lui que j'arrivais à peine à distinguer sa silhouette au milieu du lit, mais Em semblait savoir exactement où regarder.

— Il me regarde droit dans les yeux.

Sa voix était tellement douce que je n'étais pas sûre d'avoir bien entendu. Mais elle s'est tournée vers moi et l'a répété, l'espoir lisible sur tous les traits de son visage.

J'ai senti une main chaude se poser dans le bas de mon dos et je n'ai pas eu besoin de le regarder pour savoir que c'était Cy. Chaque partie de moi le reconnaissait, car c'était le seul qui me faisait réagir à quelque chose d'aussi simple que le frôlement d'une main sur ma colonne vertébrale. Tout de moi voulait tout de lui, donc quand il était proche de moi, mes nerfs faisaient des étincelles et mes sens se focalisaient sur sa proximité.

— On dirait que ce sont de bonnes nouvelles.

Sa voix était rauque dans mes oreilles, mais j'y entendais un soulagement hésitant. Brynn sautait sur la pointe des pieds à côté de moi, en tapant dans les mains.

— Évidemment, que c'est une bonne nouvelle. Il est réveillé.

Lane a posé la main sur son épaule et l'a serrée.

— Une chose à la fois, ma puce.

Les frères ne voulaient pas se faire de faux espoirs si l'état de Sutton revenait à empirer. Ils se préparaient à l'atterrissage. Soudain, le corps au milieu du lit s'est mis à se secouer avec des mouvements brusques. Cy a juré au-dessus de ma tête et Brynn a poussé un cri de surprise si fort qu'une des infirmières les plus près de la porte par laquelle nous observions, s'est retournée pour nous lancer un regard noir. Lane s'est passé la main sur le visage et je me suis élancée en avant pour rattraper Em qui se jetait sur la porte.

— Il a des convulsions ?

Comme personne ne prenait la peine de lui répondre, Emrys a répété la question en criant d'une voix perçante, ce qui a fait sortir un des docteurs de la chambre. Il a jeté un œil sur son visage, pâle et recousu par un million de points de suture, et a posé une main sur son bras, qu'elle a immédiatement repoussée.

— Est-ce. Qu'il. A. Des. Convulsions.

Elle a articulé chaque mot très calmement, et a croisé les bras. Intérieurement, je sautais de joie qu'elle tape du pied par terre. Cela me faisait espérer que le chemin pour revenir à l'ancienne Emrys ne serait pas trop long et sinueux.

— Pas des convulsions. Il réagissait à la sonde d'intubation et à tout le matériel sur lui. Il souffre beaucoup, et tout ce mouvement n'est pas bon, avec la balle qui est encore à l'intérieur, dit le médecin en regardant les deux frères. Sa situation est toujours grave, mais c'est un grand pas dans la bonne direction.

Lane a regardé par terre et a émis un profond soupir, tandis que je sentais Cy baisser le menton pour acquiescer.

— Dites-nous comment on peut aider, docteur.

— N'abandonnez pas. Les cowboys sont bien bâtis par ici. J'ai foi en le rétablissement de votre frère.

Nous nous sommes tous tournés pour regarder l'infirmière, qui nous fusillait du regard après les cris d'Em, car ellc a passé la tête par la porte et a interrompu notre petit groupe.

— Il essaie de dire quelque chose, mais il ne peut pas parler avec la sonde. Ça le dérange, vous pensez qu'on devrait l'enlever ?

Le médecin a secoué la tête.

— Non. Je ne veux rien bouger tant qu'on n'aura pas enlevé le dernier éclat dans son dos. S'il arrive à sa colonne vertébrale, on aura un gros problème. Donnez-lui quelque chose pour écrire, ou un téléphone pour voir s'il peut taper un message dessus. Honnêtement, je suis étonné qu'il ait autant d'énergie en ayant perdu autant de sang et avec le traumatisme que son corps a subi.

Lane a pouffé de rire.

— Il est têtu, le con.

Il y a eu du mouvement autour du lit, et soudain, un téléphone a sonné. Cy a regardé Lane.

— Je suis venu avec lui en hélicoptère, du fin fond de la forêt. Je n'ai pas consulté mon portable depuis un mois.

Lane a sorti un téléphone de sa poche et a lu ce qui s'affichait sur l'écran. Il a froncé les sourcils, m'a regardée puis a regardé Emrys, avant de lui tendre le portable sans rien dire.

— N'oublie pas qu'il a traversé l'enfer et qu'il a je ne sais combien de produits dans le sang, en ce moment.

Em a inspiré d'un coup et le téléphone lui est tombé des mains comme s'il était brûlant. Heureusement, Cy avait de bons réflexes et a réussi à attraper l'appareil avant qu'il ne touche le carrelage. Em a mis les mains sur son visage et nous a tourné le dos en retournant lentement vers sa chambre au bout du couloir.

— Em ?

Je l'ai appelée et j'allais la suivre, mais je me suis arrêtée quand Cy a posé la main sur mon épaule pour me donner le portable. Sur l'écran, étaient écrits les mots : « Renvoie-la chez elle. Je ne veux pas d'elle ici. » Je n'ai pas pu retenir le grognement protecteur qui m'a échappé. Sutton l'avait sauvée, mais tout aussi vite, je savais qu'il l'avait détruite. Il était grincheux et renfrogné, mais je n'imaginais pas qu'il pouvait être cruel, surtout aussi proche de la mort.

— Comment peut-il dire ça ?

Il était inconscient depuis plusieurs jours, donc il ne pouvait pas savoir qu'elle n'avait pas quitté son chevet, mais il devait bien savoir qu'elle voudrait le remercier d'avoir pris une balle pour elle. Cy a passé son bras autour de mes épaules et m'a attirée contre lui pour me serrer fort.

— Pour l'instant, je suis content qu'il soit réveillé et qu'il puisse communiquer. Je te promets de lui botter le cul plus tard parce que c'est un connard avec ton amie. Mais pour le moment, soyons contents qu'il aille mieux.

J'ai grincé des dents et me suis retenue de lui rappeler que le moment, c'était tout ce que nous avions, et qu'à cet instant, son frère était passé de héros à goujat en l'espace d'une seconde. Em était déjà en train de sombrer et Sutton avait rajouté du poids à la charge qu'elle portait. Je ne la laisserais pas couler plus bas. Cela n'arriverait pas tant que je serais là.

19

PAS DE CHANCE

Après avoir renvoyé Emrys froidement et une fois qu'elle ne fut plus visible dans le couloir, Sutton s'est calmé et les médecins ont arrêté de s'affairer autour de lui. Il a perdu et repris connaissance plusieurs fois dans les heures qui ont suivi, mais son rythme cardiaque restait stable. Ils ont donc prévu son opération pour le lendemain matin. Je retournais voir Em mais je fus surprise de la trouver dans le couloir, habillée normalement, les cheveux brossés et tressés.

Ses yeux étaient toujours vides et apathiques, mais son menton avait un air déterminé que je connaissais bien et qui faisait plaisir à voir.

— Je veux rentrer, Leo.

J'ai hoché la tête et ai dégluti en regardant par-dessus mon épaule, vers Cy et Lane qui étaient encore en conciliabule devant la chambre de Sutton.

— D'accord, Em. On va rentrer.

Les mots, à peine prononcés, m'ont déchirée, car même si je voulais l'aider par tous les moyens possibles, rentrer à la maison signifiait quitter Cy.

— Donne-moi jusqu'à demain. On ne pourra pas prendre un avion ce soir, mais je te promets que tu dormiras dans ton lit demain soir.

Elle a fait un petit hochement de tête et a haussé ses sourcils bruns.

— Tu viens avec moi, hein ?

J'ai encore avalé ma salive et ai fermé les yeux. Mon cœur me faisait mal.

— Oui, Em, je viens avec toi. Je serai tout près de toi, aussi longtemps que tu en auras besoin.

— Merci, Leo.

Je ne pensais pas vraiment avoir le choix, même si j'avais l'impression que mon âme se déchirait en deux.

— Laisse-moi parler aux gars. Ils ont des chambres dans un hôtel à côté. On peut y dormir ce soir et je trouverai une solution. Il faut encore que je parle à la DEA et que je fasse une déposition, aussi.

La nuit allait être longue, et c'était sans compter que je devais trouver un moyen de dire au revoir à Cy. J'avais mal au ventre rien que d'y penser, et l'intérieur de ma poitrine brûlait, sachant que cela pourrait être la dernière fois que je voyais le pas-vraiment-cowboy.

J'ai avancé jusqu'aux deux frères, et sans que j'aie dit un mot, Cy s'est raidi et a croisé les bras devant son large torse.

— Tu pars, c'est ça ?

Je me suis mordu la lèvre et ai lentement hoché la tête.

— Em veut rentrer à la maison, Cy. Il faut que je la ramène.

Ses sourcils épais sont descendus au-dessus de ses yeux et l'orage était si sombre dans leurs profondeurs grises.

— Je vais te donner la carte de ma chambre.

Sa poitrine s'est soulevée, mais c'était comme si un nuage noir était arrivé dans le couloir et s'apprêtait à déverser un torrent de pluie glacée sur nous.

— Tu as intérêt à trouver un moyen de venir me dire au revoir, Leo.

Mes dents se sont enfoncées dans ma lèvre tellement fort que j'ai senti le sang. J'avais mal partout.

— J'en trouverai un.

Mes mots étaient brisés car je ne voulais pas devoir lui dire au revoir, même si je savais depuis le début que c'était ce qui nous attendait.

— Il faut que j'emmène Em, que je réserve les vols pour demain, et que je parle à Wyatt et Grady. Je viendrai te trouver, Cy. Je ne vais pas disparaître, je te le promets.

Mes promesses ne me faisaient pas me sentir mieux, et lui non plus, et je sentais ses yeux me transpercer alors qu'il me regardait m'éloigner de lui.

L'hôtel était littéralement à deux pas de l'hôpital, donc amener Em jusqu'à la chambre de Cy n'a pas pris longtemps du tout. Capter le wifi pour chercher des vols a pris un peu plus de temps, ainsi que me forcer à sortir de la chambre qui avait l'odeur de Cy et où étaient ses affaires. Un jean posé sur le bout du lit, un T-shirt laissé négligemment sur le bord du lavabo et, sans surprise, pléthore de produits pour ses cheveux, que Lane avait dû prendre quand il est repassé par le ranch. Cela m'a fait sourire qu'il se soucie autant de ses cheveux. Je voulais m'éterniser ici, au milieu de ses affaires. Je voulais m'imprégner de tout ce qui était à lui et faire comme si ça allait me permettre de pouvoir le sentir dans l'air une fois que je serais chez moi. C'était un mensonge dont je ne pouvais même pas me convaincre, alors j'ai pris son T-shirt, le Jack Daniels qu'il avait la première fois que je l'ai vu, et y ai enfoui mon nez. J'espérais que ce n'était pas son préféré, car je le prendrai avec moi en partant le lendemain matin, et rien ne m'empêcherait de voler un souvenir tangible de l'homme qui m'avait forcée à être la femme que j'aurais toujours dû être.

Em se reposait, elle avait les yeux fermés et s'était allongée, immobile comme une pierre, une fois que je l'avais informée que le premier vol était à dix heures le lendemain matin. Nous devions aller de Billings à Denver, puis attendre quelques heures à l'aéroport international avant de prendre notre correspondance. Elle a hoché la tête, mais je n'étais pas sûre qu'elle ait vraiment écouté. Elle n'avait déjà pas l'air bien avant que Sutton lui dise de partir, et maintenant, elle semblait vidée et épuisée. C'était difficile de trouver la moindre vie en elle, même si sa défiance et sa douleur étaient au premier plan du mur émotionnel qu'elle construisait pour se protéger. Une fois certaine qu'elle était bien installée, ou plutôt certaine qu'elle respirait et qu'elle ne se noyait pas dans ses larmes, j'ai trouvé le numéro de la chambre où Cy m'avait dit que les gars de la DEA étaient, et ai frappé à la porte.

Wyatt a ouvert, vêtu d'une simple chemise et d'un jean troué au genou. Il ressemblait tellement à Webb que je l'ai regardé à deux fois avant de voir Grady assis devant le petit bureau de la chambre, en train d'insulter son ordinateur. Ce n'était donc pas que moi, la connexion wifi était vraiment nulle.

Wyatt m'a fait entrer dans la chambre, a allumé un petit appareil et m'a dit qu'il allait enregistrer l'entretien, puis m'a posé un million de questions. Je ne m'étais pas rendue compte à quel point j'étais fatiguée et à bout de nerfs avant de devoir revenir sur absolument toutes les choses folles que j'avais vécues depuis que j'avais atterri dans le Wyoming. J'avais envie de pleurer. J'avais envie de me laisser tomber sur un des lits, d'enterrer mon visage dans la couette et de hurler jusqu'à faire éclater mes poumons. J'avais envie de jeter la télécommande contre le mur et de la regarder exploser. J'avais envie de prendre Wyatt par les épaules et de le secouer en lui disant qu'il n'existait pas de mots pour réellement décrire tout ce que j'avais perdu, et surtout, tout ce que j'avais gagné au cours de la dernière semaine.

Tout ce que j'ai réussi à faire pourtant fut de serrer les poings si fort que mes ongles se sont enfoncés dans la paume de ma main au point de me faire saigner, tout en revenant soigneusement, attentivement, sur chaque minute de la semaine passée. Je parlais lentement et avec précision, en essayant de mentionner tous les détails, de capturer tous les moments de peur et de panique qui m'avaient envahie quand j'avais compris que nous étions attaqués. Les deux hommes m'écoutaient d'une oreille compatissante et me regardaient avec des yeux gentils, mais néanmoins aiguisés et formés à remarquer tout ce que j'aurais pu exagérer ou oublier. C'était intense et émotionnellement éprouvant, et quand j'ai terminé, j'avais les jambes flageolantes en me levant pour retourner dans la chambre de Cy. Wyatt m'a proposé de me raccompagner, mais j'ai refusé car j'avais besoin de ce court trajet pour me ressaisir et être assez forte pour Em. Leur raconter comment je l'avais trouvée dans l'arbre, littéralement déchirée par les lames de ces hommes, leur raconter qu'ils lui avaient fait du mal, cela m'a donné une boule dans la gorge qui m'empêchait de déglutir. Wyatt m'a dit qu'ils devraient encore parler à Emrys et qu'elle serait sûrement appelée dans l'affaire comme témoin, mais il m'a assurée que Grady et lui comprenaient qu'elle n'était pas prête à endurer cela pour le moment. Honnêtement, je ne savais pas quand elle serait capable de se remettre sur pieds pour se battre, mais j'ai préféré ne pas lui faire part de cette pensée.

Je me suis arrêtée devant la porte pour inspirer profondément et remettre sur mon visage un masque qui, je l'espérais, exprimait la confiance et l'assurance, au cas où Em serait debout. Même si elle ne l'était pas, j'avais besoin de faire croire à quelqu'un que je maîtrisais la situation.

La lumière était éteinte, mais avec la porte ouverte derrière moi, je voyais clairement que le lit était vide et que la bosse formé par le corps meurtri de ma meilleure amie n'était plus là. J'ai eu un moment de panique avant de me souvenir qu'elle pouvait simplement être dans la salle de bains. La lumière passait dans le jour sous la porte et j'entendais quelqu'un bouger dans le petit espace. Je me suis passée une main dans la nuque et ai marché vers la porte.

— Em, l'infirmière a dit que tu ne devais pas mouiller les pansements sur tes points de suture. Je t'ai dit que je t'aiderais si tu voulais prendre une douche.

Cette instruction n'était pas facile à suivre, étant donné tous les endroits de son corps où la peau était refermée par des agrafes et des fils.

Je n'ai pas eu de réponse, alors j'ai levé la main et ai frappé à la porte en appelant son nom plus fort. La porte en bois s'est ouverte sous ma main et j'ai bêtement cligné des yeux devant la vision qui m'a accueillie. Mon cerveau s'est éteint et mon cœur a pris le dessus quand Cy s'est retourné alors qu'il enroulait une serviette autour de sa taille fine, tandis que l'eau coulait de façon séduisante sur les muscles du haut de son dos. Ses cheveux étaient plus noirs que noirs à cause de l'eau, quand il les a poussés de devant ses yeux et m'a regardée de haut en bas. Il a passé une main sur son visage visiblement fatigué, mais ses lèvres se sont lentement étirées pour former un de ses rares sourires et je l'ai senti comme un coup de poing en pleine poitrine.

Fatigué et inquiet pour son frère, lessivé et usé par notre semaine à traverser l'enfer... et pourtant... il souriait encore pour moi. C'était le cadeau le plus précieux que j'aie jamais reçu et je le chérirais toujours.

— Sutton est K.-O. pour la nuit. Ils lui ont donné un sédatif pour qu'il ne bouge pas, et ne déplace pas le fragment de balle par accident. On est sûrs qu'il ne bougera pas, donc le médecin nous a mis dehors, et nous a dit de nous reposer. On pensait qu'attendre pour l'opérer signifiait qu'il étai sorti d'affaire, mais le médecin nous a assuré que non, et même s'il s'est réveillé, Sutton est encore en sursis.

Il a fait un pas pour se rapprocher de moi et j'ai tendu la main pour la poser au milieu de son large torse. Il était si chaud, et plein de vie. Comment étais-je censée le quitter et m'en sortir ?

— Où est Em ? ai-je soufflé quand il a posé une main sur la mienne et a lentement commencé à s'approcher de moi.

Ses mouvements m'ont fait sortir de la salle de bain. Ses pieds nus ont poussé les miens à travers la chambre jusqu'à ce que l'arrière de mes genoux soit contre le bord du matelas au milieu de la pièce.

— Je suis venu et je lui ai dit que j'avais juste besoin de prendre mes affaires pour changer de chambre. Elle a piqué une petite crise parce que je n'étais plus à l'hôpital avec Sutton, et m'a demandé qui allait rester avec lui ce soir pendant qu'il attendait son opération. Je lui ai dit qu'on n'avait pas le droit d'entrer dans sa chambre cette nuit, et avant que j'aie le temps de l'arrêter, elle est sortie. Je l'ai rattrapée et l'ai accompagnée aux soins intensifs.

Il a secoué la tête et bougé les mains pour les placer de chaque côté de ma tête. Il l'a penchée en arrière et a baissé la tête jusqu'à ce que nos lèvres se touchent à peine.

— Les infirmières n'ont même pas essayé de la convaincre de ne pas y aller. Elle s'est installée dans le fauteuil à côté de son lit et m'a dit qu'elle reviendrait ici demain matin, avant qu'il se réveille. Je me suis dit que j'allais me laver et attendre ton retour pour qu'on ait de vrais adieux.

Ses mots ont embrassé mes lèvres et se sont enroulés autour de moi.

— Je ne sais pas ce que Sutton a dans la tête, à rejeter une fille comme ça, mais quelque chose me dit que quand il ira mieux, il va le regretter encore plus que toutes les décisions de merde qu'il a déjà prises.

J'ai soupiré et ça l'a fait frissonner. J'ai laissé mes mains danser sur la surface dure de son torse, attrapant des gouttelettes d'eau sur ma route. Je me dirigeais vers ce nœud dérisoire qui tenait la serviette trop fine sur sa taille, et il le savait. Ses abdos se sont contractés sous le bout de mes doigts et ses cuisses ont durci contre les miennes. Sans parler du fait que le tissu de la serviette ne cachait en rien la lourde érection qui s'était éveillée entre ses jambes et se levait à mesure que mes mains descendaient.

— Ton frère est un héros, vous êtes tous des héros. Elle ne va pas oublier qu'il lui a sauvé la vie, même s'il la repousse de toutes ses forces. Pour l'instant, elle saigne trop pour comprendre que lui aussi.

J'ai passé un doigt sur le nœud et l'ai tiré légèrement. C'est tout ce qu'il a fallu pour que le tissu tombe et dévoile son membre glorieux et tendu. Cette image m'a forcée à reprendre mon souffle et m'a fait saliver. Même dans la lumière tamisée, il était le plus bel homme que j'aie jamais vu. Il me faisait me sentir puissante et exceptionnelle car c'était devant moi qu'il se tenait, dénudé et assuré. Cet homme était dur à décrypter même dans les bons jours, mais dans le noir, avec la fin qui approchait et nous plombait, l'importance de ce moment était immanquable.

Je me suis hissée pour lui faire un vrai baiser et ai posé mes doigts impatients autour de la chair durcie qui pulsait contre mon ventre. Sa queue a eu un sursaut dans ma main et ses hanches ont frappé contre les miennes sans qu'il s'en rende compte, comme nos langues s'enlaçaient et nos dents essayaient de se dévorer. Nous nous jetions l'un sur l'autre comme si nous étions le dernier repas d'un condamné. C'était bordélique. C'était vorace. Mouillé et sauvage. Ça allait me faire des bleus et me faire mal quand on aurait fini, mais cela voulait dire que c'était un baiser que je pourrais ramener avec moi en montant dans l'avion le lendemain. C'était un baiser que je pourrais garder, et je voulais qu'il en ait un qui lui laisse la même impression. Mes lèvres picotaient et les flammes ont léché ma colonne vertébrale quand ses mains m'ont tirée plus près et se sont enfoncées dans ma peau. Son genou s'est glissé entre mes jambes et a poussé ses hanches et sa grande érection dans le creux des miennes. J'ai caressé le bout humide avec mon pouce et l'ai senti grogner en réaction contre mes lèvres impatientes. Ma bouche était assaillie mais on aurait dit de l'amour, pas une guerre. C'était une bataille sans vainqueur car nous gagnions tous les deux en prenant tout ce que l'autre avait à offrir, et je savais que nous allions tous les deux perdre dès que le soleil se lèverait le lendemain matin et que nous allions devoir officiellement nous dire au revoir.

— Toujours chaude et lumineuse, Rayon de Soleil. Tu me brûles de la meilleure des façons.

J'ai avalé ma salive et l'ai fait reculer d'un pas, pour m'asseoir sur le bord du lit en face de lui. Sa queue a eu un petit mouvement d'impatience et un liquide nacré a perlé au bout. Je me suis servi de mon pouce pour le recueillir et caresser son gland, tout en serrant son membre dans ma main puis descendre mon pouce sur les lignes sensibles sous son gland gonflé.

Je pensais que c'était lui qui s'enflammait et brûlait. C'était lui qui allumait tout ce qui était en sommeil en moi depuis bien longtemps. Il était l'étincelle, mais j'étais la flamme. J'étais celle qui faisait tomber les sentiments d'insuffisance, et construisais quelque chose de mieux à la place. J'étais celle qui se rendait compte que si les mauvaises personnes ne vous aiment pas, ce n'est pas une raison d'avoir peur que les bonnes personnes vous aiment, et plus encore.

Je me suis penchée en avant, ai baissé la tête, et ai posé un baiser au centre de son torse. Ses mains se sont serrées sur ma peau et sa respiration s'est arrêtée. J'ai passé une main autour de sa hanche et ai laissé mes doigts s'enfoncer dans les globes de granit formant ses fesses. Le muscle a frémi contre mes doigts comme je traçais chacun de ses abdos définis avec le bout de ma langue. Son ventre n'était que muscle, et les quelques poils bruns qui partaient sous son nombril vers la base de son érection me chatouillaient le nez comme je continuais à descendre. J'ai passé la langue dans le creux de son nombril et ai été récompensée pour ce geste taquin quand il a aboyé mon prénom brutalement, à travers ses dents serrées.

J'ai commencé à glisser ma main lentement le long du manche qui battait impatiemment dans ma paume et ai baissé la tête pour pouvoir engloutir son gland engorgé dans la chaleur mouillée de ma bouche qui l'attendait. J'ai gémi en sentant immédiatement sa chaleur irradier en moi. Il remplissait mes sens et laissait une empreinte sur chaque partie de moi qui le touchait. J'ai juré que ma langue n'oublierait jamais cette première fois que je le goûtais, ce premier mouvement qui l'a fait jurer et se ruer sur moi.

Une de ses mains a atterri sur le haut de ma tête et s'est mise à passer doucement dans mes cheveux. Il m'a tirée plus près et j'ai dû expirer lentement et régulièrement car il s'est enfoncé plus profond dans ma bouche qui le suçait. Cy n'était pas du genre à y aller lentement, alors il a brûlé mes lèvres et pulsé dans ma bouche en commençant à donner de petits coups de reins contre mon visage tout en me disant « Un tout petit peu plus » et « Leo, putain, je t'appartiens ».

Quelque chose dans le désir retenu dans sa voix et la tension qui bloquait ses muscles des pieds à la tête me donnait envie de lui donner ce qu'il voulait, à tout prix. Je l'ai sucé plus profondément. Je l'ai serré plus fort. Je l'ai senti grogner et son gland qui coulait a touché le fond de ma gorge. J'ai dû fermer les yeux pour me concentrer, et garder un rythme régulier tout en bougeant mon poing de haut en bas en rythme avec mes lèvres et ma langue qui bougeaient rapidement. À la vue des muscles de son cou et de ses veines qui ressortaient, alors qu'il s'enveloppait du plaisir que je lui offrais, mon cœur a accéléré et mon sang s'est mis à bouillir. Je sentais l'humidité entre mes jambes, et chaque fois que je bougeais la tête sur lui et que mes tétons frottaient le tissu de mon soutien-gorge, j'avais envie de lancer des gémissements forts et obscènes. Le faire jouir était la chose la plus excitante que j'avais connue, car cela me donnait effectivement l'impression de le posséder.

J'étais celle qui donnait cette expression à son visage. J'étais celle qui lui faisait dire des mots très coquins tandis qu'il avait du mal à se contrôler. J'étais celle qui léchait le désir qui coulait de lui, acide et salé sur ma langue.

J'étais celle pour qui il était à la fois dur et délicat. J'étais celle qui avait toute sa douceur et toute sa rudesse. J'étais celle qui allait l'avaler en entier et en redemander, car ce serait le meilleur des au revoir et je voulais que les souvenirs que nous nous fabriquions en nous dirigeant vers la fin soient parmi les meilleurs qu'on puisse avoir tous les deux.

Je le travaillais avec tout ce que je pouvais. Mes mains, mes lèvres, mes dents, ma bouche. Je respirais aussi fort que lui, et je voyais d'après son dos qui se raidissait, et ses coups de reins qui devenaient irréguliers et sauvages, qu'il y était presque. C'était plus que ce que je n'avais jamais donné à un homme, mais pour lui, je voulais tout ça, et je voulais même qu'il m'en donne plus.

Je sentais qu'il palpitait dans ma bouche. J'étais prête à exploser, juste en regardant comment les muscles étirés de son ventre se contractaient et se relâchaient. J'avais envie de me toucher en voyant ses yeux s'assombrir quand un gris de brouillard est arrivé et a tout fait paraître sombre et dangereux. Sa mâchoire s'est serrée et ses mains sur ma tête ont bougé pour se retrouver à la base de mon crâne. Je passais les doigts sur la surface contractée de son cul, vers les petits sacs doux qui étaient remontés et attendaient leur relâchement, mais il ne m'a pas laissée atteindre ma destination.

Je voulais qu'il finisse, lui me voulait étalée sur le lit en-dessous de lui.

Il était plus grand, donc il a eu ce qu'il voulait avant que mes lèvres gonflées et brillantes ne puissent émettre la moindre protestation. Il a défait le bouton de mon jean, et a mis sa large main entre mes hanches, puis un doigt rugueux et calleux au centre de mon désir. Ce petit point pulsait si fort contre son toucher que cela m'a fait cambrer le dos contre le lit et mon regard s'est brouillé pendant que je gémissais son nom. Ma culotte a été écartée d'un côté, les boutons de ma chemise ont volé dans tous les sens sous ses mains pressées, et mes tétons se sont élevés, victorieux, une fois libérés quand il a retiré mon soutien-gorge, entrave sur son chemin.

C'était mon tour de passer des doigts tremblants dans ses cheveux épais, quand sa tête brune est descendue sur ma poitrine, pour que ses dents s'attaquent à ma chair implorante. Je gémissais et tout mon corps frémissait sous le poids du sien. La pression de sa bouche et la morsure de ses dents étaient comme une torture délicieuse. Je voulais qu'elle ne s'arrête jamais, et c'en était que plus triste de savoir que ce serait la dernière fois.

J'ai chuchoté son nom quand il s'est enfin assez soulevé au-dessus de moi pour me débarrasser du reste de mes vêtements. Mes jambes étaient agitées contre le rebord du lit, alors que ce point chaud entre elle palpitait fort en attendant son contact. Il a regardé le mouvement avec les yeux à demi fermés et je n'ai pas pu m'empêcher d'écarter les jambes sous son regard déterminé. J'ai mis une main en bas de mon ventre et l'autre sur mon sein qu'il avait laissé humide et prêt. Je me suis touchée là où j'avais besoin de ses mains et il me regardait comme si j'étais son film préféré.

Il a lentement secoué la tête et a passé la langue sur la courbe de ma lèvre inférieure. Elle était toute gonflée après la voracité avec laquelle je l'avais utilisée.

— Il y a tellement de choses que je veux faire pour toi, et te faire. La liste n'en finit pas et j'ai l'impression de courir contre la montre, Leo.

Il s'est penché en avant et a pressé sa bouche contre la mienne. Un baiser léger, précieux. J'ai été étonnée d'avoir l'impression qu'il me resterait aussi longtemps que celui qui m'avait fait mal.

— Je te veux sur ma langue. Je veux que tu jouisses sur mes doigts et je veux jouir sur ces foutus seins parfaits.

Il a encore secoué la tête et a remonté le coin de ses lèvres, et un éclair de blanc est apparu malgré l'obscurité de la chambre quand il m'a souri.

— Je veux te laisser finir de me sucer. Je veux te retourner et prendre ton cul. Je veux que tu t'assoies sur ma tête et que tu me laisses brûler l'intérieur de tes jolies cuisses blanches. Je veux tout ça et on n'a pas le temps.

J'ai avalé ma salive et ai déplacé la main qui jouait avec mon téton sur ma gorge. Je n'avais jamais fait la plupart de ces choses, mais l'entendre faire la liste de toutes les façons dont il me voulait m'a rendue furieuse contre le destin, de ne pas pouvoir les vivre avec lui. Si je ne le faisais pas avec lui, alors je ne le ferais jamais. Je lui faisais confiance. C'était ce qui avait manqué avec les hommes dans ma vie depuis toujours. Je ne pouvais jamais m'ouvrir à eux comme je le faisais avec Cy, car je ne leur faisais pas confiance, et je ne me faisais pas confiance.

J'ai levé le bras pour l'attirer à moi et ai soupiré quand il a accompagné le mouvement de son corps vers moi. Il a retenu son poids au-dessus de moi en pliant un bras au-dessus de ma tête et nous avons tous les deux laissé échapper un soupir de satisfaction quand j'ai passé mes deux jambes autour de sa taille. Son érection a trouvé mon humidité sans effort et j'ai eu le souffle saccadé quand il a commencé à frotter le bout de son gland contre mes lèvres satinées et mouillées. Je me sentais palpiter, et je sentais mon sang pulser par anticipation, mais mes mains le tenaient tendrement, avec respect.

— On n'a pas de montre, là, Cy. Il n'y a que toi et moi. On l'entendrait faire tic-tac car le son n'a nulle part où se cacher. Tout ce que j'entends, c'est ton cœur et puis le mien, qui fait la course pour le rattraper. Tout ce que je vois, c'est toi et tout ce que je sens, c'est que tu me donnes le sentiment d'être différente et importante. Tu n'avais pas beaucoup de temps pour le faire, mais tu l'as fait. Donc on se concentre sur les façons dont on peut être ensemble, pas le contraire.

Car si je commençais à penser à tout ce qui allait me manquer au lever du jour, et à me concentrer sur les expériences que je ne vivrais jamais avec lui, j'allais m'effondrer et cet adieu sexy allait se transformer en adieu larmoyant, et je ne voulais pas de ça, ni pour moi, ni pour lui.

Ses hanches se sont pressées en avant en même temps qu'il s'est baissé, de sorte que nos poitrines se touchaient, nos langues s'emmêlaient et nos cœurs marchaient ensemble, les battements du mien parfaitement accordés au sien. Je n'étais plus que désir liquide et passion chaude, alors il s'est enfoncé profondément et a balancé son bassin contre le mien de la plus délicieuse des façons. Mon corps s'est un peu secoué le temps de s'adapter pour le prendre en entier. Mes muscles frémissaient contre sa chair rigide et mes nerfs sensibles dansaient joyeusement sur la longueur de ses veines. J'adorais la façon qu'il avait de me remplir, de prendre toute la place. J'aimais comment son poids m'écrasait et rendait ses mouvements et les miens plus réfléchis. J'aimais comment il me baisait, et comme il m'encourageait à le baiser en retour. J'aimais que nos corps soient de plus en plus humides et glissaient l'un contre l'autre. J'aimais comment il faisait l'amour à ma bouche, son baiser imitant la façon sexy et brute dont sa queue entrait et sortait de mon corps. Sa langue excitait la mienne tout comme il excitait le creux de mon ventre avide et impatient en glissant au point de presque sortir entièrement, ce qui me faisait le supplier, l'implorer de rentrer vite en moi, et il entrait tout doucement, si lentement que je pensais que j'allais perdre la tête. J'ai cru mourir quand il a adouci son martèlement, ses coups de reins violents.

Il prenait ce dont il avait besoin de mon corps, me donnait ce dont j'avais besoin du sien, mais il prenait aussi le temps de se souvenir de ça, de se souvenir de nous. Ses yeux n'ont jamais quitté mon visage et je savais qu'il me regardait en attendant cet instant où il me donnerait tellement de plaisir que je ne pourrais plus tenir. Il voulait garder ce à quoi je ressemblais quand il me brisait, m'ouvrait en deux de désir et d'attente, dans un endroit sûr pour ne jamais l'oublier. Il voulait savoir qu'il était le seul à pouvoir me faire ressembler à ça et je n'avais pas besoin de le lui dire, car tout mon corps le lui prouvait.

Ma tête tournait d'un côté et de l'autre. Mes orteils se repliaient. Mes cuisses se serraient autour de ses flancs comme un étau. Mes doigts grattaient des lignes de passion dans son dos. Mes lèvres criaient son nom encore et encore. J'avais l'impression de fondre, inondée de satisfaction. Mes tétons ont pointé si dur qu'ils devaient piquer son torse. Mes joues se sont enflammées et ont pris cette teinte rouge que seul le sexe produisait, et qui mettrait des heures à disparaître, je le savais. Tout cela, il pouvait le voir, il pouvait le sentir. Tout cela était une preuve qu'ensemble, nous créions des moments censés durer. Le seul secret que j'avais, la seule chose que ses yeux fixes ne pouvaient pas voir, était mon âme éclatant et mon cœur se fracturant. Je ne voulais pas seulement ce moment... je voulais tous les moments et je les voulais avec lui.

Dès que ma chatte a palpité et s'est resserrée autour de lui, dès qu'il m'a regardée tomber de la falaise de plaisir vers laquelle il m'avait poussée, je l'ai senti se relâcher. Ses mouvements ont perdu leur rythme bien étudié. Il fonçait en moi, courait après son instant, sa libération, et il n'avait pas besoin d'aller très loin. Ses jambes se sont tendues, son dos s'est bloqué sous l'étreinte de mes jambes, et ses beaux yeux sont devenus noir charbon. Il a grondé mon nom de sa voix grave puis a laissé sa tête tomber en avant, son nez enfoncé dans le creux de mon cou tandis que ses dents se serraient sur le bord de ma clavicule.

Il me remplissait d'une autre manière, et je prenais tout. La furieuse montée de désir me faisait tourner la tête et la manière dont il était allongé sur moi, immobile, épuisé et vidé, me donnait l'impression que tout en moi tournoyait, déchaîné sous ma peau. Je ne voulais pas partir, mais je savais que je ne pouvais pas rester.

— Meilleur au revoir du monde.

J'ai chuchoté les mots dans son oreille et l'ai senti soupirer sur le côté de mon cou. Il a relevé la tête, et ses yeux étaient infiniment sombres et indéchiffrables.

— Ce n'est pas l'au revoir qui compte. C'est tout ce qu'il s'est passé avant qui est important. J'oublierai l'au revoir, avec le temps... mais tout le reste...

Sa voix s'est éteinte et j'avais envie de lui dire que je me souviendrai de tout moi aussi, mais je n'arrivais pas à faire sortir les mots. J'étais cupide. Je voulais plus que des souvenirs. J'ai passé une main sur le côté de son visage, ai laissé sa moustache chatouiller mes doigts, et ai touché les pointes d'argent qui lui donnaient un air si distingué et sauvage à la fois. J'ai senti mes lèvres former un sourire, semblable à celui qu'il m'adressait souvent, et ai haussé les sourcils même si je n'étais pas certaine qu'il puisse voir mon expression dans l'obscurité.

— Donc, quand tu parlais de m'asseoir sur ton visage...

J'ai poussé un cri quand il nous a fait rouler avec un rire qui s'est vite transformé en grognement.

Dis ce que tu penses... Je voulais lui dire que j'étais à peu près sûre de pouvoir l'aimer... et, peut-être plus important, que je pouvais le laisser m'aimer. Mais j'ai gardé les mots pour moi car il entendrait que je le pensais, et j'avais ce pressentiment qu'il me répondrait quelque chose du même ordre et que ce serait encore plus dur de le quitter.

20

PAS DE TEMPS À PERDRE

Je pensais qu'une fois de retour à San Francisco, ma vie reprendrait son cours, le rythme et le train-train habituels que j'avais adoptés comme une somnambule pendant des années. Je pensais que je pourrais enterrer le manque qui m'avait envahie à la seconde où j'avais mis un pied dans l'avion pour retourner à mon quotidien. Que tout ce qui, en moi, appelait la nature et Cyrus Warner serait étouffé par les bruits de la ville et le brouhaha dont je me servais pour me distraire.

Je m'étais trompée. Complètement. Le chaos s'est abattu sur moi dès qu'il est apparu évident qu'il était impossible de laisser Em toute seule. Elle était léthargique, anxieuse, et agissait comme l'ombre d'elle-même. Elle ne voulait pas parler à sa famille. Elle refusait de retourner travailler, même après avoir enlevé les pansements sur son visage et retiré les fils. Elle s'est isolée du reste de son entourage et s'est enfermée dans ma chambre d'amis. Elle ne sortait que quand je la forçais ou quand je recevais un message de Cy pour me tenir informé de l'état de Sutton.

Elle semblait ne vivre que pour ces moments. Chaque fois que des nouvelles arrivaient, par mail ou par un bref texto, son visage perdait un peu le teint cireux et le dédain qui l'avaient envahi. C'étaient les seuls moments où je voyais un éclat de vie s'allumer dans son regard éteint.

Sutton allait de mieux en mieux. Ses progrès étaient lents, atrocement lents, car il y avait eu des complications lors de l'opération pour retirer le fragment de balle. Cy n'était pas entré dans les détails mais en gros, son petit frère avait des problèmes de mobilité et n'était pas près de sortir de l'hôpital. On ne pouvait pas encore savoir si les dégâts seraient permanents, donc tout le monde essayait de rester positif pour Sutton. Ce n'était pas surprenant que le cowboy grincheux se batte contre eux à la moindre occasion. Les messages de Cy n'étaient jamais très longs, allaient droit au but et ne contenaient aucune touche personnelle. Ils rendaient Em très heureuse, mais avaient l'effet inverse sur moi.

Je savais que ça ne servait à rien de faire des promesses qu'on ne pouvait pas tenir, de prolonger des moments qui n'étaient pas censés durer. Pour autant, cela ne voulait pas dire que je ne sentais pas un poignard dans mon cœur chaque fois que j'ouvrais ses messages. Je savais qu'il n'allait pas dire que je lui manquais, et je savais que tout ce que je pouvais faire était de répondre tout aussi poliment. J'avais l'impression de mourir sans lui. J'avais peut-être une vie incomplète avant d'ouvrir les yeux de force, mais ce n'était rien comparé à la vie en étant une demie personne. Je jure que la majorité de mon âme, et tout ce dont elle était faite, était restée dans le Wyoming. Je l'avais laissée entre les mains d'un homme encore mal défini dans ma tête, mais que mon cœur identifiait comme m'appartenant. Il n'y avait aucune logique à tout cela, ce qui me faisait penser que cela devait être de l'amour, ou autre chose qui s'en rapprochait dangereusement.

Comme si gérer l'état émotionnel d'Emrys n'était pas un boulot à plein temps assez prenant, j'ai dû retourner travailler quelques jours après être rentrée. Je n'avais plus de jours de vacances et j'ai dû utiliser les deux seuls congés maladie qui me restaient pour installer Em chez moi et la forcer à aller voir un médecin. Je voulais qu'elle voie un spécialiste pour la cicatrice sur son visage, et celles qu'il restait sur sa poitrine, mais elle a refusé catégoriquement. Je la voyais se regarder dans le miroir de la salle de bain, des larmes sur son visage désormais imparfait. Elle n'en parlait jamais, et je ne la forçais pas. J'avais peur qu'elle soit fragile au point de pouvoir se casser, et je n'étais pas sûre d'avoir les bonnes compétences pour la réparer. Je savais qu'elle aurait besoin de voir un professionnel, donc entre le travail, les appels inquiets des parents d'Em et le vortex émotionnel chez moi, je passais mon temps à chercher des infos sur l'aide aux victimes dans la baie de San Francisco et dans le Wyoming. Je n'ai pas trop cherché à comprendre moi-même pourquoi je cherchais dans ces deux régions, mais dans tous les cas, j'aurais les noms des professionnels les plus qualifiés quand elle se sentirait prête à passer cette étape.

Je ne savais pas ce que cela me ferait de devoir faire à nouveau face à la femme de mon ex. Avant, j'avais peur des conséquences que la vérité aurait sur ma carrière et ma réputation. Maintenant, cacher la vérité pesait sur ma conscience et mon intégrité. J'avais encore quelques mois avant la fin du contrat avec son entreprise, mais tout se passait bien donc je savais qu'elle allait proposer de prolonger le travail que mon équipe faisait pour elle. Chaque fois que j'entrais dans son bureau et que je m'asseyais en face d'elle, cette photo d'une famille heureuse et souriante me fixait, me provoquait. La boule de regrets et de remords grandissait dans mon ventre. Je savais, sans doute aucun, que me faire virer serait loin d'être la pire chose qui pouvait m'arriver dans la vie. Il suffisait de regarder la femme brisée qui se servait de mon appartement comme d'un refuge pour le savoir. Je savais aussi que quel que soit le résultat de mon annonce à la femme de Chris, cela ne pourrait pas me faire plus mal ni me laisser aussi blessée et écorchée que d'avoir quitté mon pas-vraiment-cowboy.

J'ai attendu un jour où nous travaillions toutes les deux tard le soir. Je savais que la conversation ne serait pas agréable et qu'elle pourrait très bien se terminer par un renvoi, donc je ne voulais pas de témoins ni de scandale. J'avais répété ce que j'allais lui dire toute la journée. J'y avais repensé mille fois dans ma tête et m'étais même préparée à ce que cela devienne violent et méchant. Je la laisserais me taper une fois, si elle en avait besoin. Ce n'était que justice, mais elle n'aurait droit qu'à une fois. Ses autres coups, elle devrait les ramener chez elle et les réserver à son mari coureur de jupons.

Quand je lui ai demandé si elle avait une minute, elle m'a souri et je me suis sentie horriblement mal. Elle était intelligente. Elle réussissait. Elle était jolie, et elle était gentille et cela hérissait de savoir que j'avais joué un rôle, même si c'était involontaire, dans le fait qu'elle soit trompée.

— Ça fait un moment que je veux te parler, Leora.

Mon prénom complet m'a fait sursauter. J'avais tellement l'habitude d'être Leo, le petit lion, que j'avais oublié qu'une autre moi existait. Je ne voulais pas m'asseoir, j'avais l'impression que nous devrions avoir cette conversation debout, mais je me suis assise et ai croisé les jambes.

J'ai serré mes mains entre elles si fort que mes ongles m'ont fait mal en s'enfonçant dans ma peau.

— Pour le contrat ?

Je ne voulais pas qu'elle me propose une occasion en or juste avant que je fasse s'écrouler tout son univers autour d'elle. Ça ne me semblait pas juste, ni bien. Elle a hoché la tête et a joint les mains, avec ses doigts aux ongles manucurés flottant au-dessus de ses lèvres soigneusement maquillées.

— Oui, je voudrais te parler du contrat et je veux que tu saches que si on le prolonge, je veux que ce soit toi qui dirige l'équipe. Tu as fait un travail merveilleux ici, et je veux te garder à bord.

J'ai ouvert la bouche pour intervenir, dire que j'avais quelque chose d'important à dire mais elle a levé une main et a levé un sourcil parfaitement sculpté.

— Il faut que je sois sûre que quand je présenterai le nouveau contrat à tes patrons, ta relation personnelle avec mon mari ne sera pas un problème. Il faudra que tu travailles avec moi pour agrandir la marque et s'intéresser au marché mondial. Ta vie personnelle ne peut pas interférer avec ta vie professionnelle. J'ai laissé passer ton hésitation ces derniers mois parce que c'est évident que tu fais très bien ton travail, mais à l'avenir, il faut que tu mettes ça sous le tapis et que tu enfiles un masque confiant.

J'ai senti ma mâchoire se décrocher, comme un serpent qui essaie d'avaler un lapin en entier. J'ai entendu l'air siffler en quittant mes poumons, et je crois bien avoir été ailleurs quelques secondes car quand mes yeux sont revenus sur elle, elle avait l'air impatiente et agacée, pas bouleversée ni brisée.

— Je... on... tu...

Les mots sortaient dans un sifflement. J'ai posé une main sur ma poitrine et me suis dit de me concentrer et de me calmer.

— Depuis combien de temps tu sais que j'ai eu une liaison avec ton mari ?

Elle a fait un signe du revers de la main devant elle et a levé les yeux au ciel comme si c'était une question bête.

— Chris est agréable à regarder, il se débrouille bien au lit et c'est un père correct. Il n'est ni Prix Nobel, ni une stimulation. Il ne se vante pas de ses liaisons, mais il ne les cache pas non plus, dit-elle en levant son deuxième sourcil comme le premier. J'ai toujours été le pilier de la famille, celle avec de la motivation et de l'ambition, et il m'a soutenue dans tout ce que j'ai fait. Je voulais un empire, il voulait qu'on lui suce la bite. Quand je ne suis pas là pour le faire, il trouve quelqu'un, n'importe qui. Tant qu'il n'amène pas ses copines devant ses enfants et qu'il ne les fait pas défiler devant les gens avec qui je travaille, je le laisse s'amuser, et honnêtement, je m'amuse aussi, poursuivit-elle en se penchant en avant dans son fauteuil pour fixer son regard sur le mien. Tu es la première qui m'as inquiétée. J'avais besoin de tes compétences en particulier, mais si tu étais capable de te faire avoir par les conneries de Chris, je me suis demandée si tu étais vraiment si intelligente et loyale.

Elle m'a souri et alors que je pensais qu'il serait mauvais et malveillant, c'était un sourire normal et amical. J'étais tellement perdue que j'avais un peu la nausée. Je me suis demandée si elle serait aussi à l'aise avec le fait que je vomisse dans son bureau qu'elle l'était avec le fait que j'ai baisé l'homme à qui elle était mariée.

— Tu as viré Chris dès que tu as vu la photo sur mon bureau. Je remets toujours en cause ton goût en matière d'hommes, mais pas ton intégrité. Je crois même que ta culpabilité t'a fait travailler encore plus dur.

J'ai mis ma tête dans mes mains.

— J'avais l'impression d'être ronger par de l'acide chaque fois que je te voyais. Je voulais te dire ce qu'il s'était passé, mais j'avais trop peur. Tu savais depuis le début et tu n'as jamais rien dit !

Je l'ai entendue pouffer de rire.

— Ce n'est pas moi qui ai eu une liaison. Je n'avais aucune raison de te faciliter la vie ni de rendre ta tromperie plus facile à vivre.

Elle avait raison. Elle ne me devait rien, mais je n'aimais pas qu'elle se soit servi de ma culpabilité pour faire de moi un pion dont elle pouvait se servir comme bon lui semblait.

— Il a rendu ça si facile.

Je me suis étouffée sur ces mots, en repensant à toutes les façons dont Cy avait rendu cela difficile. En ce moment, j'avais un trou si grand au milieu de moi que j'avais besoin qu'il le remplisse pour trouver du sens à quoi que ce soit. Une demie vie avant lui, pas de vie sans lui, en tout cas pas de la vie dont je voulais.

Elle m'a adressé un regard compatissant et la bile est remontée encore plus vite dans ma gorge. Elle avait pitié de moi ; d'avoir été assez bête pour me faire avoir par quelqu'un d'aussi simple que son mari. Je ne voulais pas de sa pitié et je savais au plus profond de moi que je ne voulais pas travailler pour ou avec quelqu'un qui trouvait normal de se servir des émotions des autres comme d'une arme contre eux.

— Il est comme ça. C'est pour ça qu'on est ensemble depuis si longtemps. C'est facile de vivre ma vie en dehors de lui. Bon, pour le prolongement du contrat...

Dis ce que tu penses et pense ce que tu dis. Je me suis levée et ai fait non de la tête.

— Je ne peux pas signer le prolongement du contrat. Je finirai sans problème celui pour lequel je me suis engagée, mais je ne veux plus faire ça.

Elle a froncé les sourcils, avec un air sincèrement perdu.

— Tu ne veux plus travailler pour moi maintenant que tu sais que je sais, pour mon mari et toi ?

J'ai à nouveau secoué la tête et ai senti un des demi-sourires de Cy tirer sur mes lèvres.

— Non. J'en ai marre, du bruit. Je ne veux pas manipuler les gens pour qu'ils dépensent de l'argent dans des choses dont ils n'ont pas besoin, avec des mots rusés et de belles images. Je ne veux pas me laisser séduire par la facilité, dis-je en faisant un pas vers la porte et lui lançant un regard ferme. Je veux savoir à qui j'ai affaire dès le départ, parce qu'on entend la vérité qui résonne dans chaque syllabe. Je veux le compliqué et le problématique. Je veux remonter en selle après chaque chute car le cheval s'est cabré, et ne pas avoir peur de souffrir parce que...

J'ai fait un autre pas vers la porte, mon cœur tapait contre mes côtes et la détermination brûlait dans mes veines. Tout ce qui s'était passé avant les adieux était ce qu'il restait, mais je pouvais faire de ce qu'il se passerait après les adieux la plus importante décision de ma vie.

— Je veux être heureuse pour une fois dans ma vie, et je veux le penser quand je dis que je le suis. Je n'en aurai pas seulement fini avec votre boîte après la fin du contrat, j'en aurai fini avec cette demie vie, dis-je en haussant les sourcils à mon tour, en ouvrant la poignée. À quoi ça sert d'avoir un empire si vous êtes la seule à apprécier tout ce pour quoi vous avez travaillé dur ?

Elle a encore ricané, mais je sentais qu'elle avait dépassé l'agacement et était réellement en colère, maintenant. Je voulais lui dire que sa vie serait vraiment mieux si elle s'énervait autant devant l'état de son mariage plutôt que pour ses affaires, mais ce n'était pas mon rôle de sauver son couple, alors que c'était elle qui l'avait laissé dépérir.

— Mauvais goût en matière d'hommes, et aucun sens des affaires. Ne crois pas que je ne vais pas informer tes patrons de ton comportement non professionnel, et de ton refus de continuer à travailler avec mon entreprise. Ils ne vont pas être contents.

J'ai haussé les épaules, en essayant déjà de savoir ce que j'allais faire pour Em et pour mon bail, plutôt que de m'inquiéter de mon ancienne carrière.

— Je me fiche que les autres ne soient pas contents, c'est moi qui dois être contente.

Et je voulais aussi le bonheur d'un certain pas-vraiment-cowboy boudeur, mais elle n'avait pas besoin de le savoir. Elle ne comprendrait pas le défi et ne méritait pas de savoir que mon goût en matière d'hommes s'était considérablement amélioré.

J'ai fermé la porte alors qu'elle continuait de me parler, et je n'ai pas pu retenir le grand sourire qui a coupé mon visage en deux et étiré ma bouche jusqu'à ce que je rentre dans mon appartement. J'ai ouvert la porte avec plus d'enthousiasme que nécessaire et ai appelé Em à tue-tête. Elle n'a pas répondu, ce qui n'était pas inhabituel, donc je suis allée dans la chambre d'amis pour lui dire que je démissionnais et que je partais en prenant le plus gros risque de l'histoire, de la mienne en tout cas. Je pensais qu'elle serait contente pour moi. Je pensais qu'elle soutiendrait ma décision. Je pensais qu'elle me ferait peut-être même un câlin et qu'elle laisserait son beau sourire revenir sur son visage à la cicatrice fraîche. Je pensais la trouver roulée en boule sous la couverture, sur le lit, comme elle passait ses journées depuis que nous étions rentrées.

Je me trompais. La chambre était vide. La salle de bains était vide, et je ne voyais aucun signe d'elle chez moi. J'ai commencé à paniquer, j'ai appelé son portable pas moins de vingt fois de suite. Tous mes appels atterrissaient sur sa messagerie et quand j'ai appelé ses parents, ils étaient tout aussi paumés que moi. J'ai retourné la chambre, je cherchais quelque chose qui pourrait m'indiquer où elle était partie, quand mon téléphone a sonné. Je ne voulais pas répondre dans mon état affolé, mais c'était le numéro de ma grand-mère donc je ne pouvais pas l'ignorer après avoir été injoignable pendant si longtemps.

— Salut, Gram. Je suis occupée, je peux te rappeler plus tard ?

J'allais appeler la police pour signaler la disparition d'Em. J'allais appeler Grady et Wyatt et voir s'ils pouvaient se servir d'un super système de localisation officiel pour la trouver. OK, c'était peut-être un peu irrationnel, mais il fallait que je retrouve mon amie.

— Leo, il faut que tu m'écoutes une minute.

Elle ne prenait ce ton avec moi que lorsque j'avais des ennuis ou qu'il s'était passé quelque chose de grave. En général, ces deux choses concernaient la même personne et j'en avais plus que marre d'elle, et de son habitude de me rejeter. J'avais de l'amour à ne plus savoir qu'en faire. Le sien ne me manquait plus.

J'ai grogné et me suis passé une main dans les cheveux.

— Gram, si ça a quelque chose à voir avec Maman, je m'en fiche.

— Ce n'est pas ta mère, ma chérie, c'est Emrys.

J'ai arrêté de retourner les tiroirs de la chambre, maintenant vides, et ai levé les yeux vers le miroir devant lequel ma meilleure amie avait passé des heures à pleurer. Je ne savais pas ce qu'elle voyait en regardant son reflet, mais moi, je n'y voyais que la même amie magnifique, chaleureuse, géniale qui m'avait empêchée de couler alors que tout ce que je voulais était dériver. Son apparence avait changé, et peut-être elle aussi, mais elle était toujours faite de la même matière qui faisait d'elle ma personne préférée dans le monde entier.

— Qu'est-ce qu'il y a avec Em ?

J'ai chuchoté ces mots et ai tourné la tête en entendant frapper à la porte de mon appartement. Pensant que ça pouvait être la femme dont nous parlions, j'ai bondi pardessus le lit, et me suis relevée pas très gracieusement en fonçant vers le salon.

— Elle m'a appelée aujourd'hui et m'a dit que tu avais rencontré un homme. Elle m'a dit qu'il était très différent du précédent. Elle m'a aussi dit que tu n'irais pas le voir tant que tu avais l'impression de devoir t'occuper d'elle, donc elle m'a demandé si je voulais bien qu'elle vienne vivre avec moi un petit moment, a dit ma grand-mère en soupirant. Je lui ai demandé pourquoi elle n'allait pas chez ses parents et elle m'a dit que je comprendrais quand je la verrais.

Un autre soupir, profond et triste. Les coups à la porte d'entrée sont devenus plus forts et plus impatients et je me suis demandé si la femme de Chris avait changé d'avis et voulait me mettre un coup de poing, finalement.

— Son pauvre visage. Cette fille a besoin de repos, et de quelqu'un à qui parler.

J'ai fait le tour du canapé et ai tiré la chaîne de la porte et ouvert le verrou sans regarder par le judas. Nous étions en pleine ville, pas dans le grand ouest sauvage, donc je savais que c'était bête mais j'étais distraite et inquiète.

— Gram, elle t'a raconté ce qu'il s'est passé ?

— Non, pas tout, mais j'ai compris qu'elle avait rencontré un homme aussi. Ses yeux sont tellement tristes, Leo. Elle a besoin de temps.

J'ai reniflé un peu et ai retenu les larmes qui menaçaient de sortir.

— Je m'occupais d'elle. Je veux l'aider.

J'avais l'impression que c'était ça, mon vrai boulot, un travail que je ne lâcherais pas tant qu'il ne serait pas terminé.

— Je sais, ma puce, mais elle a peur que tu te concentres sur elle et que tu t'oublies. J'aime Emrys comme si elle faisait partie de la famille. Je vais m'occuper de ton amie pendant que tu prendras soin de toi, et tu pourras venir la chercher pour que vous preniez soin l'une de l'autre. Elle a besoin de distance pour l'instant, Leo. Elle souffre et elle ne sait pas quoi faire de cette douleur. Je suis sûre que tu peux comprendre ça, dit-elle avec un humour sec dans la voix qui m'a fait sourire. Je ne sais pas ce qu'il s'est passé, mais je sais que tu étais là. Tu es liée à ce souvenir en ce moment, et même si tu veux aider, cela ne peut pas fonctionner.

Je détestais cela, mais ma grand-mère n'avait jamais été du genre à tourner autour du pot. Si Em avait besoin de temps, j'en avais plein à lui donner.

— Je vais m'occuper de moi, Gram.

J'ai ouvert la porte, et j'ai senti tout ce qui était froid et endormi en moi reprendre vie et reprendre feu. Sur le pas de ma porte se tenait le cowboy que j'attendais depuis tout ce temps.

Un jean serré, bleu délavé, tenu par une boucle de ceinture aussi grosse que ma tête au milieu de sa taille fine et musclée. Un large torse couvert par une chemise à carreaux bien coupée avec des boutons pression nacrés à l'avant, et du passepoil noir sur les coutures. Les bottes de cowboy à ses pieds avaient l'air aussi neuves que celles que je portais la dernière fois que je l'avais vu, mais le Stetson noir sur sa tête brune avait bien vécu et lui allait incroyablement bien. Il n'avait toujours pas de jambières en cuir ni de moustache à la Sam Elliott, mais il avait gardé sa barbe qui était maintenant bien taillée pour former un bouc parfait. C'était un rêve de western devenu réalité, et il était tellement beau, et il m'avait tellement manqué, que je n'arrivais pas à faire sortir les mots de ma bouche. Nous nous sommes regardés dans un silence captivé pendant un bon moment jusqu'à ce que j'entende la voix de ma grand-mère brailler dans le téléphone, me demandant si j'étais toujours là.

D'un geste robotique, j'ai porté le téléphone à mon oreille et ai dit à ma grand-mère que je la rappellerais. Je n'ai pas regardé où a atterri mon portable en le lançant derrière mon épaule et ai tendu les bras pour attraper le grand homme troublant devant moi par la chemise.

Cela ne faisait que deux semaines, mais j'avais l'impression que cela faisait une éternité. Le temps n'avait aucun sens avec cet homme et ce que je ressentais pour lui. Je pensais que c'était impossible de tomber amoureuse en quelques jours, mais j'avais tort. Je croyais que tomber amoureuse de quelqu'un qui représentait des difficultés, qui me forçait à vivre ma vie avec lui et pas autour de lui, était impossible.

J'avais eu tort là-dessus aussi. J'aimais que Cy demande des efforts, et j'aimais les efforts qu'il faisait pour moi. J'étais sûre qu'il ne m'avait fallu que quelques heures pour lui donner mon cœur, et quelques minutes pour comprendre que le quitter ne serait pas envisageable. Il n'y avait pas de réponses faciles sur la suite des événements entre nous, donc je ne me suis pas embêtée à poser de questions.

Au lieu de cela, j'ai soudé ma bouche à la sienne et ses mains ont atterri sur ma taille, une fois la porte claquée derrière lui. Je n'avais pas besoin de mots pour lui dire combien il m'avait manqué, car mon baiser et mes mains qui l'agrippaient transmettaient mes sentiments à ma place. Je n'avais pas non plus besoin de l'entendre me dire pourquoi il était là, ou qu'il manquait quelque chose dans sa vie depuis que j'étais partie. Car il m'a fait reculer contre la porte avec un bruit sourd et il s'accrochait à mon visage comme si j'étais une chose précieuse et prisée. Ce n'était pas un baiser pour se dire bonjour, c'était un baiser qui scellait notre destin. C'était un baiser qui remplissait les pièces manquantes et était plein de promesses que nous nous devions de tenir. C'était un baiser qui mettait le feu à mon sang et mettait des étincelles de bonheur et de soulagement dans mon cœur.

Ses dents se sont enfoncées dans ma lèvre inférieure et sa morsure m'a fait gémir. Il a grogné contre mes lèvres et a descendu les mains sur mes cuisses, ses doigts rugueux trouvant facilement leur chemin sous le bas de ma jupe. Les jeans moulants dans lesquels il avait l'habitude de me voir m'allaient mieux, mais la jupe classique couleur taupe était nettement plus facile à repousser avec ses mains avides. Son bassin s'est appuyé contre le mien et il a levé mes jambes autour de sa taille pour que nous soyons pressés l'un contre l'autre aussi intimement que cela était possible sans faire l'amour.

J'ai levé un sourcil, car la démonstration de force nécessaire pour me porter tout en caressant la peau douce entre mes jambes était impressionnante, mais inutile. J'étais déjà fascinée par lui, je le voulais tellement que cela me faisait mal et me guérissait en même temps, et je n'avais aucun problème à lui donner accès à toutes les parties de moi sur lesquelles il voulait poser ses mains. Le brouillard qui colorait perpétuellement son regard s'était levé, les nuages s'étaient dispersés pour révéler le beau gris tourterelle et nacré en dessous. Cette clarté, cette lumière dans l'obscurité brillait, et m'en disait plus que tous les mots qu'il aurait pu employer pour m'expliquer pourquoi il était devant ma porte. Il n'avait plus qu'une moitié de cœur à offrir, et il voulait qu'il soit à moi.

Je le faisais sourire. Je le rendais heureux. J'étais son *soleil* dans la tempête.

Son front est tombé vers l'avant et s'est posé contre le mien. Œil contre œil, cœur contre cœur, chaleur contre chaleur, tout chez nous était aligné et collait ensemble comme si nous y étions destinés. Il ne manquait plus aucun morceau car ensemble, nous étions entiers.

J'ai baissé les bras que j'avais passés autour de ses épaules pour saisir l'avant de sa chemise. Je l'ai ouverte avec mes deux mains, déçue que les pressions sautent aussi facilement, au lieu d'envoyer voler des boutons. Sa peau brûlait sous mes mains et son cœur battait vite car il se dépêchait de me dire toutes les choses que ses lèvres ne pouvaient pas prononcer car elles étaient trop occupées.

Le bout de son nez est passé sur le bas de ma mâchoire puis a glissé sous mon oreille comme il déposait de petits baisers partout où mon pouls battait pour lui. Le bord de son Stetson assombrissait son visage et ses traits quand il baissait la tête, et même si j'aimais beaucoup le voir avec, j'ai fait tomber le chapeau au sol avec le dos de ma main, et ne l'ai pas regretté quand j'ai vu ses yeux s'allumer et sa mâchoire se contracter alors que je serrais les jambes autour de sa taille pour le pousser à aller plus vite.

Les doigts d'une de ses mains se sont enfoncés fort dans ma hanche tandis que son autre main glissait sous la dentelle élastique pour atteindre le centre de mon intimité. Mon vagin était tout aussi heureux de sa présence que le reste de ma personne, et je ne pouvais pas le cacher. Le tissu de ma culotte était trempé et collait à ma peau en manque. J'ai enfin gémi son nom dans un souffle étranglé quand il a fait exprès de frotter le côté de son doigt contre mon clitoris. Mon corps entier a vibré lors de ce bref contact et toute l'envie qui s'était accumulée ces dernières semaines hurlait en moi. J'ai mis mon pouce sous son menton et l'ai forcé à relever la tête pour recoller mes lèvres sur les siennes.

Son goût m'avait manqué. Ses provocations m'avaient manqué. La sensation de lui pressé contre moi m'avait manqué, et le sentiment de pouvoir conquérir le monde quand je le faisais soupirer et frémir en un coup de langue et de dents, m'avait manqué.

Il a tiré sur la chemise en soie que je portais sous ma veste au travail, pour la sortir de ma jupe. Comme j'aimais bien cette chemise et que je voulais pouvoir la porter à nouveau un jour, je me suis penchée en arrière pour appuyer mes épaules contre la porte et ai retiré le tissu précieux au-dessus de ma tête. Les bonnets de mon soutien-gorge en dentelle se sont tout de suite vus remontés au-dessus de mes seins, faisant rebondir un peu la chair ronde. Cy a fait un sourire, avec un air de loup qui observe sa proie. Ça ne me dérangeait pas d'être son dîner, tant que je pouvais y goûter moi aussi.

J'ai enroulé une main sur le côté de son cou pour sentir une veine gonflée battre sous mes doigts. Je me suis servie de mon autre main pour défaire son énorme boucle de ceinture, ce qui m'a rapidement agacée. Elle complétait bien le look, mais elle pesait une tonne, et quand je l'ai enfin ôtée, elle a tapé sur ma jambe et m'a fait mal. Je l'ai fusillé du regard pour son choix de ceinture mais ses yeux étaient bloqués sur mes tétons qui étaient tendus et remontés pour lui. Ils imploraient sa bouche. Ils suppliaient sa langue. Il n'a pas perdu de temps et m'a soulevée un peu en baissant la tête pour en prendre un dans sa bouche. La chaleur l'a enveloppé et des flammes ont léché mon sang. J'ai senti monter mon désir encore d'un cran, ce que ses doigts qui s'amusaient avec moi ont dû remarquer car il a décidé qu'on en avait fini de jouer.

Ses dents ont titillé mon téton excité. Sa barbe a légèrement gratté ma peau quand elle a frotté ma poitrine alors qu'il passait d'un sein à l'autre, faisant monter une chair de poule de plaisir et d'anticipation dans son sillage.

Comme je ne m'en sortais pas avec le poids et le cuir rigide de sa ceinture, il l'a retirée des passants et a ouvert le bouton de son pantalon. La pression de son érection et la chaleur de sa main a fait passer des petits frémissements de désir dans mes lèvres humides et mon vagin se contractait et se relâchait, prêt et en demande. Il a dû me lâcher le temps de faire glisser ma culotte le long de mes jambes, mais il ne m'a pas laissé le temps d'enlever la jupe, la remontant sur ma taille, mes jambes écartées et ouvertes pour lui. Dès que le tissu épais de son jean n'a plus fait obstacle, j'ai pu enfin sentir une érection dure et inflexible. À l'instant où ce manche rigide a touché mon intimité, douce et mouillée, nous avons tous les deux lâché un gémissement brut.

J'ai passé les doigts dans ses cheveux pendant qu'il continuait de grignoter le bout tendu de mes seins. J'ai lancé ma tête en arrière jusqu'à ce qu'elle touche la porte et me suis mordu la lèvre inférieure quand il a poussé ses hanches vers l'avant, poussant la longueur de sa queue entre mes lèvres et dans l'humidité qui les recouvrait. J'ai lâché un juron, impatiente, alors qu'il se frottait d'avant en arrière, mais il a ignoré mes déhanchements et mes contorsions pour l'amener là où j'avais besoin qu'il soit. Je le voulais à l'intérieur de moi. Je voulais qu'il me remplisse et qu'il déborde de moi. Je voulais qu'il me regarde dans les yeux pendant que nous bougions l'un sur l'autre et l'un avec l'autre, pour qu'il voie qu'il était tout pour moi et que je voulais être tout pour lui. Je voulais qu'il règne sur moi et qu'il me détruise aussi.

J'ai passé un bras sur ses épaules massives. Elles étaient assez fortes pour me porter et porter le monde entier en même temps. J'ai mis la main sur sa joue et me suis penchée en avant pour poser légèrement mes lèvres sur les siennes puis ai tourné la tête pour que ma bouche touche son oreille. J'ai suivi la forme extérieure du bout de la langue et ai senti tout son grand corps trembler.

— Tu m'as manqué, Cy.

Mes mots venaient d'un endroit où n'existaient plus ni doute ni réserve. C'était des mots qui avaient survécu au fait d'être effrayée et rejetée. C'était des mots qui représentaient un avenir et surpassaient mon passé. C'était des mots qui me rendaient plus forte et plus faible que je ne l'avais jamais été dans ma vie.

Ses sourcils noirs sont descendus sur ses yeux orageux et tout à coup, j'ai été percée, écartée, et collée contre la porte quand il a enfoncé sa queue rigide dans mon corps impatient. La pression de son invasion m'a fait écarquiller les yeux et m'a coupé le souffle. Je sentais chaque centimètre bouillant de lui quand sa chair dure passait contre mes nerfs sensibles. Il a passé le creux de mes genoux sur ses bras et s'est enfoncé encore plus complètement en moi. Je n'avais jamais été aussi ouverte, au propre comme au figuré, pour quelqu'un. Il voyait tout de moi, il prenait tout de moi, et c'était comme si une tornade faite de flammes pulsait et battait en moi.

Ses hanches se sont inclinées, penchées durement et fermement contre les miennes. Ce n'était pas de la séduction, ni de la persuasion. C'était la satisfaction d'un besoin primaire et désinhibé. C'était pour évacuer la douleur d'avoir été séparés et d'avoir abandonné une chose inoubliable. C'était pour s'imprimer l'un sur l'autre, pour que lorsque l'autre bougeait, on ne puisse pas oublier que nous avions été unis. Je sentais Cy dans toutes les lignes et les courbes de mon corps. Comme il tapait, fonçait et s'enfonçait de plus en plus profondément en moi, je voyais grâce aux traits tendus de son visage et à la crispation furieuse de sa mâchoire qu'il avait du mal à garder le contrôle et qu'il me sentait dans toutes les fibres de lui-même. Nous étions liés par la passion et une promesse, si serrés que rien ne pourrait nous effilocher.

— Leo... Deux semaines, c'était deux semaines de trop. Je ne vais pas tenir très longtemps.

Ce rare sourire est passé sur sa bouche. J'ai senti mes muscles à l'intérieur se serrer autour de lui, le faisant grogner de surprise. Son bouc rendait son sourire malicieux et dangereux. C'était sexy. Il était sexy. Nous étions sexy ensemble.

— Je veux que tu m'ouvres toujours la porte quand je frappe et que je suis sur le point d'exploser... Alors donne un coup de main à un homme désespéré avant qu'il se fasse honte, Soleil.

Il allait jouir avant moi, et pour un mec comme Cy, ce n'était pas possible. Il voulait en profiter, mais pas avant que j'en profite aussi... ce qui le rendait assez parfait. J'ai passé une main sur sa clavicule et sur les surfaces bombées et dures de son torse. Il n'y avait rien de mou, que de la force tendue et ferme. Il pouvait me porter pour toujours et ne jamais me laisser tomber. J'ai laissé mon doigt chatouiller ses abdos bien délimités, et ses muscles se contractaient et se tendaient sous mon toucher. Mes doigts ont facilement glissé entre nous, nous excitant, nous taquinant tous les deux. Je savais très bien où il voulait que je les mette, qu'il avait besoin d'un doigt sur la gâchette pour qu'on puisse jouir tous les deux, mais il m'avait manqué, et le sentir entrer et sortir de mon corps, glissant et fluide, m'avait manqué.

Le dos de mes doigts a dansé sur son érection tendue comme il ralentissait son rythme effréné, en respirant fort et me regardant avec une nouvelle tempête qui se préparait dans ses yeux. Je lui ai souri, et quand il m'a rendu mon sourire, on ne pouvait plus nier ce dont nous avions tous les deux besoin. J'ai frôlé mon clitoris avec mes doigts. La délicate caresse a suffi à brouiller ma vue et tout en moi s'est concentré autour de Cy et a recouvert sa queue d'infinies rivières de désir. Il a grogné quand mon corps s'est accroché au sien et il n'a fallu que quelques cercles précis du bout du doigt et d'une pression de mon pouce pour me faire passer de l'autre côté. Je n'ai pas été la seule à tomber, car dès que j'ai craqué, j'ai entendu Cy marmonner « Putain, merci » en prenant ma suite.

Nos genoux ont tremblé, nos bassins se sont frottés assez forts pour laisser des marques, nos muscles ont trembloté alors que nos poumons manquaient d'air. Nos lèvres ont formé deux sourires qui s'étiraient à l'infini et nos cœurs ont trébuché l'un sur l'autre.

J'allais avoir la trace de son jean sur l'intérieur de ma cuisse pendant des jours, et une brûlure à cause de sa barbe sur ma poitrine. Je ne l'oublierais pas, et je ne voulais pas l'oublier.

— Tu m'as manqué aussi, Leo, dit-il en m'appuyant contre la porte, me tenant captive. J'ai aimé une femme d'un amour assez normal pour arriver à la laisser partir, mais toi, Leo, je suis sûr que je peux t'aimer d'un amour qui est plus que ça, je ne serai jamais capable de te dire au revoir sincèrement. Je ne te demande pas d'être avec moi où que je sois, mais je te demande de me laisser être avec toi peu importe où tu es, quand ce sera possible pour moi, dit-il avant de soupirer avec des yeux graves qui m'en disaient plus que ses mots. J'ai toujours réussi à garder les pieds sur terre. Quoiqu'il me tombe dessus, je restais debout. Tu es partie, et je suis tombé à genoux, Rayon de Soleil.

Ma gorge s'est nouée et mes yeux se sont remplis de larmes. Je n'avais jamais mis personne à genoux avant, et le fait que ce soit cet homme, ce bastion de force et de courage, me donnait l'impression d'être la femme la plus puissante du monde... et la plus aimée. Il était prêt à vivre sa vie malgré son passé et ses obligations, pour moi. Il était prêt à relever le défi.

J'ai mis les mains sur son visage et me suis penchée pour que ma tête touche l'endroit de son torse où son cœur était le tonnerre et son âme la foudre.

— Il y a trop de bruit, ici, Cy. Je n'arrive pas à voir ni à entendre ce qui compte. Je ne veux plus être perdue dans ce chaos. Je veux être quelqu'un qu'on entend parce que je dis ce que je pense, comme je le pense quand je te dis que je pourrais t'aimer d'un amour qui est plus que de l'amour, moi aussi, dis-je en levant les yeux vers les siens, regardant nos instants se transformer, de fragments volés en éternité. Je ne sais pas comment ça va marcher. Tu viens me voir, je vais te voir, et quand on se verra, on jouira ensemble, dis-je en faisant danser mes sourcils, et il m'a fait un sourire en coin. Je suis prête à relever le défi.

Je l'étais vraiment. La solution de facilité ne m'avait menée nulle part, alors que les montagnes que j'avais toujours eu peur d'escalader m'avaient tout donné.

Il a acquiescé et je l'ai embrassé. Je lui ai dit qu'il était sexy avec son attirail de cowboy, mais que je le préférais sans. La boucle de ceinture était énervante, ses bottes le rendaient plus grand qu'il l'était déjà, le chapeau cachait ses superbes cheveux et ses yeux encore plus superbes.

Il resterait toujours pas-vraiment-cowboy, et cela m'allait très bien car il serait mon pas-vraiment-cowboy à moi. Je me fichais de ce qu'il n'était pas car c'était tout ce qu'il était qui m'avait donné envie de vouloir plus, m'avait rendue meilleure et m'avait fait apprécier ce que j'avais au lieu de regretter ce que je n'avais pas.

Et puis j'étais la seule qui le faisais sourire.

21

PAS DE MEILLEUR MOMENT QUE LE PRÉSENT

— Vous êtes une vraie cowgirl ?

La question venait d'une petite fille qui n'avait que neuf ou dix ans. Elle m'a fait sourire et Lane a ricané, debout à côté de moi pour accueillir la famille qu'il emmenait en excursion le lendemain. Elle était mignonne, mais son scepticisme sur mon authenticité était encore plus adorable. Je veux dire, j'avais le look, le jean délavé effiloché en bas et déchiré au genou. Une version plus petite du Stetson noir de Cy posée sur la tête, un indispensable pour empêcher ma peau pâle de devenir rouge tomate, qui en plus m'allait très bien quand je me faisais une tresse de chaque côté de la tête. J'adorais les chemises à carreaux ajustées. Les Justin Ropers que j'avais achetées la première fois que j'avais mis les pieds sur ce sol sec avaient enfin l'air usé, comme il se doit. J'avais toujours une dent contre la boucle de ceinture géante qui m'avait donné tant de difficultés pour ouvrir le pantalon de Cy, donc je refusais d'en porter, mais malgré cela, je pensais que ma tenue de cowgirl était assez efficace. Pourtant, une petite fille précoce ne se laissait pas avoir.

Je lui ai fait un clin d'œil et ai donné un coup de coude à Lane pour qu'il arrête de rire.

— Je ne suis pas vraiment une cowgirl, mais je m'en rapproche, dis-je en montrant du doigt l'homme souriant à côté de moi. Mais lui, là, c'est un vrai. On ne peut pas rêver d'un meilleur cowboy avec qui passer ses vacances pour visiter le Wyoming.

Cela a semblé la rassurer et elle est partie avec le reste de sa famille en sautillant pendant que Lane les emmenait vers un des chalets pour qu'ils s'installent.

Je ne serais jamais une cowgirl, j'avais trop de sang de la ville dans les veines. Mais plus je passais mes journées sous le ciel découvert, et plus je respirais l'air frais, plus je sentais cette terre sauvage prendre racine en moi. Ça ne me dérangeait pas de me déguiser pour accueillir les nouveaux clients. Ça me plaisait. Le fait que les vêtements que je portais au travail finissaient souvent couverts de terre et déchirés était mille fois plus gratifiant qu'une journée passée à empêcher une jupe en lin de se froisser et des escarpins de se rayer. J'adorais cet endroit. J'adorais les gens ici. J'adorais qui j'étais, ici. Et j'appréciais tout cela encore plus car cela m'avait pris plus longtemps que j'aurais voulu de revenir ici.

Pendant deux mois, Cy et moi avons cumulé un nombre incalculable de *miles* en faisant des allers retours pour se voir. Nous ne nous sommes plus jamais dit au revoir, car nous ne restions jamais sans nous voir très longtemps. J'avais dû terminer mon contrat avec la femme de Chris. Une tâche devenue de plus en plus insupportable chaque jour. Elle ne voulait pas me lâcher, estimant j'avais une grosse dette envers elle. Elle a essayé de m'amadouer pour que je reste. Elle a essayé de me menacer. Elle a essayé de me soudoyer et quand tout cela avait échoué, elle a eu le culot d'envoyer Chris essayer de me convaincre de rester.

Malheureusement pour mon ex, il a choisi de passer un week-end où Cy était venu me rendre visite. Dès qu'il a été accueilli par la montagne de fureur qu'est Cyrus Warner, il est allé retrouver sa femme, la queue entre les jambes. Il a dû lui dire que je faisais de bien meilleurs choix en matière d'hommes, car elle a enfin arrêté et m'a laissée terminer le contrat en paix. Dès mon dernier jour, j'avais envie de tout jeter dans une valise et de prendre le premier avion jusqu'au Wyoming, mais ce n'était pas possible.

Les blessures de Sutton étaient bien plus graves que ce que tout le monde pouvait supporter. Il n'a pas pu marcher pendant le premier mois après sa sortie de l'hôpital et ce n'est qu'après des séances de kinésithérapie intenses qu'il est parvenu à se déplacer avec un déambulateur. Le frère Warner n'acceptait pas ces changements, et il s'en prenait à sa famille. Cy s'inquiétait pour son frère et cela le rendait affreusement surprotecteur, ce qui ne faisait que rendre Sutton encore plus furieux. Le cowboy grincheux était devenu sombre et renfermé. Il ne s'occupait quasi plus du travail quotidien au ranch ni des excursions, et Cy me disait qu'il ne faisait aucun effort pour voir Daye. Lane a laissé échapper lors d'une de mes visites trop courtes que le Warner maussade forçait sur la bouteille et avalait des antidouleurs quand il ne semblait pas en avoir besoin. Tout cela créait une ambiance tendue et hostile dans la maison, et a poussé Cy à recruter plusieurs employés de la région pour alléger le travail.

Je n'allais pas m'immiscer au milieu des histoires de famille des Warner, même si je me lassais des appels tard le soir, des sessions Skype sexy et des FaceTime classés X.

J'aimais toujours entendre la voix rocailleuse de Cy et il y avait quelque chose d'indéniablement érotique dans le fait de regarder mon homme rude et brut s'exciter uniquement avec le son de ma voix, mais rien ne valait la réalité. J'avais besoin d'avoir mes mains sur lui, mes lèvres pour le goûter, et mon cœur près du sien. La distance n'attisait pas mon désir, elle me rendait désespérée et en manque.

Pendant que Cy s'occupait de Sutton, je devais m'assurer qu'Emrys allait bien. Si je n'allais pas dans le Wyoming le week-end, je partais pour les côtes ensoleillées de la Floride pour prendre des nouvelles de ma meilleure amie. Elle ne faisait pas beaucoup de progrès mentalement, mais apparemment, le voisin de ma grand-mère était un chirurgien esthétique à la retraite, ainsi que son petit ami occasionnel, aussi stupéfaite ai-je été de l'apprendre. Il avait réussi à convaincre Em d'aller voir quelqu'un qu'il lui avait recommandé pour regarder la cicatrice sur son visage. Elle avait accepté un traitement, qui faisait que la marque était moins visible et son visage avait retrouvé sa beauté. Mais elle était toujours sombre, renfermée, et perdue. Elle refusait de parler à un psy et n'avait accepté de voir sa famille que quand ils avaient débarqué à l'improviste devant la porte de chez ma grand-mère, exigeant un moment avec elle. Cela n'avait rien arrangé que ses deux parents fondent en sanglots en la voyant. La cicatrice sur son visage se remarquait à peine, mais celle sur sa poitrine était encore flagrante. On ne pouvait pas louper le fait qu'Em s'était retrouvée à la porte de la mort, et avait eu de la chance que personne ne lui ouvre.

Ma grand-mère se débrouillait très bien en lui offrant une épaule sur laquelle pleurer, et un refuge à l'écart du monde. Et si Em s'occupait en battant tous les autres retraités au bridge et au bingo, elle allait devoir quitter sa cachette. Gram voulait partir en croisière avec le chirurgien esthétique, donc Em ne pouvait pas rester chez elle alors qu'elle n'était pas là, c'était une communauté strictement réservée aux retraités. Quant à moi, je devais rejoindre bientôt le ranch.

Je me suis installée un temps avec Em chez ma grand-mère et lui ai dit que je serais là pour elle, quoi qu'il arrive. Je lui ai dit que je comprenais qu'elle guérisse à son propre rythme, mais elle semblait être au point mort. Je l'ai suppliée d'aller voir un psy, puis j'ai sorti l'artillerie lourde et lui ai dit que Sutton avait tout autant de mal à se remettre sur pieds. Je ne voulais pas qu'elle culpabilise pour l'état du cowboy, mais elle devait savoir qu'elle n'était pas la seule à être sortie de l'affrontement dans les bois avec des blessures profondes. J'espérais que le choc d'entendre qu'un homme aussi fort avait du mal à rebondir l'amènerait à se rendre compte qu'elle n'était pas seule. Mon plan s'est retourné contre moi.

Le jour où j'étais censée partir, et où j'avais prévu de ramener Em chez ses parents en Californie, je me suis réveillée dans un appartement vide. Gram était partie pour sa croisière et Em avait rassemblé ses quelques affaires et disparu une fois de plus. Cette fois, elle n'avait nulle part où fuir. Elle n'avait pas de sable accueillant où enfouir sa tête. Je n'avais pas la moindre idée d'où elle était partie, mais où que ce soit, je doutais qu'elle coure assez vite pour semer tous les doutes et les démons qui la poursuivaient.

J'ai appelé mes nouveaux amis qui travaillaient pour le gouvernement et ai demandé à Grady d'ouvrir l'œil. Ils avaient toujours besoin d'elle pour l'affaire qu'ils montaient contre le cartel, donc je savais qu'ils ne la laisseraient pas partir trop loin. Grady m'a donné sa parole qu'il me passerait un coup de fil s'il remarquait quelque chose de louche lié au nom d'Em. J'ai fait la chose la plus difficile de ma vie... Je l'ai laissée partir. Il n'y avait pas de date limite sur ma volonté de l'aider, mais il y en avait une sur ma tolérance face à la maltraitance et la culpabilisation qu'elle s'infligeait. Je ne pouvais pas la forcer à avaler de l'aide, elle s'étoufferait avec.

Au final, il a fallu quatre mois pour que je retourne là où je me sentais à ma place. Au début, j'ai dit à Cy que je pouvais habiter dans un des chalets sur le terrain ou chercher un endroit où vivre à Sheridan, le temps de s'adapter l'un à l'autre. Je ne voulais pas que les moments que nous passions ensemble soient pleins de discussions et de soucis. Je voulais que le temps que nous passions ensemble soit un tourbillon de mains, de bouches, et de corps nus essayant d'obtenir le plus possible de l'autre. Nous ne nous connaissions pas encore très bien et je ne voulais pas précipiter une chose aussi importante.

Cy m'a lancé ce regard, celui qui me dit que suis trop prudente et trop méfiante. Celui qui disait qu'il savait que je m'enfuyais encore. J'avais l'habitude de garder tout le monde à distance et il refusait de me laisser faire cela avec lui. Il m'a dit que si je déménageais dans un chalet, il ferait pareil. Si je louais un appartement à Sheridan, alors il irait vivre là-bas avec moi jusqu'à ce que je voie le ranch comme ma maison, tout en me faisant remarquer que c'était un plan ridicule. Il s'est un peu adouci quand je me suis fermée devant son attitude insistante et a accepté que j'aie une chambre à part dans la grande maison, car il y avait plein de chambres vides. J'ai trouvé que c'était un bon compromis, et ai accepté. Cela faisait des mois, et je n'avais pas passé une seule nuit dans la chambre où étaient toutes mes affaires. Elle ne me servait que de placard, car comme je l'avais dit à Cy à l'hôpital, s'il était quelque part, j'y étais aussi. Je ne voulais pas aller me coucher sans lui.

Me laisser entrer dans sa vie et dans son lit avait été assez facile. Me laisser entrer dans son travail avait été plus compliqué. Il avait besoin de tout contrôler et j'avais l'impression de me taper la tête contre un mur très sexy chaque fois que j'essayais de l'aider pour le marketing et le branding du ranch. C'était un bon homme d'affaires, mais il n'était pas en contact avec l'élément humain. Je lui rappelais sans cesse que j'avais gagné ma vie en persuadant les gens de dépenser de l'argent, mais je n'arrivais à rien avant qu'un concurrent situé à Jackson Hole me contacte et me demande si je voulais travailler sur une nouvelle campagne pour eux.

J'ai dit à Cy qu'il pouvait soit m'ouvrir la porte, soit me regarder entrer en guerre dans le camp de l'ennemi, et après quelques jours de bouderie et quelques nuits sans sexe, il a accepté l'idée. La réconciliation fut sympa, mais m'investir dans quelque chose qui serait là pour toujours et qui serait transmis de génération en génération Warner, c'était encore mieux. C'était gratifiant de convaincre les gens que le ranch de Cy et les excursions dans la nature que Lane menait étaient les meilleurs, parce que je le croyais vraiment. Cet endroit faisait partie de moi maintenant, et je voulais que tous ceux qui le visitent l'adorent et en sortent transformés, comme moi. Je pensais chacun des mots que je disais quand j'allais travailler pour convaincre le monde entier qu'ils devaient oublier tous leurs soucis et venir nous voir pour se couper du vacarme.

Ce jour-là Cy avait passé la journée en téléconférence, donc je ne l'avais pas beaucoup vu. Il n'était toujours pas très accueillant avec les clients, mais il s'améliorait. Son regard noir avait été remplacé par un sourire et la tempête dans ses yeux ne se déchaînait que lorsque nous étions seuls, et quand cela arrivait, j'avais hâte qu'elle atteigne la côte. J'étais dans la grande maison rustique quand mon téléphone a sonné pour m'annoncer un mail. Chaque fois que cela arrivait, j'espérais malgré tout que c'était Em... mais ce n'était jamais elle.

Cette fois, quand j'ai vu l'expéditeur, ma déception a été mise de côté et un sourire s'est formé sur mes lèvres. Le contenu du court mail m'a fait rire comme j'entrais dans le bureau de Cy, mes yeux se levant immédiatement vers le grand bureau et l'homme derrière, encore plus grand. Il était toujours au téléphone et la grimace sur son visage indiquait que ce qu'il entendait ne lui plaisait pas. Je me suis dirigée vers lui, suis passée par-dessus une de ses jambes et me suis assise au milieu de son grand bureau, juste devant lui, en tapant une réponse. Son autre jambe s'est appuyée contre l'extérieur de mon genou, pour m'emprisonner. Sa grimace s'était transformée en un petit sourire séducteur, nos regards fixés l'un à l'autre, et cela me plaisait.

Il portait toujours les T-shirts et les jeans usés. Ses cheveux étaient toujours mieux coiffés que les miens à n'importe quelle heure de la journée. Il avait toujours des bottes de moto, et les seules occasions où il portait son Stetson étaient au lit, quand je le suppliais de le mettre. Il ne le gardait jamais très longtemps, mais j'aimais le voir sur sa tête brune. Il est possible que je l'aie laissé faire toutes les choses coquines qu'il voulait quand il portait ce chapeau. C'était une faiblesse et je ne pouvais jamais rien lui refuser quand il l'avait sur la tête. Et puis je ne voulais rien lui refuser. Escalader des montagnes sexuelles avec Cy était une chose que je ne changerais pour rien au monde. La vue d'en haut était incomparable… la vue d'en bas n'était pas mal non plus.

Il a mis fin à la conversation et a fait rouler le fauteuil en cuir vers moi, ses mains de chaque côté de mes hanches.

— Qu'est-ce qui te fait sourire comme si tu préparais un mauvais coup, Rayon de Soleil ?

J'ai relevé le bord de mon chapeau avec un doigt et ai posé mon portable sur son bureau.

— J'ai reçu un mail d'Evan. Elle essaie de convaincre sa mère de venir au ranch avec Ethan et elle pour les vacances d'hiver. Ses parents vont divorcer et on dirait que Meghan va plumer Marcus. Je suppose que se retrouver dans une fusillade en pleine forêt lui a ouvert les yeux.

C'était aussi la raison pour laquelle elle n'avait pas particulièrement envie de revenir au ranch avec ses enfants, même s'ils n'arrêtaient pas de la supplier. Tout ce qui s'était passé avait donné à Evan et Ethan de supers histoires à raconter à l'école. Ils étaient devenus les plus populaires de leur lycée, une fois que leur tête était passée aux infos.

Il a rigolé et m'a prise par la taille pour me tirer plus près de lui. J'ai posé les mains sur ses épaules et ai plié les genoux pour grimper sur lui, assis sur son fauteuil, et moi perchée sur ses cuisses.

— Elle m'a aussi dit qu'elle avait un nouvel entraîneur de foot et qu'il était très mignon.

Cy a grogné et a déplacé ses mains dans mon dos pour avoir une bonne prise des deux côtés de mon cul. Je l'ai laissé faire avec un soupir quand il m'a soulevée un peu et m'a laissée retomber pour que la couture de mon jean soit pressée contre la couture du sien qui devenait dure et raide en-dessous de moi.

— Il faut qu'elle apprenne à courir après les garçons de son âge.

Il a grogné comme je me tortillais sur lui pour avoir plus de friction. Il a serré mon derrière en réponse.

— Elle dit qu'il n'a que vingt ans. Pas parfait, mais mieux.

Je me suis appuyée en avant pour poser mes lèvres sur les siennes. Il avait toujours un goût de café et de vie. J'ai souri quand la moustache poivre et sel au-dessus de sa lèvre m'a chatouillée.

— Comment vont les affaires ?

Il a soupiré et m'a donné un baiser plus dur, plus mouillé, et plus long que celui que je lui avais donné.

— Les affaires vont bien, en grande partie grâce à toi.

J'avais envie de rouler des mécaniques après ce compliment. Mais je l'ai embrassé à la place.

— Tu peux embaucher quelqu'un pour la paperasse et les coups de téléphone, si tu ne veux pas être coincé ici toute la journée.

Il gagnait assez d'argent pour ça, avec les deux fonctions du ranch. Il n'était pas obligé d'être enchaîné à son bureau, s'il ne le voulait pas. Il a frotté sa joue piquante contre la mienne et cela m'a fait frissonner de partout. Tout comme ses doigts explorateurs, qui se dirigeait sous ma chemise. Il l'a sortie de mon jean.

— Ça ne me dérange pas. Tout ça n'est qu'un jeu, et j'y joue mieux que les autres.

Il aimait toujours être en selle mais il savait mieux manœuvrer les gros poissons que réparer des enclos ou faire naître des veaux. Ça ne le dérangeait pas de se salir les mains quand il le fallait, mais il préférait négocier avec les autres acteurs du milieu. Il reconstruisait l'héritage de son père. Une réflexion et des habitudes modernes s'étaient installées sur cette vieille terre, et c'était beau de voir le passé et le futur se rencontrer.

Ma chemise était passée au-dessus de ma tête et retombait vers le sol entre deux respirations. Mon soutien-gorge l'a vite rejointe. Je l'ai déshabillé à mon tour, le coton de son T-shirt était plus doux que le frottement des poils de son torse contre mes seins nus. La petite abrasion me coupait toujours le souffle, tout comme le bruit de cette braguette aguicheuse qui s'ouvrait. Toutes sortes d'affaires avaient lieu dans ce bureau très masculin, mais celles où je finissais remplie d'une queue dure, gémissante contre sa peau chaude étaient vraiment le genre d'affaires qu'on préférait.

J'aimais son allure derrière le grand bureau, il aimait mon allure pliée en deux par-dessus, le cul en l'air.

Un pantalon est tombé, des mains se sont posées sur le bois quand il a bougé au-dessus de moi. Les paumes de ses mains étaient pleines de mes seins et j'étais pleine de lui. J'ai posé mon front contre la surface froide et ai haleté comme il s'enfonçait en moi par derrière. Je ne m'en lassais jamais. Cela ne semblait jamais moins important que toutes nos relations précédentes. Ça me donnait toujours l'impression d'être exactement là où je devais être.

Ses dents ont mordillé ma nuque. Son torse m'a poussée plus loin contre le bureau comme il a relevé mes hanches dans son coup de reins. Nous bougions ensemble comme si nous étions faits pour être connectés des pieds à la tête.

Dans le palmarès des coups rapides de l'après-midi, celui-ci se plaçait tout en haut. Et ceci, sans perdre mon chapeau. Cela m'a fait rire quand je m'en suis rendue compte. J'ai passé les doigts dans ses cheveux et ai pris mon téléphone posé près de ma tête, en entendant la sonnerie des messages. Cy avait un sourire satisfait sur le visage qui a vite changé quand je me suis redressée d'un coup et ai failli tomber du bord du bureau en voyant le message que j'attendais depuis si longtemps.

J'ai posé une main tremblante sur l'épaule de Cy pour me stabiliser alors qu'il se levait pour se tenir entre mes jambes écartées. Il a posé les mains de chaque côté de mon cou et a poussé ma tête en arrière avec ses pouces pour que je le regarde.

— Qu'est-ce qu'il y a, Soleil ?

Sa voix grave et brute m'apaisait toujours.

— C'est Em.

Je lui ai montré mon téléphone avec une main et ai enroulé les doigts de l'autre autour de son poignet pour sentir son pouls.

— Elle dit qu'elle vient me voir.

Ses sourcils noir de jais se sont levés si haut qu'ils touchaient presque ses cheveux.

— Elle vient ici ?

J'ai de nouveau lu le message et ai bêtement hoché la tête.

— Oui. Elle vient ici.

— Elle sait que Sutton ne va pas bien ?

Il avait déménagé de la grande maison et buvait pour oublier et noyer son chagrin. Cy détestait cela. Tout comme Lane. Brynn avait le cœur brisé à cause de son comportement et je ne savais pas quelle attitude je devais avoir avec lui.

J'étais toujours en colère qu'il ait fait fuir Em, ce qui l'avait fait sombrer, mais j'étais triste que son héroïsme n'ait provoqué que des peines de cœur. J'avais tendance à l'éviter quand ses frères le forçaient à revenir au monde des vivants. Je ne savais pas du tout l'effet que l'arrivée d'Em pourrait avoir sur le guerrier blessé.

— Elle sait. Elle n'était pas en bien meilleur état que lui la dernière fois que je l'ai vue, pour être honnête, dis-je en serrant son poignet et le regardant sous mes cils. Tu veux que je lui dise qu'elle ne peut pas venir ?

Cela me tuerait de devoir lui dire ça, mais je le ferais, puis j'irais la trouver. Où qu'elle soit. Il m'a regardée pendant un long moment de réflexion, et ce sourire qui m'emportait et faisait tourner le monde entier est apparu sur son visage parfaitement sauvage.

— Ça pourrait faire du bien à Sutton de se faire secouer par ta copine. Si ça tourne mal, on surmontera la crise, comme toujours.

J'ai soupiré de soulagement et lui ai dit avec toute la sincérité que je possédais :

— Je t'aime plus que d'amour, Cy.

Son large torse est monté et descendu en même temps qu'une lente respiration et il a répondu :

— Je t'aime plus que d'amour aussi, Leo.

Nous en pensions chaque mot.

Fin

REMERCIEMENTS

Comme toujours, un énorme merci sentimental à tous ceux qui ont pris ce livre et lui ont donné sa chance. J'aime mes lecteurs très fort. Sincèrement, je ne saurais pas ce que c'est que de réaliser un rêve, sans vous. VOUS ÊTES TOUT.

Il en va de même pour tous les blogueurs qui font la promotion des livres. Merci de faire ce que vous faites. Merci de partager votre amour de la lecture et de la romance avec le monde entier. Merci de m'avoir donné la chance de partager mes histoires avec vous.

Beaucoup de gens m'ont dit « OH QUE NON » quand je leur ai parlé de *Wild Men*. Beaucoup. C'était dur à entendre, et franchement, ça n'a pas aidé à booster ma confiance en moi. C'est difficile d'entendre qu'on ne devrait pas essayer quelque chose de nouveau, que ce qu'on voit comme une aventure sympa et romantique n'est pas assez bien. Ça devient tellement lassant d'entendre que je devrais écrire ci ou ça parce que ça se vendra mieux. Je veux simplement écrire des histoires que j'aimerais lire. Celles qui sont dans ma tête et qui demandent à sortir. Ça demande du courage d'ignorer tous ces non et de partir à la recherche des gens qui diront oui.

Donc je dois vraiment remercier ces personnes qui m'ont dit OUI.

Mon agent Stacey ne me dit jamais non. Elle ne me remet jamais en question quand je lui dis : « J'écris une histoire là-dessus. » Elle accepte toutes mes idées barrées et croit en chaque livre autant que le précédent. C'est bien quand je perds confiance en moi, car elle en a assez pour nous deux.

Quand j'ai dit à ma mère que je voulais écrire sur des faux cowboys, elle m'a dit : « Lance-toi à fond. » Elle m'a dit que les gens liraient le livre ou pas, mais que je ne le saurais jamais tant que je ne l'aurais pas écrit et publié. Parfois, j'oublie facilement que mon chemin vers l'écriture et l'édition a commencé avec un peu de hasard et un peu de chance, et Maman sait me rappeler que tout peut arriver. Le jeu en vaut la chandelle.

Évidemment, Mel connaissait ces gars sauvages depuis longtemps. Elle ne m'a jamais dit que j'étais folle de vouloir autant m'éloigner de ce que j'écris d'habitude. Elle m'a encouragée à écrire ce qui me rendait heureuse, et honnêtement, c'est une chose que les auteurs n'entendent pas assez souvent. Quand la passion et le commerce se rencontrent, le travail d'écriture peut prendre le pas sur le désir de créer qui vient du cœur. Mel me dit toujours, je dis bien toujours, d'écrire ce que je veux.

Il faut que je remercie mes amies Ali et Denise, Stacey et ma meilleure copine, Heather. Elles ont unanimement trouvé que le livre n'était pas nul, et m'ont tout de suite demandé la suite en le terminant, ce qui m'a donné l'impression d'avoir fait quelque chose qui marchait. Certes, elles ne sont pas objectives parce qu'elles m'aiment, mais entendre qu'elles n'avaient pas détesté mes mots (même si Ali a détesté Leo) était très important pour moi.

J'ai eu une équipe de rêve qui m'a aidée à donner forme à ce livre en affreusement peu de temps. Le fait qu'ils aient dit « oui » quand j'ai envoyé des mails désespérés implorant leur aide pour m'autopublier pour la première fois en quatre ans, complètement à l'arrache, m'a rendue humble et je leur suis très reconnaissante.

Elaine York a manipulé cette histoire pour en faire quelque chose de bien mieux que ce que j'avais imaginé. J'ai tellement appris en travaillant avec elle, et je crois qu'on ne m'a jamais autant poussée à rendre mon histoire meilleure et plus vive. Les changements et les révisions sont toujours difficiles, mais cette fois, l'épreuve a été très enrichissante.

J'ai toujours eu le béguin créatif pour Hang Le. Je la trouve géniale et ses couvertures sont magnifiques. Je n'avais pas eu l'occasion de travailler avec elle jusqu'à présent et j'étais persuadée en sortant ce livre à la dernière minute, qu'elle ne pourrait pas m'aider. Je suis tellement contente qu'elle ait réussi à me trouver une place, après que je l'aie suppliée. Je n'aurais pas pu rêver d'une meilleure couverture, ou d'un meilleur Cy. (Pour la version américaine)

Mon amie C.J. Pinard est quelqu'un vers qui je me tourne depuis longtemps quand je veux être sûre de n'avoir oublié aucun point sur les i. Elle est méticuleuse et miraculeuse. J'ai détesté devoir demander à une amie de trouver un moment pour moi à la dernière minute, mais comme elle est super, elle a dit oui.

Je dois aussi remercier mon amie C.A. Borgford, adorable et impertinente. Nous sommes amies de livre depuis le début et elle m'a toujours encouragée à faire les choses à ma façon, avec mon point de vue. C'était un tel plaisir de travailler avec quelqu'un que j'adore professionnellement ! Elle a rendu tous mes mots si jolis.

J'ai une énorme dette et beaucoup de gratitude envers mon attachée de presse, K.P. Simmon. Quand je lui ai balancé ce projet sans prévenir, elle ne m'a pas étranglée, même si je ne lui en aurais pas voulu si elle en avait eu envie. Elle s'est lancée à pieds joints et a mis en place un plan de bataille comme une chef, avec le peu d'informations qu'elle avait. C'est dur de garder un livre secret, tout en expliquant aux gens que quelque chose de cool va arriver. Elle fait toujours un super travail, mais elle a vraiment relevé le défi avec ces *Wild Men*. Ça fait du bien d'avoir quelqu'un de déterminé et d'inébranlable à ses côtés.

Pour finir en beauté, il faut que je remercie mon meilleur ami, Mike Maley. Cette année a été un beau bordel pour moi de bien des façons, et je crois que c'est Mike qui m'a fait tenir tout du long. C'est un homme bien, et un ami génial. Je suis vraiment reconnaissante qu'il fasse partie de ma bande.

Si vous êtes arrivé jusqu'ici et que vous avez lu *Wild Men*, je serais super contente que vous preniez une minute pour laisser une critique sur ce livre. Qu'il soit bon ou mauvais, donner votre avis sur un livre aux autres lecteurs fait une grosse différence.

À PROPOS DE L'AUTEURE

Jay Crownover est l'auteur des séries *Marked Men, Saints of Denver, The Point* et *Breaking Point*, apparue sur la liste *bestselling authors* du New York Times et de USA Today. Ses livres ont été traduits dans de nombreuses langues partout dans le monde. Jay est native du Colorado, tatouée et aux cheveux de toutes les couleurs, et vit en bas des Rocheuses avec ses chiens qu'elle adore. On l'y trouve fréquemment savourant une bière fraîche et des tacos. Elle s'autoproclame snob musicale et fervente amoureuse des livres, toujours à la recherche de sa prochaine aventure, entre les pages ou sur la route.

Jay a enfin une newsletter, donc si vous voulez vous inscrire pour recevoir du contenu exclusif et un concours tous les mois, c'est par ici : www.jaycrownover.com/#!subscribe

Vous pouvez lui envoyer un e-mail à :
JayCrownover@gmail.com
Mon site : www.jaycrownover.com
www.facebook.com/jay.crownover
www.facebook.com/AuthorJayCrownover
Suivez-moi @jaycrownover sur Twitter
Suivez-moi @jay.crownover sur Instagram
www.goodreads.com/Crownover
www.donaghyliterary.com/jay-crownover.html www.avonromance.com/author/jay-crownover